歷代筆記叢書

至正直記校箋

[元]孔克齊 著
高林廣 曹慧民 王一格 校箋

全國高校古籍整理委員會項目
內蒙古師範大學學術著作出版基金項目
內蒙古師範大學文學院學術出版基金項目

前言

《至正直記》（以下簡稱《直記》）問世以來，刊刻者甚少，與其内容之瑣屑、繁雜不無關係。明歸有光曾訂正舛訛，撰寫《静齋類稾引》，有「梓行之心」，並評爲「備得人情物態之詳」「而持己處家之方，貽謀燕翼之訓，亹亹乎有當乎道，誠舉而體諸身心，見諸行事，即進而亟于古人不難」，惜未見刊行。《四庫全書》列入子部「小説家類」，評爲「是書亦陶宗儀《輟耕録》之類，所記頗多猥瑣」。清張佩綸《蘭駢館日記》評「《直記》多穢褻語，甚至其叔續娶孀婦，其姊受紿惡尼，均列於篇，殆妄人也」。然明清以來文獻對該書之所記屢有援據，甚至引爲某一歷史事實或文學活動之唯一參證，《直記》之史料價值如此，足見事雖瑣屑却於聞可廣、於史有補。

兹就《直記》之作者、内容及版本等略述於下，以供參考。

一、孔克齊及其家世

孔克齊，生卒年不詳。字肅夫，號行素、静齋，别號闕里外史。山東曲阜人，其父遷居溧陽（今屬江蘇）。孔子五十五世孫。早年出贅錢塘吴氏，後歸家。元末兵興，避居上虞（今浙江紹興），後又徙居鄞（今浙江寧波）之東湖。以薦授黄岡書院山長，召爲國史編修。

其生平仕履，古籍載之甚少，僅《（弘治）溧陽縣志》卷四、《古今圖書集成·氏族典》卷三七八等略有所載。《直記》對個人之家事、行迹、喜好、交游等有所記叙，略可窺測其大概。卷一《忠卿陰德》：「吾家五世無常居，至先人始富盛，寓溧陽。」卷二《别業蓄書》記：「吾家自先人寓溧陽，分沈氏居之半以爲别業。多蓄書卷，平昔愛護尤謹，雖子孫未嘗輕易檢閲。」可知自其父孔文昇贅于溧陽沈氏後，家「富盛」。這一點，卷三《不食糟辣》亦有記叙：「（先人）日惟猪肉、腎、肚臟、蹄膊等，肉必爛熟而進，或鯽、鯿、白鱖以爲常饌，羊、牛、雞、鵝則間進之，然止于一味而已。冬月則麃、野鳧和蘿蔔及蒸鴨子和鱘鮓常進。天寒飲雞子和葱絲酒三杯。」同卷《喜啖山獐》記：「先妣喜啖山獐及鯽魚、斑鳩、燒猪肋骨，餘不多食。」可知家境殷實。元末兵亂，罹其禍，家道始衰，備嘗轉徙離亂之苦。孔克齊尊崇儒學，抵排佛僧，重詩書禮儀、家範雅言。又甚愛金石書畫。如卷一《國朝文典》記家藏《和林志》，爲「世不多見」之書；卷二《收貯古刻》記家藏碑刻墨本逾數百，其中古刻數本「皆世之罕有者」；卷三《景明好事》記藏有著名書畫家鄭子實雙幅細絹畫等。可知孔氏覃思儒雅，甚文好修，學行可稱。

據趙孟頫《松雪齋集》卷六《闕里譜系序》等，孔克齊先人乃曲阜（今屬山東）人，十一世祖孔檜後唐同光間避亂，自闕里（今山東曲阜）來居温州之平陽。孔克齊祖父孔潼孫，字宗善，號約齋，始家于杭，宋德祐末，職教建康，至元二十八年（1291），以官事赴大都，道卒臨清（今屬山東）。《直記》卷一《忠卿陰德》記其事曰：「晚年自來安縣渡龍灣江至金陵，正值北兵南侵，人民離散之際，凡有可以爲衆人救者，寧自給不足，而分與之。蓋出於祖妣太安人朱氏之助。未幾，北兵取金陵，哨騎四出，俘掠太繁。府君上書謁軍門，請示不殺，以取信于民。時左丞相伯顔大服，即挂在儒籍者悉安之，由是活者甚衆。」孔克齊父孔文昇，生卒年不詳，字退之，孔子第五十四代孫。贅於溧陽沈氏，因家。幼從戴表元游，至元三十一年（1294）補建康路書吏，歷浙西憲司掾。曾受盧摯禮重，又與貢奎、徐琰等名士交游。致仕居家，卒年八十七。《全元散曲》存其小令一支。《直記》卷一《忠卿陰德》、卷二《别業蓄書》《收貯古刻》《美德尚檢》、卷三《不食糟辣》、卷四《戴率初破題》《先君教諭》及趙孟頫《闕里譜系序》等略載其事迹。

二、《至正直記》的成書及内容

孔克齊寓鄞之東湖時，「隨所記而筆之」（卷一《襍記直筆》），成《至正直記》。從所載内容來看，是書非一時之所撰。如卷三《黄華小莊》記「至正癸巳（1353），鄉里寇平，吾復到黄華小莊」；卷一《羅太無高節》，爲至正丁酉（1357）冬所記，其時孔克齊尚寓居上虞；卷一《襍記直筆》言「至正庚子（1360）春三月壬寅記」；卷二《寓鄞東湖》曰「己巳（至正無「己巳」，當爲「乙巳」，即 1365）閏十月二十五日記」，據此可知，是書之撰，前後歷二十餘年。

《直記》粤雅堂刻本共四卷，二百九十五則，六萬餘字。他本或卷帙、條目小有差別，但内容出入不大。

作者爲元代底層官僚，長期接觸市井生活，對元代社會生活和民風民俗等至爲熟悉。其書依照「可以感發人心」「可爲後世之戒」以及「可爲博聞多識之助」的記事標準，將目擊耳聞之「一事一物」「里巷方言」蒐集成編，雜記元代政治、民俗、人物掌故、典章制度、宗教祭祀、文人交游、書畫創作、語言文字、樂舞以及文物、手工藝品、花草、醫藥及奇事異聞等，《四庫全書總目》評爲「猥瑣」：「中一條記元文宗皇后事，已傷國體。至其稱『年老多蓄婢妾，最爲人之不幸，辱身喪家，陷害子弟，靡不有之。吾家先人，晚年亦坐此患』。則並播家醜矣。」是著屬「雜記」一類，亦不乏怪誕不經、因果報應、道德勸誡甚至家庭瑣事一類内容，但同時也近乎實録地展示了元代廣闊的社會畫面，是了解元後期政治、經濟、文化、文學創作及社會風俗的重要參證。其有關詩詞本事、書畫戲劇、語言文字、樂舞等方面的記載，爲元代文學及文化研究提供了足資參鑒的珍貴史料。「雜記」「筆記」一類著述，元人多有爲之。有元一代，此類著述多達三百六十餘種，陳才智先生有《元代筆記類編芻議》一文（2017 年新疆「全國元代文學與西域文學研討會」提交論文），備述其詳。諸記所録内容各有側重，史學與文學價值亦良莠有別。如陶宗儀《輟耕録》對元代史事制度及農民起義等記叙較詳，是研究元代社會生活的珍貴資料；楊瑀《山居新語》所記元代時事及名人言行，頗具「信史」價值，有稗考證，甚至爲《輟耕録》所傳録；蔣子正《山房隨筆》多載南宋後期詩人的創作活動，輯録了不少散佚詩篇，具有詩話性質。如此等等，不一而足。比較而言，《直記》在以下記叙方面特色比較明顯，史料價值尤其突出。

（一）歷史史實、典章制度及人物交游

《直記》對宋末及元代宫廷鬥争、農民起義、兵役賦税等多所記叙，作者目擊耳聞，隨筆所記，去世不遠，足以補史之闕。

若卷一《上都避暑》，記建都此地的原因在於「以上都馬糞多」「以威鎮朔漠」「以車駕知勤勞」，與正史所載有所不同。史載，忽必烈選擇開平建夏都，其主要原因在於此地可北控大漠、南屏燕薊，即所謂「控引西北，東際遼海，南面而臨制天下，形勢尤重於大都」（虞集《賀忠貞公墓誌銘》）；當然，通過定期巡守以聯繫漠北蒙古宗王和貴族、保持蒙古舊俗等亦爲重要動機。《直記》「馬糞多」之説，他書不載。馬糞亦稱「草炭」，據《黑韃事略》《錢塘遺事》等記載，草炭乃照明、爨炊及冶煉的必備材料，在邊地生産、生活中扮演着重要角色。因此，「馬糞多」作爲建都此地的原因之一亦具合理性。該則還載，「還大都之日，必冠世祖皇帝當時所戴舊氈笠」，取祖宗故物以示不忘，亦提供了難得的史實細節。卷一《周王妃》一則，記「文宗后嘗椎殺周王妃於燒羊火坑中」「文后性淫，帝崩後，亦數墮胎，惡醜貽恥天下」，顯然與正史「事宜存録」的原則相違背，故《四庫總目》譏爲「已傷國體」，但這些材料正可與《庚申外史》《元史》等文獻中的相關記載相參看，有助於深入了解元代宫廷

的權利鬥争，其事亦可增廣視聽，以備異聞。卷三《勢不可倚》一則，記權臣伯顔、脱脱、哈麻、雪雪專權，「承國家多事、皇綱解紐之時，恣遐邦化外之常性，怒則死，喜則生，視生民人類如草芥，雖天子之命亦若罔聞者」，附炎趨勢者「盗受天子名爵，皆能生殺人」，兼併土地，逃避科役，窮奢極欲，生靈荼毒。這些記載是了解元代政治生態的可貴參照，具有重要的史料價值。

宫廷和上層社會之外，《直記》對於當時的社會現實與社會矛盾也多所反映和揭露。以卷三爲例，《乞丐不置婢僕》記元末買賣人口猖獗，「乙酉年後，北方飢，子女渡江轉賣與人爲奴爲婢，鄉中置者頗多」「好者已被娼優有力者先得之」「至正甲午年，鄉中多置淮婦作婢，貪其價廉也」，戰争給普通人生活帶來的災難亦觸目驚心。《富户避籍》記良民爲避苛政投靠官僚和皇室貴戚爲養老户計，不料反遭荼毒，形同奴隸，子孫不免。對元末吏治之腐敗多有抨擊：「夫陷溺其民者，罪莫大于土吏，土吏之罪不容于誅。凡教猱升木，吹毛求疵，爲害百端，敗壞風俗，吏之所爲也。今天下擾攘，城池殘破，舞文弄法，助虐濟奸，吏之所爲也。吏之爲害深矣哉！」《豪僧誘衆》記湖州白雲宗僧沈宗攝設教誘衆，自稱「受其教者可免徭役」，諸寺僧設「贍衆糧」欺騙百姓，以致「所獻之籍，則有額無田，追征不已，至於鬻妻賣子者有之，自殺其身者有之」。孔克齊乃先聖孔子之後，秉持傳統儒學之「一統」「民本」等思想，目僧道爲「異端」（卷二《妻死不葬》）、「鼠雀」（卷一《僧道之患》），對此輩之劣行惡績多有揭露和抨擊。其餘科場弊政、人心不古、世情澆薄、民族關係、幣制等社會現實問題，本卷亦多有記録。

《直記》對元末壬辰（1352）兵亂後江南地區的社會狀況和民生艱危多所記録，内容繁複，詮敘可觀。如，卷一《國朝文典》自言：「今壬辰亂後，日記略吾所見聞。所書也，凡近事之有禍福利害可爲戒者，日舉以訓子弟。」卷一《楮幣之患》記兵亂後紙幣貶值，交易惟用銅錢，幣制混亂，經濟凋敝；卷二《宋末叛臣》記紅巾軍攻杭州，錢唐縣尹范静善「從逆」、劫官庫諸事，皆爲正史所不載；卷四《邵永年》借詩讖記至正壬辰、癸巳兵劫後尸横遍野、荒塚累累之慘狀。作者身處亂世，親歷兵燹，避兵鄉野，顛沛流離，所記不惟有切膚之痛，亦提供了真實的社會場景。

《直記》對元代典章制度多所記載，如卷一《國朝文典》列大元條格、文典頗詳。有些典章如《大元一統紀略》《女真使交録》《國初國信使交通書》《后妃名臣録》《後至元事》等今已佚，不傳於後，《直記》載之，正可以引爲參證。有學者以爲，《大元通制》乃據《風憲宏綱》修訂而成。據《元史》，《風憲宏綱》係以格例條畫有關風紀者類集成書，出趙世延手，並非完整的律條。《直記》以《大元通制》與《風憲宏綱》並舉，可見兩書各爲一事。方齡貴先生即引《直記》爲旁證，認爲「《大元通制》並非據《風憲宏綱》修訂而成」（《通制條格校注・前言》，中華書局，2011年）。

元代的典章制度載於有元一代的典章、條格、刑律、詔書、奏章之中，後世編撰《元史》，其「志書」一部亦有記載。這些典章制度雖經後人整理彙集，但不免枯燥干癟，且實施過程及相關案例偏少。而《直記》中恰恰記載了諸多訴訟刑罰、商貿往來、文人宴集的鮮活事例。這些事例即是對相關典章制度的生動反映，圍繞以上相關内容所彙集的、緣於不同角度的史料文獻也可足以補證元代典章制度的社會效應。如卷四《董生遇闋》，描述了選官制度下基層官吏的選拔情況，以及以抓鬮手段進行基層官員補缺的過程和方法。諸暨人潘嚞兩得黟縣教諭，更以具體實例反映了元代以拈鬮注選官吏的弊端。同卷《江南富户》記至正間江南富户納粟補官之風猖獗，致使才德之士難以當朝，富而無識者充盈於州郡。濫授官職、吏治混亂如此，時人嘲爲「茶鹽酒醋都提舉，僧道醫工總相公」。文中還舉出希茂父子、周信臣、蔣文秀、吕養誥等人賣官鬻爵的實例，以具體人、事詮釋元末選官制度的弊病。卷四《乙酉取士》揭露至正五年(1345)乙酉科取士不公，吏胥貪贓枉法，正可與《南村輟耕録》之《非程文語》相參看，了解彼時科舉之弊。

《直記》中多涉及朝廷顯貴、宋末遺民、地方豪傑及文壇宿士之奇聞軼事，亦包含了許多正史所不載的事迹和細節。如卷一《脱歡報應》《脱歡惡妻》《館賓議論》，卷二《脱歡無嗣》等則，記南台御史大夫脱歡其父、其母、其妻、其子諸事，雖煩雜瑣屑，多出傳聞，且不乏因果報應等消極思想，但畢竟提供了正史所不載之若干事件，爲還原歷史人物之真實面貌提供了些許依據。卷四《天賜歸暘》以傳奇筆法記元末歸暘耿直廉介、不慕財貨之事，其事亦爲明初人所撰之《國朝忠傳》所載録。歸暘在順帝至元五年(1339)河南行省掾范孟之亂中，不受僞職，凌然有節，《直記》記其軼事，足見對忠節之士的褒贊。卷四《江古心》記宋末丞相江萬里養子因祭祀有闕遭「朱衣史」擊瘠而卒事。據《宋史》，江萬里無子，以蜀人王槦子鎬爲養子，元軍克饒州(今江西鄱陽)，江萬里率子鎬投水殉國。另有一説，鎬投沼未死。此記雖荒誕近於傳奇，但却明顯體現了對江萬里的崇敬之情。

至如名士雅行、故老舊聞，《直記》中更是比比皆是，不勝枚舉。卷一《羅太無高節》記宋末元初醫學家羅知悌與清碧先生杜本之交游，以及羅知悌好讀書史、不慕權勢、散金歸鄉等事，均爲正史所不載。羅氏高節，賴之以傳。卷二《文章設問》言及元代著名文人袁桷高祖袁昇爲杖直小隸時，「多用猪肉(血)貫于杖中」，使係罪者往往多受其輕刑免死，因陰德生子有後；及袁桷爲史官時，改作小「隸」爲「吏」字等事。雖無史實依據，或可做野史觀之，有裨於視聞。《直記》對溧陽地方俊彦、人物關係等多有記叙，其中文人雅士間的詩酒唱和、權臣政客間的權術傾軋，都形象地再現了元代社會生活的精彩片段。然而，文中的人物關係失於簡略，有名者尚於史傳可查，無名者至於湮没無聞，更有諸多同音異寫的非漢人人名，頭緒繁雜錯亂，不少人物事迹已無所考稽。若附之以史傳檔案、地理方志、家譜族志、墓志碑文等文獻資料，顯然有助於勾勒人物事迹脉絡，梳理和鉤考人物關係，展現血肉豐滿的歷史人物形象，再現錯綜複雜的歷史事件。

(二) 民風世俗、禮儀信仰與社會生活

《直記》於「持己處家之方，貽謀燕翼之訓」(歸有光跋語)皆直筆記之，對元代社會生活和社會風俗等多有反映，特别是對元代溧陽及其周邊地區的商業經濟、風土人情、飲食居住、生産活動、禮儀交往、婚喪信仰等方面的記載，尤顯珍貴。《直記》往往舉列具體人、事以見當時的社會風尚、精神面貌和道德準則等，生動地體現了特定時期、特定群體對自然、社會、人與人之間關係的認識和態度，對於深入探討元代文化及其内涵和意藴具有重要的參鑒意義。

如卷一《戲婚》《婦女出遊》《婚姻正論》《寡婦居處》《年老蓄婢妾》《婢妾之戒》、卷二《置妾可謹》《壯年置妾》《娶妻苟慕》《家法興廢》《婦人不嫁爲節》《浙西風俗》、卷三《不嫁異俗》《婢不配僕》《僕主之分》等，對當時的婚姻風俗多所記載。卷二《娶妻苟慕》載：「浙西風俗之薄者，莫甚于以女質于人，年滿歸，又質而之他，或至再三，然後嫁。其俗之弊，以爲不若是，則衆誚之曰：『無人要者。』蓋多質則得物多也。蘇、杭尤盛。」典妻在元代江南、山東等地時有發生，《元典章・禁典雇・禁典雇有夫婦人》載：「南方愚民，公然受價，將妻典與他人數年，如同夫婦，豈不重于一時令妻犯决之罪？有夫之婦，擬合禁治不許典雇。」又同卷《典雇妻妾》載：「膠州同知林承事呈：『去年災傷，百姓饑荒，以致父子兄弟離散，質妻賣子，不能禁止。又有指稱買休，明受其價休棄，將妻嫁賣。……』」可知，出於生活窘迫，以妻典雇於人、期滿放還之事確有存在。典妻、典女固然有「得物」之目的，但也客觀反映了元代江南「漢人」「南人」生計困迫、無以爲繼的悲慘境遇。

卷一《婚姻正論》反映了元代族際通婚的基本事實，以及時人對此的認識和態度：「婚姻之禮，司馬文正論之甚詳，固可爲萬世法者。士大夫家或往往失此禮，不惟苟慕富貴，事于異類非族，所以壞亂家法，生子不肖，皆由是也。」所謂「異類非族」，似源於班固《西都賦》「殊方異類，至於三萬里」，此指漢族以外的其他民族。孔克齊引司馬光《家範》，反對異族通婚，特别是出於「苟慕富貴」的異族聯姻。卷三《不嫁異俗》更引其先人之教誨，對異族通婚之俗持堅定的反對態度：「先人居家，誓不以女嫁異俗之類。嘗曰：『娶他之女尚不可，豈可以己女往事，以辱百世之祖宗乎？』蓋異類非人性所能度之，彼貴盛則薄此，必别娶本類，以淩辱吾輩之女；貧賤則來相依，有乞覓無厭之患。」事實上，在大一統的社會環境下，不同族屬之間的社會交往日漸頻繁，族際通婚是非常普遍的，孔克齊也講「類此者頗多，不能盡載」（同上）。以《直記》所載，就有江淮行省左丞相阿剌罕娶廣德長樂村人王氏爲妻（卷一《脱歡惡妻》）；脱歡大夫無嗣，「納一民家女爲妾」（卷二《脱歡無嗣》）；錢塘葉肅可「學國語（蒙古語），爲蒙古長史，娶蒙古氏」（卷一《石枕蘭亭》）；金陵名士王起岩以女嫁録事司達魯花赤之子（卷三《不嫁異俗》）；趙子威嫁女異族（同上）等。孔克齊引《左傳・成公四年》「非我同類，其心必異」之論，認爲異族通婚有「辱百世之祖宗」「壞亂家法，生子不肖」之患，這反映了其思想的局限性。不過，孔克齊所反對的主要是以「苟慕富貴」、貪慕田産資裝之盛爲目的的族際婚姻。元人持此論者，並非孔克齊一人，元中期名臣王結在《善俗要義》一文中講：「又聞府中人家，亦有苟貪財賄，甘與異類爲婚者。此乃風俗薄惡，家法污穢之極，可羞可賤，而他處所無有也，然皆父母兄長之過。聞吾言而思之，豈無愧恥之心哉？嗚呼！良家子女安忍配偶異類之身乎？今後凡議婚姻，欽依元定聘財，選擇氣類相同良善之家，又遵用吾説，謹其始而以親愛信實終之，則人倫漸明，風俗漸厚矣。」（《文忠集》卷六）王結祖王遜勤從成吉思汗西徵，曾娶西域阿魯渾氏女爲妻，照理説，王結對族際聯姻本不該如此偏執。事實上，王氏之論主要是針對「苟貪財賄」的情況而言的，與孔氏之論一樣都體現了對人倫教化的重視。

其餘夫死不嫁、婢僕之配、置妾立嗣、年老蓄婢妾、贅婿等例，以尋常百姓事例多方面展示了元代豐富的婚姻風俗，雖軼聞舊典，亦往往足備考證。《直記》甚至多以其祖、其父、其姊、其家及自身之經歷明其是非得失與善惡成敗，並據以教示民俗、禁戒邪狹。如卷二《買妾可謹》記其祖孔潼孫妾與黄瀞私通，生子不肖，爲患五十餘年；其父孔文昇晚年「置半細婢三四人」「或爲中外子弟私通，亦不能覺察」等，《四庫全書總目提要》譏爲「並播家醜」。《禮·緇衣》曰：「故君民者章好以示民俗，慎惡以御民之淫，則民不惑矣。」可以肯定地講，「並播家醜」並非孔氏初衷，其風俗教化與道德勸諭的用意是十分明顯的。今天看來，《直記》對彼時婚姻家庭生活方式、人際交往方式和禮儀禁忌的記載和描述，爲深入了解元人的行爲準則、生活方式及心理世界提供了重要渠道。揚雄《法言·吾子》：「好説而不要諸仲尼，説鈴也。」《直記》所載雖零縑佚事，但亦可羽翼世教，有裨教化，非揚雄所謂「説鈴」可比也。

婚姻之外，《直記》對元人的飲食、服飾、居所、禮儀等記叙頗多，孔氏於考訂舊俗，尤所留意。如，卷三《張昱論解》言浙江行省駙馬丞相相遇賀正旦及常宴必用「反坫」之禮。所謂「反坫」，又稱「反爵之坫」，乃周代諸侯間的一種宴禮。坫，爲放置爵等器皿的禮具。《論語·八佾》：「邦君樹塞門，管氏亦樹塞門；邦君爲兩君之好有反坫，管氏亦有反坫；管氏而知禮，孰不知禮。」鄭玄注：「反坫，反爵之坫，在兩楹之間。人君别内外，於門樹屏以蔽之。若與鄰國君爲好會，其獻酢之禮，更酌，酌畢則各反爵於坫上。」可知，諸侯宴飲中，主人之獻禮、賓客之酢禮，飲畢，均需把空爵還放坫上，這是「反坫」的基本程式。《直記》引張昱之論，認爲「便如今日親王貴卿飲酒，必令執事者唱一聲，謂之喝盞，飲畢，則別盞斟酌，以飲衆賓者」，其基本程式與周禮相近，但其適用對象及意義仍有較大差異。不過，《直記》所謂「出于至尊以及乎王爵也」的推論是符合事實的。再如，卷四《維揚憲吏》載托人代拜獻壽，必授所托之人手帕一方，或紵絲一端，此俗在北方民間比較流行。之後，發展演變爲「凡遇生辰及歲旦、冬至朝，咸以手帕奉賀，更相交易」，蒙古之地則以皮條代替手帕以相互致賀。《通制條格》卷八載：「本臺官朶兒赤中丞等奏：『殿中司文字裏説有，昨前拜年時分，徽政院裏僉院忽都小名的人，皇帝根底拜了之後，大殿裏穿着公服，月魯帖木兒知院根底跪着與手帕來。』」據此，朝官之間亦有贈送手帕以賀歲之俗，可知《直記》所載爲實。此類贈送手帕以賀生辰及重要節日，或作爲信物的禮俗，在元散曲、雜劇中也有體現，如，元人徐再思、王舉之均有散曲小令《手帕》，關漢卿《詐妮子調風月》第二折：「［堯民歌］見那廝手慌脚亂緊收拾，被我先藏在香羅袖兒裏。是好哥哥和我做頭敵，咱兩個官司有商議。休題，休題！哥哥撇下的手帕是阿誰的？」如此，《直記》之所載正可與文學作品中的相關描述互爲參證，對作品釋讀亦有所資益。

（三）文學作品、文藝事典與文人事迹

《直記》涉及文人事典、文學事迹者六十一則（書畫家另計），又完整載録和援引文人詩、詞、散曲等作品二十首，不乏如貫雲石、薩都剌等著名文人的作品。其中，佚作十二首，佚句十三句，並附有本事原委，於保存元代文學文獻有積極意義。文人雅集、政客往來時的酒宴觥籌、詩酒唱和，在體現元人美學風尚的同時，也客觀記録了詩詞發生的真實場域，再現了文士的才諝和情懷，富有鮮

明的時代意義。

若卷一《古雁》篇録詩僧《題古雁圖》一首：「年去年來年又年，帛書曾動漢諸賢。雨暗荻花愁晚渚，露香菰米樂秋田。影離冀北月横塞，聲斷衡陽霜滿天。人生千里復萬里，塵世網羅空自懸。」據明蔣一葵《堯山堂外紀》卷七十，詩僧即行端（字景元，一字元叟，俗姓何）。《堯山堂外紀》所謂「時翰林諸公在焉」「諸公稱賞，即以詩授客去」云云，與《直記》所載同，因此基本可以認定《堯山堂外紀》所記乃本於《直記》。《堯山堂外紀》及明曹學佺《石倉歷代詩選》、清陳焯《宋元詩會》、清顧嗣立《元詩選二集》壬集等均收録此詩，但文字上與《直記》所載小有不同。以時代前後而論，《直記》所載顯然更接近原詩風貌。此詩有以爲乃薩都剌之作者，《元詩選》據《堯山堂外紀》已辨其非。《堯山堂外紀》書首有萬曆二十六年（1598）蔣一葵自序，可知此書之成書晚《直記》二百餘年。如此，《直記》所載當爲更直接的證據。類似情況還如貫雲石［雙調］《清江引・立春》，隋樹森編《全元散曲》據明蔣一葵《堯山堂外紀》卷七十一和清姚之駰《元明事類鈔》卷三録入該曲。《堯山堂外紀》原文如下：「貫酸齋嘗赴所親宴，時正立春，座客以《清江引》請賦，且限金、木、水、火、土五字冠於每句之首，句各用春字。酸齋即題云：……滿座絶倒。」且看《直記》的記叙：「北庭貫雲石酸齋，善今樂府，清新俊逸，爲時所稱。嘗赴所親某官燕，時正立春，座客以《清江引》請賦，且限金、木、水、火、土五字冠於每句之首，句各用『春』字。酸齋即題云：……滿座皆絶倒。」不獨内容相同，文字亦少有改易，則《直記》之所徵引較之《堯山堂外紀》更早、也更可靠。至於姚之駰《元明事類鈔》，則明確標注出「明查應光《靳史》」，而《靳史》卷二十五又標注出《外紀》，可知，關於貫雲石此曲及本事的記載，從現存資料來看，最早者當爲《直記》。

再如，卷一《趙巖樂府》篇，是最早關於元代散曲家趙巖生平、家世及才學的記載，後人有關趙巖的記敘和描述多引以爲據，如李修生先生主編《元曲大辭典》「趙巖」條、袁世碩先生主編《元曲百科辭典》「趙巖」條等。其散曲作品《中呂・喜春來過普天樂》也賴是書之録得以流傳至今，《全元散曲》據以録存。其餘如，卷一《古陽關》據《和林志》録《青門引》詞一首，亦爲元人散佚之作，唐圭璋《全金元詞》據《直記》所載録爲元詞，題《青門引・題古陽關》，無名氏作；《矮松詩》《神童詩》録元人軼詩各一首，並具本事；《薩都剌》一則録薩都剌詠物詩三句，現傳世之薩都剌《雁門集》無載。卷三《老儒遺文》録宋末老儒詩一首，並具相關本事始末，此詩宋元其他典籍未見有録，既然是「先人于延祐戊午時，在嘉興幕府聞」，當可信；《月蝕大雨詞》，收無名氏《鵲橋仙》詞兩首，《全金元詞》《全元散曲》均據《直記》所載收録。卷四《江南富户》載荆溪士人張載之嘲納粟補官詩一首：「納粟求官作貴翁，誰知世事轉頭空。一朝金瀨周巡檢，三日維揚蔣相公。希茂知幾先首罪，長源陪課不言功。何如林下山間者，紅葉黄花酒一鐘。」「周巡檢」即周信臣，「蔣相公」指蔣文秀，「希茂」爲楊希茂，「長源」乃荆溪王德翁子，皆納粟補官者，《直記》記其事甚詳。該詩形象地再現了至正間賣官鬻爵的政治生態，兼具歷史認識價值。《全元詩》第五十八册據以録入，題《嘲納税富户》，作者標爲張載之。如此等等，不一而足。《直記》爲雜記，與文選、詩話等在體例、内容和記叙重點等方面顯著不同，但其所載佚詩闕篇，皆有可觀。

其次，大量載録宋金元著名文士如張炎、梁棟、元好問、趙孟頫、揭傒斯、歐陽玄、袁桷、鮮于樞等人軼事趣聞，均爲正史及其他文獻所不載者，就所聞見，足資掌故，具有較高的文學史料價值。如，卷一《歐陽寵遇》《歐陽夢馬》《議立東宫》記歐陽玄奉勅撰《許魯齋神道碑》、幼夢天馬、特旨乘輿赴殿墀下等軼事數端，盛讚歐陽玄德行高潔、謙和好禮，又明經博學、文不妄作。認爲其文法雖不及虞集、揭傒斯、黄溍，而「實事不妄」則過之；至于聖眷之重，「其寵其榮，國朝百年以來一人而已」。《四庫全書總目》卷一六七《圭齋集》「提要」亦引《直記》所論及明宋濂之評，認定歐陽玄文實未減於虞、揭、黄三人。歐陽玄事履，雖危素《歐陽公行狀》及《元史》等有載，但《直記》所記諸史事細節正可與之互爲表裏，是難得的文學史料。卷二《希元報應》記林希元私通館人之婦及「妻妾淫奔」等事，《兩浙名賢録》等只言林希元「博學能文章」、居官能廉、交友能信，但其家庭狼籍諸事，《兩浙名賢録》及《（康熙）上虞縣志》《（雍正）浙江通志》等相關文獻均無載。同卷《梁棟題峯》條記宋遺民詩人梁棟因文受累，被人訴爲「謗訕朝廷，有思宋之心」，最終免罪放還江南。此事在一定程度上體現了元代文禁之寬緩，其殘句三例，《宋詩紀事》據以録入。又《遺山奇虎》記一斑紋大虎向元好問請教經史，並護佑其行，雖只可做傳奇讀，但亦體現了時人對元好問才學的欽服。

他如，卷三《曼碩題雁》一則，釋揭傒斯《題雁圖》「寒向江南暖，飢向江南飽。物物是江南，不道江南好」一詩乃「譏色目北人來江南者」，提供了此詩内容及主題指向，多爲後人所取，如《堯山堂外紀》卷七十三即全襲《直記》之説。卷四《錢唐張炎》記宋元間著名詞人張炎因賦《孤雁》，時人稱爲「張孤雁」。「張孤雁」之稱，首見於此，後清查爲仁《絶妙好詞箋》、清厲鶚《山中白雲跋》、清謝朝徵《白香詞譜箋》卷三、清江昱《山中白雲詞疏證》卷一等都引用了《直記》之説。又《敬仁祭酒》一則，載袁桷「以譏謔爲習」，有嘲許衡子許敬仁詩一首：「祭酒許敬仁，入門韃靼喚。出門傳聖旨，日日稱先人。」生動地再現了袁桷的性格特徵。卷二《别業蓄書》記袁桷承祖父之業，藏書之富甲於浙東；「伯長没後，子孫不肖，盡爲僕幹竊去，轉賣他人，或爲婢妾所毁者過半。且名畫舊刻，皆賤賣屬異姓矣」。凡此種種，内容繁複，殊爲可觀。

再次，多記文士交游與文人雅集，爲了解當時的文學文化生態、考訂創作原委提供了基礎依據。如卷三《景明好事》一則記溧陽江景明專設賓館，款留名士如建平縣尹王勉往來酬唱，詩畫交流；卞仲祥款延詩人、書法家周馳；石莊史道原款接書畫家鄭子實、詩人白珽，「賦詩作畫，以習文采」。元代東南文士筵宴酬唱、詩書雅集之風，於斯可見一斑。本則並録白珽《題鄭子真（實）畫四季詩意》六言古詩二首，此二詩《元詩選》未選，清張豫章《四朝詩》及《文淵閣四庫全書》本《湛淵集》有載。其中，第二首「蓮葉吹香澹澹，扁舟撑影斜斜。驚散一行白鷺，東風卷起梨花」，《四朝詩》及《四庫全書》本《湛淵集》「撑影」作「撑港」，尋繹詩意，顯然《直記》所載爲是。又，「東風」，上述兩本作「西風」，此詩叙秋景，因此，「西風」更爲妥帖，《直記》所載爲非。如此，則《直記》不僅記叙了作詩原委，亦提供了可資參鑒的詩歌文本，其文獻價值自然不言而喻。此則記王勉曰：「建平縣尹王勉起宗，號東巖，以事罷，來館於江，賦詩作畫，飲饌無虛日，或終歲焉。」《元詩選癸集》乙集：「勉字起宗，號東巖，□□人。大德間任建平縣尹，以事罷。館於溧陽江景明家，賦詩作畫飲饌無虛日，或終歲焉。」此述顯然本於《直記》。

再如，卷四《四明厚齋》，記宋末元初文人王應麟軼事，又及袁桷、孔昭孫、史蒙卿三人曾登門請教事，提供了難得的文人交往資料。《蕭斞講學》記學者蕭斞與孛术魯翀交游事，不過孛术魯翀所謁乃蕭克翁，非蕭斞，《直記》所記有誤。但本則所述彈劾元明善、却胡僧帝師之禮、怒斥虞集阿附文宗諸事，均形象地再現了孛术魯翀廉介剛毅、嚴恪正直之志。

《直記》還大量記録了其祖、父、從兄等的交游狀況，爲了解元代溧陽地區的文士交往與文學創作提供了寶貴資料。如卷四《戴率初破題》，記其父孔文昇幼年從戴表元游，得到了後者的賞識和褒揚；同卷《先君教諭》又載孔文昇與當時著名文人淩時中、淩懋翁父子，貢士浚、貢奎父子及盧摯、徐琰等人雅相推重，詩詞唱和，等等。《先君教諭》又記，《陽春白雪》題徐容齋所作之《折桂令》曲一闋，實乃其父孔文昇即席所賦。隋樹生《全元散曲》據《陽春白雪》前集二、《樂府群珠》三録孔文昇［雙調］《折桂令·贈千金奴》：「杏桃腮楊柳纖腰。占斷他風月排場。鸞鳳窩巢。宜笑宜顰。傾國傾城。百媚千嬌。一箇可喜娘身材兒是小。便做天來大福也難消。檀板輕敲。銀燭高燒。萬兩黃金。一刻春宵。」曲後按語曰：「此曲《陽春白雪》注徐容齋作，《樂府群珠》從之。唯據孔齊《静齋至正直記》應是孔文昇作。《静齋至正直記》云……案子叙其父事，且又指明《陽春白雪》誤題，當可信也。」

此外，《直記》間或談到讀書及作文之法，涉及對文學創作的態度和認識，亦有可取。如卷二《文章設問》，通過與宣城貢有成及鄉人的對話，對古文記叙的真實性提出質疑，認爲「文人才士虚誕言辭之不可信也」「今虞、黄、張、貢皆妄誕不實」。同卷《學文讀孟》言：「愚謂學作文不必求奇，但熟讀《孟子》足矣。以韓、柳、歐、曾間架活套爲例程，以《孟子》之言辭句意行之于體式之中，無不妙也。蓋《孟子》之言有理有法，雖太史公亦不能及，徒誇豔于美觀耳，吾不取也。」孔氏推重孟子及韓、柳、歐、曾等人的散文，反對誇浮不實之風。卷三《月蝕大雨詞》評無名氏《鵲橋仙》詞兩首：「詠其詞旨，蓋亦有深意焉。豈非《三百篇》之後，其諷刺之遺風耶？」同卷《虞邵庵論》引虞集之論，提倡雜劇之作宜包含諷諫、不失美刺之旨意，這都體現了孔氏重風雅諷諫的論文傾向。

（四）書畫文獻、藝術鑒賞與手工技藝

《直記》大量載録宋金元著名書畫家如米芾、黄庭堅、趙孟頫、趙葵、王庭筠、陳恕可、鮮于樞、張雨、王冕等人事迹，或記其趣事軼事，或述其書畫理論，間亦評判其得失成就，言多有據，要言不煩。又記裝裱、修飾、鐫刻等細節，展現了元代獨特的書畫文化，鉤玄發明，良多可觀。

趙孟頫與孔克齊父孔文昇有故交，曾受孔文昇之托作《闕里譜系序》。或許與此有關，《直記》對趙孟頫才學、品行及交游等多有叙録。卷一《松雪遺事》，記趙孟頫與錢唐老儒葉森之間的交游，述及臨《洛神賦》、以太湖石製作「風篁」、白蓮道者造門求字諸事，卷三《松雪家傳書法》又記趙孟頫

教子弟寫字之法等事,在盛讚趙孟頫「敏慧格物理、參造化之巧」的同時,也揭示了其「亦愛錢,寫字必得錢」的一面,塑造了豐滿、真實、有血有肉的趙孟頫形象;卷三《冀國公論書法畫法》則評趙孟頫「畫與書,皆能造古人之閫」,對趙孟頫的書畫成就給予了很高的評價。鮮于樞亦爲有元一代著名書法家,《直記》於卷二《鮮于困學書法》記其以馬軲三片以熟手勢,其懸筆之法趙孟頫不及;卷三《鮮于伯機》又記其親書「三辱」以明志,頗能見鮮于樞的志趣與氣節。

《直記》還保留有時人論書、論畫言論,是元代書畫理論中十分難得的資料。如卷一《張貞居書法》記元代書畫家張雨論書法曰:「用筆不可多滯水墨,當以毫端染墨作字,乾則再染墨,切不可用力按開毫端,便不好也。凡退筆雖禿乏毫,皆潔淨如未嘗濡墨者。蓋老趙寫字,必連染三五管筆,信宿然後書之。」此論僅見於此,其餘典籍未見有載。再如,卷二《畫蘭法》轉叙元人明雪窗畫蘭之法,雖只有200餘字,却言及選筆、指法、畫法等,明核不煩,得其崖略。其中,對蘭葉、蘭花畫法的總結最爲仔細:「起筆稍重,中用輕,末用重,結筆稍輕,則葉反側斜正如生。有三過筆,有四過筆。……花有大小驢耳、判官頭、平沙落雁、大翹楚、小翹楚諸形。」强調因勢取筆,濃淡有致。這些總結對明清畫蘭技法深有影響。明雪窗著有《蘭譜》,據説日本有傳,國内古籍文獻中只有《直記》此叙可資窺其大概。關於郎玄隱事歷,文獻所載亦十分稀少,《直記》所載爲後世所憑藉。如,清孫岳頒《佩文齋書畫譜》卷五十四《畫家傳》十「郎玄隱」:「道士郎玄隱,洮湖人,居三茅山,善畫蘭,得明雪窗筆法。」即出自《直記》。

此外，《直記》還多記元代紙、墨、筆、書的形制、産地、製作過程及著名工匠等，多方展現了元代書畫藝術及製作技藝。如，卷二《白鹿紙》一則記載了白鹿紙的來源、用途、色澤、製造工藝及當時的使用情况等，是關於白鹿紙的最早記録。本則亦談到元代西江紙、臨江紙等，是研究元代造紙術的寶貴資料。明曹昭《格古要論》卷二《古紙》沿用其説：「(元)又有白籙紙、觀音紙、清江紙，皆出江西，趙松雪、巙子山、張伯雨、鮮于樞書多用此紙。」清錢大昕《恒言録》卷六《文翰類》則直接引《至正直記》原文，並有案語曰：「常生案：《考槃餘事》：『白籙紙出江西，趙松雪、張伯雨多用之。』又《江西志》有大小白鹿紙。」卷三《書畱邊欄》云：「抄書當多畱邊欄，則免鼠齧之患。書册必穿釘，不可用腦折也。若《通鑒》大本數多至百者，則腦之以下皆穿釘可也。」從側面展示了元代書籍的裝幀和形制，對元代書籍史的研究具有重要參鑒意義。

（五）諺語俗謡、鄉間曲語與讖言字諱

《直記》大量載録元代諺語、讖言、諱字等，豐富的語言文化信息，大量的民間俚俗語、市井話、鄉間曲語、謡諺被記載在册，彙集成了豐富多彩的語料庫，藴含了生動的文化信息，是了解元代語言風俗和市井生活的重要憑介。這些語言資料均有其産生的具體場域環境，伴隨有事件的緣起深化和人物的情態、心理與價值評判等，靈動鮮活，具體可感，富有時代氣息。

一是諺語。

卷二《江浙可居》之「蘇不如杭」「台不如温，温不如鄞，鄞不如越」「明慳越薄」「温賊台鬼，衢毒

婺痞，鄞不知恥，越薄如紙」，《淮南可居》之「東南生氣，西北戰場」，《浙西諺》之「年年防火起，夜夜防賊來」；卷四《溧陽昏鴉》之「山朝不如水朝，水朝不如人朝，人朝不如鳥朝」等，概括了江浙臨海之地山川地勢、人情世俗的特點，對其澆薄之風多予抨擊。

卷二《贅壻俗諺》之「三不了事件」，《婢妾命名》之「席上不可無，家中不可有」，《尋常侍奉》之「男子侍奉，不如女子相便」等；卷三《不嫁異俗》之「非我同類，其心必異」等，引民諺俚語喻寫贅婿處境之尷尬、以妓爲妾之禍患、家居防閑之道及族際通婚之憂，其儆戒之意明顯。

卷一《惜兒惜食》之「惜兒惜食，痛子痛教」「教子嬰孩，教婦初來」；卷二《五子最惡》之「五子最惡」，《人生從儉》之「人生雖至富貴，但住下等屋，穿中等衣，吃上等飯」，《不惜衣食》之「不惜衣裳，獲凍死報；不惜飲食，獲餓死報；尋常過分，獲貧窮報」「惜衣得衣，惜食得食」，《結交勝己》之「結交須勝己，似我不如無」，《成人在勤》之「成人不自在，自在不成人」，《十六字銘》之「甯人負我，毋我負人。甯存書種，無苟富貴」，《和睦宗族》之「要做好人者，自做好人；不要做好人者，自不做好人」，《宋末叛臣》之「善惡有報，只爭遲早」，《吃素看經》之「窮吃素，老看經」；卷三《首飾用翠》之「活銀病金死珠子」，《新人舊馬》之「使新人騎舊馬」，《家出硬漢》之「家有萬貫，不如出個硬漢」，《萬頃良田》之「萬頃良田，不如四兩薄福」，《日進千文》之「日進千文，不如一藝防身」，《出納財貨》之「謹出納，嚴蓋藏」；卷四《蒼蠅變黑》之「蒼蠅變黑白」，《無土不成人》之「無土不成人」，《莫置玩器》之「與人不足，攛掇人起屋；與人無義，攛掇人置玩器」，《巴豆黃連》之「巴豆未開花，黃連先結子」

等，備述砥節礪志、甄辨善惡、勤儉持家之道，顯示了時人及作者本人的道德原則與評判標準，亦包含了誡惡揚善、勸導風俗的良苦用意。每則俗語均以歷史經驗或現實人事爲證，且多引身邊事、鄉中人，淺俗而不乏深意。卷四《莫置玩器》對「攛掇」一詞予以釋解，言「攛掇者，方言，猶從臾也」。「從臾」，亦作「從諛」「從慂」，意爲慫恿、奉承，《史記·汲鄭列傳》：「天子置公卿輔弼之臣，寧令從諛承意，陷主於不義乎？」如此，以雅釋俗，便於理解。

此外，卷二《義雁》用「雁孤一世，鶴孤三年，鵲孤一周」之民諺，卷三《瑪瑙纏絲》以「瑪瑙無紅一世窮」「瑪瑙紅多不直錢」「良金美玉，自有定價」之諺論寶石，卷四《蕡香吸髓》有諺「蕡俗、吸髓、倚闌干」，則是將民間經驗引入日常生活，哲理性、科學性較强，亦多可取。卷二《鐵板尚書》引俗諺以評經典：「鐵板《尚書》，亂説《春秋》。」意爲《尚書》如鐵板釘釘，其義不能隨便更改；《春秋》尚可依據個人理解予以評説。此説部分符合經典實際，暗合前人之論，如《漢書·藝文志》：「《書》者，古之號令；號令於衆，其言不立具，則聽受施行者弗曉。」《朱子語類》卷一三三：「聖人作《春秋》，不過直書其事，美惡人自見。後世言《春秋》者，動引譏、美爲言，不知他何從見聖人譏、美之意。」

《直記》所列、所引諺語總計有三十餘則，這在同時代的雜著、筆記中並不多見。這些語言材料多采用隱喻、比附等手法，兼具思想性、知識性、啓發性和趣味性，雖鄙野之談，亦能形象準確地闡發道理、辨明是非，是了解元代語言習慣、行爲準則、生産生活方式和社會心理的重要材料。當然，所據某些俗語在認識上有偏狹愚近之弊，不足爲憑。如《五子最惡》謂瞎子、啞子、駞子、癡子、矮子五者「性狠愎，不近人情。蓋殘形之人，皆不仁不義，凶險莫測」，空疏庸鄙，未免迂腐。

二是讖語、字諱。

卷三《平江讖語》引讖者言，「平江」（今江蘇蘇州）乃「淫」字，「姑蘇」（今蘇州）爲「一女養十口」，是以地多淫風；温州之「温」字遠觀似「淫」字，風俗相類。此説無憑，類於文字游戲，但亦可略窺時人對元末東南民風世俗的認識。本則又記，張士誠改平江爲隆平府，讖者云「隆平」二字遠觀似「降卒」；吴善鄉守紹興，以篆書「果毅」二字懸於兵卒之背，讖者云是「果殺」。此以相似字形預言吉凶成敗，乃讖者的慣用伎倆。卷四《平江築城》亦叙平江事，言平江始築城時掘地得石，上刻「三十六，十八子，寅卯年，至辰巳」等讖語十九句，乃「唐癸丑三月三日立」。此讖《南村輟耕録》卷十四亦有載，文字略同，可知元時流傳較廣。《直記》以張士誠小字、起謀時部衆人數及據平江諸事加以附會詮解，以證其應驗之效，也正體現了「雜記」類著述重記奇述異的文體特點。

他如，卷四《邵永年》載録據稱爲宋寧宗嘉定間詩讖一首：「壬辰癸巳這一番，人人災死盡無棺。狗拖屍者心猶顫，鴉啄烏睛血未乾。半畝田埋千百塚，一家人哭兩三般。説與江南卿與相，任他石佛也心酸。」以爲所載事正合於至正壬辰、癸巳時兵亂景象。其言矯妄不實，但其詩却藝術地再現了元末戰亂頻仍、生靈塗炭的社會現實，具有較强的社會意義和認識價值。同卷《字讖》記桑哥拜相，術者以「桑」「相」字形，測其止有四十八月之位；溧陽一解庫（當鋪）兩改其名，均合爲十七畫，則是以名稱筆劃多少預測其存續時間。兩例本爲偶然之事，只可作爲閒談之資。卷四《無錫讖石》以「無錫平，天下寧」之讖推考無錫名稱之由來，稍具事理，非其餘虛妄不實之類可比。

卷四《翰林讖語》記虞集論讖曰：「方言讖語皆有應時，固無此理，然有此事。如『天翻地轉』『人化獸，獸爲人』，戲言之事，容或有之。凡人世之有是言，必有是事。又如劫灰冥數之類者，未可一一論也。」此論現傳《道園學古録》等文獻無載，未能審其虛實。「讖是謎語式的預言」（范文瀾《中國通史》第二編第三章第十節），風謠隱語暗合於曩古或未來者間或有之，因此「固無此理，然有此事」「凡人世之有是言，必有是事」之論是客觀的。《直記》亦云「字讖容或可驗，雖曰偶然，亦自可笑」（卷四《字讖》），如此看來，《直記》所記預兆、應驗諸事也不能一律斷爲虛枉巧詐，雜記民間故事以資閒談也是其用意之一。

此外，《直記》還部分涉及了字諱問題。卷三《丠字聖諱》敘及古書中避稱孔子其名的種種情形，「以丠字朱筆繞圈之」「凡有丠字，皆讀作區。至如詩以丠爲韻者，皆讀作休」，可爲閱讀經史、研究古代音韻之學提供一定的線索。卷三《經史承襲》舉列宋代避諱字十七例，並歸納了其用字的一般方法，如字畫減省、改易他字、追改前代人名等，於辨別古書真僞有所資益。孔氏對於諱字之用持堅決的反對態度，以「是無識之人取媚一時，以爲萬世誚」論之，並建議「合行下書坊訂正所刻本，重新校勘，毋致循習舊弊可也」。不過，他的願望並不能成爲現實，明清時期，此風仍然存在，其《直記》亦未能倖免。如卷一《張貞居書法》「王玄宗」，粵雅堂本作「皇元宗」，極有可能是避康熙諱；卷四《字讖》之「胤定」，粵雅堂叢書等諸本俱作「允定」，蓋避雍正諱。

上述之外，《直記》還對元代民族關係、宗教祭祀、學宫儒生等有所涉及，兼及制瓷工藝、織染技術、製藥療病、古錢靈璧、果蔬草木、飲食烹飪諸端，内容繁複，詳略不一，其銓叙可觀、不可或遺者亦不在少數。

當然，由于「未暇定爲次第」之故，《直記》存在考訂失據、錯訛相雜、人事混淆、評騭失當、舛駁疏濫等情況，亦有不少鄙迂淺近之論，猥瑣荒誕之記。如，多以「西寇」「紅寇」等蔑稱元末農民起義軍；又大量充斥氣劫之數、因果報應、地理之應、婦女防閑、主僕之分等内容。至如感遺氣成孕（卷一《富州奇聞》《徐州奇聞》）、鬻筍㲉産妖（卷二《生果菜》）云云，則鄙近猥瑣，詭異荒誕，語無可采。

三、《至正直記》的版本與整理情況

據歸有光《静齋類稾引》：「一日過别業，得是編于鄉塾學究家。……余故喜而手録焉。且爲訂其舛譌，以俟付之剞劂，以廣其傳。」歸有光於鄉塾學究家偶然得到了孔克齊的著述，遂重新謄寫，名之爲《静齋類稿》，並爲之撰寫了《静齋類稾引》置於卷首，穿引成册，以備日後刻印。《直記》能流布於後世，全賴歸有光此舉。但元明以降，未見刊刻印行的相關記載，唯以抄本行世。清道光三十年（1850），由伍崇曜出資、譚瑩校勘編訂之「粤雅堂叢書」將其收録，光緒五年（1879）在廣州刊刻，是爲《至正直記》第一部刻本。《四庫全書總目》：「别一本題曰《静齋直記》，其文並同。惟分四卷爲五卷，而削去各條目録。蓋曹溶《學海類編》所改竄也。」該五卷本未見。民國時期，亦有活字本印行，但以抄本居多。現代雖有標點本問世，但迄今未見注本。

（一）版本情况

以筆者所見，今傳《至正直記》有十幾個版本，其中，以民國前居多。以下擇其要者簡略叙述如下：

1.「粤雅堂叢書」本。清刻本。書名《静齋至正直記》，四卷。有邊框。頁九行，行二十一字。版心題「至正直記」「粤雅堂叢書」「譚瑩玉生覆校」，標卷數及頁碼，有目録。較之其他幾種抄本，該本校勘、糾誤等較爲精准細緻。與毛慶善藏本相校，只有兩篇目次前後顛倒，其内容未曾有變化。其所依據的底本，在所見資料中雖無依據可考，但毛慶善藏本董夢蘭旁批所指出的謬誤，此本中多予以采納，其版本承繼關係較爲明顯。

2.毛慶善鈔藏本。清抄本。書名《静齋至正直記》，四卷。無邊框，頁十行，行二十四字。無目録。首頁爲歸有光嘉靖三十八年（1559）六月甲子所作跋文《静齋類稾引》，文後有季錫疇所作跋記。卷首鈐有「鐵琴銅劍樓」「谷友冬藏書」「慶善字叔美印」三枚藏書印。各卷卷首題「静齋至正直記，元闕里外史行素著」。正文各有篇題，間有手書旁批，訂正舛訛。季錫疇「跋記」云：「此友人毛叔美鈔藏本，中另紙校語爲吴江董夢蘭筆。」此抄本最早當是谷友冬所藏。谷友冬，生卒年不詳，事歷無考，但從抄本避「玄」字可以得出，當爲康熙以後人。後此本爲毛叔美收藏，繼轉藏於鐵琴銅劍樓。《續修四庫全書》列爲子部「雜家類」，上海古籍出版社2002年影印出版。

毛慶善，字叔美，號一亭。吴縣（今江蘇蘇州）人。清嘉、道年間著名收藏家，精於鑒跋。

季錫疇（1791—1862），字範卿，號菘耘。一作松雲，自號老松。太倉（今屬江蘇）人。版本目録學家、散文家。能刻印，工古文，精於校勘及版本目録之學。編有《鐵琴銅劍樓藏書目録》，著有《淡然居筆記》《菘耘文鈔》等。

董兆熊（1806—1858），本姓王，字敦臨，一字夢蘭。吴江（今江蘇蘇州）人。工詩，善駢文。著有《味無味齋稿》，另輯有《南宋文録》《明遺民録》等。

3. 葉名澧藏本。清抄本。書名爲《静齋至正直記》，卷首題「静齋至正遺編目次」，四卷。無邊框。頁十行，行二十五字。有目録。首頁爲俞正燮嘉慶十八年（1813）記四則，中曰「嘉慶癸酉秋日，俞正燮借葉東卿此書，東卿屬爲便加校正，而競未能點勘，但爲考其人物書旨如此」云云，文後有周壽昌（李宗侗序誤爲「周壽周」）同治七年（1865）跋兩則。卷首鈐有「禮培私印」「掃塵齋積書記」「漢陽葉氏珍藏」藏書印三枚。「禮培」即王禮培，「掃塵齋」是其藏書處。卷一首鈐有「漢陽葉名灃潤臣甫印」，則「葉氏」當爲葉名灃。文後有「湘鄉王氏秘籍孤本」印一枚，爲湘人王禮培印。各卷卷首均題「静齋至正直記，元闕里外史行素居士著，明平陵史繼裴相之父校」。正文無篇題。此抄本最早當是葉名灃所藏，後爲王禮培收藏。臺北世界書局輯入「中國學術名著」第七輯，李宗侗主編，1972年印行，有李宗侗序文一篇。

俞正燮(1775—1840)，字理初。安徽黟縣人。道光舉人。清代學者、詩人，曾纂修《黟縣誌》《兩湖通志》，著有《癸巳類稿》《癸巳存稿》《四養齋詩稿》等。

葉志詵(1779—?)，字東卿，漢陽(今屬湖北)人。工草書，精研金石之學。

王禮培(1864—1943)，字佩初，號南公，一號潛虛老人。湖南湘鄉人。光緒十九年(1893)舉人，二十九年(1903)進士。同光體詩人，民國知名藏書家。著有《甲子詩篇》《談藝録》《掃塵齋文集》《雨思集》等。

葉名澧(1811—1859)，字潤臣，又字瀚源。漢陽人。大學士、兩廣總督葉名琛之弟。道光十七年(1837)舉人，官内閣中書，遷侍讀，改浙江候補道。博學好古，致力於經學，善作詩，著有《敦夙好齋詩》。

4. 柳田泉文庫本。清抄本。日本早稻田大學藏。書名《静齋至正直記》，四卷。有邊框，頁八行，行十六字。有目録。内封頁鈐「柳田泉文庫」印，卷首置歸有光《静齋類稾引》。目録首頁鈐「橋川」印，蓋此抄本原爲橋川所有，後歸柳田泉。正文各篇均無篇名，分段抄録。其目録，第一卷脱「脱歡惡妻」「袁氏報應」「忠卿陰德」「徑寸明珠」「歐陽夢馬」「善權寺地勢」六篇；卷二脱「客位稍遠」「皮褥權坐」「五子最惡」三篇；卷三脱「好食雞」「丠字聖諱」兩篇；卷四脱「月中影」「健康儒學」「乙酉取士」「窰器不足珍」四篇。正文内容完整，未有闕失。

柳田泉(1894—1969)，日本學者。

橋川，疑即橋川時雄。橋川時雄（1894—1982），字子雍，號醉軒。日本學者。1918年來華，先後任職於共同通訊社、《順天時報》、東方文化事業總委員會等，曾創辦《文字同盟》，主持《續修四庫全書總目提要》的編纂。1946年返日，任教於大阪市立大學等處。主要從事中國古代文學研究，曾主編《中國文化界人物總鑑》，著有《陶集版本源流考》等。

5．八千卷樓王宗炎校記本。清抄本。署「平陵史繼裴相之父校」。鈐有「丁氏八千卷樓藏書記」「蒙泉藏書」之印，「蒙泉」，乃奚岡號。另有「四庫坿存」和「江蘇省立第一圖書館藏書」印。卷後置歸有光《静齋類稾引》，且附嘉慶乙丑「晚聞居士」（王宗炎）校記。此抄本應不晚於嘉慶年間，疑爲奚岡舊籍，後爲八千卷樓所藏。清光緒三十三年（1907），「八千卷樓」藏書盡歸江南圖書館，後改爲江蘇省立第一圖書館，即今之南京圖書館。

奚岡（1746—1803），初名鋼，字純章，號鐵生，別號蝶野子、蒙泉外史、鶴渚生、散木居士等。行九，人稱奚九。錢塘（今浙江杭州）人。清代篆刻家、書畫家。

王宗炎（1755—1826），原名琰，字以除，號穀塍，晚號晚聞居士。蕭山（今浙江杭州）人。清藏書家、文學家。乾隆四十五年（1780）進士。著有《晚聞居士遺集》。

6．八千卷樓「不倚生」校記本。清抄本。亦署「平陵史繼裴相之父校」，文與前同。卷後附光緒丙戌「不倚生」校記，下鈐有「丁立中印」和「禾廬」印記，「禾廬」，乃丁立中號。

丁立中（1866—1920），字和甫，號慕陸、禾廬、宜堂。錢塘人。清末民初藏書家，丁丙長子。光緒十七年(1891)舉人,有《八千卷樓書目》等。

7. 瓏珆精舍主人校記本。清抄本。四卷。有邊欄,頁九行,行二十字。版心署「至正直記」四字。文末記「道光口口年夏口月廿九日校,瓏珆精舍主人記」,後附《四庫全書總目提要》之《至正直記》「提要」。其題名、著者、正文篇目、內文與鐵琴銅劍樓所藏毛慶善鈔藏本基本相同,僅篇目順序有所不同。有中國社會科學院圖書館藏本,今收入《四庫全書存目叢書》。

8. 王汝玉校讀本。清抄本。四卷。國家圖書館藏。書名《静齋至正直記》,首列歸有光《静齋類稾引》,目録頁末署「道光庚戌九秋梵麓山人王汝玉校讀一遍」字樣。王汝玉(1798—1852),字潤甫,號韞齋。清長洲(今江蘇蘇州)人(《清詩紀事·嘉慶朝卷》)。貢生,嘉、道間詩人。有《梵麓山房筆記》六卷、《梵麓山房文稿》《聞妙軒詩稿》等。正文九行,行二十字,時有眉批校語。

該本序頁、目録頁及正文鈐有「惜華讀書」「碧蕖館藏」「芸子」及「文素松印」「思簡樓」「苹鄉文氏舟虛鑒藏」諸藏書印。惜華,即傅惜華(1907—1970),別號碧蕖館主。著名學者、戲曲研究家。其書齋名為「碧蕖館」。「芸子」,乃傅芸子(1902—1948),爲傅惜華兄。文素松(1889?—1940?),字舟虛,號寅齋。「思簡樓」乃其書齋名,「苹鄉文氏舟虛鑒藏」乃文素松藏書印。參見馬志超《國家圖書館藏〈至正直記〉版本考述及比較》(載《青年文學家》2018年29期)。

9.《叢書集成》本。民國排印本,王雲五主編。以「粵雅堂叢書」本爲底本重排,姚景安斷句,未作校勘。有中華書局1991年單行本。

10. 南京大學圖書館藏本。未署出版者和出版年，有明顯民國早期鉛印本特徵。文字與《叢書集成》本基本相同。

（二） 整理情況

以筆者所見，目前《至正直記》無注釋本，斷句本、點校本除上述《叢書集成》姚景安斷句本外，尚有以下二種：

1. 莊敏、顧新點校《至正直記》，上海古籍出版社 1987 年出版，係該社《宋元筆記叢書》之一種。該本以「粵雅堂叢書」爲底本，有「校記」十八條。

2. 莊葳、郭群一校點《至正直記》，上海古籍出版社 2012 年出版，係該社《歷代筆記小說大觀》之一種。該本亦據「粵雅堂叢書」本標點整理。

上述諸本中，「粵雅堂叢書」本最爲完善，舛誤較少。此次整理仍以「粵雅堂叢書」刻本爲底本。刻本外的其他抄本中，我們以爲《續修四庫全書》所收清毛慶善《静齋至正直記》抄藏本、清葉名澧所藏《静齋至正直記》抄本和日本早稻田大學藏柳田泉文庫本《静齋至正直記》稍具特點，刻本缺漏和謬誤處這幾個本子各有增補和糾正，因此，此次整理選用了上述三個抄本爲校本進行補校。今人的二個整理本在比勘錯脱、增益缺漏方面做了大量工作，此次校箋亦吸納了其研究成果，在此也向整理者表示深深的敬意！

「粵雅堂本」目録中偶有闕字及刻誤者，均依正文及可靠文獻予以改正。體例上，尊重刻本原貌，一般不做變動。如，卷一《防微杜漸》一則與上則《戲婚》所述爲同一内容，實爲《戲婚》之結語，日藏本即將兩則合爲一篇；卷一《漁人致富》「雁乞墟」以下内容上與「漁人致富」無關聯，毛藏本董夢蘭校語認爲「另是一段」；卷四《董棲碧云》《黟縣老民》《董生遇闕》三則意脉連貫，當爲一則，毛藏本董夢蘭校語「《董棲碧云》《黟縣老民》《董生遇闕》三段當爲一段」。爲保持古籍原貌，此次未做合併或另析他段。

凡例

一、《至正直記》向無注本，今次整理以「粤雅堂叢書」所收《静齋至正直記》爲底本，以《續修四庫全書》所收清毛慶善藏《静齋至正直記》抄本、清葉名澧所藏《静齋至正直記》抄本、日本早稻田大學藏柳田泉文庫本《静齋至正直記》爲參校本。各本具體面貌已見前文。其他如八千卷樓王宗炎校記本、瓏玲精舍主人校記本等，皆爲傳抄本，錯訛較多，偶爾用爲參校。爲整理和表述方便，「粤雅堂叢書」所收版本簡稱爲「粤雅堂本」，《續修四庫全書》所收版本簡稱爲「毛藏本」，清葉名澧藏本簡稱爲「葉藏本」，日本柳田泉文庫本簡稱爲「日藏本」。

二、校勘遵循以下原則：

（一）底本與别本有異者，異文列於「校記」。底本明顯有誤、而别本更近文理、邏輯及語言習慣者，擇其善者據改，並在「校記」中加以説明。「校記」中，底本（粤雅堂本）表述爲「原本」。個别文字篇幅較長，或所記内容明顯不同者，爲方便閲讀，酌情分段排列，如卷三《朱氏所短》《朱氏所長》《乞丐不置婢僕》等。「校記」置於每頁左側。

（二）《至正直記》引詩、引文文字與今傳本有異者，出於忠實於原著之意，一般在原文中不予改動，但在「校記」或「箋注」中加以説明；其少數明顯訛誤者，或徑改，或據相關文獻校改，並出校記。如卷一《米元章畫史》，米芾《畫史》「胡環」作「胡瓌」，「齋屋」作「齋室」，「愈久」作「歲久」，胡瓌其人史籍有載，《畫史》亦有善本傳世，據改。

（三）爲盡量呈現原作面貌，原文中之古今字、異體字、通假字等一般予以保留，如「椀」「壻」「窰」等；個別影響釋讀和理解的文字，依例酌情改爲通行字。俗字歸雅，闕字用「□」標識。

三、毛藏本原有董夢蘭旁批校語，今悉收入「校記」中，以備參閲。

四、上海古籍出版社莊敏、顧新點校本有「校記」十八條，今悉列入本書「校記」中，並標爲「莊校」。

五、底本目録存在次序錯亂、與正文標題表述不一致、上下條目互乙等情況，如卷一「文宗皇帝」，目録作「文宗潛邸」；「雲巖至言」，目録誤置於「松雪遺事」則后；卷三「平陽王叔瑽」，目録作「平陽叔瑽」；同卷「上虞陳仁壽」，目録作「上虞仁壽」等。今次整理依例據正文標題及内容校正目録，以使目録與正文標題相一致，並在校記中加以説明。若正文標題有校改（如卷二「矮松詩」原作「知松詩」，據葉藏本、毛藏本、日藏本改）者，目録亦作相應改變，亦在「校記」中予以説明。

六、「箋注」部分，搜采和彙陳史料方志、地理圖志、文人筆記、文學創作等相關資料，重點對《至正直記》所記之人物與地、歷史事實、文藝事迹、典章制度、名物術語及疑難語詞等予以釋解，旨在考訂事實原委，擴充相關史料，以求對原著旨意有所發明。其中，尤其關注書中所涉之人物關係與史實脉絡，通過增廣事實、聚彙異同以比證和梳理相關事實。對於常見文獻，尤其是宋以前文獻，注釋則儘量從簡。詩文作品均來自本集，或公認的權威性選集、總集，如《全唐詩》《全元文》等。

七、首列「前言」一篇，略述作者及其家世、成書始末、主要内容旨趣、版本源流等，以便提綱挈領，明其大概。

八、末附趙孟頫《闕里譜系序》、歸有光《静齋類稟引》、俞正燮序四則及《四庫全書總目·至正直記提要》諸篇以備參考。又列主要徵引書目及版本、出版社，以明注釋文獻之由來。

目録

卷二……一一九

卷四

至正直記卷一

襍記直筆

襍記者，記其事也。凡所見聞，可以感發人心者；或里巷方言，可爲後世之戒者；一事一物，可爲博聞多識之助者①，隨所記而筆之，以備觀省，未暇定爲次第也。至正庚子春三月壬寅記[一]，時寓鄞之東湖上水居袁氏祠之旁[二]。

[箋注]

[一] 至正庚子：即至正二十年（1360）。至正，元順帝年號（1341—1370），凡三十年。

[二] 鄞：今浙江寧波。《元史》卷六二《地理志五》：「慶元路，上。唐爲鄞州，又爲明州，又爲餘姚郡。宋升慶元府。元至元十三年，改置宣慰司。十四年，改爲慶元路總管府。……縣四：鄞縣，上。」

---

① 博聞：原本作「傳聞」，據毛藏本、葉藏本、日藏本改。

上都避暑

國朝每歲四月，駕幸上都避暑爲故事，至重九，還大都[一]。蓋劉太保當時建此[二]，說以上都馬糞多①[三]，一也；以威鎮朔漠，二也；以車駕知勤勞，三也。還大都之日，必冠世祖皇帝當時所戴舊氈笠[四]，比今樣頗大，蓋取祖宗故物，一以示不忘，一以示人民知感也。上都本草野之地，地極高，甚寒，去大都一千里。相傳劉太保遷都時②，因地有龍池，不能乾涸，乃奏世祖，當借地於龍。帝從之。是夜三更雷震，龍已飛上矣③。明日，以土築成基，至今存焉。亂後，車駕免幸，聞宫殿已爲寇所焚燬④[五]。上都千里皆紅寇，稱僞龍鳳年號[六]，亦豈非數耶！

---

① 上都：葉藏本、日藏本作「暑月」。
② 遷：葉藏本作「還」。
③ 上：葉藏本作「去」。
④ 已：葉藏本、日藏本作「亦」。

[箋注]

[一]「國朝」以下四句：上都，元朝夏都，遺址在今内蒙古自治區正藍旗東二十里閃電河北岸。元朝實行以大都爲首都、以上都爲夏都的「兩都巡幸制」。《元史》卷五八《地理志一》：「上都路，唐爲奚、契丹地。金平契丹，置恒（桓）州。元初爲札剌爾部、兀魯郡王營幕地。憲宗五年，命世祖居其地，爲巨鎮。明年，世祖命劉秉忠相宅於桓州東、灤水北之龍岡。中統元年，爲開平府。五年，以闕庭所在，加號上都，歲一幸焉。」清傅恒《御批歷代通鑑輯覽》卷九五「三月帝如上都」：「初，帝定大興府爲大都，開平府爲上都，每年三、四月，迤北草青則駕幸上都避暑，頒賜於宗戚，馬亦就水草焉。八、九月，草將枯，則駕回大都，歲以爲常。」

[二] 劉太保：即劉秉忠（1216—1274），初名侃，字仲晦。元邢州（今河北邢臺）人。元前期著名政治家、文學家。初爲僧，法名子聰，號藏春散人。1242年，被薦入藩王忽必烈幕府。忽必烈即位後，歷光禄大夫、太保、參領中書省事，同知樞密院事等。主持大都和上都的營建。1256年，受命相地於桓州東灤水北，築開平城，後改爲上都。有《藏春集》，存詩六卷。《元史》卷一五七有傳。《續資治通鑑》卷一七五：「蒙古主欲建城市，修宮室，爲都會之所，皇弟呼必賚（舊作忽必烈）以僧子聰精於天文、地理之術，因命相宅，子聰以桓州東灤水北之龍岡爲吉。詔子聰營之，三年而畢，名曰開平府。既而升爲上都，以燕爲中都。」

[三] 馬糞多：宋彭大雅、宋徐霆《黑韃事略》：「其爨草炭牛馬糞。」「其燈草炭以爲心。」元劉一清《錢塘遺事》卷九：「二十日，宿涼亭站。亦無人家，無水可吃，取水於十里外，只燒馬糞。」明唐順之《武編》前集卷五：「達子煉鐵用馬糞火。」

[四] 世祖皇帝：即忽必烈（1215—1294），1260—1294年在位。憲宗元年（1251），受命總領漠南漢地軍國庶

事。三年(1253),奉命征雲南,滅大理國。六年(1256),建開平府(今内蒙古正藍旗東),經營宮室。八年(1258),憲宗攻宋,受命領兵攻鄂州。次年,憲宗死於合州軍前。他在鄂州與宋議和,領兵北返。十年(1260)三月,在開平舉行忽里台,即大汗位,稱皇帝,建元中統。至元八年(1271)十一月,建國號大元。九年(1272),建都大都(今北京)。後大舉出兵攻南宋。十三年(1276),滅宋。

[五]「亂後」以下三句:《元史》卷四五《順帝紀八》:「(至正十八年十二月)關先生、破頭潘等陷上都,焚宮闕;留七日,轉略往遼陽,遂至高麗。」《明史》卷一二二《韓林兒劉福通列傳》:「(至正)十八年,關先生、破頭潘等,又分其軍爲二,一出絳州,一出沁州。逾太行,破遼、潞,遂陷冀寧;攻保定不克,陷完州,掠大同、興和塞外諸郡,至陷上都,毁諸宮殿,轉掠遼陽,抵高麗。十九年陷遼陽,殺懿州路總管吕震。順帝以上都宮闕盡廢,自此不復北巡。」

[六]龍鳳年號:《元史》卷四四《順帝紀七》:「(至正十五年)二月己未,劉福通等自碭山夾河迎韓林兒至,立爲皇帝,又號小明王。建都亳州,國號宋,改元龍鳳。」

文宗皇帝①

文宗皇帝嘗潛邸金陵[一],後入登大位,不四五年而崩。專尚文學,如虞伯生諸翰林[二],時

①題「文宗皇帝」,原本目録作「文宗潛邸」。

蒙寵眷①。一時文物之盛，君臣相得，當代無比。因有以今上皇帝非其子草詔②，伯生幾至禍，以意出内殿，且目眚免罪[三]。後奉詔出文宗神主③，詔未出，而太廟隕石已擊碎碧玉神主矣，豈謂聖語不應天而何？又聞今上潛邸遠方時，經過某郡，見一山甚秀，但一峯不雅，聖意偶欲去之。後思其山，令畫工圖以進，復見此一峯，用筆抹去。未幾，雷已擊削此山真峯矣④，非天人而何？文宗尚文博雅，一時文物之盛，過于今日。但縱姦權燕帖末淫亂宫中⑤[四]，且挾徵先帝后爲妻，人倫大喪。造龍翔寺，以無用異端而費有限之膏血，不思潛邸之苦，而縱奢侈之非。視今上儉素，誅權臣，則相去大遠矣。

【箋注】

[一] 文宗(1304—1332)：即圖帖睦爾。元武宗次子，明宗弟。1328—1332年在位。潛邸：舊謂皇帝即位前所居的府第。宋歐陽修《代人辭官狀》：「屬潛邸之署官，首膺表擢；陪學黌之講道，無所發明。」圖帖睦爾於泰定二

---

① 時：葉藏本作「特」。毛藏本董夢蘭校語：「時蒙眷寵，『時』係『特』之訛。」

② 今：日藏本作「金」，誤。

③ 出：日藏本作「黜」。

④ 此山：「山」原闕，據葉藏本、日藏本補。

⑤ 燕帖末：日藏本作「燕帖木」。莊校：「《元史》卷一三八《燕鐵木兒傳》作『燕鐵木兒』。」

年(1325)出居建康(今江蘇南京)。金陵：今江蘇南京。

[二] 虞伯生：虞集(1272—1348)，字伯生，號道園，又號邵庵。元撫州崇仁(今屬江西)人。南宋丞相虞允文五世孫。大德六年(1302)授大都路儒學教授，十一年(1307)遷國子助教。至大四年(1311)升國子博士。延祐中，除太常博士、集賢修撰、翰林待制兼國史院編修官。泰定四年(1327)拜翰林直學士、知制誥、同修國史，後拜奎章閣侍書學士、翰林侍講學士。元統元年(1333)病辭還臨川。至正八年(1348)卒。詩文結集爲《道園學古録》五十卷、《道園類稿》五十卷、《道園遺稿》六卷(别本八卷)、《翰林珠玉》六卷、《虞伯生詩續編》三卷等。事履見元趙汸《邵庵先生虞公行狀》、《元史》卷一八一《虞集傳》等。

[三]「因有以今上皇帝非其子草詔」以下四句：《元史》卷一八一《虞集傳》：「初，文宗在上都，將立其子阿剌忒納答剌爲皇太子，乃以妥歡帖穆爾太子乳母夫言，明宗在日，素謂太子非其子，黜之江南，驛召翰林學士承旨阿鄰帖木兒、奎章閣大學士忽都魯篤彌實書其事於脱卜赤顔，又召集使書詔，播告中外。時省台諸臣，皆文宗素所信用，同功一體之人，御史亦不敢斥言其事，意在諷集速去而已。」《元詩選癸集》壬下《紀瀛國公事詩》：「陸容《菽園雜記》云：右詩不知何人作。嘗聞節之誦一過，適過廷器指揮談及之，爲略考史册所書、野史所記，並附此詩，以俟知者。史云：元順帝名脱歡帖睦爾，明宗長子，母罕禄魯氏，名邁來迪，明宗爲周王，居朔北，過其地，納之，生帝。嘗被讒於文宗，移居廣西，十三歲迎歸即位。初，文宗在上都時，將立子爲太子，乃以順帝乳母之夫言明宗在日，素謂太子非其子，因黜之江南，而召集使書詔，播告中外。時省臺臣皆不敢斥言，唯諷集使速去。文宗與幼君相繼崩，大臣將立帝，召諸老臣赴上都議事，集亦在列。馬祖常使人告之曰：『御史有言矣。』集乃謝病歸臨川。帝既立，侍臣有以舊詔爲言者。帝不懌曰：『此我家事，豈由彼書生？』後至元二年二月，追尊帝生母邁來迪爲真裕徽聖后。

至八年十一月，集卒，年七十二。錢塘瞿佑宗吉《詩話》云：虞伯生際遇文宗，置奎章閣爲學士。天曆至順間，文治粲然可觀。順帝爲明宗子，文宗忌之，遠竄海南。詔書有曰『明宗在北之時，自以爲非其子』，伯生筆也。文宗晏駕，寧宗立，八月崩，國人迎順帝立之。帝入太廟，斥去文宗神主，而命四方毁棄舊詔。伯生時在江西，以皮繩拴腰，馬尾縫眼，夾兩馬問逮捕至大都。嫉之者爲十七字詩曰：『自謂非其子，如今作天子。傳語老蠻子，請死。』至，則以文宗親改詔稾呈。順帝覽之曰：『此朕家事，外人豈知！』遂得釋兩目，由是喪明，不復能楷書矣。按瀛國公在沙漠，托身方外，名合尊。相傳順帝爲瀛國公所生，明宗養爲己子。此詩蓋紀其寔也。第伯生馬尾縫眼之事，史書不載。且伯生在文宗朝，中丞趙世安嘗以集病目就醫爲請，豈至順宗朝爲始喪明邪？野史流傳，恐未足以徵信也。」清趙翼《簷曝雜記》卷六「庚申外史」：「順帝入即位後，又載尚書高保哥奏言：『昔文宗在時，嘗述明宗謂陛下素非其子。』帝聞之大怒，問當時草詔者何人。虞集、馬祖常以文宗御筆呈上，乃捨而不問。」眚：眼病。《説文·目部》：「眚，目病生翳也。」

〔四〕燕帖木：即燕鐵木兒（？—1333），又譯燕帖木兒，欽察人。元文宗時權臣。擁立文宗，以功拜中書右丞相兼知樞密院事。天曆二年（1329），奉璽寶往漠北迎文宗兄和世㻋（明宗）來京即帝位，途中害死明宗，護衛文宗回京復帝位，加封太師、答剌罕，以大都督領龍翔親軍都指揮使事。《元史》卷一三八《燕鐵木兒傳》：「先是，燕鐵木兒自秉大權以來，挾震主之威，肆意無忌。一宴或宰十三馬，取泰定帝后爲夫人，前後尚宗室之女四十人，或有交禮三日遽遣歸者，而後房充斥，不能盡識。」

周王妃

文宗后嘗椎殺周王妃於燒羊火坑中[一]，正今上太后也。文后性淫①，帝崩，后亦數墮胎，惡醜貽恥天下。後貶死於西土，宜矣。周王即火失剌太子[二]。

[箋注]

[一] 文宗后嘗椎殺周王妃於燒羊火坑中：明權衡《庚申外史》：「(至元五年)臺臣奏曰：『太皇太后，非陛下母也，乃陛下嬸母也。前嘗推陛下母墮燒羊爐中以死。父母之仇，不共戴天。』乃貶太后安州安置，太子燕帖古思瀋陽路安置。」文宗后：即卜答失里(？—1340)，弘吉剌氏。天曆元年(1328)文宗即位，立爲后。與宦官拜住一起謀殺明宗皇后八不沙。至順三年(1332)文宗死，明宗(和世㻋)次子懿璘質班即位，是爲寧宗。寧宗去世後，立明宗長子妥歡帖睦爾，是爲順帝，被尊爲太皇太后，臨朝稱制。至元六年(1340)查究明宗被害事，削尊號，安置東安州(今河北廊坊)，尋崩。《元史》卷一一四有傳。椎殺：擊殺。《史記·魏公子傳》：「朱亥袖四十斤鐵椎，椎殺晉鄙。」周王妃：八不沙(？—1330)，或譯作班布爾實，元明宗皇后。乃蠻氏。生懿璘質班(寧宗)。至順元年(1330)，被文宗

---

① 后：葉藏本作「治」，誤。

后卜答失里及宦者拜住謀害。

[二] 周王：即和世㻋，元武宗海山長子。延祐三年（1316），封周王。天曆二年（1329）正月，在和林北即帝位。是爲明宗。八月，暴卒。

古雁

國朝翰林盛時，趙松雪諸公在焉[一]，一時詩僧亦與坐末①[二]。客有以《古雁圖》求跋者，諸公咸命此僧先賦。詩僧即援筆題云：「年去年來年又年，帛書曾動漢諸賢。雨暗荻花愁晚渚，露香菰米樂秋田。影離冀北月横塞，聲斷衡陽霜滿天。人生千里復萬里，塵世網羅空自懸[三]。」諸公稱賞，即以詩授客去。

【箋注】

[一] 趙松雪：趙孟頫（1254—1322），字子昂，號松雪道人。湖州（今屬浙江）人。著名書畫家、詩文家。宋太祖子秦王德芳之後。南宋時，以父蔭補官，授真州司户參軍。元世祖至元二十三年（1286），由程鉅夫舉薦於朝，次

---

① 一時詩僧：葉藏本作「一詩僧」。末：日藏本作「木」，形似而誤。

年授兵部郎中。至元二十七年（1290），遷集賢直學士；至元二十九年（1292），出同知濟南路總管府事，後遷知汾州。武宗至大三年（1310），召至京師，爲翰林侍讀學士。仁宗延祐元年（1314），遷集賢侍講學士。延祐三年（1315），拜翰林學士承旨。延祐六年（1319），告老南歸。英宗至治二年（1322）卒，年六十九，追封魏國公，謚文敏。著有《松雪齋集》十卷，外集一卷，續集一卷。《元史》卷一七二有傳。

［二］詩僧：即行端（1255—1341），俗姓何，世稱「元叟行端」。臨海（今屬浙江）人。有《元叟行端禪師語録》八卷傳世。生平、行實見元黄溍撰《徑山元叟禪師塔銘》、明圓極居頂《續傳燈録》卷三六《徑山善珍禪師法嗣》、明釋明河《補續高僧傳》卷十二《習禪篇》、清釋自融《南宋元明禪林僧寶傳》卷一〇《元叟端禪師》等。

［三］「年去」以下八句：明蔣一葵《堯山堂外紀》卷七十：「客有以《飛鳴宿食古雁圖》求子昂跋者，時翰林諸公在焉，釋端元叟亦與坐末。諸公咸命賦詩，元叟即援筆題云：『年去年來年又年，帛書曾達茂陵前。影連薊北月横塞，聲斷衡陽霜滿天。雨暗荻花愁晚渚，露香菰米樂秋田。平生千里復萬里，塵世網羅空自懸。』諸公稱賞，即以詩授客去。」明曹學佺《石倉歷代詩選》「元詩」四十九録作：「年去年來無定年，帛書曾寄漢廷前。影横薊北月連塞，聲斷衡陽霜滿天。雨暗荻花愁晚渚，露香菰米落秋田。平生千里與萬里，塵世網羅空自纏。」題爲「雁」。清陳焯《宋元詩會》卷一百：「《題古雁圖》：『年去年來又一年，帛書曾達茂陵前。影連薊北月横塞，聲斷衡陽霜滿天。雨暗荻花愁晚渚，露香菰米落秋田。平生千里復萬里，塵世網羅空自縣。』按：趙子昂家居有以《飛鳴宿食四雁圖》求跋者，時詞客滿座，而端叟老禪亦預焉。子昂屬客賦詩，端公援筆立成，合座歎異。乃潘訒叔以此詩入《薩天錫集》，蓋未之考也。」《元詩選二集》壬集：「《題飛鳴宿食雁圖》：『年云年來無定一作「年復」。一作「又一」。年，中郎何處有書傳。一作「帛書曾達茂陵前」。影横一作「連」。薊北月連一作「横」。塞，聲斷衡陽一作「江南」。霜滿天。雨暗荻一作「蘆」。花愁晚一作

「夜」。渚，露香菰米落一作「下」。秋田。平生千里與一作「復」。萬里，塵世網羅空自纏。一作「縣」。』此詩亦見《薩天錫集》。趙子昂家居，有以《飛鳴宿食四雁圖》求跋者，時詞客滿座，而端叟老禪亦與焉。子昂屬客賦詩，端公援筆立成，合座嘆異。作天錫詩，誤也。」

酸齋樂府

北庭貫雲石酸齋[一]，善今樂府[二]，清新俊逸，爲時所稱。嘗赴所親某官燕[三]，時正立春，座客以《清江引》請賦①，且限金、木、水、火、土五字冠于每句之首，句各用「春」字。酸齋即題云：「金釵影搖春燕斜，木杪生春葉，水塘春始波，火候春初熱，土牛兒載將春到也。」滿座皆絕倒。蓋是一時之捷才，亦氣運所至，人物孕靈如此。生平所賦甚多，特舉其一而記之云②。

【箋注】

[一] 貫雲石(1286—1324)：原名小雲石海涯，字浮岑，號酸齋、成齋、疏仙、石屏。高昌畏兀人，祖籍北庭(今

① 請：日藏本作「詩」，誤。

② 特：毛藏本作「時」，形似而誤。

新疆吉木莎爾)。元開國元勛阿里海涯之孫。父名貫只哥,遂以貫爲氏。元代著名散曲家。初襲父職,任兩淮萬户達魯花赤,後讓爵於弟,北上師從姚燧。仁宗朝,拜翰林侍讀學士、中奉大夫、知制誥,同修國史。不久稱疾辭仕,移居江南,隱於杭州一帶。泰定元年(1324)卒,年三十九,追封京兆郡公,謚文靖。善書法,能詩文,有傳世詩作近四十首,尤以散曲知名,今存散曲小令八十六首,套數九套。生平事迹見歐陽玄《貫公神道碑》(《圭齋文集》卷九)、《元史》卷一四三、《兩浙名賢録》卷五四、《新元史》卷一六〇等。

[二] 今樂府:指「曲」。《南村輟耕録》卷八:「喬孟符吉博學多能,以樂府稱。……此所謂『樂府』,乃今樂府,如《折桂令》《水仙子》之類。」

[三] 燕:通「宴」。《詩·小雅·南有嘉魚》:「君子有酒,嘉賓式燕以樂。」鄭玄箋:「用酒與賢者燕飲而樂也。」高亨注:「燕,通『宴』。」《漢書·五行志中之上》:「昭公十五年,晉籍談如周葬穆後,既除喪而燕。」顔師古注:「燕與宴同。」

僉廳失妻

宋末,金陵一小僉廳官之妻①[一],有豔色②,好出游。一日,郡守作燕,會其僚屬之妻,此婦

---

① 小:日藏本作「山」,誤。

② 色:葉藏本作「名」。

預焉。邀者至①，欣然登轎，但覺肩者甚急，家僕失後。及下轎，乃倡家也。其僕至郡守家，不見所在，奔告其主②，白于守，追捕已無及矣。蓋倡人數見此婦之豔，設計也久③，乘此機而陷之。連夜登舟往他郡，教歌舞，使之娱客以取錢。婦鬱鬱不樂，每爲娼人所鞭撻。後恐事覺，乃鬻於大官人爲妾，至杭州守。而小官適爲杭通判〔二〕，因會飲，見供具有爊鱉〔三〕，食未既而泣下。守問其故，曰④：「此味絶似先妻所治者，感而泣焉。」守問其婦何在，曰：「昔因赴燕，中途失之，已二載矣。」守入問其妾，即通判之妻也。出曰：「汝妻在此，幸無孕，當復還。」遂相見而泣⑤，言及前事，夫婦如初。噫！婦人教令不出閨門，豈有赴燕出游者乎？且好游豔色，謂之不祥。僉廳無禮而不能正其家，故有失妻之禍；其婦恃色而不能安其室⑥，故有失身之辱。世之好色縱游者，當以是而觀之。

① 至：日藏本脱。
② 主：原本作「子」，據葉藏本、日藏本改。
③ 也：葉藏本、日藏本作「已」。
④ 曰：日藏本闕。
⑤ 遂：日藏本闕。
⑥ 恃：日藏本作「持」。

［箋注］

［一］僉廳：宋官署名。宣和間，王黼奏改公相廳（即尚書省都堂）爲都廳，故特詔内外都廳禁止使用，而改爲「僉廳」。南宋時，仍復稱「都廳」。

［二］通判：官名。宋朝初置，與知府、知州共理政事，知府公事並須長史、通判簽議連書，方許下行。凡兵民、錢穀、户口、賦役、獄訟聽斷等事，可否裁決，與守通簽施行。所屬官吏有善否職事及修廢，得刺舉以聞。遼、金、元不設。

［三］爊：用文火久煮。清褚人獲《堅瓠六集·田家樂》：「杜洗麸，爊葫蘆，煸莧菜，糟落蘇。」

文山審音

國初，宋丞相文文山被執至燕京［一］，聞軍中之歌《阿剌來》者［二］，驚而問曰：「此何聲也？」衆曰：「起于朔方，乃我朝之歌也。」文山曰：「此正黄鐘之音也，南人不復興矣。」蓋音雄偉壯麗①，渾然若出于甕。至正以後，此音淒然②，出于唇舌之末，宛如悲泣之音。又尚南曲《齋

---

① 音：毛藏本、日藏本、葉藏本俱作「言」。

② 淒然：日藏本脱。

郎》《大元强》之類[三]，皆宋衰之音也。

【箋注】

[一] 文山：文天祥(1236—1283)，字宋瑞，一字履善，號文山，宋吉州廬陵(今江西吉安)人。寶祐四年(1256)中進士第一，開慶元年(1259)除簽書寧海軍節度判官廳公事，力主抗蒙。景定二年(1261)授秘書省正字，咸淳三年(1267)，除尚書左司郎官，兼權直學士院，兼國史院編修、實録檢討。歷知寧國府、軍器監兼崇政殿説書、湖南提刑、知贛州。恭帝德祐元年(1275)，元軍連破江南州郡，臨安危殆，盡傾家貲以充軍費，入衛臨安，駐兵西湖。德祐二年(1276)正月，除右丞相兼樞密使，都督諸路軍馬。祥興元年(1278)十二月，兵敗海豐五坡嶺，被執，解送至大都，至元十九年(1283)十二月就義。著有《文山集》二十一卷，又《指南録》四卷，《指南後録》三卷。《宋史》有傳，《元史》《明史》《宋史紀事本末》《明史紀事本末》均有載。

[二] 《阿剌來》：蒙古軍歌。元張昱《塞上謠》：「胡姬二八貌如花，留宿不問東西家。醉來拍手趁人舞，口中合唱《阿剌剌》。」(《元詩選初集》)明翟佑《天魔舞》：「彈胡琴，《哈哈回》。吹胡笳，《阿牢來》。群臣競獻葡萄杯，山呼萬歲聲如雷。」(明朱彝尊《明詩綜》卷二二)

[三] 《齋郎》《大元强》：不詳。

中原雅音

北方聲音端正，謂之「中原雅音」[一]，今汴、洛、中山等處是也①。南方風氣不同，聲音亦異。至于讀書字様皆訛，輕重開合亦不辨，所謂不及中原遠矣。此南方之不得其正也。

［箋注］

［一］中原雅音：指中原地區的語音。元明清三代學者强調以中原地區流行的官話爲正音標準。元周德清《中原音韻正語作詞起例》：「四海同音，上自縉紳講論治道，及國語翻譯，國學教授言語，下至訟庭理民，莫非中原之音。」明宋濂《洪武正韻序》：「欽遵明詔，研精覃思，一以中原雅音爲定；復恐拘於方言，無以達於上下。」

① 汴、洛：日藏本作「洛、汴」。

羅太無高節①

羅太無，錢唐人[一]，故宋宦官也。侍三宮入京，後以疾得賜外居，閉門絶人事。處一室甚潔，夏則設廣帷②，起臥飲食皆在焉。旁有小烓竈一，几一，設酒注大小三，盞斝六。遇故人至，則啓關納之，必問膳否，否則留過午，度路程遠近，使從卒輩引去。至酒畢，復候爲期。以客之多寡，用注之大小。酒不過三行，果脯惟見在易辦者。客雖多，不過五六人也。好讀書史，善識天文、地理、術藝。武夷杜本伯原嘗師問之③[二]，多所指教，因得其秘。略云④：時乃姪官至司徒[三]，亦宦者也，權勢正炎炎，凡貴近公卿，莫不候謁諛附⑤。適遇歲朝⑥，司徒者自内請謁太

---

① 題「羅太無高節」，原本目録題下有小字注文「故宋宦官」。
② 夏則：日藏本脱。
③ 師：原本、毛藏本作「私」，明嘉靖首修《浙江通志》卷二八〇引《至正直記》本篇作「師」。今據此及葉藏本、日藏本改。
④ 略云：日藏本脱「云」字。
⑤ 候：毛藏本作「俣」，董夢蘭校語：「凡貴近公卿莫不俣謁諛附，『俣』字誤。」
⑥ 適：毛藏本作「逋」，董夢蘭校語：「適字衍。」

無，太無掩門不納。司徒稱名大呼，以首觸扃①。從官偕至者，動以百騎，驚惶失色。俄太無于户内呼司徒名，欸應之曰：「你阿叔病，要静坐。你何故只要來惱我，便受得你幾拜②，却要何用！人道你是泰山③，我道你是冰山。我常對你説，莫要如此，只不依我阿叔④，莫顧我你⑤。你若敬我時，對太后宫裏明白奏，我老且病，願乞骸骨歸鄉⑥，若放我歸杭州，便是救我。」司徒于是特奏，可其請⑦。太無以所積金帛玩好，皆散與鄰坊故人無遺，惟存書籍數十部⑧，束于車後褥上⑨，囑其姪司徒曰：「我不可靠你，你亦不可靠勢。」至于再三，乃登車出齊化門，仰視而笑曰：「齊化門從此别矣，我再不復相見你矣。」遂到杭，逾年病卒。司徒者，不遵乃叔父之訓，

① 扃：毛藏本作「扁」，誤。
② 便：原本、毛藏本作「使」，今據葉藏本、日藏本改。
③ 泰：葉藏本、日藏本及明修《浙江通志》卷二八〇作「太」。
④ 我：葉藏本作「吾」。
⑤ 莫顧我你：葉藏本作「莫顧靠你」，日藏本作「顧靠你」。
⑥ 願：諸本俱作「顙」，今據葉藏本改。
⑦ 其：毛藏本作「真」，形誤。
⑧ 十：原本、毛藏本作「千」，今據葉藏本、日藏本、明修《浙江通志》卷二八〇改。
⑨ 褥：日藏本作「槈」。

弄權不已，後以妄受湖州人田土坐罪①[四]，流遠方卒，而太無乃得終于鄉里云。泰定間事也。偶因親友林叔大提舉言及此②，可謂有先識者。遂記其略如此，至正丁酉冬十一月也。杭州七寶山，乃羅司徒所見者③。

[箋注]

[一] 羅太無，錢唐人：羅知悌（約1243—1327），字子敬（一作敬夫），號太無。錢塘（今浙江杭州）人。宋末元初醫學家。精通醫術。著有《心印紺珠》一卷（或考爲李湯卿之作）。能詞章，善書法，精研天文、地理。元陳基《朱氏格致餘論序》：「昔宋氏渡江，良醫之在中州者曰河間劉守真氏，戴人張子和氏，真定李明之氏，三家之學同出於黃帝、扁鵲，而其用則有攻補之不同者，蓋所遇之時然也。宋末，江南之人惟羅太無氏之傳得其宗。太無逮事穆陵，國亡退處民間，未嘗輕以醫語人，而人亦卒未有能師之者。」（《全元文》卷一五三三）《浙江通志》卷一九六：「戴良《滄洲翁傳》：字子敬，錢塘人，世稱太無先生，宋理宗朝寺人。精於醫，得金劉完素之真傳，而旁通張從正、李杲二家之説。」錢唐：亦作「錢塘」，今浙江杭州。元爲杭州路治。《元史》卷六二《地理五》：「杭州路，上。……縣八。錢塘。上。」

---

① 妄：原本、毛藏本作「贓」；田：原本、毛藏本作「舊」。今據葉藏本、日藏本、明修《浙江通志》卷二八〇改。
② 大：毛藏本作「天」。
③ 見：葉藏本、日藏本作「建」。

〔二〕杜本(1276—1350),字伯原,號清碧。學者稱爲「清碧先生」。元臨江清江(今屬江西)人。博學,善屬文。武宗時,被召至京師,已而去;文宗徵之不赴;至正三年(1343),丞相脱脱以隱士薦,召爲翰林待制、奉議大夫,兼國史院編修官,行至杭州,稱疾固辭。天文、地理、律曆、度數,無不通究,尤工篆隸。著有《四經表議》《六書通編》《十原》等,又集宋金遺民二十九人詩百篇爲《谷音》。生平事迹見危素《元故徵君杜公伯原父墓碑》、《元史》卷一九九、明馮從吾《元儒考略》卷三、元鄭元祐《遂昌雜録》卷七、明朱謀垔《畫史會要》卷三、清張汝霖《宋元學案》卷九二、清顧嗣立《元詩選》小傳等。《直記》卷四《平江築城》:「常記杜清碧先生在杭城,時至正癸未歲,忽言天下不久當築城,築城後自此多事,南人多得大官,但恐得官時五更雞叫天將明,無多時光也,自後皆驗。杜公,臨江人,寓武夷,善陰陽術數之學,長於天文地理,但心術未正,弄黄白左道,識者鄙之;尤好博古,能篆隸,予嘗從其問地理法。」

〔三〕司徒:官名。北宋初用爲宰相、親王、使相的加官,其特拜者不預政事,徽宗政和二年(1112)罷。《宋史》卷一六一《職官志一》:「宋承唐制,以太師、太傅、太保爲三師,太尉、司徒、司空爲三公,爲宰相、親王使相加官,其特拜者不預政事,皆赴上於尚書省。」

〔四〕湖州:今浙江湖州。《元史》卷六二《地理志五》:「湖州路,上。唐改吴興郡,又改湖州。宋改安吉州。至元十三年(1276),升湖州路。」

惜兒惜食

前輩云:「惜兒惜食,痛子痛教。」此言雖淺,可謂至當。至「教子嬰孩,教婦初來」〔一〕,亦同。

【箋注】

〔一〕教子嬰孩，教婦初來：北齊顔之推《顔氏家訓・教子第二》：「吾見世間，無教而有愛，每不能然；飲食運爲，恣其所欲，宜誡翻獎，應訶反笑，至有識知，謂法當爾。驕慢已習，方復制之，捶撻至死而無威，忿怒日隆而增怨，逮於成長，終爲敗德。孔子云『少成若天性，習慣如自然』是也。俗諺曰：『教婦初來，教兒嬰孩。』誠哉斯語！」

富州奇聞

先人嘗言，爲富州幕官時①，聞一事甚異。市民某，家道頗從容，以販貨爲業②，惟一妻一女。民暮出朝還③，女年及笄，未嫁，忽覺有娠。父疑之，詢其母及女，皆曰：「無他事，不知何以得此？」問其鄰，亦曰：「此女無外事。」疑不能解。遂聞之官④，驗其得孕之由，乃知彼日父母

---

① 時：日藏本作「特」，形誤。
② 貨：葉藏本作「賃」。
③ 暮出朝還：葉藏本作「朝出暮還」，毛藏本董夢蘭校語：「應爲『朝出暮還』。」
④ 遂：原本脱，據日藏本、毛藏本、葉藏本補。

交合時，女在榻後，間聞其淫欲聲狀①，不覺情動②。少頃，其母溺于盆，女亦隨起溺之，同一器也，遺氣隨感逆上成胎，其異遂釋。所以内外不共湢浴③[一]，不同圊溷④[二]，古人立法，蓋亦有深意焉。

［箋注］

［一］湢浴：浴室。宋陸游《靈秘院營造記》：「閎堂傑閣，房奥廊序，棲鐘之樓，櫝經之堂，館客之次，下至庖廚湢浴，無一不備。」

［二］圊溷：廁所。《三國志・蜀志・諸葛亮傳評》裴松之注引《袁子》：「所至營壘、井灶、圊溷、藩籬、障塞皆應繩墨。」宋文天祥《正氣歌序》：「或圊溷，或毁尸，或腐鼠，惡氣雜出，時則爲瀸氣。」

---

① 間：日藏本作「寢」。

② 情動：葉藏本、日藏本作「動情」。

③ 湢浴：日藏本作「湢沐」，葉藏本作「巾櫛」。

④ 圊溷：葉藏本作「椸架」；毛藏本作「圓溷」，形誤。董夢蘭校語「圓，作圊」。

徐州奇聞

溧陽同知州事唐兀那懷[一]，至正甲申歲，嘗與予言一事，亦可怪。徐州村民惟一妻一妹①，家貧，與人代當軍役。一日，見其妹有孕，詢究其事，不能明，欲殺其妻與妹。隣媪咸至，曰：「我等近居，惟一壁耳，終歲未嘗見其他也。」考其得胎之由，乃兄嘗早行時②，與妻交合而出，妹適來伴其嫂。嫂偶言及淫狎之事，覆於姑之身，作男子狀，因相感遺氣成孕也。噫！防微杜漸之道，可不謹乎？又聞老人言，凡室女與男子同溺器者，則乳色變起③。此又不可不知也。

［箋注］

［一］同知州事：官名，本遼國諸州的佐貳官。《遼史·百官志四》：「州刺史職名總目：某州刺史、某州同知

① 惟：原本脱，據葉藏本、日藏本補。

② 乃兄嘗早行時：日藏本作「乃凡嘗星行時」，誤；葉藏本「嘗」作「當」。

③ 乳色：日藏本作「乳之」，誤。

州事、某州録事參軍。」此指溧陽州佐貳官。唐兀：又作唐兀惕或唐忽惕，元代蒙古語「黨項」一詞的音譯，兼指黨項人及其所建的西夏國。那懷：人名，生卒年及生平不詳。本卷《婦女出游》：「其姻党邢懷者爲溧陽同知州事。」「邢」與「那」形近，疑爲一人。

戲婚

嘗聞某處富家兄妹同居，兄生一女，妹生一子，偶同庚，自幼父母戲之曰：「當爲夫婦。」既長，各異居，以生事不齊，遂渝盟[一]。乳母每戲女曰：「小官人意欲望爾，不敢來也。」女始則怒之，久而情動，不復怒也。一日，别有人來議婚，女聞之不樂。乳母即語之曰①：「小官人今夜欲來，如何？」女許之，滅燭以待。自是相通，每以金帛相遺②。凡五月，覺有娠。父母責之，女曰：「一時所爲，悔之何及！乃姑之子小官人也。」因訴之官，追其子勘之③。不服，鞭楚不勝苦，遂枉受刑。既歸，日夜號泣。父母怒曰：「爾自犯刑，何泣之有？」其子曰：「某已受刑矣，

---

① 語之：葉藏本作「詒言」，日藏本作「語言」。
② 相：葉藏本、日藏本「贈」。
③ 追其子勘之：毛藏本衍「其子」兩字。

因念未嘗爲此事①，枉受其屈，所以痛恨辱終身也。」父母察之，始得其情狀②，乃乳母之子假託其姑之子也。復訴于廉訪司[二]，杖殺其乳母于市③。夫年幼議婚，古人所戒④，況戲言乎？所以辱家敗俗，皆世之不學無術、庸碌之輩所致爾。

[箋注]

[一] 渝盟：背叛盟約。《左傳・桓年》：「公及鄭伯盟于越，結祊成也。盟曰：『渝盟無享國。』」杜預注：「渝，變也。」

[二] 廉訪司：元各道肅政廉訪司之省稱。《元史・選舉志二・銓法》上：「惟廉訪司官，則省、臺共選。」《元史・百官志二》：「肅政廉訪司，國初，立提刑按察司四道。……二十八年，改按察司曰肅政廉訪司，其後遂定爲二十二道，每道廉訪使二員，正三品；副使二員，正四品。」

---

① 念：葉藏本、日藏本作「思」，毛藏本作「恐」。
② 情狀：葉藏本作「真情」。
③ 乳母：葉藏本作「乳母子」。
④ 所：葉藏本、日藏本作「爲」。

防微杜漸①

或人家以愛女之故，不能防微杜漸，縱令乳媪之子女往來，必爲亂家之患。有識之男子，必自絶之于始②，慎勿使婦人姑息，傷大義也。

脱歡報應

我國朝脱歡大夫之父③［一］，初至建康，宋都統某官備禮迎降，欵饋甚厚，蓋欲免患也。及延至私第，鋪設俱具極整④，且子女玉帛，靡不耀目。脱歡父遂起貪心，復入其罪而有之⑤。都

---

① 本則，日藏本與上則《戲婚》合爲一篇。細析之，兩者所述爲同一内容，本則當爲上則之結語。

② 必自：葉藏本、日藏本作「便當」，毛藏本作「必當」。

③ 朝：原本作「家」，據葉藏本、日藏本改。

④ 俱：葉藏本作「供」。

⑤ 復：葉藏本、日藏本作「後」。

統首死①，其家人奴僕尚衆，不服，夜半相殺，咸以兵法治之。六十餘年，脱歡大夫惟一子一女。其妻悍暴不能制，脱歡畏之。一日，招壻名曰虎舍者，又貪鄙不仁，嘗侮其親子。子蓋妾所生也。脱歡卒，其妻逐其子并婦，以壻立爲嗣，凡家産田宅，盡爲壻有②。家奴林總管者，每懷不平，乃扶其子名慶舍者，訴之官③。官諭之，不伏，遂各執兵器相衛，久不能解，以致内外交兵。虎舍盡攜家財妻孥遁，慶舍始主其業，則已蕩廢矣。故老皆言④，却與殺都統時相似，此報應之不偶然也。

［箋注］

［一］脱歡：生卒年不詳。元蒙古剳剌兒氏。江淮行省左丞相阿剌罕子。歷官江西、湖廣、江浙行省平章政事。泰定間，拜南臺御史大夫。順帝至元六年（1340），拜中書省平章政事，後復拜南臺御史大夫。

脱歡之父，即阿剌罕（?—1281），元蒙古剳剌兒氏。襲父職，爲諸翼蒙古軍馬都元帥。至元四年（1267），改上萬户，從阿術攻宋。十二年（1275），擢昭毅大將軍，以上萬户權行中書省事，進中奉大夫、行中書省參知政事，屯駐

---

① 首：葉藏本、日藏本作「者」。
② 壻：葉藏本作「之」，日藏本作「主」。
③ 之：葉藏本、日藏本作「于」。
④ 故：葉藏本、日藏本「父」。

建康。十四年(1277),升資善大夫、行中書省左丞。十八年(1281),召拜光禄大夫、中書左丞相、行中書省事,統蒙古軍四十萬征日本,行次慶元,卒於軍中。追封曹南王,改謚忠宣。《元史》卷一二九有傳。元許有壬《勅賜推誠宣力定遠佐運功臣太師開府儀同三司上柱國曹南忠宣王神道碑銘並序》:「子男二,曰也速迭兒……曰脱歡,起家同知蘄州路,四轉爲河南左丞,由南臺侍御史再遷爲西臺御史中丞,母疾,棄官。歷江西、湖廣、江浙三省平章政事,進階光禄大夫,拜南臺御史大夫,改河南平章,以母老辭。至元六年,拜中書平章政事。在政府,念母老而遠,語及輒流涕。南臺總十道,按三省,非重臣不可,復拜御史大夫,且便其養也。」

脱歡惡妻

脱歡母王氏,廣德長樂村人[一],爲兵官所掠,見有姿色,端重不敢犯,遂獻與總兵官,即脱歡父也。於是擇日行婚禮,後生脱歡。脱歡生庶子慶舍。脱歡之妻既逐其子并婦,復以婦配驅奴之無妻者①[二]。婦曰:「我大夫之子婦也,義不受辱。」奴曰:「我奴也,娘子是主人也,我不敢受。」各相拒。久之,脱歡之妻痛撻其婦及奴,且令之曰:「弗從吾言,有死而已。」于是迫婦與

---

① 驅奴:毛藏本董夢蘭校語:「駈奴,『驅』字,『騎』字之誤。」此説不確,見下注。

奴，囚於一室①，令其成配，却于窗隙中窺之，驗其奸污之狀，然後釋其罪。噫！脱歡愚人也，生不制其妻②，死後受污辱，爲百世之恨，可謂愚矣③。向使知其妻之悍，既不禮其夫，又欲殺其子，惡醜彰露，情弊顯然，則當决意去之，以絶後患，何其愚之甚也④！直至狼藉如此⑤，死有痛恨，哀哉！

［箋注］

［一］廣德：今屬安徽。《元史》卷六二《地理志五》：「廣德路，下。唐初，以綏安縣置桃州，後廢州，改綏安爲廣德縣。宋爲廣德軍。元至元十四年（1277），升爲路。……縣二：廣德，中。倚郭。建平。中。」

［二］驅奴：亦作「駈奴」。奴隸。《元典章·聖政一·重民籍》：「今後各投下諸色人等並遵世祖皇帝以來累朝定制，不得擅招户計，誘占驅奴，違者治罪。」《元典章·刑部三·惡逆》：「駈奴砍傷本使。」

---

① 囚：毛藏本作「因」，形誤。
② 不制：日藏本作「不能制」。
③ 愚：毛藏本作「患」。
④ 愚：日藏本作「遇」，形誤。
⑤ 直：葉藏本作「且」。

袁氏報應

四明袁知府[一]，嘗因官籍陸氏家財，悉爲己有①。後無嗣，養陸氏子。既長，當受所分之物，見銀盤背有陸氏祖名氏，報應如此。吾聞之卓悦習之云[二]。

[箋注]

[一] 四明：元慶元路别稱，以境内有四明山得名。治所在鄞縣（今浙江寧波）。元有《延祐四明志》《至正四明續志》記其詳。孔克齊至正間避居四明。

[二] 卓悦習之：卓悦，疑爲卓説。卓説，名習之，長汀（今屬福建）人。《全元詩》收其詩三首。

---

① 悉：毛藏本、日藏本、葉藏本作「半」。

古陽關

常見《和林志》所載①[一]，曾王大斡耳朶至亦納里一千里②[二]，西北至鐵門一萬里。其門石壁凌雲，上有鐫字曰「古陽關」。有題《青門引》③[三]，其詞云：「憑雁書遲，化蝶夢速，家遥夜永，番然已到。稚子歡呼，細君迎迓，拭去故袍塵帽。問我假使萬里封侯，何如歸早？時運且宜斟酌，富貴功名，造求非道。靖節田園，子真巖谷[四]，好記古人真樂。此言良可取，被驢嘶恍然驚覺④。起來時，欲話無人，賦與黄沙衰草⑤。」不知何人作也。

[箋注]

[一]《和林志》：已佚。虞集《題和林志》：「國家並包宇内，封畛之廣袤，曠古所未有也。山川形勢，阸塞險要

① 和：毛藏本、葉藏本、日藏本作「禾」。
② 亦：日藏本作「一」。
③ 引：葉藏本、日藏本作「飲」。
④ 驢：葉藏本、日藏本、毛藏本作「驎」。
⑤ 賦：毛藏本董夢蘭校語：「賦與黄沙衰草，『賦』是『付』字。」

之處，奇怪物變，風俗嗜好，語言衣食，有絶異者，史不勝書也。至元中，先叔祖以少蓬被旨，掌輿地之紀，每載筆而問焉。至順元年，予在閣下，被旨著《經世大典》，輶軒使者之問，不敢怠忽。然而朝聘往來之使，日無虚驛。所不足者，好事善詢，諏知觀覽考索者甚寡。是以至者或未必能言，言者未必能文，記載邈如，每爲之三慨。矧和寧，祖宗興龍之故地，其可無述以傳示耶！蕭囦之北游也，乃能賦而詠之，使見者不異身履其地，何其快也。自和寧而北，而西，而東，廣輪猶不可更僕。既而征討所及，藩屏所繫，氏族所聯，尚多有之，吾安得囦乘傳車，稱使者，遍歷而深考，以廣異聞，而附信史於無窮乎？」（《道園學古録》卷十）錢大昕《廿二史考異·元史卷六·三公表一》：「《和林廣記》多載國初之事。」錢大昕《元史藝文志》卷二：「《和林廣記》：《至正直記》所載有《和林志》。」和林：哈剌和林之簡稱。突厥語「黑礫石」之意。在今蒙古國鄂爾渾河上游東岸哈爾和林。蒙古太祖成吉思汗十五年（1220）建都於和林，蒙古窩闊台七年（1235）築和林城，前後五朝都此。

〔二〕晉王：元代諸王封號，授獸紐金印。真金太子長子甘麻剌始封，也孫鐵木兒（泰定帝）、八的麻亦兒間卜襲封。大斡耳朵：突厥係蒙古語，意爲宫帳或宫殿。

〔三〕有題《青門引》：該詞作者無考，唐圭璋《全金元詞》據《直記》所載録爲元詞，題《青門引·題古陽關》，無名氏作。

〔四〕子真：鄭子真，名樸，字子真。漢左馮翊谷口（今陝西禮泉）人。西漢末年隱逸民間，修身自保，非其所有，決不苟求。王鳳爲大將軍，以禮聘請，不應。漢揚雄《法言》：「谷口鄭子真，不屈其志，而耕乎巖石之下，名震於京師。」南朝·梁王僧孺《與陳居士書》：「依然谷口，覺子真之咫尺；静睇巖灘，信子陵之非遠。」

館賓議論

脱歡大夫在建康時，有一館賓早起，聞堂上有人聲，意謂大夫與僚佐也。久而視之，但見二人中坐①，一人云：「付之火②。」或云：「不可，恐延及他人。」一云：「付之災。」或云：「其家亦有未當死者。」一云：「付之脱歡。」言訖不見。館賓懼，疑其主將有禍也，遂不告而去。是日③，脱歡出門，忽有訟者訴某處巨室豪横害民，因受狀追問。後没入其家資④，杖配遠方。乃知豪民惡貫滿盈，神人共怒者也。逾年，館賓復至⑤，大夫問其故，始言及其所見云。

① 二人：葉藏本作「三人」。
② 火：毛藏本作「大」，董夢蘭校語：「『大』當爲『火』之訛。」
③ 是日：日藏本脱「日」。
④ 資：原本、毛藏本作「皆」，葉藏本作「貲」。據日藏本改。
⑤ 館賓：葉藏本作「館賓者」。

僧道之患

宋淳熙中，南豐黄光大行甫所編《積善録》云〔一〕：「僧道不可入宅院，猶鼠雀之不可入倉廩①。鼠雀入倉廩，未有不食穀粟者；僧道入宅院，未有不爲亂行者。」此足爲確論②。予嘗見溧陽至正間新昌村房姓者，素豪于里，塋墓建庵，命僧主之。後其婦女皆通于僧，惡醜萬狀，貽恥鄉黨。蓋世俗信浮屠教〔二〕，度僧爲義子，往往皆稱義父、義母、師兄弟姊妹之屬，所以情熟易狎，漸起奸心③，未有不爲污亂者。或婦女輩始無邪僻之念，則僧爲異姓，久而本然之惡呈露，亦終爲之誘矣。浙東西大家④，至今墳墓皆有庵舍⑤，或僧或道主之。歲時往復，至于升堂入室，不美之事，容或多矣。戒之，戒之！

① 倉廩：《叢書集成新編》據《稗乘》本《積善録》作「倉廩也」。
② 足爲：葉藏本作「最爲」，日藏本作「是爲」。
③ 奸：原本闕，毛藏本作「行」，董夢蘭校語：「漸起行心，『行』，當作『淫』。」今據葉藏本、日藏本補。
④ 西：日藏本作「而」，形誤。
⑤ 墓：葉藏本、日藏本作「塚」。

【箋注】

［一］黃光大：生卒年及生平事迹不詳。字行甫，號蓬山居士。南宋南豐（今屬江西）人。《積善録》：家訓諭俗文類善書，黃光大編。采録修身、積德、濟物之事，勸人積善盡孝，多積陰德。有《稗乘》本、《説郛》本。黃光大《積善録序》：「……予少也賤，負笈四方，經歷世故，屢嘗患難。凡所聞見踐履，有益於人而可補於世者，未嘗不積於中。爰總管見，裒集一百餘事，目曰《積善録》。録皆所以言修身積德濟物也，非與天下善士共行之，願自王公至于庶人咸知積善之爲終吉。故言不文，詞不飾，每事宜述其旨，要在明道理，達倫類，辨是非，通世務，使賢愚貴賤皆得以洞曉者也。……時淳熙戊戌冬，南豐黃光大行甫序。」（《説郛》卷六四卷首）

［二］浮屠教：即佛教。浮屠，亦作「浮圖」，佛教語，梵語 Buddha 的音譯，佛陀，佛。《後漢書·西域傳·天竺》：「其人弱於月氏，修浮圖道，不殺伐，遂以成俗。」李賢注：「浮圖，即佛也。」晉袁宏《後漢紀·明帝紀上》：「浮屠者，佛也。西域天竺有佛道焉。佛者，漢言覺。將悟群生也。」

塋墓建庵

予嘗謂塋墓建庵，此最不好①，既有祠堂在正寢之東，不必重造也②。但造舍與佃客所居，作

---

① 好：葉藏本作「美」。

② 造：葉藏本、日藏本作「作」。

看守計足矣。至如梵墓以石，墓前建拜亭之類，皆不宜。此于風水休咎有關係[一]，慎勿爲之可也。

[箋注]

[一] 休咎：吉凶；善惡。《漢書·劉向傳》：「向見《尚書·洪范》，箕子爲武王陳五行陰陽休咎之應。」劉知幾《史通·書志》：「然而古之國史聞異則書，未必皆審其休咎，詳其美惡也。」

雲巖至言①

宋末於潛吴度身之所編《益載》有云[一]：雲巖洪燾爲浙西常平使者[二]，節齋趙公判平江府[三]。一日，招洪家眷燕集，洪力辭之。余問其故，洪答曰②：「富貴之家，姬妾之盛，珠翠綺繡之繁，聲樂餚饌之侈，何可當也！吾家先君嘗貴顯于朝，而始終一儒素。今家人輩皆山中人，一則必貽譏笑而懷慚忸；一則必生欣慕而思效學③，無益也。」明言累輩皆山中人，素無身裝首

---

① 題「雲巖至言」，原本目録誤置於「松雪遺事」后，「至」，誤作「主」。
② 洪答曰：葉藏本、日藏本無「洪」字。
③ 效：毛藏本作「教」，誤。

飾，不曾出衆，不敢前，節齋亦不敢强①。此至哉之言也。

【箋注】

［一］於潛：縣名，西漢置，屬丹陽郡，治所在今浙江杭州市臨安區於潛鎮。唐、北宋屬杭州。南宋屬臨安府。元屬杭州路。《元史》卷六二《地理志五》：「杭州路，上。……領司二、縣八、州一。……縣八：……於潛，中。昌化。中。」

［二］洪燾：生卒年不詳，字仲魯，號雲巖，宋臨安於潛（今浙江杭州）人。洪諮夔子。景定元年（1260）官朝奉大夫，秘閣修撰，兩浙轉運副使，兼知臨安府，尋除户部侍郎。咸淳四年（1268）除吏部尚書，九年（1274）爲浙東安撫使。生平事迹見《咸淳臨安志》卷四九、六七，《宋史》卷四六《度宗紀》、卷九九《禮志二》等。《（雍正）浙江通志》卷一一三《安撫使》：「洪燾，臨安於潛人。」《齊東野語》卷七《洪端明入冥》：「洪燾仲魯，忠文公諮夔次子也。嘉熙丁酉，居憂天目山。」《宋詩紀事》卷七三：「洪燾，於潛人，諮夔子。以朝奉大夫秘閣修撰兩浙轉運副使兼知臨安府，除户部侍郎。咸淳四年（1268）除吏部尚書。」常平使者：官名，北宋熙寧變法時，諸路設提舉勾當常平廣惠倉使者，其後或稱提舉常平茶鹽公事，省稱「常平使者」「常平使」。《宋史》卷一六七《職官志七》「提舉常平司」：「掌常平、義倉、免役、市易、坊場、河渡、水利之法，視歲之豐歉而爲之斂散，以惠農民。……熙寧初，先遣官提舉河北、陝西路常平。未幾，諸路悉置提舉官。元祐初罷之，並其職於提點刑獄司。紹聖初復置，元符以後因之。」

---

① 亦：日藏本作「示」，形誤。

［三］節齋：趙崇度(1175—1230)，字履節，號節齋。宋宗室，趙汝愚次子。居饒州余干（今江西余干）。少從朱熹學。嘉定間，提舉湖南常平，改江西。以朝散大夫致仕。事見《西山先生真文忠公文集》卷四三《提舉吏部趙君墓誌銘》等。平江府：北宋政和三年（1113）升蘇州置，治吴縣、長洲縣（今蘇州市），屬兩浙路。元至元十三年(1276)升爲平江路，屬江浙行省。《元史》卷六二《地理志五》：「平江路：上。唐初爲蘇州，又改吴郡，又仍爲蘇州。宋爲平江府。元至元十三年升平江路。」

婦女出遊①

人家往往習染不美者②，皆由出遊於外，與婦客燕集③，習以成風，始則見不美者誚之，終則效之。嘗記至正甲申春，繼嫂自杭歸，其姻党邢懷者爲溧陽同知州事，因好會家眷燕聚④。適親友宣城貢清之有源爲教授⑤［一］，假居南軒，妻妹亦與席，惟先妣及家人輩不得已，略相見即

① 題「婦女出遊」，原本目録與下節題「米元章畫史」互乙。
② 習：葉藏本、日藏本作「漸」。
③ 集：葉藏本、日藏本作「燕」。
④ 聚：葉藏本、日藏本作「集」。
⑤ 教授：葉藏本、日藏本作「州教授」。

托疾不出。明日，各家再會，作同席之意。先妣及家人輩亦堅辭不赴[二]，且曰：「前日之會，在我家尚不樂終席①，今日豈可出遊赴宴耶？」自是燕集者數，以致外議紛紛，漸起變夷之誚，則家人輩幸而免也。向使我不以家法自拘，先妣不以先人所言是戒，鮮不爲此曹所陷也。蓋同知之妻，嫂氏之同母姊②，畏吾氏也[三]。

[箋注]

[一] 宣城：縣名，元爲寧國路治，治所即今安徽宣城。《元史》卷六二《地理志五》：「寧國路，上。唐爲宣州，又爲宣城郡，又升寧國軍。宋升寧國府。元至元十四年，升寧國路總管府。……縣六：宣城上。……」貢清之：字有源，生卒年不詳。宣城（今屬安徽）人。初授奉化州學正，至正四年（1344）爲溧陽州學教授。曾祖爲宋末南漪先生貢士浚。元程端禮《送貢有源歸宣城序》：「余謂諸君知有源初試爲學官，已能爲人所難能，故諸君服其才德其惠矣。豈知其宦業之講於家庭者有素，不待蒞其職當其事而後能也。蓋自其曾大父秘書大監南漪公積德肇慶，一傳已能以文學顯，監學直翰林，再傳而仕内外服，知名于一時者幾十人。今有源兄弟又駸駸仕路，且未嘗以門地自矜而德義是尚，貢氏之興，殆未易量。于是乎益信南漪公積德之厚也。有源抱利器膺顯擢，行濟物之志有日，安知不再蒞吾郡以惠諸君耶！易

---

① 我：葉藏本作「吾」。

② 同母姊：日藏本作「母同姊」，倒乙。

曰：『有孚，惠心，勿問元吉。』使有源果有孚以惠于諸君之心，勿問而元吉可知矣！」（《畏齋集》卷四，《全元文》卷八〇七）

〔二〕先妣：亡母。《荀子·大略》：「隆率以敬先妣之嗣，若則有常。」唐韓愈《故江南西道觀察使王公墓誌銘》：「公先妣，渤海李氏，贈渤海郡太君。」

〔三〕畏吾：即畏兀兒，元時色目三十一氏中有畏吾兒氏。

米元章畫史

米元章《畫史》云〔一〕：「翎毛之倫，非雅玩，故不録。」又云：「東丹王胡瓌《蕃馬》①〔二〕，見七八本，雖好，非齋室清玩②。」又云：「古之圖畫，無非勸戒。今人撰《明皇幸蜀》③，無非奢麗。《吴王避暑》，重屏列閣，徒動人侈心④。」又云：「蘇木爲軸，石灰湯轉色⑤，歲久愈

---

① 瓌：原本作「環」，據《津逮秘書》本米芾《畫史》改。

② 室：原本作「屋」，據《津逮秘書》本米芾《畫史》、葉藏本、日藏本改。

③ 明皇幸蜀：莊校：「米芾《畫史》作『明皇幸興慶圖』」。

④ 吴王避暑，重屏列閣，徒動人侈心：莊校：「米芾《畫史》作『吴王避暑圖，重樓平閣，動人侈心』。」暑，毛藏本作「著」，董夢蘭校語：「吴王避暑，『暑』誤作『著』。」

⑤ 石灰湯轉色：《津逮秘書》本米芾《畫史》作「以石灰湯轉色」。

佳①，又性輕。角軸引蟲，又臭氣②。」又云：「花草，至於士女、翎毛，貴□游戲閲，不入清玩。」

【箋注】

［一］米元章：米芾（1051—1107），初名黻，字元章，號襄陽漫士、海岳外史、鹿門居士，人稱米南宫。祖籍太原，遷居襄陽（今屬湖北），後定居潤州（今江蘇鎮江）。北宋書畫家。歷知雍丘縣、漣水軍，以太常博士知無爲軍，徽宗召爲内廷書畫學博士，賜對便殿，臨摹宣和殿所藏書畫極工，擢禮部員外郎，出知淮陽軍。能詩文，爲文奇險，不蹈襲前人。擅書畫，精鑒别，爲宋代四大書法家之一。著有《書史》《畫史》《寶章待訪録》及《山林集》（已佚，後人有輯本《寶晉英光集》）等。《宋史》有傳。《畫史》：米芾著録歷代名畫的著作，亦稱《米海岳畫史》，一卷。記作者生平所見六朝至唐宋間名畫，品評優劣，考訂謬誤，對畫作的風格特點、作者、藏處乃至裝裱、印章等皆有所述。有明刊本、《津逮秘書》本、明翻宋本、《畫苑》本、《説郛》本、《百川學海》本、《唐宋叢書》本、《湖北先正遺書》本、《四庫全書》本、《叢書集成初編》本等。

［二］東丹王：即耶律倍（899—936），小字突欲。初立爲皇太子，後封東丹王。後唐明宗李嗣源任爲懷化軍節度使，賜姓李，名贊華。工畫，作品有《雙騎圖》《番騎圖》《女真獵騎圖》等。胡瓌：生卒年不詳。山後契丹人，一説范陽（今北京）人，亦作慎州烏索固部落人。五代後唐畫家。畫作多以契丹族游牧生活爲題材，尤善畫馬，傳世作品

---

① 歲：原本、毛藏本俱作「愈」，據《津逮秘書》本米芾《畫史》、葉藏本、日藏本改。莊校：「愈久，米芾《畫史》作『歲久。』」

② 又臭氣：莊校：「米芾《畫史》作『又開軸多有濕臭氣』。」

有《卓歇圖》等。宋劉道醇《五代名畫補遺·走獸門第三》「神品二人胡瓌　東丹王」：「胡瓌，山後契丹人。或云瓌本慎州烏索固部落人。善畫蕃馬，骨格體狀，富於精神。……東丹王贊華，契丹大姓，乃耶律德光之外戚，善畫馬之權奇者。梁唐及晉初，凡北邊防戍及榷易商人，嘗得贊華之畫工甚精緻，至京師，人多以金帛質之。」

兄弟異居①

人家兄弟異居者，此不得已也。婦女相見，亦不可數，或歲首一會，春秋祭祀家廟各一會，一歲之中不過三次可也。蓋慶賀弔問，非婦人之事。嘗見浙西富家兄弟，有異居數十里，婦女輩不時往復，以爲游戲之常，至于夜筵，過三更始歸②，或致暗昧奸盗不可測[一]。此當與宋末僉廳失妻事並觀之。

［箋注］

［一］暗昧：不可告人之陰私、隱私。《漢書·王商傳》：「鳳重以是怨商，陰求其短，使人上書言商閨門内事。」

① 題「兄弟異居」，原本目録與下節題「子孫昌盛」互乙。

② 始：原脱，據葉藏本、日藏本補。

天子以爲暗昧之過，不足以傷大臣，夙固争，下其事司隸。」

子孫昌盛

世之欲子孫昌盛者，莫若積陰德最要緊[一]。然積陰德者，必以孝爲第一義。前代之事，載諸傳記者甚詳。嘗觀《諭俗編》所載[二]：「積善之家必有餘慶，積不善之家必有餘殃①。《易》六十四卦，凡事不言『必』，獨《坤》之論②，斷以兩『必』字言之，以其效之必應也。而獨于《坤》卦者③，以坤屬陰，一元之善在坤，爲陰德也[三]。」所謂餘者，言其殃、慶及子孫也。此應知縣俊之言也[四]。

［箋注］

［一］陰德：暗中做的有德於人的事。《淮南子·人間訓》：「有陰德者必有陽報，有陰行者必有昭名。」《隋

---

① 積善之家必有餘慶，積不善之家必有餘殃：《琴堂諭俗編》作「積善之家必有餘慶，積不善之家必有餘殃，此《易》辭也」。

② 獨《坤》之論：《琴堂諭俗編》作「獨《坤》之《文言》論積善有慶、積不善有殃」。

③ 而獨于《坤》卦者：《琴堂諭俗編》作「夫聖人言積善不于他卦，而獨于《坤》卦者」。

書・隱逸傳・李士謙》：「或謂士謙曰：『子多陰德。』士謙曰：『所謂陰德者何？猶耳鳴，己獨聞之，人無知者。今吾所作，吾子皆知，何陰德之有！』」

〔二〕《諭俗編》：《宋史・藝文志》：「鄭至道《諭俗編》一卷，彭仲剛《諭俗續編》一卷。」鄭至道，生卒年不詳。清陸心源《宋詩紀事補遺》卷二四：「至道，字保衡，福建莆田人。元豐三年進士。歷知天台、樂昌二縣。著有《琴堂諭俗編》《錦囊》四集。」清嵇璜《續文獻通考》卷一七八《經籍考》：「應俊《琴堂諭俗編》二卷。俊官宜豐令，里居無考。臣等謹案：是編輯鄭玉道《諭俗編》、彭仲剛《諭俗續編》二書爲一，而又爲之補論。其末《擇交遊》一篇，又元人左祥所增入，以補原書之遺者也。」其書多采摭經史故事中關於倫常日用者，旁徵曲諭，以示勸戒。文辭淺近，論理平直易明。有《四庫全書》本及《四庫全書珍本初集》本。

〔三〕「積善之家必有餘慶」以下十一句：宋應俊輯補《琴堂諭俗編》卷下：「積善之家必有餘慶，積不善之家必有餘殃，此《易》辭也。易六十四卦，凡事不言『必』，獨《坤》之《文言》論積善有慶、積不善有殃，斷以兩『必』字言之，以其效之必應也。夫聖人言積善不於他卦，而獨於《坤》卦者，以坤屬陰，一元之善在坤，爲陰德也。積陰德者必有福慶，不積陰德者必有禍殃。蓋人有一二善，未必便有善報。」《易・文言》：「坤至柔而動也剛，至静而德方，後得主而有常，含萬物而化光。坤道其順乎，承天而時行。積善之家必有餘慶，積不善之家必有餘殃。臣弑其君，子弑其父，非一朝一夕之故，其所由來者漸矣，由辯之不早辯也。」該段文字中有兩「必」字，故云。

〔四〕應知縣俊，即應俊，生卒年、里籍不詳。宋人。曾官宜豐令。

陰德之報①

宋四明史氏，祖甚微，爲郡杖直之卒，每有陰德及人，好善三世。生浩，南渡後拜相，贈越王[一]。越王生彌遠，又拜相，贈衛王②[二]。從子嵩之[三]，又拜相。子孫數千人，至今富盛不絶，皆陰德之報也。國朝真定史氏[四]，在女真氏有陰德及于鄉③，後生孫拜相封王。國朝宣城南湖貢氏祖嘗依吴履齋之門④[五]，屢有陰德，且孝義⑤。略以一微事言之。有婢與僕私通，竊財而遁，中途爲僕所後，蓋其意在得財也⑥。婢追不及，後返至南湖，恐事覺，倉皇欲赴水死⑦。

① 題「陰德之報」，原本目録與下節題「忠卿陰德」互乙。
② 贈：葉藏本、日藏本作「封」。
③ 氏：葉藏本作「時」。
④ 祖：原本作「相」，據葉藏本、日藏本改。
⑤ 且孝義：原本作「略且孝義」，衍「略」字，據葉藏本、日藏本改。
⑥ 財：葉藏本、日藏本作「物」。
⑦ 赴水死：葉藏本、日藏本無「死」字。

貢適見而止之，曰：「汝宜急歸，吾弗言也①。」婢得免死。其餘陰德②，尚多如此者③。後生士濬[六]，自號南漪，又有陰德，以子貴，贈秘監之官。翰林學士奎[七]，字仲章，是其子也。孫師泰[八]，字泰甫，亦登顯官，自平江太守，今爲户部尚書。諸孫仕者尚多。

[箋注]

[一]「生浩」以下三句：史浩（1106—1194），字直翁。宋明州鄞縣（今浙江寧波）人。紹興進士。歷温州教授、國子博士、秘書省校書郎兼二王府教授、宗正少卿等。紹興三十二年（1162），建王趙昚立爲皇太子，任起居郎兼太子右庶子。孝宗即位，遷翰林學士、知制誥，除參知政事。隆興元年（1163），拜尚書右僕射。申岳飛之冤，復其官爵，禄其子孫。反對張浚北伐，出知紹興府。淳熙中，復爲右丞相。後請老，除太保致仕，封魏國公，卒。追封越王，謚忠定。生平事迹見《宋史》卷三九六。文存千餘篇，多奏劄、表啟之作。詩存三百二十餘首，詞曲一百三十餘篇。有《尚書講義》二十卷、《鄮峰真隱漫録》五十卷傳世。

[二]「越王生彌遠」以下三句：史彌遠（1164—1233），字同叔。宋明州鄞縣（今浙江寧波）人。史浩之子。淳熙十四年（1187）進士，紹熙元年（1190）授大理司直。紹熙四年（1193）授樞密院編修官，遷太常丞。嘉泰四年

---

① 弗：葉藏本作「勿」。
② 其餘陰德：葉藏本、日藏本作「其陰德」。
③ 尚：葉藏本、日藏本作「類」。

(1204)提舉浙西常平，開禧元年(1205)遷起居郎。開禧三年(1207)，韓侂胄攻金失敗，獻計楊皇后，使人殺韓侂胄，官太師、右丞相兼樞密使，權勢日盛。恢復秦檜王爵、封號，雪趙汝愚冤，追謚朱熹等人。寧宗崩，廢濟王，擁立理宗。紹定初，拜太傅。六年（1233），再拜太師。擅權專横，斥逐賢臣。卒，特贈中書令，追封衛王，謚忠獻。

[三] 嵩之：即史嵩之(?—1256)，字子申，一作子由。宋明州鄞縣(浙江寧波)人。史彌遠之侄。嘉定十三年(1220)進士。端平元年(1234)，金亡，反對乘機收復河南。以提舉太平宫歸里。宋師敗潰，爲淮西制置使兼沿江制置副使，兼知鄂州。嘉熙三年（1239），授右丞相兼樞密使、都督兩淮四川京西湖北軍馬。主張與蒙古和議，遭受太學、武學、京學及宗學諸生三百多人反對，爲公論所不容，閒居十三年。寶祐中，授觀文殿大學士，卒。贈少師、安德軍節度使，封魯國公，謚莊肅。《全宋詩》卷三一六一録其詩三首，文收入《全宋文》卷七六八四，事迹見《宋史》卷四一四本傳、《延祐四明志》卷五等。

[四] 真定：元改真定府置真定路，治所在真定縣（今河北正定）。《元史》卷五八《地理志一》：「真定路，唐恒山郡，又改鎮州。宋爲真定府。元初置總管府，領中山府，趙、邢、洺、磁、滑、相、浚、衛、祁、威、完十一州。」

[五] 宣城南湖貢氏祖：指宣城貢氏第五世貢應霆，曾爲宋承節郎。吴履齋：吴潛(1195—1262)，字毅夫，號履齋。宋宣州寧國(今屬安徽)人，一説德清(今屬浙江)人。宋嘉定十年(1217)進士第一，授承事郎、鎮東軍節度判官。淳祐七年(1247)累遷同簽書樞密院事兼權參知政事。十一年(1251)爲參知政事，旋授右丞相，兼樞密使。開慶元年(1259)復任左丞相，封許國公。爲人正直，不阿諛權貴。後遭賈似道排斥，貶謫循州(今廣東惠陽縣東北)，病卒。工詞善文，多有感懷時事之作，明梅鼎祚輯有《履齋遺集》。

[六] 士濬：即貢士濬，生卒年不詳。宋末以詞賦中舉漕司，次年進士不第，遂厭棄科第，終身不仕。宋亡，隱

居南漪湖畔，世稱「南漪先生」。入元，以子奎累贈亞中大夫、秘書太監、輕車都尉，追封廣陵郡侯。生平事迹見元李黼《故集賢直學士奉訓大夫貢公行狀》等。

［七］翰林學士奎：貢奎（1269—1329），字仲章。元宣城（今屬安徽）人。著名作家。初爲齊山書院山長，教授經史，元成宗大德六年（1302），薦授太常奉禮郎，兼檢討。累官翰林國史院編修、江西等處儒學提舉、翰林待制、集賢直學士等。著有《雲林小稿》《聽雲齋記》《青山漫吟》《倦游録》《豫章稿》《上元新録》《南州紀行》共一百二十卷。生平事迹見李黼《故集賢直學士奉訓大夫貢公行狀》、馬祖常《皇元敕賜集賢直學士贈翰林直學士太中大夫文靖貢公神道碑銘》、戴表元《送貢仲章序》等。《新元史》卷二一一有傳。

［八］孫師泰：貢師泰（1298—1362），字泰甫。元宣城（今屬安徽）人。初爲太和州判官。後爲翰林應奉，與修《后妃傳》《功臣列傳》。拜監察御史。至正十六年（1356）領兵圍剿張士誠，敗，逃匿海濱。二十二年（1362），召爲秘書卿，行至海寧，病逝。生平事迹見載揭汯《有元故禮部尚書秘書卿貢公神道碑銘》、王逢《故秘書卿宣城貢公挽辭》、朱鐩《玩齋先生紀年録》、黄溍《貢侍郎文集序》等。《元史》卷一八七、《新元史》卷二一一有傳。

忠卿陰德

族祖元敬，字忠卿，有陰德及于福建之民［一］。若子若孫，皆仕福建之地。今汭世川自福建肅政廉訪司經歷拜南行臺監察御史［二］，是其孫也，世居金陵。又先祖約齋府君［三］，晚年自來安縣渡龍灣江至金陵，正值北兵南侵，人民離散之際，凡有可以爲衆人救者，甯自給不足，而分與之。蓋出於祖妣太安人朱氏之助。未幾，北兵取金陵，哨騎四出，俘掠太繁。府君上書謁軍門，請示不殺，以取信于民。時左丞相伯顔大服[四]，即挂在儒籍者悉安之①[五]，由是活者甚衆。吾家五世無常居，至先人始富盛，寓溧陽[六]。修德如先祖，後至子孫享用，皆祖考之功也。子孫當知之，爲終身之訓。

【箋注】

[一]「族祖元敬」以下三句：清孔繼汾《闕里文獻考》卷八八：「元敬，字忠卿，先聖五十一代孫。父鼐，有傳。元敬少孤，性篤孝。比長，奮志勵學，不與庸常伍。元世祖爲太子，撫軍伐宋，次於濮，元敬甫弱冠，往謁於軍門，世祖奇之，命從軍而南。元既並宋，辟江東宣慰司照磨，改池州青陽縣尹。時兵燹後，官府草創，箕斂不軌，民往往避匿山谷間不敢出，胥吏乘機疑喝傾覆其家産。元敬至，疏禁布誠，節用薄賦，令於邑曰：『有能徙城中者復之。』不期月，市肆成聚，政孚人和。秩滿，寓金陵，江南行御史臺辟爲掾史，不就。中丞劉伯宣、宣慰周伯英薦授浙東海右道提刑按察照磨，録囚温之。平陽有冤繫累年不決者，元敬察其誣，得立釋。東陽玉山群寇蜂起，行臺欲招討，議誰可使者。僉曰：『非孔元敬不可。』元敬受命，冒鋒鏑入其巢穴，曉以禍福，賊衆股栗。會大軍繼至，諸校争首功欲盡殲

① 安：葉藏本、日藏本作「委」。

焉。元敬爲籍其渠魁誅之，脅從無辜者數萬人悉縱還鄉井。調福建閩海道照磨，尋升邵武路經歷。府有大獄，吏文致具案，元敬原情破之，主者不能決，兩讞上之，朝廷從元敬擬。他日，復有疑獄，元敬語主吏曰：『於法當如是。』及獄成，卒無不如元敬擬者，一時服其平允。後以興化路經歷致仕歸。元敬生平以纂述祖德爲事，徵求文獻，撰成《素王世紀》十二卷，年七十卒。」孔元敬：生卒年不詳。字忠卿。曲阜（今屬山東）人。孔子五十一代孫。有《素王世紀》十二卷。

［二］ 吶世川：孔吶，生卒年不詳。字世川。曲阜（今屬山東）人。孔子五十三代孫。《（乾隆）曲阜縣志》卷八四：「釋褐明道書院山長，歷文林郎，江南行臺監察御史，論事愷切，御史大夫韙之。以親老辭職侍養，没而免喪再起陝西行臺都事，不赴，時年甫四十九，卒於家。」

［三］ 約齋府君：孔潼孫（？—1291），字宗善，號約齋。《（民國）平陽縣志》：「始家于杭，宋德祐末爲建康路學教授。時元兵渡江，道梗不可南，因又家焉。至元二十八年（1291）以官事赴大都，道卒臨清。」

［四］ 伯顔（1236—1295）：蒙古八鄰部人。元朝著名軍事家、政治家。隨父曉古台從宗王旭烈兀西征波斯等地。至元元年（1264），受旭烈兀派遣，出使大汗廷，深得忽必烈賞識，留爲侍臣。二年（1265），拜中書左丞相。七年（1270），任同知樞密院事。十一年（1274），復拜左丞相，帥兵攻宋。十二年（1275），下建康（今江蘇南京），升行省右丞相。分兵三路進臨安（今浙江杭州）。次年正月，宋幼主趙㬎出降。十四年（1277），北上平定只兒瓦台叛亂，敗昔里吉等於斡耳寒河（今鄂爾渾河）。二十二年，代諸王阿只吉總軍西北。二十六年（1289），任知和林分樞密院事。長年抗禦海都，乃顔、明理帖木兒等叛王。三十年（1293），奉召入侍。次年正月，世祖死，擁皇孫鐵穆耳（成宗）即帝位。十二月病逝。

［五］ 儒籍：讀書人的户籍。《元史・雷膺傳》：「太宗時，詔郡國設科選試，凡占儒籍者復其家。」

［六］ 至先人始富盛，寓溧陽：趙孟頫《松雪齋集》卷六《闕里譜系序》：「魯國孔君文昇，以書抵僕，示以《闕里譜系》，求僕爲之序，且自叙其世家曰：『……貴敬生潼孫，是爲文昇皇考。始家於杭，宋德祐末，職教建康。當是時，大兵渡江，道梗不可南，因又家焉。至元廿八年，以官事赴大都，道卒臨清。文昇忍死扶柩歸葬建康，而諸孤長者方十歲，小者未離乳抱，家貧累衆，不能復歸温州。既又娶於溧陽，攜諸孤就外氏以居，遂爲溧陽人矣。』」（《全元文》卷五九三）歸有光《静齋類稾引》：「孔齊，字行素，號静齋。曲阜聖裔，隨父居溧陽，後避兵四明。父字退之，曾補建康書吏。」

松雪遺事①

錢唐老儒葉森景修［一］，嘗登趙松雪之門，松雪深愛之。蓋謂其效奔走之時使令②［二］，且聰明，頗讀書故也。家住西湖，婦女頗不潔，蓋杭人常習也。所藏王右軍《籠鵝帖》石刻［三］，後

① 題「松雪遺事」，原本目録與下節題「徑寸明珠」互乙。

② 蓋謂其效奔走之時使令：毛藏本董夢蘭校語：「蓋謂其效奔走使令之役，詳文義當如此。」葉藏本、日藏本作「蓋謂效奔走侍使令」。

有唐人復臨一帖副之，誠爲妙品。張外史每戲之[四]，一日賦詩以貽之，有云：「家藏逸少《籠鵝》字，門繫龜蒙放鴨船①。」世以鴨比喻五奴也[五]。至正丁酉秋八月，予往錢唐訪妻母于西山普福寺，時景修數相過，每舉松雪遺事助笑談。有云松雪一日以幅紙界畫十三行，行數十字，字各不等，問景修曰：「爾謂何物？」景修曰：「非律度式乎？」松雪曰：「也虧你尋思，惜太過耳。」乃臨《洛神賦》界式也。一日，又侍行西湖上②，得一太湖石[六]，兩端各有小竅，體甚平。松雪命景修急取布線一縷至，扣于兩竅，而以石令人滌浄扶立矣③。久之，清風颸至，其聲如琴，即命名曰「風篁」。他日歸雪川④[七]，當易以細絲縷上之⑤，爲小齋前松下之翫。景修曰：「此是前人爲之，而相公見之乎？」松雪曰：「否！我自以意取之也。」其敏慧格物理、參造化之巧如此者⑥，豈凡俗之所能擬其萬一哉⑦！但亦愛錢，寫字必得錢，然後樂爲之書。一日，有二

---

① 放：葉藏本作「化」。
② 又侍：日藏本作「人待」，誤。
③ 以石：日藏本作「已石」，葉藏本「石已」。
④ 他日：葉藏本、日藏本闕。
⑤ 縷：葉藏本、日藏本作「絃」。
⑥ 巧如此者：葉藏本、日藏本作「巧者如此」。
⑦ 豈凡俗之所能：葉藏本、日藏本闕「之」字。

白蓮道者造門求字。門子報曰：「兩居士在門前求見相公。」松雪怒曰①：「甚麼居士？香山居士、東坡居士邪？箇樣吃素食的風頭巾〔八〕，甚麼也稱居士！」管夫人聞之，自內而出，曰：「相公不要恁地焦躁②，有錢買得物事喫。」松雪猶愀然不樂。少頃，二道者入謁罷，袖攜出鈔十錠，曰：「送相公作潤筆之資。有庵記，是年教授所作③，求相公書。」松雪大呼曰：「將茶來與居士喫！」即歡笑逾時而去。蓋松雪公入國朝後，田產頗廢④，家事甚貧，所以往往有人饋送錢米肴核⑤，必作字答之。人以是多得書，然亦未嘗以他事求錢耳。

〔箋注〕

〔一〕葉森：生卒年不詳。字景修，號芸齋。元錢塘（今浙江杭州）人。活動於元代大德、至正年間。早年師從吾丘衍，所作古文詩歌，皆有法度，有《漢唐篆刻圖書韻釋》，不傳。元吳善《牧庵集序》：「至順壬申……予時承乏提舉江浙儒學，因獲董領其事，私竊欣幸，乃與錢塘學者葉景修重加校讎，分門別類。」《（雍正）浙江通志》卷一七八：

---

① 怒曰：葉藏本、日藏本作「怒之曰」。
② 恁：日藏本作「您」，誤。
③ 年：日藏本作「牟」。
④ 廢：葉藏本作「費」。
⑤ 肴核：日藏本作「核肴」。

「《萬曆杭州府志》：字景修，錢塘人。早從吾衍游，古文歌詩咸有法則。所著有《瓦釜鳴集》。」

〔二〕使令：《漢書・外戚傳上》：「左右及醫皆阿意，言宜禁内，雖宮人使令皆爲窮絝，多其帶。」顔師古注：「使令，所使之人也。」唐韓愈《永貞行》：「左右使令詐難憑，慎勿浪信常兢兢。」

〔三〕王右軍：王羲之(303—361)，字逸少。官至右軍將軍、會稽内史，世稱王右軍。

〔四〕張外史：張雨(1277—1348)，一名天雨，字伯雨，道號貞居子，自號句曲外史。元錢塘(今杭州)人。詩文家，擅書、畫，與當時著名文人如趙孟頫、虞集、楊載、楊維楨等有交游。有《句曲外史集》傳世。《新元史》卷二三八有傳。

〔五〕五奴：鬻妻者，人稱「五奴」；宋元時妓院中的龜奴，亦稱爲「五奴」。唐崔令欽《教坊記・教坊制度與人事・鬻妻》：「蘇五奴妻張四娘善歌舞，亦姿色，能弄《踏謠娘》。有邀迓者，五奴輒隨之前。人欲得其速醉，多勸酒。五奴曰：『但多與我錢，雖吃䭔子亦醉，不煩酒也。』今呼鬻妻者爲『五奴』，自蘇始。」周密《癸辛雜識續集・打聚》：「闤闠瓦市，專有不逞之徒，以掀打衣食户爲事，縱告官治之，其禍益甚。五奴輩苦之。」

〔六〕太湖石：石名，産江蘇太湖，故稱。宋杜綰《雲林石譜》上卷：「平江府太湖石，産洞庭水中，石性堅而潤。有嵌空穿眼宛轉嶮怪勢一種，色白一種，色青而黑一種，微青，其質紋理縱横，籠絡隱起於石面，偏多坳坎，蓋因風浪衝激而成，謂之『彈子窩』，扣之微有聲。……此石最高有三五丈，低不逾十數尺，間有尺餘。唯宜植立軒檻，裝治假山，或羅列園林廣樹中，頗多偉觀，鮮有小巧可置几案間者。」

〔七〕霅川：即霅溪，水名，在今浙江省湖州市。也爲舊吴興縣之别稱。五代齊己《嘗茶》詩：「味擊詩魔亂，香搜睡思輕。春風霅川上，憶傍緑叢行。」宋吴坰《五總志》：「葉少藴既辭政路，結屋霅川山中。」

〔八〕風頭巾：道士的代稱。

徑寸明珠

近聞前代常有以徑寸明珠進御者，一宦官見之，即求賄賂，其人不從。宦官遂取絲絡懸珠于梁，焚乳香熏之〔一〕。須臾，珠即化爲水，其人失色。宦官曰：「爾獨不能識寶耳。此非明珠也，乃猿對月凝視久，墮淚含月華結成者也。」其人慚悟而去①。

〔箋注〕

〔一〕乳香：亦稱「熏陸」，香之一種。宋洪芻《香譜·乳香》：「《廣志》云：『即南海波斯國松樹脂，有紫赤櫻桃者，名乳香，蓋熏陸之類也。』」宋沈括《夢溪筆談·藥議》：「熏陸，即乳香也，以其滴下如乳頭者，謂之乳頭香，鎔塌在地上者，謂之塌香。」

① 悟：葉藏本、日藏本作「懼」。

子母相關

嘗記先妣在城南時①，齊在芳村②，月或三省或再省焉。每至時，先妣倚門見之，必喜曰：「我一思，汝即來我前。」若是不知其幾番也。今日思之，痛哉，痛哉！觀《棠陰比事》[一]，有子母牛以血漯骨相漸者③，其天理蓋可見。又聞昔人採薪歸，倦，假寐破窑中，忽夢如雷震，遂驚覺，歸而母疾，思兒不能至，遂齧指出血④，其相關如此之重也。世之不孝於母者，是誠禽獸之不若也。

[箋注]

[一]《棠陰比事》：宋桂萬榮撰，一卷。以韻語形式「比事屬詞，成七十二韻」，記録了一百四十四件古代訴訟

---

① 嘗記：原本作「常見」，據毛藏本、葉藏本、日藏本改。
② 齊在芳村：毛藏本董夢蘭校語：「齊在芳村，齊，疑『某』之訛。」
③ 漸：葉藏本作「相入」。
④ 遂：葉藏本作「乃」，日藏本脱。

案例及對案例的分析，材料多取自和凝父子《疑獄集》及鄭克《折獄龜鑑》。明景泰年間，吴訥「删其不足爲法及相類復出者」（《四庫全書總目·棠陰比事提要》），僅留八十事，又作《補遺》二十三事，《附録》四十四事，另成一卷。有《四庫全書》本、《四部叢刊續編》本、「四明叢書」本等。

石枕蘭亭[一]

三衢葉文可君章居錢唐①[二]，善鐫刻，嘗游于諸老友周本心、陳恕、杜清碧之門，頗知典故禮法。乃兄肅可學國語[三]，爲蒙古長史，娶蒙古氏，與予交有年。嘗云：「宋季小字《蘭亭》，南渡前未之有也。蓋因賈秋壑得一碔砆石枕[四]，光瑩可愛。賈秋壑欲刻《蘭亭》②，人皆難之。忽一鐫者曰③：『吾能蹙其字法，縮成小本④，體製規模，當令具在。』賈甚喜。既成，此刻果然宛如定武本而小耳[五]，缺損處皆全，亦神乎技也⑤。今所傳于世者，又此刻之諸孫也，世亦稱《玉

① 三：日藏本作「王」，誤。
② 秋壑：日藏本、葉藏本作「意堅」。
③ 曰：葉藏本、日藏本作「云」。
④ 小本：日藏本脱「本」。
⑤ 神乎技：毛藏本作「神乎」，葉藏本、日藏本作「神手」。

枕蘭亭》云。」至正壬午春三月，爲予論及如此，乃知小本之源也。此説蓋得之宋明仲教授，其乃翁嘗登賈之門行醫，親見其刻此枕，得預此慶宴云①。

[箋注]

［一］石枕蘭亭：宋周密《賈廖碑帖》：「賈師憲以所藏定武五字不損肥本禊帖，命婺州王用和翻開，凡三歲而後成，絲髮無遺。以北紙古墨摹榻，與世之定武本相亂。賈大喜，賞用和以勇爵，金帛稱是。又縮爲小字，刻之靈璧石，號『玉板蘭亭』，其後傳刻者至十餘，然皆不逮此也。」（《癸辛雜識》後集）明王禕《跋玉枕蘭亭帖》：「若玉枕本，則河南始縮爲小體，或謂率更亦嘗爲之。宋景定間，賈氏柄國，凡《蘭亭》遺刻之在世者，鮮不資其玩好。此本後有右軍小像，且題曰『秋壑珍玩』，其賈氏所重刻者耶？」（《王忠文公集》卷十七）明陳繼儒《妮古録》卷二：「《玉枕蘭亭》相傳褚河南、歐陽率更縮而入石者。按：桑世昌《蘭亭考》備著傳刻本末，所疏不下百本，而畢少董所藏至三百本，並不言《玉枕》，疑是近世所爲。柳文肅云：『魏公家數本，如《玉枕》以燈影縮而小之。』又云：『秋壑使其客廖瑩中參校諸本，擇其精者，命婺工王用和以靈壁石刻於悦生堂，經年乃就，特補勇爵酬之，所謂「悦生蘭亭」也。』沈石田家《玉枕》本有秋壑印及右軍像，而刻搨亦精。楊文貞云《玉枕蘭亭》有二：一在南京火藥劉家，一在紹興府。二石今皆不存。」清梁章鉅《玉枕蘭亭》：「今人熟聞玉枕蘭亭之名，而不知其有三本：其一見《太清樓帖序》，云唐文皇使率

---

① 得預：葉藏本作「猶得預」。

更令以楷法摹《蘭亭》，藏枕中，名《玉枕蘭亭》。其二則宋政和間營繕洛陽宮闕，内臣見役夫所枕小石有刻畫，視之，乃《蘭亭序》，只存數十字。其三則賈秋壑使廖瑩中以燈影縮小刻之靈壁石者。率更、洛陽二本，余皆未見。惟秋壑石舊存福州舊家。」（《歸田瑣記》卷三）

［二］三衢：今浙江衢州。因境内有三衢山，故稱。宋歐陽忞《輿地廣記》卷二三：「唐武德四年，平李子通，析婺州之信安置衢州，以州西三衢山爲名。七年，陷輔公祏，乃廢。垂拱二年復置，天寶元年曰信安郡。皇朝因之。」元至元十三年（1276）改衢州路。

［三］國語：此指蒙古語。《元史・顯宗傳》：「撫循部曲之暇，則命也滅堅以國語講《通鑒》。」

［四］賈秋壑：賈似道（1213—1275），字師憲，號悦生、秋壑。宋理宗時權臣。

［五］定武本：《蘭亭》臨本，係歐陽詢所臨。因賜定武軍（原爲「義武軍」，宋避諱改「定武」），即刻之於玉石，後世稱爲「定武《蘭亭》」。

張貞居書法

錢唐張貞居善書法，初學趙松雪及唐王玄宗《王先生碑》①［一］。松雪每稱之曰：「某之後，

① 唐王玄宗：原本作「唐皇元宗」，毛藏本、日藏本作「唐皇玄宗」，葉藏本作「皇玄宗」。毛藏本董夢蘭校語：「唐皇玄宗，『皇』字羨文。」宋趙明誠《金石録》卷四《目録四》：「《法師王先生碑》，于敬之撰，王玄宗書，乾封二年十一月。」據改。

書碑文者，計范德機、吴子善、張伯雨此三人耳①[二]。」後得《黄庭》古本[三]，臨寫不肯釋手，深得其筆法。晚年字體加瘦勁，識者謂其脱去滯肉②，止剩瘦筋，已至妙處了。嘗爲予論書法，且云：「用筆不可多滯水墨，當以毫端染墨作字，乾則再染墨，切不可用力按開毫端，便不好也。凡退筆雖秃乏毫，皆潔浄如未嘗濡墨者。蓋老趙寫字，必連染三五管筆，信宿然後書之[四]。」

［箋注］

［一］王玄宗：生卒年不詳。號太和先生。唐琅琊臨沂（今山東臨沂）人。書法家。紹宗兄，兄弟並以書法名世。隱居嵩山，傳「黄老之術」，工正書。《王先生碑》：即《華陽觀王先生碑》，唐乾封二年（667）刻，于敬之撰，王玄宗書。楷書三十八行，行六十九字。原石早佚，今有舊拓孤本傳世，存二千三百餘字。

［二］范德機：即范梈（1272—1330），字亨父，一字德機，人稱文白先生。元清江（今江西樟樹）人。著名詩人、書法家。有《范德機詩》七卷。《元史》卷一八一有傳。吴子善：即吴思齊（1238—1301），字子善，一字善父，號全歸子。宋括蒼（今浙江麗水）人，居永康（今屬浙江）。入元不仕，與方鳳、謝翺等游。編有《俟命録》，著有《左氏傳闕疑》《周公瑾平荆碑》《魏司馬孚贊》《跋杜詩集》等，又輯《陳亮葉適二家文選》，並仿真德秀《文章正宗》輯宋代之文，

① 計：葉藏本作「許」；「張伯雨」，毛藏本作「張伯雨耳」，董夢蘭校語：「張伯雨耳，『耳』字羡文。」
② 滯：原本作「帶」，據葉藏本改。

大多已佚。生平見任士林《吴思齊傳》(《松鄉集》卷四)、宋濂《吴思齊傳》(《文憲集》卷十)等。

[三]《黄庭》：晉小楷法帖，傳東晉王羲之書，小楷六十行，自古推爲右軍正書第一。

[四] 信宿：謂兩三日。《後漢書·蔡邕傳論》：「董卓一旦入朝，辟書先下，分明枉結，信宿三遷。」李賢注：「謂三日之間，位歷三臺也。」晉陶潛《晉故征西大將軍長史孟府君傳》：「及歸，遂止信宿，雅相知得，有若舊交。」

趙巖樂府

長沙趙巖[一]，字魯瞻，居溧陽，冀公南仲丞相之裔也[二]。遭遇魯王，嘗在大長公主宮中①，應旨立賦八首七言律詩宮詞，公主賞賜甚盛。出門，凡金銀器皿，皆碎而分惠宮中從者及寒士。後遭謗，遂退居江南。嘗又于北門李氏園亭小飲，時有粉蝶十二枚，戲舞亭前，座客請賦今樂府，即席成《普天樂》前聯《喜春來》四句云：「琉璃殿暖香浮細②，翡翠簾深捲燕遲，夕陽芳草小亭西。問細履見十二箇粉蝶兒飛③。猶曲引子也。一箇戀花心，一箇攙春意[三]，一箇翩翻粉

① 大：日藏本作「太」。
② 香浮細：毛藏本董夢蘭校語：「『香浮細』，當做『浮香細』。」
③ 問：葉藏本作「間」。

翅，一箇亂點羅衣，一箇掠草飛，一箇穿簾戲，一箇趕過楊花西園裏睡，一箇與游人步步相隨，一箇拍散晚烟，一箇貪歡嫩蕊，那一箇與祝英臺夢裏爲期。」《普天樂》止十一句，今却賦十一箇①，末句結得甚工，便如作文字轉換處，不過如此也。魯瞻醉後，可頃刻賦詩百篇②，有丁仲容之才思[四]，時人皆推慕之。因不得志③，日飲酒，醉而病死，遺骨歸長沙。

［箋注］

［一］趙巖：生卒年無考。字魯瞻。元長沙（今屬湖南）人，居溧陽（今屬江蘇）。散曲作家。今存小令《中吕·喜春來過普天樂》一首，即本篇作記之曲。

［二］冀公南仲丞相：趙葵（1186—1266），字南仲，號信庵。衡山（今屬湖南）人。南宋抗金儒將，畫家、詩人。淳祐四年（1244）授同知樞密院事，十二月拜知樞密院事兼參知政事，又特授樞密使。咸淳元年（1265），加少傅，特授少師武安軍節度使，進封冀國公。卒年八十一。贈太傅，謚忠靖。《宋史》卷四一七有傳，《宋史紀事本末》卷二四、《續資治通鑑》卷一七二、《宋紀》卷一七二、《廣名將傳》卷十七、《宋元學案》卷七十、《乾隆福州府志》卷四六、《欽

---

① 十一：葉藏本作「十二」。
② 頃：毛藏本作「須」。
③ 因：毛藏本誤作「囚」，董夢蘭校語：「因不得志，訛作『囚不得志』。」

定續通志》卷四〇八等有載。

［三］攙：參與、加入。

［四］丁仲容：丁復（1272？—1338？），字仲容。元天台（今屬浙江）人。仁宗延祐（1314—1320）初，游京師，公卿奇其才，與楊載、范梈同薦入館閣。度當政者不能用，翩然離去，家金陵，自命其詩集爲《雙檜亭詩》。學博才敏，好酒。生平事迹見《草堂雅集》卷八、《元書》卷八九、《元詩選二集》小傳、《元詩紀事》卷一四等。元諭立敬《檜亭集跋》：「先生名復，字仲容，壯游京師，公卿薦之館閣，不就而去。放情詩酒，終老江湖之上。今所類諸體詩凡三百一十五首，分爲九卷，合爲一帙。《前集》則其婿饒介之所録，《續集》則其門人李謹之所搜輯也。……惟先生之才，足以追配古作而鳴國家之盛，乃勿見諸用，以歿。觀其命詞，托興高遠閒適，敻然無塵俗意，又非人能盡識，則是編之行，豈不有補於風教乎？」（陸心源《皕宋樓藏書志》卷一〇一《别集類三十五》）清永瑢等《四庫全書總目》卷一六七《檜亭集》「提要」：「復詩不事雕琢，而意趣超忽，自然俊逸。其才氣横溢，魏文帝所謂『筆墨之性，殆不可勝』者，幾乎近之。」

脱脱還桃①

太師馬札兒爲小官時［一］，嘗賃屋以居。居有桃樹未實，至熟時，脱脱尚幼［二］，一日盡采以

① 日藏本將此篇抄入「趙巖樂府」篇中。

貯小奩。太師歸，思問曰①：「此桃何在？」脱脱曰：「當時賃屋時，未嘗言及此也，當還其主。」太師深喜之，所以他日亦拜相爲太師云。

[箋注]

[一] 馬札兒：即馬札兒台(1285—1347)，蒙古蔑里乞氏。伯顏弟弟。初扈從武宗，泰定四年(1327)，出爲陝西行臺侍御史。伯顏罷黜後，詔拜太師、中書右丞相，封忠王。至正七年(1347)遭別兒怯不花讒，貶甘肅安置，病死。《元史》卷一三八有傳。

[二] 脱脱(1314—1355)：字大用。蒙古蔑里乞氏，馬札兒台長子。元順帝朝大臣。元統二年(1344)，任同知政院事，遷中政使，再遷同知樞密院事。至元四年(1338)，進御史大夫。至正元年(1341)，任中書右丞相。改伯顏舊政，復科舉取士，開馬禁，減鹽額，免舊欠賦税，史稱「脱脱更化」。三年(1343)，主持修遼、金、元三史，任都總裁官。至正十二年(1352)九月，率兵剿徐州芝麻李紅巾軍，十四年(1353)，總制諸王諸省軍討伐高郵張士誠起義軍。右丞哈麻等進讒言，順帝忌脱脱權過重，削其官爵。次年春，被流徙雲南。十二月，被哈麻毒死。《元史》卷一三八有傳。

---

① 思：葉藏本作「忽」。

王黄華翰墨

王黄華翰墨名于女真[一]，時人擬之蘇東坡，得之者頗珍重其價。至元戊寅夏[二]，在溧上時，予見一伶人來自中原①，得一詞云[三]：「釣魚船上謝三郎②[四]，雙鬢已蒼蒼。蓑衣未必清貴，不肯換金章③[五]。汀草外，浦花旁，静鳴榔。自來好箇，漁父家風，一片瀟湘。」字體瘦勁，不過北方遺氣④，初無書法。至正己亥秋⑤，又見浙東帥府令史李某者，北方人。家有黄華紙上所書大字，字體頗類小米之飄逸⑥[六]，與向之所觀山谷牋所寫不同，未知孰是。

---

① 予：毛藏本作「于」，誤。董夢蘭校語：「于見一伶人，『于』字誤」。

② 郎：原本作「娘」，據《樂府雅詞》《苕溪漁隱叢話》《瀛奎律髓》等改。

③ 金：毛藏本董夢蘭校語：「不肯換全章，『全』是『金』之誤」。

④ 不過北方遺氣：原本作「不□北方遺□□」，毛藏本作「不過北方遺氣氣」。今據日藏本、葉藏本補。

⑤ 至正：毛藏本作「至元正」，衍「元」字。

⑥ 米：原本作「采」。毛藏本董夢蘭校語：「小采之飄逸，『采』，想是『李』字。」亦不確。今據葉藏本、日藏本改。

【箋注】

［一］王黄華：王庭筠（1151或1155—1202），字子端。金蓋州熊嶽（今屬遼寧）人，一作河東（今山西永濟）人。曾居河南黄華山寺，因自號「黄華山主」。金代文學家、藝術家，詩、文、書、畫皆擅名一時。大定十六年（1176）登進士第，仕至翰林修撰。元好問《王黄華墓銘》：「蓋公門閥、人品、器識、文藝，一時名卿材大夫少有出其右者。」趙秉文《寄王學士子端》：「李白一杯人影月，鄭虔三絶畫詩書。」有《聚辨》十卷，文集四十卷，今均未見傳本。今人金毓黻輯録佚文，編成《黄華集》八卷。

［二］至元戊寅：此即後至元四年（1338）。至元，元世祖年號（1264—1294），凡三十一年；亦爲元順帝年號（1335—1340），凡六年，或稱又至元，通稱後至元。

［三］得一詞：此所録爲北宋俞紫芝《阮郎歸》詞。宋胡仔《苕溪漁隱叢話·前集》卷三七引《潘子真詩話》：「俞紫芝，字秀老，喜作詩，人未知之。荆公愛焉，手寫其一聯『有時俗事不稱意，無限好山都上心』於所持扇，衆始異焉。弟清老，亦修法可喜，俱從山谷游。山谷所書『釣魚船上謝三郎』一帖石刻，在金山寺。雞林每入貢，輒市模本數百以歸，亦秀老詞也。」又《苕溪漁隱叢話·後集》卷三七：「山谷云：『「釣魚船上謝三郎，雙鬢已蒼蒼。莎衣未必貴，不肯换金章。汀草畔，浦花傍，静鳴榔，自來往，好箇漁父家風，一片瀟湘。」金華俞秀老作此篇，道人多傳之，非道意岑寂，其語不能如是。』」俞紫芝：生卒年不詳，元祐初卒。字秀老。金華（今屬浙江）人，寓居揚州（今屬江蘇）。少有高行，篤信佛教，與王安石有交游。《全宋詞》第一册收其詞三首，《全宋詩》卷六二〇録其詩十六首。

［四］謝三郎：指玄沙。《苕溪漁隱叢話·後集》卷三七：「苕溪漁隱曰：《傳燈録》云：『玄沙，福州閩縣人，

姓謝氏，幼好垂釣，泛小舟於南台江，狎諸漁者。年甫三十，忽慕出塵，乃棄釣艇，投芙蓉山訓禪師落髮。』秀老用其事也。」

［五］金章：金質的官印，指代官宦仕途。南朝宋鮑照《建除》：「開壤襲朱紱，左右佩金章。」錢振倫注引《文選·孔稚圭〈北山移文〉》注：「金章，銅印也。」唐杜甫《陪柏中丞觀宴將士》之一：「無私齊綺饌，久坐密金章。」仇兆鰲注：「金章，金印也。」

［六］小米：米友仁（1072—1151），一名尹仁，字元暉，小字虎兒，號懶拙道人。宋襄陽（今屬湖北）人，定居潤州（今江蘇鎮江）。米芾長子，世稱「小米」。擅書畫，工詩詞。徽宗宣和四年（1122）應選爲書學博士，紹興中仕至權兵部侍郎，以敷文閣待制提舉佑神觀。有《陽春集》。

矮松詩①

國初有張某者，真定人。幼能詩，曾賦《小松》云：「草中人不見，空外鶴先知②。」後能篆法，自號秦山③，官至御史，老于揚州［一］。字體頗善，今北方牌扁多其所題。

① 題「矮松詩」，原本作「知松詩」，今據葉藏本、毛藏本、日藏本改。
② 空：葉藏本、日藏本作「云」。
③ 秦：葉藏本、日藏本、毛藏本作「泰」。董夢蘭校語：「號泰山，是『秦』之誤。」

［箋注］

［一］揚州：今江蘇揚州。《元史》卷五九《地理志二》：「揚州路，上。唐初改南兗州，又改邗州，又改廣陵郡，又復爲揚州。宋爲淮(南)東路。元至元十三年，初建大都督府，置江淮等處行中書省。十四年，改爲揚州路總管府。十五年，置淮東道宣慰司，本路屬焉。十九年，省宣慰司，以本路總管府直隸行省。二十一年，行省移杭州，復立淮東道宣慰司，止統本路并淮安二郡，而本路領高郵府及真、滁、通、泰、崇明五州。二十三年，行省複遷，宣慰司遂廢，所屬如故。後改立河南江北等處行中書省，移治汴梁路，復立淮東道宣慰司，割出高郵府爲散府，直隸宣慰司。」

神童詩

脱脱丞相當朝時，有神童來謁，能詩，年纔數歲，令賦《擔詩》，即成絶句云：「分得兩頭輕與重，世間何事不擔當。」蓋諷丞相也。

王氏奇童

溧陽葛渚王氏崛起①，富民也。至正庚寅間，其孫年六歲②，能寫大字③。時知州把古者令見之④，果能書徑尺者，亦曰：「異哉⑤！」但不能詩耳。又解記誦詩文，如數歲者。

止筯

宋季大族設席，几案閒必用筯瓶查斗⑥[一]，或銀或漆木爲之⑦，以筯置瓶中。遇入座，則僕

---

① 渚：葉藏本作「緒」。
② 年六歲：葉藏本作「年纔六歲」。
③ 大：原本作「文」。毛藏本董夢蘭校語：「能寫文字，作『大』。」今據葉藏本、日藏本改。
④ 令：毛藏本作「合」。
⑤ 異：日藏本作「奚」，誤。
⑥ 几案閒：葉藏本、日藏本無「閒」字。
⑦ 木：日藏本作「才」，誤。

者移授客。人又有止筯①，狀類筆架而小，高廣寸許，上刻二半月彎，以置筯，恐墜于几而有污也，以銅爲之②。

【箋注】

［一］查斗：即渣斗，宴席桌上盛放肉骨魚刺等食品殘渣的器具，有銀質、木質、瓷質等種類。

薩都剌

京口薩都剌［一］，字天錫，本朱氏子，冒爲西域回回人［二］。善詠物賦詩，如《鏡中燈》云「夜半金星犯太陰」③［三］，《混堂》云「一笑相過裸形國」④［四］，《鶴骨笛》云「西風吹下九皋音」之

---

① 人又有：原本、日藏本、毛藏本等作「人人有」，今據葉藏本改。

② 銅：日藏本作「涸」，誤。

③ 鏡中燈云：日藏本作「鏡中燈去」；鏡中燈：明朱國禎《湧幢小品》卷二二、清顧嗣立《元詩選癸集》、楊鐮《全元詩》作「鏡燈詩」；夜半：明陳棐《（嘉靖）廣平府志》卷二、明宋緒《元詩體要》卷九、明朱國禎《湧幢小品》卷二二、清顧嗣立《元詩選癸集》、楊鐮《全元詩》均作「半夜」。

④ 過：葉藏本、日藏本作「逢」。

類[五]，頗多工巧。金陵謝宗可效之[六]，然拘于形似，欠作家風韻，且調低，識者不取也。

[箋注]

[一] 京口：今江蘇鎮江。《元和郡縣圖志》卷二五《潤州》：「後漢獻帝建安十四年，孫權自吴理丹徒，號曰『京城』，今州是也。十六年遷都建業，以此爲京口鎮。」《元史》卷六二《地理志五》：「鎮江路，下。唐潤州，又改丹陽郡，又爲鎮海軍。宋爲鎮江府。元至元十三年，升爲鎮江路。」薩都剌(1272？—約1348)：字天錫，號直齋。元代回回人，一説蒙古族人。文學家。先世爲答失蠻氏，隨蒙古軍東來，祖、父世鎮雲代，遂居雁門(今山西代縣)。泰定四年(1327)進士。授京口録事司達魯花赤。歷江南行御史臺掾吏、閩海廉訪司知事、燕南河北道廉訪司經歷等。著有《雁門集》，生平事迹見《元史類編》卷三六、《元書》卷九一、《新元史》卷二三八、干文傳《雁門集序》等。

[二] 本朱氏子，冒爲西域回回人：元干文傳《雁門集序》：「若吾友薩君天錫，亦國之西北人也。自其祖思蘭不花、父阿魯赤，世以膂力起家，累著勛伐，受知於世祖、英宗，命仗節鉞，留鎮雲代。生君於雁門，故爲雁門人。」(《全元文》卷一〇一九)《元詩選初集》戊集：「薩都剌，字天錫，别號直齋。本答失蠻氏，祖父以勳留鎮雲代，遂爲雁門人。『薩都剌』者，猶漢言『濟善』也。」《四庫全書總目》卷一六七《雁門集》「提要」：「又孔齊《至正直記》，載薩都拉本朱姓，非傲拉齊所生。其説不知何據。豈本非蒙古之人，故不諳蒙古之語，竟誤執名爲姓耶？疑以傳疑，闕所不知可矣。」

[三] 夜半金星犯太陰：現傳薩都剌《雁門集》無此句。元張之翰、黄嗣貞詩均有此句。明陳棐《(嘉靖)廣平府志》卷十二：「(張之翰)平生所著有《西巖集》三十卷，句若《鏡中燈》云『一池鉛汞融真

火，半夜金星犯太陰」，膾炙人口，人目爲『張鏡燈』。」明宋緒《元詩體要》卷九張周卿（張之翰，字周卿）《鏡中燈》：「孤影徘徊入照臨，西風不動竟沉沉。一池鉛汞鎔真火，半夜金星犯太陰。雞翅拍時紅焰息，蛾頭觸處碧光深。從渠百煉千燒後，依舊剛明一片心。」明朱國禎《湧幢小品》卷二二：「張之翰有《鏡燈詩》云：『一池鉛水藏真火，半夜金星犯太陰。』人呼爲『張鏡燈』。」《元詩選癸集》録張之翰《鏡中燈》：「孤影徘徊入照臨，西風不動竟沉沉。一池鉛水（一作汞）鎔（一作藏）真火，半夜金星犯太陰。雞翅舞（一作拍）時紅焰歇（一作息），蛾頭撲（一作觸）處碧光深。縱渠百煉千燒後，依舊剛明一片心。」楊鐮《全元詩》據《皇元風雅》前集卷四録張之翰《鏡中燈》：「孤影徘徊入照臨，西風不動影沉沉。一池鉛水鎔真火，半夜金星犯太陰。雞翅舞時紅焰歇，蛾頭撲處碧光深。縱渠百煉千燒後，依舊剛明一片心。」

明姚旅《露書》卷四：「金溪節婦黄嗣真初生之夕，父夢人授以玉鏡，因名曰玉娘。少通子史，且攻詩，詩不多，見如《咏鏡中燈》云：『寶炬菱花共照臨，風吹不開影沉沉。五更滄海涵晴旭，半夜金星犯太陰。翠袖拂塵紅燄冷，朱唇呵霧碧光深。任教撩亂飛蛾撲，難滅虚明一點心。』雖善體物，亦自鳴其心耳。」清曾燠《江西詩徵》卷八五《名媛》載黄嗣貞詩《詠鏡中燈》：「寶炬菱花共照臨，風吹不斷影沉沉。五更滄海含朝日，半夜金星犯太陰。翠袖拂塵紅焰冷，朱唇呵霧碧光深。任教撩亂飛蛾撲，難滅虚明一點心。」

［四］混堂：即澡堂、浴室。現傳薩都剌《雁門集》無此句。元謝宗可《混堂》詩有句曰：「却笑相逢裸形國，不知誰是浴沂人。」明曹學佺《石倉歷代詩選》卷二三七上題元人雅琥作，楊鐮《全元詩》據《詩淵》歸於元人何孟舒名下。

［五］《鶴骨笛》云「西風吹下九皋音」：現傳薩都剌《雁門集》無此句。《全元詩》録薩都剌《鶴骨笛》詩：「九皋

聲斷楚天秋，玉頂丹砂一夕休。楊柳肯忘枯朽恨，淒涼吹盡古今愁。魂歸遼海身如蜕，曲破江城月滿樓。惆悵主人三弄罷，杳無消息到揚州。」其下「按語」曰：「本詩又見《元音》卷十二，作者爲無名氏。《元詩體要》卷九，作者爲賈策。《文翰類選大成》卷六二，作者爲桂秋。《宋元六十一家集》《魚軒詩集》，作者爲龍雲從。詩題均爲《鶴骨笛》。」又《全元詩》賈策「按語」曰：「暫據《文翰類選大成》卷六十二，將《鶴骨笛》歸桂秋名下。」

[六] 謝宗可：生卒年及字號不詳。元金陵（今江蘇南京）人。詩人。有《詠物詩》二卷（别本作一卷）存世，收入七言律詩一百零六首。《元詩選初集》選録其詩四十首，又摘其「婉秀有思致」之警句二十聯。

松江花布

近時松江能染青花布[一]，宛如一軸院畫①，或蘆雁花草尤妙。此出于海外倭國[二]，而吴人巧而效之，以木棉布染，蓋印也。青久浣亦不脱，嘗爲靠裀之類。

【箋注】

[一] 松江：今上海松江區。《元史》卷六二《地理志五》：「松江府，唐爲蘇州屬邑。宋爲秀州屬邑。元至元十

① 「院畫」，毛藏本作「院盡」，誤。

四年，升爲華亭府。十五年，改松江府，仍置華亭縣以隸之。」

〔二〕倭國：我國古代對日本的稱呼。《後漢書・孝安帝紀》：「永初元年……冬十月，倭國遣使奉獻。」《舊唐書・東夷傳》：「倭國者，古倭奴國也。去京師一萬四千里，在新羅東南大海中。」

宋緙

宋代緙絲作①〔一〕，猶今日紵絲也〔二〕。花樣顔色，一段之間，深淺各不同，此工人之巧妙者②。近代有織御容者，亦如之，但著色之妙未及耳③。凡緙絲亦有數種，有成幅金枝花發者爲上，有折枝襍花者次之，有數品顔色者，有止二色者，宛然如畫。紵絲上有暗花，花亦無奇妙處④，但繁華細密過之，終不及緙絲作也，得之者已足寶玩。

---

① 緙：日藏本作「緙」。
② 工：日藏本誤作「二」。
③ 著：日藏本作「青」，誤。
④ 紵絲上有暗花，花亦無奇妙處：葉藏本作：「紵絲正是晴花，亦無奇妙處。」

【箋注】

［一］緙絲：一種特殊工藝製成的絲織品，又稱刻絲。始於宋代，今主要産地爲蘇州。宋莊綽《雞肋編》卷上：「定州織刻絲，不用大機，以熟色絲經於木㩣上，隨所欲作花草禽獸狀。以小梭織緯時，先留其處，方以雜色線綴於經緯之上，合以成文，若不相連，承空視之，如雕鏤之象，故名刻絲。」

［二］紵絲：色織絲織品。創製於宋代，南宋時爲臨安（今浙江杭州）名産。宋吴自牧《夢粱録·物産》「絲之品」：「紵絲：染絲所織諸顔色者，有織金、閃褐、間道等類。」

集慶官紗

集慶官紗［一］，諸處所無，雖杭人多慧，猶不能效之。但濶處三尺大數以上①，襍色皆作。近又作一色素浄者，尤妙，暑月之雅服也［二］。

【箋注】

［一］集慶：《元史》卷六二《地理志五》：「集慶路，上。唐武德初，置揚州東南道行臺尚書省。後復爲蔣州，罷

① 但濶處：葉藏本、日藏本作「蓋闊幅」。

行臺，移揚州江都，改金陵曰白下，以其地隸潤州。貞觀中，更白下曰江寧。至德中，置江寧郡。乾元中，改昇州。其後楊氏有其地，改爲金陵府。南唐李氏又改爲江寧府。宋平南唐，復爲昇州。仁宗以昇王建國，升建康軍。高宗改建康府，建行都，又爲沿江制置司治所。元至元十二年歸附。十四年，升建康路。初立行御史臺於揚州，既而徙杭州，又徙江州，又還杭州；二十三年，自杭州徙治建康。天曆二年，以文宗潛邸，改建康路爲集慶路。」治所在上元、江寧縣（今江蘇南京）。

［二］暑月：夏月，約相當於農曆六月前後小暑、大暑之時。《左傳·襄公二十一年》「重繭衣裘」，唐孔穎達疏：「暑月多衣，所以示疾。」《南齊書·州郡志下》：「漢世交州刺史每暑月輒避處高，今交土調和，越瘴獨甚。」

銅錢牌

宋季銅錢牌，或長三寸有奇，闊一寸，大小各不同，皆鑄「臨安府」三字，面鑄錢貫，文曰「壹伯之等」之類［一］。額有小竅，貫以致遠，最便于民。近有人收以爲鑰匙牌者，亦罕得矣。

【箋注】

［一］壹伯：即一百。

楮幣之患

楮幣之患[一]，起于宋季。置會子、交子之類以對貨物[二]，如今人開店鋪私立紙票也①，豈能久乎？至正壬辰，天下大亂[三]，鈔法頗艱。癸巳，又艱澁。至于乙未年，將絶于用，遂有「觀音鈔、畫鈔、折腰鈔、波鈔、熝不爛」之説②。觀音鈔，描不成，畫不就，如觀音美貌也③。畫者，如畫也。折腰者，折半用也④。波者，俗言急走，謂不樂受，即走去也。熝不爛者，如碎絮筋查也⑤[四]。丙申⑥，絶不用，交易惟用銅錢耳⑦。錢之弊亦甚。官使百文，民用八十文，或六十

① 開：葉藏本、日藏本作「間」，形誤。
② 波：毛藏本作「没」，誤。
③ 美：葉藏本作「笑」。
④ 折半用：日藏本作「折半之用」。
⑤ 筋查：毛藏本董夢蘭校語：「筋查也，『查』當加水旁。」
⑥ 丙：日藏本誤作「西」。
⑦ 用：日藏本作「有」。

文，或四十文，吴、越各不同。至于湖州、嘉興〔五〕，每貫仍舊百文，平江五十四文，杭州二十文①，今四明增至六十文②。所以法不歸一，民不能便也③。且錢之小者、薄者，易失壞，愈久愈減耳。予嘗私議用三等，金銀皆作小錠，分爲二等，須以精好者鑄成④，面鑿幾兩重字⑤，旁鑿監造官吏、工人姓名⑥，背鑿每郡縣名⑦，上至五十兩，下至一兩重。第三等鑄銅錢，止如崇寧當二文、大元通寶當十文二樣⑧〔六〕。餘細錢，除五銖、半兩、貨泉等不可毁〔七〕，存古外，唐、宋諸細錢並用毁之。所鑄錢文曰「大元通寶」⑨，背文書某甲子字，如大定背上卯酉字是也。凡物價高者，用金，次用銀，下用錢。錢不過二錠，蓋一百貫也。銀不過五十兩，金不過十兩。每金一兩

① 二：葉藏本作「三」。
② 今四明：日藏本作「今今四明」，衍一「今」字；「增」，原本作「漕」，形誤，今據葉藏本、毛藏本、日藏本改。
③ 民：毛藏本作「氏」，董夢蘭校語：「『氏不能便也』，『氏』乃『民』之訛。」
④ 好：葉藏本作「巧」。
⑤ 面：原本作「而」，據葉藏本、日藏本改。
⑥ 工：日藏本作「上」，誤。
⑦ 每郡縣名：葉藏本、日藏本作「郡縣名」。
⑧ 寧：原作「甯」，徑改；二文：葉藏本作「三及」；十文：葉藏本作「十又」。
⑨ 所鑄錢文：毛藏本作「所錢鑄文」。

重，准銀十兩。銀一兩，准錢幾百文①。必公議銅價工本輕重②，定爲則例可也。如此則天下通行無阻滯，亦無僞造者③。縱使作僞④，須金銀之精好，錢之得式，又何患焉？近趙子威太守亦言之頗詳，其法與此小異耳。

［箋注］

［一］楮幣：宋稱紙幣爲楮幣或楮券。《宋史·常楙傳》：「值水災，捐萬楮以振之。」元劉塤《隱居通議·文章八》：「非楮之不便民用也；其法貴少，而今多焉故也。」元張之翰《楮幣議》：「天下之患，莫患于財用之不足；財用之患，莫患于楮幣之不實。夫楮幣裁方寸爲飛錢，敵百千之實利。制之以權，權非不重也；行之以法，法非不巧也。然未有久而不澀滯者，惟在救之何如爾。自中統至今二十餘年，中間姦臣柄國，惟聚斂貿易是務，其數十倍于初。楮日多而日賤，金帛珠玉等日少而日貴，蓋不知稱提有致也。」（《西巖集》卷十三）

［二］會子：南宋的一種紙幣。初爲民間發行，紹興三十年（1160）改由户部發行。《宋史·食貨志下三》：「（紹興）三十年，户部侍郎錢端禮被旨造會子，儲見錢，於城内外流轉，其合發官錢，並許兑會子輸左藏庫……會子

---

① 百：毛藏本、日藏本作「伯」。

② 工：日藏本作「二」，誤。

③ 亦：葉藏本作「並」。

④ 縱：葉藏本作「維」。

初行，止於兩浙，後通行於淮、浙、湖北、京西。」宋葉適《淮西論鐵錢五事狀》：「於江南沿江州郡，以銅錢會子中半，或一分銅錢二分會子，直行兑换鐵錢。」交子：宋代發行的一種紙幣。初由民間發行，天聖元年（1023），改由政府發行。《宋史・食貨志下三》：「交子之法，蓋有取於唐之飛錢。真宗時，張詠鎮蜀，患蜀人鐵錢重，不便貿易，設質劑之法，一交一緡，以三年爲一界而换之。六十五年爲二十二界，謂之交子。」《文獻通考・錢幣二》：「初，蜀人以鐵錢重，私爲券，謂之交子，以便貿易，富人十六户主之。」

[三] 至正壬辰，天下大亂：至正壬辰年即元順帝至正十二年（1352），此年元末紅巾軍起義大爆發，群雄並起，朝廷不能制。春正月，徐壽輝兵破漢陽諸郡；二月，定遠郭子興起兵反元，兵破濠州；秋七月，徐壽輝兵襲杭州；八月，方國珍攻台州。孔克齊《壬辰記變》：「至正十二年壬辰春，蘄寇徐壽輝遣將項普略等陷饒、徽，以紅巾爲號。徽賊又竊其號，溢出略旁郡。張三舍者，廣德州將子，迎而導之，所過殘毒。秋九月三日犯溧陽州，馮清桂不克守，城陷。」

[四] 查：渣滓。宋蔡襄《荔枝譜》第二：「若夫厚皮尖刺，肌理黄色，附核而赤，食之有查，食已而澀，雖無酢味，自亦下等矣。」

[五] 嘉興：《元史》卷六二《地理志五》：「嘉興路，上。唐爲嘉興縣。石晉置秀州。宋爲嘉禾郡，又升嘉興府。……縣一：嘉興。上。倚郭。」

[六] 崇寧：宋徽宗年號（1102—1106），凡五年。

[七] 五銖：古錢幣名。初鑄於西漢元狩五年（前118），至唐武德四年（621）廢止，其重量形制大小不一。半兩：秦及漢代初年貨幣名。秦始皇統一全國後，以半兩錢爲全國統一的鑄幣。每枚重量爲當時的半兩，即十二銖。漢初所鑄的錢，重量雖陸續減輕，仍稱半兩。《史記・平準書》：「至孝文時，莢錢益多，輕，乃更鑄四銖錢，其文爲『半

兩』，令民縱得自鑄錢。」貨泉：王莽時貨幣名。《漢書·食貨志下》：「天鳳元年，復申下金銀龜貝之貨，頗增減其賈直。而罷大小錢，改作貨布……直貨泉二十五。貨泉徑一寸，重五銖，文右曰『貨』，左曰『泉』，枚直一，與貨布二品並行。」

國朝文典

大元國朝文典，有《和林志》《至元新格》《國朝典章》《大元通制》《至正條格》《皇朝經世大典》《大一統志》《平宋録》《大元一統紀略》《女真使交録》《國朝文類》《皇元風雅》《國初國信使交通書》《后妃名臣録》《名臣事略》《錢唐遺事》《十八史略》《後至元事》《風憲宏綱》《成憲綱要》①〔一〕，趙松雪、元復初、鄧素履、楊通微、姚牧庵、盧疎齋、徐容齋、王肯堂、王汲郡等三王、袁伯長、虞伯生、揭曼碩、歐陽圭齋、馬伯庸、黄晉卿諸公文集〔二〕，《江浙延祐首科程文》《至正辛巳復科經文》及諸野史小録〔三〕，至于今隱士高人漫録日記，皆爲異日史館之用，不可闕也。中間惟《和林》《交信》二書②，世不多見。吾藏《和林》，朱氏有《交信》三四書，未知近日存否？今壬

① 女真：原本作「元真」，據毛藏本改；國初國信使交通書：毛藏本董夢蘭校語：「國初國信使交通書，疑應連寫不就，『國初國信』不成文理」。
② 交：葉藏本作「文」。

辰亂後，日記略吾所見聞。所書也，凡近事之有禍福利害可爲戒者①，日舉以訓子弟，說一過使其易曉易見也，猶勝于説古人事②。如奸盜之源，及人家招禍之始③，與夫貪之患，利之害，某人勤儉而致富④，某人怠惰而致貧，擇其事之顯者，逐一訓導之，縱不能全，是亦可知警而減半爲非也。先人每舉歷仕時所見人家之致興廢陰德報應，及經新過盜賊奸詐之由⑤，逐一訓誨子弟，使之知警，有是病者省察之，無是患者加謹之，其拳拳乎子孫訓戒如此⑥。嗚呼！痛哉。

【箋注】

［一］《至元新格》：元初法典，何榮祖輯。世祖至元二十八年（1291）頒行。《元史》卷一〇二《刑法志》「小序」：「元興，其初未有法守，百司斷理獄訟，循用金律，頗傷嚴刻。及世祖平宋，疆理混一，由是簡除繁苛，始定新律，頒之有司，號曰《至元新格》。」據《元史·世祖紀》載，内容包括公規、治民、禦盜、理財等十事，已佚。現見於《通

---

① 近世之有：葉藏本、日藏本無「之」字。
② 古人事：日藏本脱「人」字，葉藏本作「古時事」。
③ 及人家：葉藏本、日藏本無「及」字。
④ 某人：葉藏本、日藏本作「及某人」。
⑤ 及經新過盜賊奸詐之由：葉藏本作「及經斷遇盜賊奸詐之由」，毛藏本董夢蘭校語：「及今親遇盜賊奸詐之由。」
⑥ 如此：葉藏本作「或如此」。

制條格》及《元典章》者有九十餘條，存《永樂大典》卷一九四二四者有關站赤之法制一條。

《國朝典章》：即《大元聖政國朝典章》，簡稱《元典章》。元代官修，不署撰人。正集六十卷，附新集不分卷。正集記載自元世祖即位(1260)至元仁宗延祐七年(1320)的典章制度，分詔令、聖政、朝綱、臺綱、吏部、户部、禮部、兵部、刑部、工部十門。新集續記至元英宗至治二年(1322)。所記史實多爲《元史》所未載，爲研究元代政治、經濟、法律、風俗的重要資料。傳世有沈家本刻本及臺北「故宫博物院」影印元刻本，今人陳垣撰有《元典章校補》十卷。

《大元通制》：元法典名。初，元人曾頒行《至元新格》等幾部法典，至治二年(1322)拜住、樞密副使完顏納丹、侍御史曹伯啓、也可札魯忽赤普顔、集賢學士欽察翰林直學士曹元用等依唐宋律爲藍本，仿金《泰和律》例，據《至元新格》和《風憲弘綱》等「法制事例」加以損益而成《大元通制》。《元史》卷一〇二《刑法志·小序》：「至英宗時，後命宰執儒臣取前書而加損益焉，書成，號曰《大元通制》。其書之大綱有三：一曰詔制；二曰條格；三曰斷例。凡詔制爲條九十有四，條格爲條一千一百五十有一，斷例爲條七百十有七，大概纂集世祖以來法制事例而已。」據孛朮魯翀撰寫的《大元通制序》，除此三綱之外，還有「别類」(《元史》卷二八《英宗紀》至治三年二月辛巳條作「令類」)一項。今僅存條格二十二卷、六百四十六條，包括户令、學令、選舉、軍防、儀制、衣服、禄令、倉庫、廄牧、田令、賦役、關市、捕亡、賞令、醫藥、假寧、雜令、僧道、營繕等十九項。

《至正條格》：元法令類編。順帝至元四年(1338)平章政事阿吉剌監修。五年書成，六年頒行。内制詔一百五十條，條格一千七百條，斷例一千零五十九條，凡二千九百零九條。系增删《至元新格》《大元通制》諸書而成。原書已佚。《四庫全書》從《永樂大典》録出者凡二十三卷，分祭祀、户令、學令、選舉、宫衛、軍防、儀制、衣服、公式、禄令、倉庫、廄牧、田令、賦役、關市、捕亡、賞令、醫藥、假寧、獄官、雜令、僧道、營繕、河防、服制、站赤、榷貨二十七目，列入政書類存目。

《皇朝經世大典》：元代官修政書，八百八十卷。趙世延任總裁，虞集任副主裁。是書參照《唐六典》《宋會要》的體例，彙編元代典故，成書於文宗至順二年（1331）。全書分爲十篇：啓事四篇，包括帝號、帝訓、帝制、帝系；臣事六篇，包括治典、賦典、禮典、政典、憲典、工典。各典又分若干子目。涉及元代職官、賦役、禮儀、宗教、軍事、刑法、造作等各方面制度，爲《元史》的主要依據材料之一。明中葉以後散佚，殘卷存於《元文類·經世大典序録》、《永樂大典》殘本及《廣倉學宭叢書》所收的《大元馬政記》《元代畫塑記》《大元氈罽工物記》《大元官制雜記》《元高麗記事》中，總約十餘卷，現存内容涉及市糴糧草、倉庫、招捕、站赤、急遞鋪、海運、高麗、緬甸等事。

《大一統志》：元朝官修地理總志。至元二十三年（1286）開始編纂，主要編纂人有札馬剌丁、虞應龍等。三十年（1293）完成，七百五十五卷。稍後又得《雲南圖志》《甘肅圖志》《遼陽圖志》，由孛蘭盻、岳鉉等主其事，至大德七年（1303），全書告成。共六千册，一千三百卷。全書分爲建置沿革、坊廓鄉鎮、里至山川、土産、風俗形勝、古跡、宦迹、人物、仙釋等目。今存至正六年（1346）杭州刻本殘本。近人趙萬里以《元史·地理志》爲綱，將元刻殘帙、各家鈔本與群書所引彙輯爲一書，共十卷，題爲《元一統志》。元許有壬《大一統志序》：「至元二十三年歲丙戌，江南平而四海一者十年矣。集賢大學士、中奉大夫、行秘書監事扎馬剌丁言：『方今尺地一民，盡入版籍，宜爲書以明一統。』世皇嘉納，命扎馬剌丁暨（别本或作與）奉直大夫、秘書少監虞應龍等蒐集爲志。二十八年辛卯，書成，凡七百五十五卷，名曰《大一統志》，藏之秘府。」（《全元文》卷一一八七）

《平宋録》：又名《大元混一江南實録》《丙子平宋録》，元劉敏中撰，三卷。卷一、卷二記元世祖至元十一年（1274）九月至十三年（1276）五月伯顔平宋及宋幼主北遷之事，内容與《元史·伯顔傳》所載大致相符。卷三有元世祖封瀛國公詔、伯顔賀表諸篇，及追贈河南路統軍鄭江事，爲《元史》所未備。有《墨海金壺》《守山閣叢書》《碧琳琅館叢書》等版本。

《大元一統紀略》：無考。

《女真使交録》：無考。

《國朝文類》：元詩文總集，七十卷，《目録》三卷。元蘇天爵（1294—1352）編，王理、陳旅序。録元初迄延祐詩、文八百餘篇。分四十三類，總爲十五門，分體編排。所取必有係於政治，有補於世教。《四庫全書總目》云：「自元興以逮中葉，英華采擷，略備於斯。」並將其與姚鉉《唐文粹》、吕祖謙《宋文鑒》相比，認爲蘇天爵此書「無所憑籍，而蔚然媲美」。有元統二年（1334）刊本、至正二年（1342）杭州路西湖書院刊本、《四部叢刊》本。《四庫全書》本更名爲《元文類》。

《皇元風雅》：元詩總集，或名《元風雅》。前集十二卷，後集十二卷。元傅習採集，孫存吾編次。收録詩人二百八十人。傳本分卷大不相同，此前後集皆十二卷爲卷帙最繁之本，爲《四庫全書》所著録。另有前後集均作五卷之元刊殘本傳世；亦有前後集皆作六卷之本，已收入《四部叢刊》；還有前集六卷、後集四卷之明初刊本傳世。另，元人蔣易所編《元風雅》三十卷，也有文獻中也將其稱爲《皇元風雅》。

《國初國信使交通書》：無考。

《后妃名臣録》：已佚，無考。

《名臣事略》：即《元朝名臣事略》，原題《國朝名臣事略》，元蘇天爵編，十五卷。書前有天曆二年（1329）序。共録元初至延祐年間著名政治家、軍事家、學者四十七人，前四卷收蒙古、色目人十二人，後十一卷收漢人三十五人。書中資料分別采自一百三十餘篇碑傳和其他資料，一一注明出處，所載元統一北方、滅南宋、平諸藩、立屯田、興儒學等史實，可補正史之不足，《元史》多取材於此。有《四庫全書》本、《叢書集成（初編）》本等。

《錢唐遺事》：雜史，宋元之際劉一清撰，十卷。是書雖以錢塘爲名，實記南宋一代史事，於宋末軍國大政以及權臣進退等多有記載。所記南宋科目條格故事，於正史有補遺、徵實價值。《四庫全書》據舊鈔足本著録，别有《武林掌故叢編》《古今説部叢書》等版本。

《十八史略》：元曾先之撰。二卷。摘録十八種正史之精華，以供初學者參考。明楊士奇《文淵閣書目》卷二著録：「曾先之《十八史略》，一部二册。」清錢曾《讀書敏求記》：「史而云『略』，不成乎其史矣。然古今理亂興廢之由，薈撮於兩卷中。幼學讀之，頗可得其端緒，亦或童子佩觿之一助也。止稱《十八史》者，槩遼、金於宋，殆與揭奚斯鼇爲三史，各統其所統之論，異乎所聞矣。」《四庫全書總目》卷五十「史部」六：「《十八史略》二卷，元曾先之撰。先之字從野，廬陵人。自稱曰前進士，而《西江通志》『選舉』中不載其名。其書鈔節史文，簡略殊甚。卷前冠以歌括，尤爲弇陋。蓋鄉塾課蒙之本，視同時胡一桂《古今通略》，遜之遠矣。」

《後至元事》：未知其詳。

《風憲宏綱》：元法令類編，趙世延撰。《元史》卷一〇二《刑法志》小序：「仁宗之時，又以格例條畫有關於風紀者，類集成書，號曰《風憲宏綱》。」其書未能頒行，馬祖常《風憲宏綱序》云：「世祖肇建官制，興起文物，屬命御史臺昭布體統，振肅綱維，正儀崇化，靡不緝綏。迨及列聖繼明，屢揚寶訓，亦靡不顯示常憲，儆爾有官。欽惟皇上日月中天，燭見幽隱，紹述祖宗成法，申命臺端，嚴兹糾劾，不俾瘝官貽憂惸獨。於是臺臣協恭奉職，上體淵衷，下宣風紀，謂古象魏有法，道路有徇。今國家肅清臺綱，激引言路，其見諸訓辭者，光大深厚，粲然有章，宜編綴成書，載在簡册，垂告内外，俾當察視司持平者有所徵焉。既奏上，制曰『可』。嗚呼，盛哉！凡我耳目之官，尚知佩服之毋怠。」（《全元文》卷一〇三五）

《成憲綱要》：元法令類編。已佚，部分内容見於《永樂大典》。《永樂大典》卷一四六八六至一四六九五收録該書十卷，分載「吏禮」「户雜」「刑名」「兵工」各項；《永樂大典》卷一五九五《元漕運二》收録該書自世祖至元三年(1266)至英宗至治三年(1323)有關漕運的規定，爲《元史》所未載。

[二] 元復初：元明善(1269—1322)，字復初。元大名清河（今屬河北）人。鮮卑拓跋氏後裔。初爲江西行省省掾。仁宗時，以太子文學改翰林待制，升直學士、侍講學士，先後參與編修《成宗實録》《順宗實録》《武宗實録》。延祐二年(1315)會試天下進士，充考試官及讀卷官。改禮部尚書。英宗時升翰林學士，預修《仁宗實録》。卒，追封清河郡公，謚文敏。有《清河集》。《元史》卷一八一有傳。

鄧素履：鄧文原(1259—1328)，字善之，又字匪石，或説號匪石，人稱素履先生。祖籍綿州（今屬四川），遷居錢塘（今浙江杭州）。元代詩文家。元至元二十七年(1290)，舉爲杭州路儒學正。大德間，調崇德州學教授，擢應奉翰林文字，升修撰。至大三年(1310)授江浙儒學提舉。皇慶元年(1312)召爲國子司業。延祐四年(1317)，入爲翰林待制。次年出爲江南浙西道廉訪司僉事。至治二年(1322)召爲集賢直學士，兼國子祭酒。泰定元年(1324)，以疾乞致仕歸，致和元年卒，年七十（據吴澄、黄溍撰《神道碑》），制贈江浙行省參知政事，謚文肅。《四庫全書總目》：「當大德延祐之世，獨以詞林耆舊主持風氣。袁桷、貢奎左右之，操觚之士響附景從。元之文章，於是時爲極盛，文原實有獨導之功。」著有《内制集》《素履齋稿》，清初尚存。今存《巴西集》二卷，文七十餘篇。《元詩選二集》收入詩一百一十餘首。生平事迹見元吴澄撰《元故中奉大夫嶺北湖南道肅政廉訪使鄧公神道碑》、黄溍撰《嶺北湖南道肅政廉訪使南陽郡公謚文肅鄧公神道碑》、《元史》卷一七二、《宋元學案》卷八二、《元詩選二集》小傳等。

楊通微：即楊剛中，生卒年不詳。字志行。元上元（今江蘇南京）人。官至翰林待制。著有《霜月集》。《元史》卷一九〇本傳：「建康之上元有楊剛中，字志行，自幼厲志操，及爲江東憲府照磨，風采凜凜，有足稱者。其爲文，奇奥簡澀，動法古人，而不屑爲世俗平凡語。元明善極嘆異之。仕至翰林待制而卒。有《霜月集》行於世。」清黄宗羲《宋元學案》卷八二《待制楊通微先生剛中》：「楊剛中，字志行，上元人。爲文奇奥簡澀，動法古人，不屑爲世俗凡語，元明善極嘆異之。仕元，累官江浙提學，以洛、閩之説教學者，至翰林待制卒。」王梓材案：「先生稱通微先生，見楊鐵崖所作《楊文舉文集序》。《金陵新志》云：『其先松陽人，徙居建康。』又云：『著有《易通微》《説詩講義》若干卷。』《元史》本傳云：『有《霜月集》行於世。』」

姚牧庵：姚燧（1238—1313），字端甫，號牧庵。元洛陽（今屬河南）人。世祖至元初，提舉陝西、四川等路學，後授奉議大夫、提刑按察司副使等。元貞元年（1295），以翰林學士主修《世祖實録》。大德九年（1305），拜江西行省參政。至大年間，任太子賓客、翰林學士承旨。至大四年（1311）告歸。著有《牧庵文集》五十卷，今存《牧庵集》三十六卷。生平事迹見元劉致所作《年譜》、《元史》卷一七四、《元儒考略》卷一、《宋元學案》卷九〇、《新元史》卷一五七等。

盧疎齋：盧摯（1243？—1315？），字處道，一字莘老，號疎齋，又號嵩翁。元涿州（今屬河北）人。散曲作家。至元間，出爲江東提刑按察副使，累遷少中大夫、河南路總管、集賢學士、翰林學士等，遷承旨。詩詞曲文兼善，有《疎齋集》《疎齋後集》，皆佚。今存詩五十餘首，詞二十餘首，散曲小令一百二十首，《全元文》收其文二十一篇。元徐明善《疎齋盧公文後集序》：「涿郡疎齋盧公，天才奇遠，評古今文得失，如金合範、矢破的，又絶識也。凡爲文，盡棄古今拙陋之意，雖抽英搴藻，窮極緬槩，而與化工侔巧，不失自然，玆爲妙矣。諮諏所至之詩城騷國，江山澄麗，蘭茝芳潔，楚辭晉句，領覽未盡，若有待也。乃游心放目而盡得之，故篇什尤超。嘗一入翰林，復擢外使，逢衣之士咸謂宜在朝廷弘文佐理，必能聳聖代於唐、漢之上，以追焕郁之盛，不但名一家言，貴若於儒林文苑而已也。」《芳谷集》卷二)清王梓材《學士盧疎齋先生摯》：「涿州人。仕至翰林學士。博學有文思。元初稱能詩者。必以劉因、盧摯爲首。所著有《疎齋集》。」(《宋元學案補遺》卷九十九)

徐容齋：徐琰(?—1301)，或作徐炎、徐琬，字子方，號容齋。元東平(今屬山東)人。至元初薦爲陝西行省郎中，官至翰林學士承旨。能詩文，今存散曲小令十二首，套曲一套(據《全元散曲》)，《元詩選癸集》録其詩七首，《全元文》録其文九篇。《元詩選癸集》乙集「徐承旨琰」小傳：「琰字子方，號容齋，一號養齋，又自號汶叟，東平人。……子方人物魁岸，襟度寬洪，有文學重望，東南人士翕然歸之。」參見卷四《先君教諭》。

王肯堂：王構(1245—1310)，字肯堂，號瓠山。元東平(今屬山東)人。年二十，以詞賦中選，爲東平行臺掌書記。至元十一年(1274)，任翰林國史院編修官。宋亡，奉旨赴杭取圖籍、禮器儀仗等至京，至元十三年(1276)遷應奉翰林文字，升修撰。世祖時官至翰林侍講學士。成宗即位，升學士，與修實録，書成，參議中書省事，以病歸東平，後起爲濟南路總管。武宗時，應召至京修《成宗實録》，任翰林學士承旨。有《修辭鑒衡》二卷，今存，文章散見於《元文類》等，《元詩選癸集》録其詩二首。生平事迹見袁桷撰《翰林學士承旨贈大司徒魯國王文肅公墓誌銘》(《清容居士集》卷二九)、《元史》卷一六四、《元詩選癸集》乙集小傳等。

王汲郡等三王：《(嘉靖)山東通志》卷三十：「王旭，東平人。以文章名當代，與王磐、王構號爲三王。」王旭：生卒年不詳，字景初，號蘭軒，元東平(今屬山東)人。家貧力學，教授四方，主要活動於至元到大德年間。有《蘭軒集》十六卷。生平事迹見《(嘉靖)山東通志》卷三十、《大明一統志》卷二三、《元詩選癸集》乙集小傳、《元書》卷五十八等。王磐(1202—1293)：字文炳，號鹿庵。元永年(今屬河北)人。金哀宗正大四年(1227)進士。元太宗八年(1236)北歸，受楊惟中召聘，東平嚴實迎爲師，受業者常數百人，後多爲名士。「中統間拜益都等路宣撫副使，以疾免，居青州。李璮將反，磐馳入京師奏聞，世祖嘉其忠誠，命參議東平行臺事。璮平，召拜翰林學士。」（《（嘉靖）山東通志》卷二五）協助世祖定儀制，竭力反對用兵日本。有《王文忠公集》，已佚。有《鹿庵集》行於世。生平事迹見元程鉅夫《跋商季顯所藏王鹿庵先生詩》（《雪樓集》卷二四）、《元史》卷一六〇、《元詩選二集》卷五小傳等。另據《元書》卷五十八，王博文與王構、王旭亦稱「三王」；他説又稱王惲與王博文、王旭爲「三王」。

袁伯長：袁桷（1266—1327），字伯長。元慶元鄞縣（今浙江寧波）人。元中期著名文人。幼有文名，先後拜戴表元、王應麟、舒岳祥爲師。大德初進十議，升應奉翰林文字、同知制誥，兼國史院編修官，遷待制，拜集賢直學士，改翰林直學士、知制誥同修國史。至治元年（1321），遷侍講學士。泰定初辭歸，泰定四年（1327）卒，謚文清。所著《易説》《春秋説》不傳，今存《清容居士集》五十卷附録一卷，編撰《延祐四明志》十七卷。生平事迹見蘇天爵《元故翰林侍講學士知制誥同修國史贈江浙行中書省參知政事袁文清公墓誌銘》（《滋溪文稿》卷九），虞集《祭袁學士文》（《道園學古録》卷二十），柳貫《祭袁侍講文》（《柳待制文集》卷二十）、《元史》卷一七二、《兩浙名賢録》卷四六、《宋元學案》卷八五、《甬上先賢傳》卷一三、《新元史》卷一八九等。

揭曼碩：揭傒斯（1274—1344），字曼碩。元龍興富州（今江西豐城）人。延祐元年（1314）授翰林院編修，升應奉翰林文字，遷國子助教。天曆二年（1329）開奎章閣，首擢爲授經郎，後遷翰林待制，升集賢學士，改翰林直學士，再升侍講學士。至正三年（1343），總裁遼、金、宋三史。至正四年，《遼史》成，病卒，追封豫章郡公，謚文安。有《揭文安公全集》五十卷，《元史》卷一八一有傳。元黄溍《翰林侍講學士中奉大夫知制誥同修國史同知經筵事追封豫章郡公謚文安揭公神道碑》：「公爲文，叙事嚴整而精核，持論一主於理，語簡而潔。詩長於古樂府，選體清婉麗密，而不失乎情性之正，律詩偉然有盛唐風。善楷書，而尤工於行草。國家大典册及元勛茂德當得銘者，必以掌公；人子欲顯其親者，莫不假公文以爲重。仙翁釋子、殊邦絶域，慕公名而得其片言隻字者，皆寶而傳之。」（《金華黄先生文集》卷二六《續稿二十三》）

歐陽圭齋：歐陽玄（1283—1358），字原功（一作元功），號圭齋。祖籍廬陵（今江西吉安），與歐陽修同族，後遷居譚州瀏陽（今屬湖南）。延祐二年（1315）賜同進士出身，授岳州路平江州同知，任太平路蕪湖縣尹。致和元年（1328），爲翰林待制，兼國史院編修官。文宗時預修《經世大典》。順帝時總裁修遼、金、宋三史。至正五年（1345），拜翰林學士承旨，卒，追封楚國公，謚文。有《圭齋文集》傳世。生平事迹見元危素《大元故翰林學士承旨光禄大夫知制誥兼修國史圭齋先生歐陽公行狀》（《圭齋文集》卷十六）、《元史》卷一八二、《宋元學案》卷八二、《蒙兀兒史記》卷一二〇、《新元史》卷二〇六等。

馬伯庸：馬祖常（1279—1338），字伯庸。西域雍古人，也里可温。父馬潤，任漳州同知，又移家於光州（今屬河南），祖常遂爲光州人。延祐初，鄉貢、會試皆中第一，廷試第二，授應奉翰林文字，拜監察御史，改宣政院經歷，因彈劾權臣鐵木迭兒，左遷開平縣尹，又退居光州。鐵木迭兒死後，任翰林待制，兼翰林直學士，除禮部尚書。天曆元年（1328），召爲燕王内尉。升參議中書省事，拜治書侍御史，遷江南行臺中丞。元統元年（1333）拜御史中丞，除樞密副使，不久辭職歸光州。卒謚文貞。著有《石田文集》十五卷。生平事迹見《元史》卷一四三、《新元史》卷一四九等。

黄晋卿：黄溍（1277—1357），字晋卿，世稱金華先生。元婺州義烏（今屬浙江）人。延祐二年（1315）進士第，爲台州寧海丞。至順初，以馬祖常薦，入爲應奉翰林文字，同知制誥，轉國子博士，出爲江浙等處儒學提舉。至正七年（1347），起爲翰林直學士知制誥，升侍講學士。卒，追封江夏郡公，謚文獻。有《日損齋稿》三十三卷，《義烏志》七卷，《筆記》一卷，今存《金華黄學士文集》四十三卷。《元史》卷一八一有傳。

［三］《江浙延祐首科程文》《至正辛巳復科經文》：未詳。清魏源《元史新編》卷九四《志》十之四《科舉類》、清錢大昕《元史藝文志》卷四《科舉類》均著録有《江浙延祐首科程文》，《元史新編》同卷著録有《至正辛巳復科經文》。

義雁

溧陽同知州事保壽，字慶長，偉兀人①，寓常州。嘗陪所親某人從車駕往上都，回途中遇二雁，射其一。至暮，行二十餘里，宿于帳房，其生雁飛逐悲鳴于空中，保壽及所親皆傷感思家之念，不忍食之。明日早起，以死雁擲去。生雁隨而飛落，轉覺悲呼，若相問慰之狀②，久不能去。其人遂瘞之。時庚寅秋九月。與予談及此，已十年前事也。因思元遺山先生有《雁塚詞》③［一］，正與此同，乃知雁之有義，人所不及。故諺云④：「雁孤一世，鶴孤三年，鵲孤一週。」時所以親迎奠雁者，豈無意乎？

---

① 兀：原本作「元」，今據葉藏本改。偉兀，即畏兀。
② 問慰：日藏本作「慰問」。
③ 雁塚詞：葉藏本脱「雁」字。
④ 故諺云：日藏本脱「云」字。

【箋注】

〔一〕《雁塚詞》：元好問《遺山樂府》卷一《摸魚兒》：「乙丑歲赴試并州，道逢捕雁者云：『今旦獲一雁，殺之矣。其脱網者悲鳴不能去，竟自投於地而死。』予因買得之，葬之汾水之上，累石爲識，號曰『雁丘』。時同行者多爲賦詩，予亦有《雁丘辭》。舊所作無宫商，今改定之。

恨人間、情是何物，直教生死相許。天南地北雙飛客，老翅幾回寒暑。歡樂趣，離别苦，是中更有癡兒女。君應有語。渺萬里層雲，千山暮景，只影爲誰去？　横汾路，寂寞當年簫鼓，荒烟依舊平楚。招魂楚些何嗟及，山鬼自啼風雨。天也妒。未信與、鶯兒燕子俱黄土。千秋萬古。爲留待騷人，狂歌痛恨，來訪雁丘處。」（唐圭璋《全金元詞》）

歐陽寵遇

溧陽教授天台林夢正〔一〕，嘗爲僧數十年而復還俗，頗能詩文，游京師二十年，始得是職。一日，出示《許魯齋神道碑》版本〔二〕，乃歐陽玄奉勅撰者。夢正時在京，聞奉旨翰林有德行者爲文，近臣以虞、揭諸公奏。再奉旨特以歐陽玄文不妄作①，有德行，且明經學，當筆于是，傳旨命

---

① 奉勅撰者。夢正時在京聞奉旨翰林有德行者爲文近臣以虞揭諸公奏再奉旨特以歐陽玄：日藏本脱；時在京：葉藏本作「親在京」。

玄撰。可見歐陽公爲人，得遇聖恩所眷，亦平昔公議如此。雖延祐諸賢及天曆名士未能爲之，直待歐陽公了此[三]，可擬前宋文忠公也[四]。

【箋注】

[一] 天台：縣名，今屬浙江，元屬台州路。林夢正（?—1352）：字古泉，元黄巖（今屬浙江）人。補溧陽教授。明徐一夔《林先生哀辭》：「林先生古泉者，同郡黄巖人。其先在宋時登進士第者，往往有焉。先生生時，宋已内附。稍長，無所於進，去爲浮圖氏。先生性聰敏，凡六經百氏無不記覽成誦。其爲文詞，下筆輒千百言，如不經思慮得者。自負其才，復歸於儒，客吴楚間，以授徒爲業，不喜表襮。吴楚間新進士初甚易之，及見其講解著述，則又莫不相敬伏。久之，去游京師。清河元公、蜀郡虞公、豫章揭公先後以文章顯，先生皆與之游。而知先生者，無如揭公。揭公嘗薦於朝，政府無與爲力者，不獲用。今上初，賀丞相當國，搜羅遺逸士，擢先生教授溧陽。」（《始豐稿》卷一）《南村輟耕録》卷十四：「又溧陽儒學教授林夢正，字古泉，吾鄉人。中書以著述薦，得官。」孔克齊《壬辰記變》：「（至正十二年）十月二十六日，忽蜂飛猋至，自東南入，有内應，城再陷。教授天台林夢正死之。」

[二]《許魯齋神道碑》：即《元中書左丞集賢大學士國子祭酒贈正學垂憲佐理功臣太傅開府儀同三司上柱國追封魏國公謚文正許先生神道碑》，載歐陽玄《圭齋文集》卷九。許魯齋：即許衡（1209—1281），字仲平，時人稱魯齋先生。元懷孟河内（今河南沁陽）人。理學家、教育家。幼讀經書，從姚樞、竇默等講習程朱理學。憲宗四年（1254），應忽必烈召，爲京兆提學。中統元年（1260），被召至京師。二年，拜太子太保，辭不就，改任國子祭酒，不久，以病辭。至元二年（1265），受命議事中書省，上《時務五事》，六年（1269），與劉秉忠等議定朝儀、官制。次年，任

中書左丞。八年(1271),任集賢大學士兼國子祭酒,擇蒙古子弟以教。十三年(1276),領太史院事,與郭守敬等新制儀象圭表,日測晷景,編定《授時曆》。謚文正。有《許文正公遺書》《魯齋遺書》等傳世。《元史》卷一五八有傳。

[三] 雖延祐諸賢及天曆名士未能爲之,直待歐陽公了此:許衡之卒在世祖至元中,御賜之碑作於元統三年(1335),時揭傒斯、虞集諸人尚列翰苑,故言。歐陽玄《元中書左丞集賢大學士國子祭酒贈正學垂憲佐理功臣太傅開府儀同三司上柱國追封魏國公謚文正許先生神道碑》:「先生既没之三十三年,爲皇慶二年,仁宗皇帝詔暨宋九儒從祀宣聖廟廷,明斯道之所自傳矣。又二十三年,爲元統三年,今上皇帝敕詞臣玄,文其神道之碑,以賜其子師敬,使刻之。」(《圭齋文集》卷九)《新元史·歐陽玄傳》:「(歐陽玄)歷官四十餘年,兩爲祭酒,六入翰林,三拜承旨,兩知貢舉及讀卷官,朝廷高文典册多出玄手。文宗時詔爲《許衡神道碑》,當世知名之士皆斂手推玄,以爲文章道德非玄不稱也。」

[四] 前宋文忠公:宋歐陽修(1007—1072),謚文忠。

歐陽夢馬

歐陽玄,字元功①,號圭齋,瀏陽人。幼夢天馬墨色②,大逾凡馬數倍,橫天而過,寤而賦之。

① 元功:元危素《大元故翰林學士承旨光禄大夫知制誥兼修國史圭齋先生歐陽公行狀》、《元史》等作「原功」。
② 墨:葉藏本、日藏本作「黑」。

延祐甲寅首科，公以《天馬賦》中第[一]，蓋昔時所作也。爲人謙和好禮，雖三尺童子請問，亦誠然答之。作文必詢其實事而書，未嘗代世俗誇誕。時人嘗有論云：「文法固虞、揭、黄諸公優于歐，實事不妄，則歐過于諸公多矣。」[二]

【箋注】

[一]公以《天馬賦》中第：元危素《大元故翰林學士承旨光禄大夫知制誥兼修國史圭齋先生歐陽公行狀》：「會下詔設科取士，公以治《尚書》與貢。廬陵龍公仁夫爲考試官，夢神馬見於雲霄，書公姓名於大旗上，果以《天馬賦》中第一。明年，賜進士及第，授承事郎、岳州路同知平江州事。」(《圭齋文集》卷十六《附録》)

[二]「作文必詢其實事而書」以下六句：《四庫全書總目》卷一六七《圭齋集提要》：「孔齊《至正直記》曰：歐陽元(玄)作文，必詢其實事而書，未嘗代世俗誇誕。時人謂文法不及虞集、揭傒斯、黄溍，而事實不妄則過之。然宋濂稱其文『如雷電恍惚，雨雹交下，可怖可愕。及乎雲散雨止，長空萬里，一碧如洗』。實亦未減於三人也。虞集《道園學古録》有《送元謁告還瀏陽詩》曰：『憶昔先君早識賢，手封製作動成編。交游有道真三益，翰墨同朝又十年。』蓋集父教授於潭州，見元文大驚，手封一帙寄集曰：『他日當與汝並駕齊驅。』故集詩云然。然則元發軔之初，聲價已與集相亞矣。」

議立東宫

朝廷議立東宫①，奉特旨命近臣召歐陽玄②，以老疾不至。天子特以御羅親書墨勑召之③，略云：「即日朝廷有大事商議，卿可勉爲一行④。」後不呼名⑤，但呼元功而已。聖眷之重，亘古莫有。玄即赴京，就以御札裝潢成軸以榮之。既至，特旨乘輿赴殿墀下，其寵其榮，國朝百年以來一人而已，後以司徒封之〔一〕。

【箋注】

〔一〕「既至」以下五句：元危素《大元故翰林學士承旨光禄大夫知制誥兼修國史圭齋先生歐陽公行狀》：「（至正）十七年春，（歐陽玄）乞致仕，欲由蜀還鄉，不允。大赦天下，宣赴内府草詔。時久病不能步履，丞相傳旨，肩輿至

① 立：日藏本誤作「主」。
② 特：葉藏本作「時」。
③ 特：毛藏本作「時」。
④ 勉：日藏本誤爲「免」。
⑤ 呼：原本作「書」，今據葉藏本、日藏本改。

延春閣下。」(《圭齋文集》卷十六《附録》)《元史》本傳：「(至正)十七年春,(歐陽玄)乞致仕,以中原道梗,欲由蜀還鄉,帝復不允。時將大赦天下,宣赴内府。玄久病,不能步履,丞相傳旨,肩輿至延春閣下,實異數也。是歲十二月戊戌,卒於崇教里之寓舍,年八十五。中書以聞,帝賜賻甚厚,贈崇仁昭德推忠守正功臣、大司徒、柱國,追封楚國公,謚曰文。」按:危素《大元故翰林學士承旨光禄大夫知制誥兼修國史圭齋先生歐陽公行狀》:「公生於至元二十年五月」,即 1283 年,至正十七年卒,年七十五。《元史》「年八十五」有誤。

地理之應

地理之應,亦有可驗者。若金陵之鐘阜龍蟠,石城虎踞,真帝王之居也。此漢末諸葛武侯之言①〔一〕,必有得于地理之形勢者。自吴而至六朝,皆常都之。然舊都距秦淮十八里,迫倚覆舟山紫薇之形也。南唐新城在秦淮河上,即今之集慶府城也,地勢不及六朝遠矣。句容之三茆山〔二〕,原自丫頭山②。地理家嘗謂丫頭峯不尖,所以只主黄冠之流〔三〕;若尖聳③,則爲雙文筆

---

① 諸葛武侯:日藏本脱「武侯」。

② 丫頭:毛藏本作「了頭」,下文中「丫」,毛藏本俱作「了」。董夢蘭校語:「『了』俱宜作『丫』。」

③ 聳:原本闕,毛藏本、日藏本俱爲闕字,今據葉藏本補。

峯，必主出文章狀元。丫頭俗呼爲丫角貪狼①，蓋陰陽者流以九星配山水者[四]，固不足據。然其有是形者主是應②，或可信矣。溧陽㠯山前地脈一支過谿③[五]，直抵黨城，又過溪至紫雲山。凡在此脈上居止，而得水汪洋回抱者④，大則富，小則温飽。天曆己巳旱，山東頑民欲引洮湖水灌溉⑤，恨此脈截斷谿間，縱石工鑿斷三五尺⑥；而巡檢申德興禁之不能止，因大訶曰：「此州里之地脈，關係禍福！」遂躍馬鞭擊之。雖移文州司，責頑民之罪⑦，已被其所損矣⑧。山前一境，自前代舊稱無貧乏者，皆地脈之應也，幸賴申君，不爲深害。然山間樹木與夫脈上人家，由是而日見消廢矣。地理之驗，豈偶然哉！此予之目擊耳聞，而鄉人亦以此爲痛恨。

---

① 狼：毛藏本作「糧」，誤。
② 主：日藏本作「必主」。
③ 㠯：原本作「函」，據葉藏本、日藏本改。
④ 汪：日藏本作「法」，誤。
⑤ 灌溉：葉藏本、日藏本作「溉灌」。
⑥ 工：葉藏本作「土」；「斷」，葉藏本、日藏本作「毀」。
⑦ 頑：日藏本作「禎」，誤。
⑧ 已被：毛藏本作「而已被」，葉藏本、日藏本作「而亦被」。

【箋注】

［一］此漢末諸葛武侯之言：西晉張勃《吴録》：「劉備曾使諸葛亮至京，因覩秣陵山阜，嘆曰：『鍾山龍蟠，石城虎踞，帝王之宅也。』」（王琦《李太白全集》卷之七《金陵歌送别范宣》注引）唐李吉甫《元和郡縣圖志》卷二五：「石頭城在縣西四里，即楚之金陵城也，吴改爲石頭城。建安十六年，吴大帝修築，以貯財寶軍器，有戍，《吴都賦》云『戎車盈於石城』，是也。諸葛亮云『鍾山龍蟠，石城虎踞』，言其形之險固也。」清顧祖禹《讀史方輿紀要》卷二十：「鍾山在應天府城東北朝陽門外。諸葛武侯所云『鍾山龍蟠』者也。」又《讀史方輿紀要》卷十九：「（應天）府前據大江，南連重嶺，憑高據深，形勢獨勝。孫吴建都於此，西引荆楚之固，東集吴會之粟，以曹氏之强，而不能爲兼併計也。諸葛武侯云：『金陵鍾山龍蟠，石頭虎踞，帝王之宅。』」

［二］句容：今江蘇句容，元屬集慶路。

［三］黄冠，道士所戴束髮之冠。用金屬或木類製成，其色尚黄，故曰黄冠。因以爲道士的别稱。

［四］丫頭俗呼爲丫角貪狼，蓋陰陽者流以九星配山水者：堪輿家有「九星」之説，即貪狼星、巨門星、禄存星、文曲星、武曲星、廉貞星、破軍星、左輔星、右弼星（唐楊筠松《撼龍經》），分指九類不同形狀的山。其説以「五星」（金星、木星、水星、火星、土星）爲基礎，另加四種兼形，分别附會以吉凶休咎，作爲尋龍點穴之依據。「貪狼」乃「九星」之一，指頂圓渾而體端直之山峰，堪輿家認爲這種山五行屬木，所主吉凶休咎大體與「五星」中的「木星」相類。唐楊筠松《撼龍經·貪狼星》：「貪狼頓起筍生峰，若是斜枝便不同。」清葉泰注：「貪狼星屬木，其形頭圓身聳如筍，爲正形正象。若生枝而斜起頂面側，爲貪狼破面，非爲吉也。」

［五］⿶凵了：山名。《集韻》：「⿶凵了，山名，在陽羨。」《重修廣韻》：「⿶凵了，山名，在溧陽縣。」

漁人致富

一漁人黄姓者，初貧而母死，火化于乙山西南角上①。蓋捕魚寓于此地者②，就瘞灰骨于石穴之下，弗顧也。後術者相云：「此乙山龍之稍止處小結穴③〔一〕，惜乎不深，只主小富耳。」自此捕魚獲利倍常時，歲餘家計温飽，三載之後日益④，遂佃吾家衙前墟田數十畝，爲造屋授業之計⑤。遂買巨舟二隻⑥，每歲終，充賃大家運糧輸官倉之給⑦〔二〕，得錢十貫而致富云。

---

① 「火化」，原本作「于欠化」，毛藏本作「于火化」，今據葉藏本、日藏本改。毛氏藏本董夢蘭校語：「初貧而母死，火化於乙山西南角上，蓋捕魚往來此地者，詳文勢當如此。」
② 寓：葉藏本、日藏本作「捕」。
③ 乙：原本作「山」，據葉藏本、日藏本改。
④ 益：葉藏本、日藏本作「愈」。
⑤ 授：葉藏本作「搜」，誤。
⑥ 巨：毛藏本作「臣」，形誤。董夢蘭校語：「買巨舟二隻。」
⑦ 大：毛藏本作「天」，形誤；給：原本作「後」，今據葉藏本、日藏本改。

雁穵墟①，東鄰⿰木奄柄墟②。墟形如舟柁。□路遠湖墅村③，相夾一溝，南北水舊通流，後人築土實其南，俾路直連兩墟。凡在墟之近築處數十家④，三載必有一人患膈氣而翻胃死者⑤。至正壬辰秋中，湖墅頑民石姓者作亂，雁穵村民懼其不測⑥，因開土復爲流通⑦，自是絶無翻胃者⑧。

［箋注］

〔一〕結穴：堪輿家以地面窪突處爲地氣藴結之所，稱爲結穴。清蔣平階《秘傳水龍經・自然水法歌》：「湖蕩之處多有結穴，如波心蕩月，如雁落平沙，又如海鷗點水，審而穴之，無不發福。」

〔二〕大家：猶巨室，古指卿大夫之家。《書・梓材》：「王曰：『封，以厥庶民暨厥臣，達大家。』」孔傳：「言當用其衆人之賢者與其小臣之良者，以通達卿大夫及都家之政於國。」蔡沈集傳：「大家，巨室。」《左傳・昭公五年》：

---

① 本則以下文字，辨其文脉當另爲别篇。毛藏本董夢蘭校語：「雁穵墟，另是一段。」
② 鄰：原本作「都」，今據葉藏本、日藏本改。
③ □路遠：毛藏本董夢蘭校語「首句路字上疑是『中』字，『遠』字當誤」；遠：葉藏本、日藏本作「達」。
④ 家：毛藏抄本作「字」，董夢蘭校語：「數十字，『字』字乃『家』字之誤。」
⑤ 膈：毛藏本作「槅」，董夢蘭校語：「『槅氣之『槅』從『膈』，當曰因。」
⑥ 村：葉藏本、日藏本作「圩」。
⑦ 因開土復爲流通：原本作「因開土流通，復爲流通」，董夢蘭校語「開土流通下句衍文」，今據葉藏本、日藏本改。
⑧ 是：葉藏本、日藏本作「此」。

「箕襄、邢帶、叔禽、叔椒、子羽，皆大家也。」《國語・晉語一》：「大家鄰國，將師保之。」韋昭注：「大家，上卿也。」

謝莊地理

義興謝莊謝仲明者[一]，豪于里而子女多患痤疾[二]。至元戊寅間①，溧陽財賦提舉司官王某者過之②，謂其家富者，水法好也。蓋自五里外迂迴曲折而入，直至于門。然水口太塞，令鑿上墩③，并去襍水，別築橋于水流之外乃佳，自後果無痤疾。王州號王鐵判④，以蓋善相⑤，遇知文宗，得是官也。江西人。

【箋注】

［一］義興：今江蘇宜興。元至元十五年（1278）升爲宜興府，二十年（1283）降爲縣，次年又升爲府，並置縣隸

① 間：毛藏本作「開」，誤。董夢蘭校語：「至元戊寅間，矮而駝者，詳下文『矮』而作『痤』。」

② 財賦：日藏本脱「財」。

③ 上：葉藏本作「土」。

④ 州：葉藏本、日藏本作「世」。

⑤ 以蓋善相：葉藏本、日藏本無「蓋」字。

之。元貞初府縣俱廢，改爲宜興州。

〔二〕瘂：由於生理缺陷或疾病而不能説話；或發音困難，聲音低沉而不圓潤。《南齊書・蕭坦之傳》：「坦之肥黑無須，語聲嘶，時人號爲蕭瘂。」《太平御覽》卷九三四引《廣五行記》：「日暮還家，楷病口啞，不復得語。」

溧陽新河

溧陽南門外，宋末開河曰新河，建橋曰新橋，巷曰新巷。其地多産矮而瘂者〔一〕，不知何故。至國朝至順間，始絶此患。新河出教場河，轉橋南而東流也。北門硯池巷入東巷口戴姓者，居舍所造不合式，多曲折斜側之態，常出瘂瘂如新河上者。術士爲其改造，撤去斜側，因遂絶其患。風水之説，見於《葬書》者〔二〕，止言陰宅葬後所主吉凶①，未嘗及此。此蓋予目睹耳聞而不誣者，故直書之，以訓子孫也。予有《陽宅六段錦》，甚妙，可以無此患矣。予家福賢寓宅，蓋沈氏之故地，先君加築而成者也②。初有籬圍于前③，與沈氏園相接，宛如逆水兜勢，觀者咸以逆

① 止：毛藏本作「正」，誤。
② 者也：日藏本作「也」。
③ 于：日藏本作「子」，誤。

鬚魚籠目之①，言可入不可出也。後漸撤此籬②，沈氏亦以小吝，不復圍障其園，眼界太空明，無關鎖意思，家計不進，日見消歇，沈氏亦然。蓋由氹山地脈之鑿傷③，龍翔莊舍之虎吼而致此耳。風水之驗，豈不信乎？

【箋注】

〔一〕駞：脊背彎曲如駝峰。元薩都剌《題四時宫人圖》詩：「一女淺步腰半駞，小扇輕撲花間蛾。」元楊訥《普天樂·嘲湯舜民戲妓》曲：「覷了你腰駞背曲，説甚麽撒正龐甜。」

〔二〕《葬書》：一卷，舊本題晉郭璞撰，但是否確爲郭璞所著，自古説法不一。《四庫全書總目》卷一〇九：「考璞本傳……不言其嘗著《葬書》。《唐志》有《葬書地脉經》一卷、《葬書五陰》一卷，又不言璞所作。惟《宋志》載有璞《葬書》一卷，是其書自宋始出。……書中詞意簡質，猶術士通文義者所作。必以爲出自璞手，則無可徵信。」余嘉錫《四庫提要辨證》：「璞實長於安墓卜宅，然未嘗著《葬書》也。」該書記人死後選時、擇地、安葬等事，首倡「風水」之説。原有二十篇，宋蔡元定删去十二篇，存其八篇，元吴澄又擇其純者爲《内篇》，精粗純駁相半者爲《外篇》，粗駁當去而姑存者爲《雜篇》，即成今本。有《地理大全》本、《四庫全書》本、《學津討原》本、《津逮秘書》本等。

---

① 逆：葉藏本作「近」。

② 漸：日藏本作「暫」。

③ 氹：原本作「函」，今據毛藏本、葉藏本、日藏本改。

善權寺地勢

荆溪善權寺地勢甚妙〔一〕，向山似覆鉢盂①，所以止出僧流②，形局之内，左泉射脅後山，有凹處風吹，常被盜訟〔二〕。至正庚寅春，主僧繼祖西印，江西人，善地理，因築土墻于左臂之内③，又築石牆以塞其凹風。且言門景太空敞④，亦築牆圍以關鎖⑤〔三〕，寺遂無事⑥。寺有前賢讀書臺。寺之地勢，結穴爲三，天地人也。寺得其地，尚存天人耳。西印與予舊，嘗言：「金陵蔣山寺之巔，可望西江遠來之水，豈云小哉？」又言：「前輩士人多就名山妙處讀書，蓋借取其王氣而爲靈變也⑦。」是以往往名山多名公讀書處。

---

① 向山：毛藏本作「曰向山」。
② 止：毛藏本作「正」，誤。
③ 土：日藏本作「上」，誤。
④ 言：葉藏本、日藏本作「嫌」。
⑤ 關鎖：葉藏本、日藏本作「關鎖之」。
⑥ 寺遂無事：葉藏本、日藏本無「寺」字。
⑦ 王：葉藏本作「土」。

又聞鐘山有紫氣[四]，如烟縹緲，可望而不可見，真佳兆也。

【箋注】

[一] 荆溪：地名，在今江蘇宜興市南。元屬常州路。

[二] 盜訟：有關搶劫或偷竊的訟事。宋歐陽修《辭宣徽使判太原府第二劄子》：「伏念臣自至青州，忽已逾歲。適值年時豐稔，盜訟稀少，足以偷安竊禄。」宋歐陽修《太子太師致仕杜祁公墓誌銘》：「凡其爲治，以聽斷盜訟爲能否爾。」

[三] 關鎖：關門上鎖。《敦煌變文集·目連緣起》：「重門關鎖難開得，振錫之聲總自通。」

[四] 鐘山：山名，在今江蘇南京。古稱金陵山。漢時稱鐘山。三國吴時，孫權爲避祖諱，改蔣山。宋復名鐘山。東晉時又名紫金山。參見卷四《鐘山王氣》。

芳村祖墓

地理之説，不可謂無。芳村外家祖墓[一]，宋季咸淳吴將仕公諱旻者葬焉[二]，頗蔭福其子孫。後別房貧者，以右臂前地佃于隣人，取私租①，不顧禍福也。予每言于内兄吴子道，當以己

---

① 租：毛藏本作「祖」，誤。

帑取之，亦吝微利而不聽。不三年，西寇陷溧陽，犯蓮河溪，芳村危急。吴之子弟起兵禦之，兵敗遇害者六人，僕厮數十人。攷其地理之禍①，非偶然也。每居族中②，各殺一人，其可畏如此。由是家業大廢，死亡被掠者相繼不已。若三載之前，墳前未動土時，紅寇嘗過芳村至再三，亦無被害者，亂後反得財物，其勢尤張，此地理之不可無也。

【箋注】

〔一〕外家：指母親和妻子的娘家，此指妻子的娘家。《東觀漢記·吴漢傳》：「（吴漢）嘗出征，妻子在後買田業。漢還，讓之曰：『軍師在外，吏士不足，何多買田宅乎！』遂以分與昆弟外家。」《晉書·魏舒傳》：「（魏舒）少孤，爲外家寧氏所養。寧氏起宅，相宅者云：『當出貴甥。』外祖母以魏氏甥小而慧，意謂應之。」

〔二〕咸淳：宋度宗年號（1265—1274），凡十年。

子弟三不幸

人家子弟有三不幸〔一〕：處富貴而不習詩禮，一不幸也；内無嚴父兄，外無賢師友，二不幸

---

① 攷：毛藏本作「敷」，葉藏本、日藏本作「較」。
② 居：葉藏本、日藏本作「房」。

也；早年喪父而無賢母以訓之，三不幸也。

〔箋注〕

〔一〕三不幸：《二程集·呂氏童蒙訓》：「伊川先生言：『人有三不幸：年少登高科，一不幸；席父兄之勢爲美官，二不幸；有高才能文章，三不幸也。』」

人家三不幸

人家有三不幸①：讀書種子斷絶，一不幸也；使婦坐中堂，二不幸也；年老多蓄婢妾，三不幸也。

子弟居室

人家子弟，未有居室〔一〕，父母姑息之，嘗遺之以錢，此最不可。非惟啓博戲之習，且致游蕩

① 有三不幸：毛藏本作「三有不幸」。

之資，不率教訓[二]，皆由是也。或生朝歲時，則以果核遺之，入學之後，則以紙筆遺之①，可也。

［箋注］

［一］未有居室：指尚未成家立業。《孟子·萬章上》：「男女居室，人之大倫也。」《論語·子路》：「子謂衛公子荆，善居室。」

［二］不率：不服從，不遵循。《左傳·宣公十二年》：「今鄭不率，寡君使群臣問諸鄭，豈敢辱候人？」杜預注：「率，遵也。」《南史·袁憲傳》：「皇太子頗不率典訓，憲手表陳諫十條，皆援引古今，言辭切直。」

生子自乳

凡生子以自乳最好②，所以母子有相愛之情。吾家往往有此患，今當重戒之。或無乳而用乳母，必不得已而後可也，所以子弟不生嬌惰，生女尤當戒之③。

---

① 遺之：日藏本脱。
② 以：葉藏本作「必」。
③ 當：葉藏本、日藏本作「宜」。

婚姻正論

婚姻之禮，司馬文正論之甚詳[一]，固可爲萬世法者。士大夫家或往往失此禮，不惟苟慕富貴，事于異類非族，所以壞亂家法，生子不肖，皆由是也。甚致于淫奔失身者①，亦有之，可爲痛恨。

【箋注】

［一］司馬文正：司馬光（1019—1086），卒贈温國公，謚文正。司馬光《家範》卷一「治家」、卷八「夫」「妻上」「妻下」，以及《書儀》卷三「婚儀上」「婚儀下」等，對婚姻之禮論之甚詳，故言。

寡婦居處

予嘗謂不幸人家有寡婦②，當别静室處之。或遇妯娌有賢者，正言大節，時相訓講，以堅其

---

① 失：葉藏本、日藏本作「辱」。
② 不幸人家：葉藏本、日藏本作「人家不幸」。

志，或庶幾焉。凡寡婦之居，與尋常妯娌相近，此最不好。蓋起居言笑與夫婦之事①，未必不動夫婦之心②。此心一動，必不自安，久而不堪者，必求改適③，不至于失節非禮者，鮮矣。至于室女之居[一]，尤宜深静，凡父母兄嫂房室之間④，亦不可使其親近，恐窺見尋常狎近之貌，大非所宜。此亦古人防微杜漸之遺意也⑤。

［箋注］

［一］室女：未出嫁的女子。漢桓寬《鹽鐵論·刑德》：「室女童婦，咸知所避，是以法令不犯，而獄犴不用也。」唐柳宗元《饒娥碑》：「娥爲室女，淵懿靖專。」

---

① 與夫婦之事：葉藏本、日藏本作「與夫夫婦之事」。
② 夫：葉藏本、日藏本作「寡」。
③ 求：日藏本作「不」。
④ 室：葉藏本作「屋」。
⑤ 遺：葉藏本作「道」。

年老蓄婢妾

年老多蓄婢妾，最爲人之不幸，辱身喪家，陷害子弟，靡不有之。吾家先人，晚年亦坐此患，鄉里蹈此轍者多矣。又見荆溪王德翁，晚年買二伶女爲妾，生子不肖。甚至翁死未逾月，而私通于中外，莫能禁止。此《袁氏世範》言之甚詳[一]，兹不再述①，有家者當深玩之。

［箋注］

［一］此《袁氏世範》言之甚詳：《袁氏世範·暮年不宜置寵妾》：「婦人多妒，有正室者少蓄婢妾。蓄婢妾者，多無正室。夫蓄婢妾者，内有子弟，外有僕隸，皆當關防。制以主母，猶有他事，况無所統轄。以一人之耳目臨之，豈難欺蔽哉？暮年尤非所宜，使有意外之事，當如之何？」《袁氏世范》：宋袁采撰，三卷。袁采，生卒年不詳。字君載。信安（今屬浙江）人。登進士第三。宰劇邑、樂清，官至監登聞鼓院。著有《政和雜誌》《縣令小録》，皆佚。是書係在樂清時所著，分睦親、處己、治家三門，論立身處世之道。有《知不足齋叢書》本，《四庫全書》據《永樂大典》校勘本等。

① 再述：毛藏本作「再玩述」，日藏本作「耳述」。

婢妾之戒

尋常婢妾之多，猶費防閑[一]，久而稍怠，未有不爲不美之事。其大患有三：壞亂家法，一也；誘陷子弟，二也；玩人喪德，三也。士大夫無見識者，往往蹈此。人之買妾者①，欲其侍奉之樂也。妾之多者，其居處縱使能制御，亦未免荒于淫佚矣，何樂之有！或正室之妒忌，必致争喧，則家不治。苟正室之不妒，則妾自相傾危，適足爲身家之重累②，未見其可樂也。宜深戒之！

【箋注】

〔一〕防閑：防備、禁阻。《詩·齊風·敝笱序》：「齊人惡魯桓公微弱，不能防閑文姜，使至淫亂，爲二國患焉。」《後漢書·列女傳·孝女叔先雄》：「家人每防閑之，經百許日，後稍懈，雄因乘小船，於父墮處慟哭，遂自投水死。」

---

① 「人之買妾者」，葉藏本作「然人之買妾者」。

② 「適足爲身家」，毛藏本作「適足身爲家」，董夢蘭校語「適足身爲家，『身』疑衍字」；葉藏本作「適足爲一身一家」。

要好看三字

先人嘗曰：「人只爲『要好看』三字，壞了一生。便如飲食，有魚菜了，却云簡薄，更置肉。衣服有闕損，攙修補足矣，却云不好看，更置新鮮。房舍僅可居處待賓①，却云不好看，更欲裝飾。所以虛費生物，都因此壞了②。」先人一履③，皆踰數年，隨損隨補；一白紬襖④，着三十年；終身未嘗兼味[一]。所居數間，僅蔽風雨⑤，客位窗壁損漏，四十餘年未嘗一易，鄉里皆譏誚之，不顧也。子孫識之，當以爲法。

【箋注】

[一] 兼味：兩種以上的菜肴。《穀梁傳·襄公二十四年》：「五穀不升，謂之大侵。大侵之禮，君食不兼味。」

---

① 舍：葉藏本作「屋」。
② 都：葉藏本、毛藏本作「却」。
③ 履：日藏本作「獲」，誤。
④ 白：日藏本作「曰」，誤。
⑤ 蔽：日藏本作「敝」。

漢桓寬《鹽鐵論·刺複》：「衣不重彩，食不兼味。」

棺槨之制

先人與楊親翁楊待制嘗論棺槨之制①〔一〕：「文公《家禮》所謂棺僅使容身、槨僅可容棺②〔二〕，其言信矣。後世皆不曉此義，惟務高大，殊爲不根〔三〕。嘗見鄉中荒歲盜古塚者，得棺木改造水車糞桶之類，不知幾百年也③。蓋郴州之巨木，狀如老杉，富貴之家，半先競價以買之④，高者萬貫，下者千貫，以爲美飾；否則，譏誚之。可謂愚惑之甚！今不若止用老杉木或楠木爲之，高不過四尺，厚亦不過三寸⑤，庶免殉埋他物之患，且不廣開土穴⑥，以泄地氣。槨惟用

---

① 楊親翁：葉藏本、日藏本無「楊」字。
② 可：日藏本作「使」。
③ 不知幾百年也：不知，葉藏本、日藏本作「不知其」；毛藏本董夢蘭校語：「適意『年』爲『家』字，疑衍。」
④ 半：日藏本作「争」，葉藏本作「事」。
⑤ 厚亦不過：葉藏本、日藏本俱作「厚不過」。
⑥ 穴：日藏本作「冗」，誤。

磚或柏木足矣①。」此論甚善。至正乙未以後，盜賊經過之所，凡遠近墓塚，無不被其發者，喪不如速朽之爲愈也，因記爲戒。自天曆己巳年旱歉後，諸處發冢之盜，公行不禁②。不預凶事，禮也。然近世皆預備棺木，謂之壽函，亦必年過六十然後可作③，此亦無妨也。

【箋注】

〔一〕楊親翁楊待制：指楊剛中，官至翰林待制，詳卷一《國朝文典》注。親翁，指親家公。待制，官名，唐始置，隸集賢殿書院。玄宗時增置，待以草制。宋因其制，於殿、閣均設待制之官，位在學士、直學士之下。遼、金、元、明均於翰林院設待制，位亦在學士、直學士之下，參見《新唐書·百官志二》《宋史·職官志二》《金史·百官志一》《元史·百官志三》《明史·職官志二》等。

〔二〕文公《家禮》所謂棺僅使容身、槨僅可容棺：宋朱熹《家禮》第四《喪禮》：「護喪命匠擇木爲棺，油杉爲上，柏次之，土杉爲下。其制方直，頭大足小。僅取容身，勿令高大及爲虛簷高足。……司馬公曰：……槨雖聖人所製，自古用之，然板木歲久，終歸腐爛，徒使壙中寬大不能牢固，不若不用之爲愈也。」文公，即朱熹（1130—1200），字

---

① 槨惟用磚：毛藏本董夢蘭校語：「槨惟用磚，『磚』字謬。」

② 自天曆己巳年旱歉後，諸處發冢之盜，公行不禁：此爲夾註，原本竄入正文，今據葉藏本、日藏本改。毛藏本僅「禁」字竄入正文。

③ 過：日藏本作「年邁六十」，誤。

元晦，又字仲晦，號晦庵、晦翁等，別稱紫陽。宋徽州婺源（今屬江西）人。哲學家，宋代理學集大成者。高宗紹興十八年（1148）進士，歷高宗、孝宗、光宗、寧宗四朝。主張抗金，反對議和。曾除秘閣修撰、焕章閣待制兼侍講等。今傳其主要撰著有《四書章句集注》《周易本義》《詩集傳》《楚辭集注》等，後人輯有《朱子語類》《朱文公文集》等。《宋史》卷四二九有傳。《家禮》，朱熹撰，五卷，附録一卷。載于朱熹《行狀》，其序文録於《朱子文集》，李方子《朱文公年譜》稱此書成于孝宗乾道六年（1170）。卷一言通禮，卷二言冠禮，卷三言婚禮，卷四言喪禮，卷五言祭禮，主要取材於《儀禮》《禮記》、司馬光《書儀》，及張載、程頤等家之書。清人王懋竑《白田雜著·家禮考》認爲其書内容與朱熹晚年之論多不相合，「決非朱子之書」；《四庫全書總目》卷二十二《經部·禮類四·家禮》「提要」亦認定：「則是書之不出朱子，可灼然無疑。」

［三］不根：没有根據；荒謬。《漢書·嚴助傳》：「朔、皋不根持論，上頗俳優畜之。」顔師古注：「議論委隨，不能持正，如樹木之無根柢也。」宋岳珂《桯史·泉江三地名》：「或曰殺童男女瘞其下爲厭勝，是爲童丁，説皆不根誕謾。」

至正直記卷二

別業蓄書

古人積金以遺子孫，子孫未必能盡守；積書以遺子孫，子孫未必能盡讀；不如積陰德于冥冥之中，以爲子孫無窮之計。此言甚好。吾家自先人寓溧陽①，分沈氏居之半以爲別業〔一〕，多蓄書卷，平昔愛護尤謹，雖子孫未嘗輕易檢閲，必有用然後告于先人，得所請，乃可置于外館。晚年，子弟分職〔二〕，任于他所，惟婢輩幾人在侍②。予一日自外家歸省，見一婢執《選詩演》半卷③〔三〕，又國初名公柬牘數幅，皆剪裁之餘者。急扣其故，但云：「某婢已將幾卷褙鞋幫④，某

① 寓：葉藏本作「爲」。
② 輩：葉藏本作「妾」。
③ 選詩演：疑爲「選詩演義」，詳下注。
④ 已將幾卷褙鞋幫：毛藏本董夢蘭校語：「已將幾卷襯鞋幫。」

婢已將幾卷覆醬瓿①。」予奔告先人。先人曰：「吾老矣，不暇及此，是以有此患。爾等居外，幼者又不曉事，婢妮無知，宜有此哉②！」不覺歎恨，亦無如之何矣。予至上虞[四]，聞李莊簡公光無書不讀③[五]，多蓄書册與宋名刻數萬卷，子孫不肖，且麁率鄙俗[六]，不能保守，書散于鄉里之豪民家矣④。《家訓》徒存，無能知者⑤。往往過客知莊簡者，或訪求遺跡⑥，讀其《家訓》者，不覺爲之痛心也。又見四明袁伯長學士，承祖父之業，廣蓄書卷，國朝以來甲于浙東。伯長没後，子孫不肖，盡爲僕幹竊去，轉賣他人，或爲婢妾所毀者過半⑦。且名畫舊刻，皆賤賣屬異姓矣。悲夫！古人之言，信可徵也。

---

① 已：毛氏藏本、日藏本作「又」。
② 此：葉藏本、日藏本作「是」。
③ 光：葉藏本誤作「先」。
④ 書：葉藏本、日藏本作「盡」。
⑤ 無：葉藏本作「鮮」。
⑥ 求：葉藏本作「救」。
⑦ 半：毛氏藏本作「年」，誤。董夢蘭校語：「所毀者過半。」

【箋注】

［一］別業：別墅；別宅。《文選》卷四五晉石崇《思歸引序》：「晚節更樂放逸，篤好林藪，遂肥遁于河陽別業。」李善注：「別業，別居也。」《宋書・謝靈運傳》：「靈運父祖並葬始寧縣，並有故宅及墅，遂移籍會稽，修營別業。」

［二］分職：各司其職；各授其職。《書・周官》：「六卿分職，各率其屬，以倡九牧，阜成兆民。」《管子・明法解》：「明主者，有術數而不可欺也，審於法禁而不可犯也；察於分職而不可亂也，故羣臣不敢行其私。」

［三］《選詩演》：疑爲《選詩演義》，晚宋詩人曾原一編。曾原一，生卒年不詳。字子實，號蒼山。贛州寧都（今屬江西）人。紹定四年（1231）領鄉薦，從戴復古諸人結江湖吟社。有《蒼山詩集》，已佚。事迹見吴澄《吴文正集》卷二一《蒼山曾氏詩評序》、《嘉靖贛州府志》卷一〇等。宋周應合《（景定）建康志》卷三三《文籍志》一：「《選詩演義》七十三版。」元楊士宏《唐音》卷一：「丹水，《選詩演義》劉昆（琨）《扶風歌》：『朝發廣莫門，暮宿丹水山。』」《選詩演義》在中國本土已亡佚，僅有一部朝鮮古活字本，藏於日本名古屋市蓬左文庫（參見卞東波《曾原一〈選詩演義〉與宋代「文選學」》，《文學遺産》2013 年 4 期）。

［四］予至上虞：卷三《議肉味》：「丁酉年（1357）在上虞。」上虞，古縣名，秦置，屬會稽郡，治所即今浙江紹興。元屬紹興路。《元史》卷六二《地理志五》：「紹興路，上。唐初爲越州，又改會稽郡，又仍爲越州。宋爲紹興府。元至元十三年，改紹興路。……縣六：山陰，上。會稽，中。與山陰俱倚郭。有會稽山爲南鎮。上虞，上。蕭山，中。嵊縣，上。新昌。中。」

［五］李莊簡公光：李光（1078—1159），字泰發，一作字泰定。宋越州上虞（今浙江紹興）人。南宋初名臣。徽宗崇寧五年（1106）進士，調開化令，有政聲。除太常博士、遷司封。靖康元年（1126），擢右司諫，遷侍御史，力主抗

擊金軍。高宗時累擢吏部尚書、參知政事，以忤秦檜罷去。孝宗即位，追復資政殿學士，謚莊簡。據《宋史·藝文志七》，有文集前、後集三十卷，原本於明代已佚，清四庫館臣自《永樂大典》中輯出佚詩文，重編爲《莊簡集》十八卷。《全宋詞》第二册收其詞十四首，《全宋詩》卷一四二一至一四二八録其詩八卷，《全宋文》卷三三〇六至三三一八收其文十三卷。生平事迹見《宋史》卷三六三本傳、《宋史新編》卷一二八、《宋元學案》卷二十等。

〔六〕麁率：亦作「麤率」「麄率」，粗疏草率。明王世貞《藝苑卮言》卷五：「何李之外，始有康德涵。康源出秦漢，然麤率而弗工，有質木者可取耳。」況周頤《蕙風詞話》卷一：「東坡、稼軒其秀在骨，其厚在神。初學看之，但得其麤率而已。其實二公不經意處，是真率，非麤率也。」

詩重篇名

《詩》之重篇名者，《柏舟》二〔一〕，《邶》《墉》①。《揚之水》三②〔二〕，《王》《鄭》《唐》。《谷風》二〔三〕，《邶》《小雅》。《無衣》二〔四〕，《唐》《秦》。《杕杜》二〔五〕。《唐》《小雅》。

① 邶墉：毛藏本竄入正文。
② 之水：原本、毛藏本作「水之」，倒乙，今據《詩經》改。

【箋注】

[一]《柏舟》二：《詩・邶風》及《詩・墉風》均有《柏舟》篇，故云。《詩・邶風・柏舟》：「泛彼柏舟，亦泛其流。耿耿不寐，如有隱憂。微我無酒，以遨以游。我心匪鑒，不可以茹。亦有兄弟，不可以據。薄言往愬，逢彼之怒。我心匪石，不可轉也；我心匪席，不可卷也。威儀棣棣，不可選也。憂心悄悄，慍於群小。覯閔既多，受侮不少。靜言思之，寤辟有摽。日居月諸，胡迭而微？心之憂矣，如匪浣衣。靜言思之，不能奮飛。」《詩・墉風・柏舟》：「泛彼柏舟，在彼中河。髧彼兩髦，實維我儀。之死矢靡它。母也天只！不諒人只！泛彼柏舟，在彼河側。髧彼兩髦，實維我特。之死矢靡慝。母也天只！不諒人只！」

[二]《揚之水》三：《詩・王風》《詩・鄭風》及《詩・唐風》均有《揚之水》篇，故云。《詩・王風・揚之水》：「揚之水，不流束薪。彼其之子，不與我戍申。懷哉懷哉！曷月予還歸哉？揚之水，不流束楚。彼其之子，不與我戍甫。懷哉懷哉！曷月予還歸哉？揚之水，不流束蒲。彼其之子，不與我戍許。懷哉懷哉！曷月予還歸哉？」《詩・鄭風・揚之水》：「揚之水，不流束楚。終鮮兄弟，維予與女。無信人之言，人實迋女。揚之水，不流束薪。終鮮兄弟，維予二人。無信人之言，人實不信。」《詩・唐風・揚之水》：「揚之水，白石鑿鑿。素衣朱襮，從子於沃。既見君子，云何不樂？揚之水，白石皓皓。素衣朱繡，從子於鵠。既見君子，云何其憂？揚之水，白石粼粼。我聞有命，不敢以告人。」

[三]《谷風》二：《詩・邶風》及《詩・小雅》均有《谷風》篇，故云。《詩・邶風・谷風》：「習習谷風，以陰以雨。黽勉同心，不宜有怒。采葑采菲，無以下體？德音莫違，及爾同死。行道遲遲，中心有違。不遠伊邇，薄送我畿。誰謂荼苦？其甘如薺。宴爾新昏，如兄如弟。涇以渭濁，湜湜其沚。宴爾新昏，不我屑以。毋逝我梁，毋發我笱。我

躬不閱，遑恤我後？就其深矣，方之舟之；就其淺矣，泳之游之。何有何亡？黽勉求之。凡民有喪，匍匐救之。不我能慉，反以我爲讎。既阻我德，賈用不售。昔育恐育鞫，及爾顛覆。既生既育，比予於毒。我有旨蓄，亦以御冬。宴爾新昏，以我御窮。有洸有潰，既詒我肄。不念昔者，伊余來塈。」《詩・小雅・谷風》：「習習谷風，維風及雨。將恐將懼，維予與女；將安將樂，女轉棄予！習習谷風，維風及頹。將恐將懼，寘予於懷；將安將樂，棄予如遺！習習谷風，維山崔嵬。無草不死，無木不萎。忘我大德，思我小怨。」

[四]《無衣》二：《詩・唐風》及《詩・秦風》均有《無衣》篇，故云。《詩・唐風・無衣》：「豈曰無衣七兮，不如子之衣，安且吉兮！豈曰無衣六兮，不如子之衣，安且燠兮！」《詩・秦風・無衣》：「豈曰無衣？與子同袍。王於興師，修我戈矛，與子同仇。豈曰無衣？與子同澤。王於興師，修我矛戟，與子偕作。豈曰無衣？與子同裳。王於興師，修我甲兵，與子偕行。」

[五]《杕杜》二：《詩・唐風》及《詩・小雅》均有《杕杜》篇，故云。《詩・唐風・杕杜》：「有杕之杜，其葉湑湑。獨行踽踽，豈無他人？不如我同父。嗟行之人，胡不比焉？人無兄弟，胡不佽焉？有杕之杜，其葉菁菁。獨行睘睘，豈無他人？不如我同姓。嗟行之人，胡不比焉？人無兄弟，胡不佽焉？」《詩・小雅・杕杜》：「有杕之杜，有睆其實。王事靡盬，繼嗣我日。日月陽止，女心傷止，征夫遑止。有杕之杜，其葉萋萋。王事靡盬，我心傷悲。卉木萋止，女心悲止，征夫歸止。陟彼北山，言采其杞。王事靡盬，憂我父母。檀車幝幝，四牡痯痯，征夫不遠。匪載匪來，憂心孔疚。期逝不至，而多爲恤。蔔筮偕止，會言近止，征夫邇止。」

鐵板尚書

諺云：「鐵板《尚書》，亂説《春秋》。」[一]蓋謂《書》乃帝王之心法典禮①，學《春秋》者，但立得意高，便可斷説也。

【箋注】

［一］鐵板《尚書》，亂説《春秋》：意爲《尚書》如鐵板釘釘，其義不能隨便更改；《春秋》尚可依據個人理解予以評説。《漢書·藝文志》：「《書》者，古之號令；號令於衆，其言不立具，則聽受施行者弗曉。」《朱子語類》卷一三三：「聖人作《春秋》，不過直書其事，美惡人自見。後世言《春秋》者，動引譏、美爲言，不知他何從見聖人譏、美之意。」

筆品

予幼時見筆之品，有所謂三副二毫者[一]，以兔毫爲心，用紙裹，隔年羊毫副之，凡三層。有

① 謂：業藏本作「爲」。

所謂蘭蕋者①，染羊毫如蘭芽包，此三副差小②，皆用筍籜葉束定③〔二〕，入竹管。有所謂棗心者，全用兔毫，外以黄絲線纏束其半，取其狀如棗心也④。至順間，有所謂大小樂墨者，全用兔毫，散卓以線束其心⑤〔三〕，根用松膠，綴入竹管⑥，管長尺五以上，筆頭亦長二寸許，小者半之。後以松膠不堅，未散而筆頭搖動脱落，始用生漆，至今盛行于世，但差小耳，其他樣皆不復見也⑦。筆生之擅名江、浙者，吴興馮應科之後〔四〕，有錢唐凌子善、錢瑞、張江祖出⑧，近又吴興陸穎、温國寶、陸文桂、黄子文、沈君寶，頗稱于時⑨。丙申以後，無復佳筆矣。

---

① 有：毛藏本、日藏本、葉藏本俱作「正」。
② 此三副差小：葉藏本作「比三副差□」。
③ 皆：毛藏本作「揩」；「束」，日藏本作「來」，形誤。毛藏本董夢蘭校語：「用紙裹隔年羊毫。」
④ 「取」，葉藏本作「阪」。
⑤ 散：葉藏本作「嵌」；束其心：日藏本脱「心」字。
⑥ 綴：葉藏本、日藏本作「綴」。
⑦ 他：毛藏本作「化」。
⑧ 善：毛藏本作「喜」。
⑨ 温：日藏本作「濕」；毛藏本董夢蘭校語：「近出又有吴興陸穎。」

[箋注]

[一] 三副：指三種毛筆，即栗尾、棗核、散卓。宋黄庭堅《林爲之送筆戲贈》詩：「閻生作三副，規摹宣城葛 。」任淵注：「三副：栗尾、棗核、散卓，皆筆名。」

[二] 筍籜葉：筍皮。北周庾信《謝滕王賚巾啓》：「入彼春林，方誇筍籜。」宋楊萬里《風雨》詩：「自拾荷花揩面汗，新將筍籜制頭巾。」

[三] 散卓：毛筆的一種。其筆毫約長寸半，藏一寸於管中，一筆可抵他筆數支，始於唐，盛於宋，以宋宣州諸葛高所製最佳，爲世所重。宋蘇軾《東坡題跋・書諸葛散卓筆》：「散卓筆，惟諸葛能之。他人學者，皆得其形似而無其法，反不如常筆。」宋黄庭堅《筆説》：「宣城諸葛高係散卓筆，大概筆長寸半，藏一寸于管中，出其半，削管洪纖與半寸相當。其撚心用栗鼠尾，不過三株耳，但要副毛得所，則原柔隨人意，則最善筆也。」

[四] 吴興：今浙江湖州。《元史》卷六二《地理志五》：「湖州路，上。唐改吴興郡，又改湖州。宋改安吉州，至元十三年升湖州路。」馮應科：元代筆工。明栗祁《（萬曆）湖州府志》卷四：「元時□（馮）應科、陸文寶善制筆，其鄉專習而精之，故□（湖）筆名於世。」李賢《明一統志》卷四十：「錢選，烏程人。舉進士，善詩畫。論者以選畫、趙孟頫字、馮應科筆爲吴興三絶。」

墨品

江南之墨，稱于時者三：龍游、齊峯、荆溪也①。予嘗試之，二者或煤粗損硯②[一]，惟荆溪于仲所造③，則無此病，但傷于膠重耳。至順後，或用魚膠者，甚好。于氏已絶嗣④，外甥李文遠得其傳，不若老于親造之爲佳⑤。後至元間，姑蘇一伶人吴善字國良者，以吹簫游于貴卿士大夫之門，偶得造墨法，來荆溪，亞於李，亦可用也。近天台黄修之所造，可備急用。其長沙、臨江，皆不足取，兵後亦亡矣。

【箋注】

[一] 煤：製墨的烟灰。宋歐陽修《石篆詩》：「山中老僧憂石泐，印之以紙磨松煤。」宋沈括《夢溪筆談・雜誌

---

① 齊：日藏本作「奇」。
② 粗：日藏本作「麄」，誤。
③ 于：日藏本作「於」。
④ 于：毛藏本、日藏本俱作「於」。毛藏本董夢蘭校語：「甚好。于氏已絶嗣。」
⑤ 于：日藏本作「於」。

一》：「試掃其煤以爲墨，黑光如漆，松墨也。」

白鹿紙

世傳白鹿紙[一]，乃龍虎山寫籙之紙也[二]，有碧、黄、白三品。其白者，瑩澤光浄可愛，且堅韌勝西江之紙。始因趙魏公松雪用以寫字作畫①，盛行于時。濶幅而長者，稱曰「白籙」②，後以「籙」不雅，更名「白鹿」。臨江亦造紙③，似舊宋之單抄清江紙，兵後亦鮮矣。

［箋注］

［一］白鹿紙：明曹昭著、明王佐增補《新增格古要論》卷二《古紙》：「元有彩色粉箋、蠟箋、彩色黄箋、花箋、羅

---

① 始因趙魏公：毛藏本於「始因趙」後、「魏公」前，竄入「火豪民陳竹軒，富甲于溧陽，號曰半州，所居即南中之宅堂。後有巨石，高踰三丈，名曰雙秀，見之者咸謂不祥。不數年，竹軒死於京城，子孫凋落。又江景明，宣城人，寓居溧陽，風流文采，時人慕之。作假山石于南園，未逾年，由此遂廢妻兄。吴子道假山石于所居之西，先人于」之文，乃本卷《石假山》之文。

② 白籙：毛藏本作「不白籙」，日藏本、葉藏本作「大白籙」。

③ 臨江亦造紙：日藏本脱「臨江」，葉藏本「紙」作「純」。

紋箋，皆出紹興。又有白籙紙、觀音紙、清江紙，皆出江西，趙松雪、巙子山、張伯雨、鮮于樞書多用此紙。」清錢大昕《恒言録》卷六《文翰類》：「常生案：《考槃餘事》：『白籙紙出江西，趙松雪、張伯雨多用之。』又《江西志》有大小白鹿紙。」

［二］龍虎山：道教勝地，在今江西貴溪西南。漢張道陵修道於此，爲道教正一道發源地。宋李昉等《太平御覽》卷四八：「《信州圖經》曰，龍虎山在貴溪縣。二山相對，溪流其間，乃張天師得道之山。」宋樂史《太平寰宇記》卷一〇七：「（龍虎山）兩山相峙，山峰屹然，狀如龍虎，當溪中流。」清顧祖禹《讀史方輿紀要》卷八五：「縣西南八十里，在象山之西北。《志》云，象山一支西行數十里，乃折而西南，兩峰對峙如龍昂虎踞，道書以爲第三十二福地。後漢章和間，張道陵修煉于此。今有上清宫，在龍虎兩岐之間。《圖經》，龍虎山在後漢末張魯之子自漢中徙居此。」寫籙：書寫符籙。唐項斯《題太白山隱者》詩：「高居在幽嶺，人得見時稀。寫籙扃虚白，尋僧到翠微。」

龍尾石

歙縣龍尾石［一］，自元統以後［二］，絶難得佳者。至正壬辰兵後，下品石亦難得矣。

【箋注】

［一］龍尾石：石名。宋曹繼善《歙硯説》：「龍尾山亦名羅紋山，下名芙蓉溪，石坑最多，延蔓百餘里，取之不絶。」宋李之彦《硯譜》：「歙石出于龍尾溪，以金星爲貴。」

〔一〕元統：元惠宗（順帝）妥歡貼睦爾年號，1333—1335年，凡三年。

鄉中風俗

鄉中風俗，中户之家皆用藩籬圍屋①，上户用土築墻②，覆以上草③。至元再紀之後④，有力之家患盜所侵，皆易以碎石⑤，遠近多效之，由是喪訟交攻〔一〕，不數年凋落甚矣。嘗有業地理者與余言，此致不祥⑥，其信然矣。至於塋墓用之，尤不吉。荆溪豪民楊希茂⑦〔二〕、溧陽王雲

---

① 用：日藏本作「同」，誤。

② 築：葉藏本作「集」。

③ 覆以上草：毛藏本董夢蘭校語「上覆以草」，葉藏本、日藏本作「覆以土草」。

④ 再紀：原本作「紀年」，毛藏本作「耳紀」，今據葉藏本、日藏本改；「之」，日藏本作「三」，誤。

⑤ 易以：毛藏本作「用易以」，衍「用」字；「碎」，毛藏本作「辟」，誤。

⑥ 「嘗有業地理者與余言，此致不祥」至文末：毛藏本作「嘗有業地理者與余言此，嘗諭之曰：『立石以爲標格之美觀，固是好。但高則不祥，若不過五六尺，不踰簷，則無傷也。』且歷舉其覆轍者言之。有吳興奸民蔣德藻，曰：『此公樸實，前輩特不欲此。』等至明年，外侮致訟，家資廢半，更兼子女禍于內，漸至氣象不佳矣。至正丙申，燬于兵火。」蓋自下則《石假山》中竄入。致不祥：葉藏本、日藏本作「最不詳」，毛藏本董夢蘭校語「此至不祥」。

⑦ 楊希茂：毛藏本、日藏本作「楊希秀茂」，葉藏本作「楊希秀」。

龍，皆用石墻圍祖墓，以絶樵采[三]。至正壬辰之亂，楊、王全家遇害，其可畏也如此。

［箋注］

［一］交攻：同時襲來。宋朱熹《辭免》：「血氣耗傷，疾病交攻，不復堪從仕矣。」宋洪邁《夷堅丁志・華陽洞門》：「右邊石池荷花方爛熳，雖飢渴交攻，而花與水皆不可及。」

［二］楊希茂：卷四《江南富民》：「至正乙酉間，江南富户多納粟補官，倍於往歲，由是楊希茂父子、周信臣、蔣文秀、吕養誥等一時炫耀于鄉里。……希茂父子自劾免罪。」

［三］樵采：打柴。《戰國策・齊策四》：「有敢去柳下季壟五十步而樵采者，死不赦。」晉張協《雜詩》之九：「投耒循岸垂，時聞樵采音。」

石假山①

先人嘗言，作石假山甚不祥。蓋石者，土之骨也，不可使其露形於外。考之宋徽宗作花石綱②［一］，

---

① 此篇，毛藏本置於「寓鄞東湖」後。

② 考：日藏本作「者」，誤。

由是女真禍起。趙冀公南仲作石假山于溧陽南園①〔二〕，未幾燬于兵火②。豪民陳竹軒富甲于溧陽③，號曰半州，所居即南仲之宅，堂後有巨石，高踰三丈，名曰雙秀，見之者咸謂不祥。不數年，竹軒死于京城，子孫凋落。又江景明，宣城人，寓居溧陽，風流文采，時人慕之，作假山石于南園，未逾年卒，由此遂廢。妻兄吴子道作假山石于所居之西④，先人嘗諭之曰：「立石以爲標格之美觀〔三〕，固是好。但高則不祥，若不過五六尺，不踰簷，則無傷也。」且曆舉其覆轍者言之。有吴興奸民蔣德藻，曰：「此公樸實，前輩特不欲此等⑤。」至明年，外侮致訟⑥，家資廢半，更兼子女禍于内⑦，漸至氣象不佳矣。至正丙申，燬于兵火。

① 南仲：葉藏本作「仲南」，倒乙。
② 火：日藏本作「兵大」，誤。
③ 「豪民陳竹軒富甲于溧陽」至文末：毛藏本闕，竄入「吴中，豈易置者，必害民勞物耳。今又爲他人所奪，意何時而已耶？己巳閏十月二十五日記」諸文，乃下則《寓鄞東湖》之文。
④ 作假山：原本脱「作」，今據葉藏本、日藏本補。
⑤ 此等：葉藏本作「此等耳」，日藏本作「此等且」。
⑥ 侮：原本、日藏本俱作「海」，今據葉藏本改。
⑦ 子：葉藏本、日藏本「以」。

[箋注]

[一] 宋徽宗作花石綱：崇寧四年(1105)，宋徽宗以朱勔領蘇杭應奉局，搜刮民間奇花異石，以綱船運至開封，建造園林。每十船成一綱，號「花石綱」。

[二] 趙冀公南仲作石假山于溧陽南園：宋周密《浩然齋雅談》卷中：「趙南仲丞相入汴日，嘗經宿境，見奇石，不忍舍。其後治圃溧水第，因語囊事。時趙邦永在傍，退即負之而來，儼然昔所見也。蓋當時意公所喜，即令人舁置，轉江而歸焉。公猶憶其左跗闕如，視之，果然。適一匠睨而噩，嘆曰：『異哉，當年所失，某適得之。』取而脗合，渾然天成。」

[三] 標格：風範，風度。《藝文類聚》卷七七引北魏温子昇《寒陵山寺碑序》：「大丞相渤海王，命世作宰，惟機成務。標格千刃，崖岸萬里。」宋蘇軾《荷華媚・荷花》詞：「霞苞電荷碧，天然地，别是風流標格。」

寓鄞東湖

予以至正春二月寓鄞之東湖上水，暇游史祖墓，途中見廢宅基，史之外孫宋末所卜居①。未幾，入我國朝，宅廢，爰易三姓②，今爲耕地。旁有曲水流觴，立石山之遺製③，尚存數十太湖

① 外孫：葉藏本、日藏本作「孫」。
② 爰：葉藏本、日藏本作「援」。
③ 遺：葉藏本作「道」，誤。

石，不暇觀也。今年，一豪民貢諛于時貴[一]，率土民舁運往城中，而豪謝者爲之狥[二]。此亦以假山之不祥，作而不能翫于數年之久，且以力得于吴中①，豈易置者，必害民勞物耳②。今又爲他人所奪，噫③！何時而已耶？己巳閏十月二十五日記[三]。

【箋注】

[一] 貢諛：獻媚。明沈德符《野獲編·禮部一·邱侍郎獻諛》：「邱竟以外蕃再斥。蓋兩番貢諛，皆不得厚償，世謂君相造命，亦未必然。」《東周列國志》第七十回：「有楚人費無極，素事平王，善於貢諛，平王寵之，任爲大夫。」

[二] 狥：同「徇」，誇示。《文選·左思〈吴都賦〉》：「徇蹲鴟之沃，則以爲世濟陽九。」劉逵注：「誇物示人亦曰徇。」唐劉知幾《史通·論贊》：「其有本無疑事，輒論以裁之，此皆私徇筆端，苟衒文彩。」

[三] 己巳閏十月：至正無「己巳」紀年，以「閏十月」考之，疑爲「乙巳」之誤。

---

① 「于吴中」至文末：毛藏本作：「致不祥，其信然矣。至於塋墓用之，尤不吉利。荆溪豪民楊希秀茂、溧陽王雲龍，皆用石牆圍祖墓，以絶樵采。至正壬辰之亂，楊、王全家遇害，其可畏也如此。」蓋自本卷《鄉中風俗》竄入。

② 害民勞物：葉藏本、日藏本改「勞民害物」。

③ 噫：原本作「意」，今據葉藏本、日藏本改。

卜居近水

卜居近水最雅致[一]，且免火盜之患。然非地脈厚者不可居[二]，只可爲行樂之所。擇鄉村爲上，負郭次之[三]，城市又次之①。山少而秀，水瀦而澄者②[四]，可作居；山多而頑僻者，不可居，蓋嵐氣能損人真氣也[五]。凡宅必倚地勢，有來龍生脉者，能出人材；面對秀峯清水，則出聰明③。若作圃，須要水四分，竹二分，花藥二分，亭館二分，然後能悦人心目，可游可息。

［箋注］

[一]卜居：擇地居住。南朝齊蕭子良《行宅》：「訪宇北山阿，卜居西野外。」唐杜甫《寄題江外草堂》：「嗜酒愛風竹，卜居必林泉。」

---

① 市：毛藏本作「布」。
② 水瀦：葉藏本脱「水」。
③ 出：葉藏本、日藏本作「主」。

［二］地脈：指地的脉絡；地勢。《史記·蒙恬列傳》：「起臨洮屬之遼東，城壍萬餘里，此其中不能無絶地脉哉？此乃恬之罪也。」唐孟浩然《送吴宣從事》：「旌旆邊庭去，山川地脉分。」

［三］負郭：謂靠近城郭。《戰國策·齊策六》：「齊負郭之民有孤狐咺者。」《漢書》卷四十《張陳王周傳第十》：「負隨平至其家，家乃負郭窮巷，以席爲門。」

［四］水瀦：水停聚處。《周禮·地官·稻人》：「稻人，掌稼下地，以瀦畜水，以防止水，以溝蕩水。」鄭玄注：「偃瀦者，畜流水之陂也。」

［五］嵐氣：山中霧氣。晉夏侯湛《山路吟》：「冒晨朝兮入大穀，道逶迤兮嵐氣清。」唐岑參《寄青城龍溪奂道人》：「絶頂小蘭若，四時嵐氣凝。」

江浙可居

江浙之可居者，金陵爲上，溧陽、句容，可田可居。鐘山、茅阜，可游可息。京口、毘陵次之［一］，金壇風俗小淳，荆溪山水頗秀。吴興又次之。山水之秀，風俗之浮①。錢唐之華，姑蘇之澆［二］，可游不可居，故曰「蘇不如杭」。越之薄，蘄之鄙，温之淫，台之狡，或可遊，亦不可息，故曰「台不如温，温不如鄞，

---

① 浮：葉藏本作「淳」。

靳不如越」。諺云：「明慳越薄。」凡邊江臨海之民①，多狡獷悍暴難制。又曰②：「温賊台鬼，衢毒婺痞，鄞不知恥，越薄如紙。」

【箋注】

［一］京口：今江蘇鎮江。毗陵：今江蘇常州一帶。宋陸游《老學庵筆記》卷十：「今人謂貝州爲甘州，吉州爲廬陵，常州爲毗陵。」

［二］姑蘇：今江蘇蘇州，因其地有姑蘇山而得名。《荀子·宥坐》：「女以諫者爲必用邪？吴子胥不磔姑蘇東門外乎！」漢王符《潛夫論·邊議》：「孟明補闕於河西，范蠡收責于姑胥。」唐張繼《楓橋夜泊》：「姑蘇城外寒山寺，夜半鐘聲到客船。」

淮南可居

淮南之可居者，滁陽爲上［一］，儀真次之［二］，舒城又次之［三］。蓋取其風土之接中原者，厚也；接

---

① 凡：葉藏本、日藏本作「比」。

② 曰：毛藏本、葉藏本、日藏本皆作「云」。

江南者，清也。中原自古稱風土之厚①，惟鄒魯之邦爲上[四]，聖賢之遺風存焉。洛陽、汴梁次之②，餘未得其全美者矣。蓋强悍之俗，戰争之所由生也。故曰：「東南生氣，西北戰場。」

［箋注］

［一］滁陽：古地名，在今安徽合肥東北。《太平寰宇記》：「古滁陽城，在縣東北六十四里。」

［二］儀真：今江蘇儀徵。《明史》卷四十《地理志一》：「儀真，府西。元真州，治揚子縣。洪武二年，州廢，改縣曰儀真。」

［三］舒城：今屬安徽。唐開元二十三年（735）置，屬廬州。元屬廬州路。

［四］鄒魯：鄒國、魯國的並稱。鄒，孟子故里；魯，孔子故里，後因以「鄒魯」指文化昌盛之地、禮義之邦。《莊子・天下篇》：「其在於詩、書、禮、樂者，鄒魯之士，縉紳先生多能明之。」唐張説《奉和聖制經鄒魯祭孔子應制》：「孔聖家鄒魯，儒風藹典墳。」

---

① 自：葉藏本作「有」；厚：日藏本作「厚者」。

② 汴：毛藏本作「昨」，誤。

客位稍遠

人家客位[一]，必須令與居室稍遠。苟地窄不得也①，亦使近外，毋與中門相望可也[二]。

【箋注】

[一] 客位：賓客的位置、席位。《禮記・坊記》：「小斂於户内，大斂於阼，殯於客位，祖於庭，葬於墓，所以示遠也。」《孔子家語・冠頌》：「邾隱公既即位，將冠，使大夫因孟懿子問禮於孔子。子曰：『其禮如世子之冠。冠於阼者，以著代也。醮於客位，加其有成。』」王肅注：「户西爲客位。」

[二] 中門：内、外室之間的門。唐孟郊《征婦怨》之二：「漁陽萬里遠，近於中門限。中門逾有時，漁陽常在眼。」

祭祖庖廚

凡祭祀，庖廚鍋釜之類，皆别置近家廟祀堂之側最好[一]，庶可精潔感神。貧不能置者，亦

---

① 也：葉藏本、日藏本作「已」；毛藏本董夢蘭校語：「地窄不得也，『也』字衍。」

先三日滌器釜潔浄，此人家當謹之事。

【箋注】

［一］家廟：祖廟；宗祠。《宋史·禮志十二》：「慶曆元年，南郊赦書，應中外文武官並許依舊式立家廟。」《文獻通考·宗廟十四》：「慶曆元年，因郊祀赦，聽文武官依舊式立家廟。」

浙西諺

浙西諺云：「年年防火起①，夜夜防賊來。」蓋地勢低下，濱湖多盗，常有此患。此語亦好令人儆戒無虞也［一］。至于爲學檢身者，亦然。

【箋注】

［一］儆戒無虞：《書·虞書·大禹謨》：「益曰：吁！戒哉！儆戒無虞。罔失法度，罔游于逸，罔淫于樂。」宋蘇軾《東坡書傳》卷三《虞書·大禹謨》第三：「虞，憂也。自其未有憂而戒之矣。」

---

① 火起：葉藏本、日藏本作「水火」。

麥櫱①

麥櫱經炒[一]，則不能化穀。慶元醫者陳以明與予言②[二]，每炒用，忽遇造餳糖者曰[三]：「麥櫱不可見火，但以酒缸炊飯試之。」陳如其言，以炒者置一缸内，以不炒者别置一缸内，三日視之，則炒者飯如故，不炒者已化爲醅矣③[四]。

【箋注】

[一] 麥櫱：中藥名，出自《日華子諸家本草》，爲《本草綱目》記載的麥芽之别名。

[二] 慶元：元路名。元至元十四年（1277）改慶元府置，治所在鄞縣（今浙江寧波）。

[三] 餳糖：麥芽糖；糖稀。明徐渭《風鳶圖》之五：「明朝又是清明節，鬬買餳糖柳市西。」

[四] 醅：《廣韻》「酒未漉也」，亦泛指酒。北魏賈思勰《齊民要術・法酒》：「合醅飲者，不復封泥。」宋辛棄疾

---

① 櫱：毛藏本作「藥」，形誤。

② 陳：葉藏本作「與」。

③ 醅：日藏本作「酷」，形誤。

《臨江仙・和葉仲洽賦羊桃》：「聞道商山餘四老，橘中自釀秋醅。」

鄭氏義門

余嘗觀浦江鄭氏義門《家規》極好[一]，則于內一條云：「親朋往來①，掌賓客者稟于家長，當以誠意延欵，務合其宜，雖至親，亦宜止宿于外館②。」此規尤善，蓋杜漸防微之遺意。嘗見浙西富家，多以母妻之黨，中表子弟[二]，使之入室混淆，漸致不美之事。此無他，蓋主者不學無術，又無剛腸③，縱令婦人輩溺于私親，失於防閑之道，往往蹈此轍耳。又一條云：「僕人無故不入中門，亦不可與媵妾親授④。既立一轉輪盤供送器物，又立一竈于其側，外則注水而爨，內則汲湯而靧。子孫守之，勿輕改易⑤[三]。」此規深革其弊。嘗見人家不辨內外，婢僕奸盜者多

① 朋：《鄭氏規範》作「賓」。
② 止宿于外館：《鄭氏規範》無「止」字。
③ 剛：日藏本作「綱」，形誤。
④ 媵：日藏本作「勝」，形誤。
⑤ 子孫守之，勿輕改易：毛藏本作「子孫守，勿之輕改易」。

矣。先人家居謹内外，雖異居子弟，未嘗輒入齋閣；諸子至暮，亦不敢入中門，况僕者乎？晚年不理家事，此法廢矣。予每以爲恨，欲效此法，以俟異日①。

［箋注］

［一］浦江鄭氏義門《家規》：即《鄭氏規範》，又稱《浦江鄭氏家範》。初由鄭綺（宋建炎中人）六世孫鄭文融於至元四年（1338）所建，五十八則；後七世孫鄭欽「復著《續規》七十三則，以補其未備」（元黄溍《青樋居士鄭君墓銘》）；八世孫鄭濤與兄弟鄭泳、鄭濂同加損益，成一百六十八則。主要内容有冠婚喪祭各有常節，子孫須從化、馴行、孝謹、知禮，宗族、里閭、内外有別等。義門：舊謂尚義之門族，亦指累世同居之家。浦江鄭氏以孝義累世同居十餘世，屢受旌表。據《鄭氏宗譜》，至大四年（1311）首次旌表爲「孝義門」；至元四年（1338）獲再次旌表；至正十年（1350）余闕爲家族題「浙東第一家」；至正十三年（1353）皇太子賜鄭氏族人鄭深「麟鳳」巨匾。

［二］中表：指與父、祖的姐妹的子女，或母、祖母的兄弟姐妹的子女的親戚關係。漢蔡邕《貞節先生陳留范史雲銘》：「君離其罪，閉門静居，九族中表，莫見其面。」晉庾亮《讓中書令表》：「臣于陛下，后之兄也。姻婭之嫌，與骨肉中表異也。」

［三］「僕人無故不入中門」以下八句：今傳《鄭氏規範》不載。爨：燒火煮飯。《左傳·宣公十五年》：「易子而食，析骸以爨。」杜預注：「爨，炊也。」靧：洗臉。《禮記·内則》：「其間面垢，燂潘請靧。」陸德明釋文：「靧，洗面。」

---

① 異：葉藏本、日藏本作「他」。

商紂之惡

商紂之惡，天人共怒①，固不容于誅矣。然亦有人焉②，猶足以紹六百年之宗祀，若微子是也[一]。武王舉兵，弔民伐罪，其義固正。然伐紂而自取之，是不急于弔民，而急于得國也。觀武王之德，固足以滅商，然微子、箕子[二]闕文。

［箋注］

[一] 微子：生卒年不詳。名啓，商紂王庶兄。封於微，故稱微子。《史記·殷本紀》：「帝乙長子曰微子啓，啓母賤不得嗣。」《索隱》謂：「此以啓與紂異母，而鄭玄稱爲同母，依《吕氏春秋》，言母當生啓時猶未正立，及生紂時始正爲妃，故啓大而庶，紂小而嫡。」紂王當政，荒淫暴虐，微子數諫不聽，乃離去。武王伐紂滅商，復其爵位。周公旦誅滅武庚後，被封于宋，爲宋國始祖。《尚書·微子》記其若干言論事迹。

[二] 箕子：生卒年不詳。商紂諸父，名胥余，封子爵，國於箕。《孟子·公孫丑上》：「又有微子、微仲、王子比

---

① 天：葉藏本誤作「夫」，形誤。

② 亦：葉藏本、日藏本作「商」。

干、箕子、膠鬲皆賢人也。」據《史記・殷本紀》，紂暴虐，箕子屢諫不聽，比干被殺，「箕子懼，乃佯狂爲奴，紂又囚之」。武王滅商後，命召公釋箕子之囚，使歸於鎬；後二年，武王曾問箕子「以天道」。傳《尚書・洪范》是箕子爲武王而作。

贅壻俗諺

人家贅壻[一]，俗諺有云：「三不了事件。」使子不奉父母，婦不事舅姑，一也；以疎爲親，以親爲疎，二也；子强壻弱，必求歸宗，或子弱壻强①，必貽後患，三也。吾家嘗坐此患②，幾至大變。若非先人剛腸③，立法于前，吾兄弟義氣，保全于後，未免失恩貽笑鄉里。吾亦嘗爲贅壻，妻母以愛女之僻，内外疑誚；苟非吾之處心以道，薄于貨財，未免墮于不義。

【箋注】

[一] 贅壻：指就婚、定居于女家的男子。《六韜・練士》：「有贅婿入虜欲揚迹揚名者，聚爲一卒，名曰勵鈍之

---

① 子弱壻强：日藏本脱「强」字。
② 嘗：日藏本作「常」。
③ 腸：毛藏本作「陽」。

士。」《史記·秦始皇本紀》：「發諸嘗逋亡人、贅壻、賈人略取陸梁地，爲桂林、象郡、南海，以適遣戍。」裴駰《集解》引臣瓚曰：「贅，謂居窮有子，使就其婦家爲贅壻。」

皮褥權坐

凡皮褥之類，只宜權坐，不可久睡。蓋此物能奪人生氣，理或然也。

婢妾命名

婢妾以花命名，此最不雅①，君子當以爲戒。先人未嘗命婢妾以花草及春雲、童哥等字，吾家後當爲法。以妓爲妾，人家之大不祥也。蓋此輩閱人多矣②，妖冶萬狀③[二]，皆親歷之④。

① 最：葉藏本作「是」。
② 此輩：日藏本脱「此」字。
③ 冶：毛藏本作「法」，葉藏本、日藏本作「淫」。
④ 歷之：日藏本作「歷之之」，衍「之」。

使其入宅院①，必不久安②，且引誘子女及諸妾③，不美之事，容或有之。吾見多矣，未有以妓爲妾而不敗者，故諺云：「席上不可無，家中不可有。」

【箋注】

［一］妖冶：佚蕩貌。晉陸機《文賦》：「或奔放以諧合，務嘈囋而妖冶，徒悦目而偶俗，固聲高而曲下。」

榿木

榿木惟蜀中有之［一］，俗傳與「欹」同音④。邱宜切⑤。鄭音五來切，非。

---

① 入：毛藏本作「人」，形誤。
② 久安：葉藏本作「可久安」。
③ 且：日藏本作「其」。
④ 欹：原本作「歌」，今據葉藏本、日藏本改。
⑤ 邱：毛藏本、日藏本、葉藏本作「立」。

［箋注］

［一］　榿木：亦稱「机」「机木」。木名，樺木科，喬木。葉長橢圓形。柔荑花序，果穗橢圓形，下垂。《山海經·北山經》：「（單孤之山）多机木。」郭璞注：「机木似榆，可燒以糞稻田，出蜀中。」漢揚雄《蜀都賦》：「春机楊柳，裹弱蟬杪。」《説文·木部》：「机，木也。」段玉裁注：「蓋即榿木也。」唐杜甫《憑何十一少府邕覓榿木栽》：「飽聞榿木三年大，與致溪邊十畝陰。」仇兆鰲注：「宋祁《益部方物記》：『榿木蜀所宜，民家蒔之，不三年可爲薪。疾種亟取，里人利之。』」

楷木

楷木惟吾祖陵有之［一］，音與皆同。相傳爲南海外之木，弟子移植于魯者也。二千餘年，樹身皆合抱，文理堅靭，可作拄杖、手板之用①［二］。至正丁酉兵亂之後②，所存無幾矣③。

---

① 拄杖、手板：毛藏本作「拄板、手板」，日藏本作「手扳、掛杖」，葉藏本作「手板、柱杖」。

② 兵亂之後：毛藏本作「矣亂之後」，日藏本作「兵亂後」，葉藏本作「亂兵後」。

③ 所存無幾：毛藏本作「所存者幾」，葉藏本、日藏本作「所存者無幾」。

【箋注】

〔一〕楷木惟吾祖陵有之：《説文・木部》：「楷，楷木也。孔子塚蓋樹之者。」楷木：即黄連木。唐段成式《酉陽雜俎續集・支植下》：「蜀中有木類柞，衆木榮時枯枿，隆冬方萌芽布陰，蜀人呼爲楷木。」

〔二〕可作拄杖、手板之用：《清朝野史大觀・清人逸事一・孔東塘出山異數記》：「孔林草木……惟楷木、蓍草二種最著。上問：『楷木何所用之？』尚任（孔尚任）奏曰：『其木可爲杖，又可爲棋，其木之癭可爲瓢，其葉可爲蔬，又可爲茶，其子榨油可爲膏燭。』」清劉獻廷《廣陽雜記》：「楷木，即今之黄連頭樹也。楷有癭，可以爲器。」

五子最惡

諺云①：「五子最惡。」謂瞎子、啞子、駝子、痴子、矮子〔一〕②。此五者，性狠愎③，不近人情。蓋殘形之人，皆不仁不義，凶險莫測④，屢試屢驗。

---

① 諺：日藏本作「誘」，形誤。
② 痴子：日藏本脱「子」字。
③ 愎：葉藏本、日藏本作「慢」，形誤。
④ 凶：葉藏本誤作「山」。

【箋注】

［一］ 駞子：同「駝子」，駝背的人。《大慧普覺禪師語録・頌古》：「兩箇駝子相逢著，世上如今無直人。」

天道好還

天道好還，理之必然［一］。溧陽新昌村房副使者，豪民也。生二女一子，患吏胥無厭，乃以二女招市中女保家子爲壻①［二］，意謂得通于官府，可濟豪黠［三］。長壻謝其②，次壻史敬甫，嘗竊房氏物，私置田産。惟謝最多，懼其婦翁所察，凡券契皆僞託史氏名，蓋史爲房所溺愛也。謝卒，惟一子，名元吉；史止生一女，遂爲婚姻。一日，史與謝生曰：「我有田契若干畝，質錢汝家，今已久矣③，可檢尋見還。」謝生諾之。逾數年，生亦無子④，復養房氏子爲後⑤，因主其田産云。始知財物有分，非苟得者。房素豪于鄉，未免刻剥小民之患，所以不能保，幾爲

① 女保家子：日藏本作「安保家子」，葉藏本作「安保家手」。
② 其：葉藏本、日藏本作「某」。
③ 久：毛藏本作「欠」，形誤。
④ 子：葉藏本、日藏本作「嗣」。
⑤ 復：葉藏本作「後」。

謝、史所奪①。謝、史二人所取不義之物，各不能保，又歸之房之子孫，已傳四姓矣②。天理昭然，其可昧乎！又東培村民史氏，素富實③，國初亂離之際，以金銀掩置穀中，寄托其親家某氏者。事定取之，惟得穀耳。史曰：「穀内有金若干，何不見還？」某曰：「昔所寄者穀耳，未嘗見金也。」史不得已，忿怒而歸④，遂絶往來。又數年，史、某兩家長老皆卒，子弟復相通好，某氏乃以女嫁史氏子，奩具頗厚，且有臥榻幃帳之類⑤。一月⑥，圍屏損裂，撤而視之，皆田券也[四]，乃穀中所寄之一物耳。驗其所償⑦，畧無遺矣。

［箋注］

［一］好還：謂極易得到報應。《老子》：「以道佐人主者，不以兵强天下，其事好還。」宋梅堯臣《送李太伯歸建

---

① 謝史所奪：日藏本脱「所」字。
② 已傳四姓矣：葉藏本、日藏本無「矣」字。
③ 實：毛藏本作「貴」。
④ 忿怒：葉藏本、日藏本作「怨忿」。
⑤ 幃：葉藏本誤作「轉」。
⑥ 月：葉藏本、日藏本作「日」。
⑦ 償：葉藏本作「價」。

昌》：「桓魋及臧倉，嘗毀聖與賢。後人何蹈之，其事實好還。」

〔二〕保家：居中作證的人，擔保人。《初刻拍案驚奇》卷十一：「那原首人胡阿虎自有保家，俱到明日午後，帶齊聽審！」

〔三〕豪黠：指强暴狡猾的人。唐元稹《唐慶萬年縣令》：「豪黠僄輕，擾之則獄市不容，緩之則囊橐相聚。」《新唐書·韓滉傳》：「此輩皆鄉縣豪黠，不如殺之。」

〔四〕田券：即田契。《宋史·孝義傳·侯可》：「富人有不占田籍而質人田券至萬畝，歲責其租。可晨馳至富家，發櫝出券歸其主。」清袁枚《隨園隨筆·雜記》：「邵康節宅券用温公户名，田券用富公户名。此事若在後人，必以爲托足權門矣。」

美德尚儉

儉者，美德也。人能尚儉，則于修德之事有所補。不暴殄天物，不重裘，不兼味，不妄毀傷，不厚于自奉，皆修德之漸，爲人所當謹。先人幼遭世變，衣食不給，至壯始有居。仕而得禄，家用日饒，蓋亦勤于治生所致。自壯至老，五十餘年，未嘗妄用一物。資産雖中年頗豐富，亦未嘗過用，猶如昔年也。或有譏者①，先人嘗諭之曰：「吾今舉家錦衣玉食，亦無不可者，但念幼時

---

① 譏：毛藏本作「饑」，董夢蘭校語：「有饑者，『饑』當改『譏』字。」

不給，不敢忘本①。且畧起侈心，即損儉德②，必害諸物，獲罪于造物矣。」于是嘗若不足③。享年八十七歲，皆儉之報也。夫儉之德，于人厚矣。司馬公有《訓儉》文[一]，已備言之。人生好儉，則處鄉里無貪利之害④，居官無賄賂之污，捨此，吾未見其能守身也。

［箋注］

[一]司馬公有《訓儉》文：司馬光《訓儉示康》：「……衆人皆以奢靡爲榮，吾心獨以儉素爲美。人皆嗤吾固陋，吾不以爲病，應之曰：孔子稱：『與其不遜也，寧固。』又曰：『以約失之者鮮矣。』又曰：『士志於道而耻惡衣惡食者，未足與議也。』古人以儉爲美德，今人乃以儉相詬病。嘻，異哉！……御孫曰：『儉，德之共也；侈，惡之大也。』共，同也。言有德者，皆由儉來也。夫儉則寡欲，君子寡欲則不役於物，可以直道而行；小人寡欲，則能謹身節用，遠罪豐家，故曰儉，德之共也。侈則多欲，君子多欲，則貪慕富貴，枉道速禍；小人多欲，則多求妄用，敗家喪身。是以居官必賄，居鄉必盜，故曰侈，惡之大也。昔正考父饘鬻以糊口，孟僖子知其後必有達人。季文子相三君，妾不衣帛，馬不食粟，君子以爲忠。管仲鏤簋朱弦，山楶藻棁，孔子鄙其小器。公叔文子享衛靈公，史鰌知其及禍，及戌，

---

① 忘：日藏本作「妄」。
② 即：葉藏本、日藏本作「則」。
③ 嘗：葉藏本、日藏本作「常」。
④ 害：葉藏本、日藏本作「患」。

果以富得罪出亡。何曾日食萬錢，至孫以驕溢傾家。石崇以奢靡誇人，卒以此死東市。近世寇萊公豪侈冠一時，然以功業大，人莫之非。子孫習其家風，今多窮困。……」（《温國文正公文集》卷六十九）

人生從儉

先人嘗云：「人生雖至富貴，但住下等屋，穿中等衣①，吃上等飯。」所謂下等者，非茅茨土階也〔一〕，惟不堊壁、不雕梁也②。中等者，綾絹是也。上等者，非寶膾珍羞也，惟白米魚肉也。予亦嘗自謂住尋常屋，著尋常衣，吃尋常飯③，使無異于衆，尤妙④。此予終身之受用也。

〔箋注〕

〔一〕茅茨土階：以茅蓋屋，夯土爲階，謂宫室簡陋，生活儉樸。晉袁宏《後漢紀·後漢光武皇帝紀》卷一：「禮有損益，質文無常，茅茨土階，致其肅也。」宋司馬光《資治通鑒》唐肅宗至德元載：「故雖茅茨土階，惡衣菲食，不耻其陋。」

---

① 穿：葉藏本、日藏本作「著」。
② 不，日藏本作「下」，誤。
③ 尋常飯：日藏本作「尋飯」，脱「常」字。
④ 妙：葉藏本、日藏本作「好」。

買妾可謹

買妾亦不可不謹，苟不察其性行及母之所爲，必有淫污之患，以貽後悔，或致妄亂嗣續，此人之大不幸。嘗見奉安湯氏幸婢①，私通于僕王關者而有妊，妄稱主翁之子，主則不能察也。既長，資性愚賤②，習下流，每爲宗族鄉黨所誚。近土有如此者亦多矣③。且以吾家言之，先祖晚年托外孫黃澣納妾④，有姿色，先與之通，有娠已三月。既入門，雖察知其情狀⑤，爲其色所眩惑，一時置之不問。後七月生子⑥，復歸之黃，命名遂初。自是復與黃通，或私僕隸，生子不肖，爲吾家之患五十餘年，其恥辱之事不一，可謂至恨。先人晚年嘗置半細婢三四人[一]，雖以家法

---

① 嘗：日藏本作「當」，葉藏本作「常」。
② 資：葉藏本作「貧」，形誤。
③ 近土：日藏本作「近士」，葉藏本作「世上」。
④ 孫：葉藏本、日藏本作「甥」。
⑤ 察知：日藏本無「知」字。
⑥ 後：葉藏本作「復」，形誤。

素守之嚴，且先妣制御之謹，猶爲欺蔽；或爲中外子弟私通，亦不能覺察①，甚爲清明之累。《袁氏世範》言甚詳，不可不深思遠慮。覆轍之禍，後當痛戒。

【箋注】

［一］半細婢：即婢妾。《癸辛雜識》「別集」上：「（方回）既而復得一小婢曰半細，曲意奉之。每出至親友間，必以荷葉包飲食、肴核於袖中，歸而遺之。」

壯年置妾

壯年無子，但當置妾，未可便立嗣。或過四旬之後，自覺精力稍衰，則選兄弟之子。無則從兄弟之子②，以至近族或遠族，必欲取同宗之源，又當擇其賢謹者可也③。不然，□□當視吾家之患。或有不肖，亦當別議④。凡異姓之子，皆不得爲後。北溪陳先生云［二］：「陽若有繼，陰

① 亦不能：日藏本無「亦」字。
② 無則從兄弟之子：葉藏本、日藏本脱。
③ 可也：葉藏本作「爲要」。
④ 亦當：葉藏本作「即有」。

已絶矣①[二]。」近世士族②，或以庶生之弟爲嗣，此大亂倫序，知禮者當謹爲戒。

【箋注】

[一] 北溪陳先生：陳淳（1159—1223），字安卿。宋漳州龍溪（今福建龍海）人。學者、理學家，人稱北溪先生。曾兩度從學於朱熹，爲朱熹晚年高弟。嘉定十一年（1218）以特奏恩授迪功郎、泉州安溪主簿，未赴任。一生致力於傳播發揚朱熹學説。《四庫全書總目》評曰：「其生平不以文章名，故其詩文皆如語録。然淳于朱門弟子之中，最爲篤實。故發爲文章，亦多質樸真摯，無所修飾。」今存《北溪字義》二卷、《北溪大全集》五十卷、《外集》一卷。生平事迹見《宋史》卷四三〇、《宋史・道學傳》等。

[二] 陽若有繼，陰已絶矣：陳淳《北溪字義》卷下：「神不歆非類，民不祀非族。古人繼嗣，大宗無子，則以族人之子續之，取其一氣脉相爲感通，可以嗣續無間。此亦至正大公之舉，而聖人所不諱也。後世理義不明，人家以無嗣爲諱，不肯顯立同宗之子，多是潛養異姓之兒，陽若有繼，而陰已絶矣。蓋自春秋鄫子取莒公子爲後，故聖人書曰：『莒人滅鄫。』非莒人滅之，以異姓主祭祀，滅亡之道也。」

---

① 陰已絶矣：陳淳《北溪字義》作「而陰已絶矣」。

② 近世士族：葉藏本作「近世士族，與從兄弟之子」。

娶妻苟慕

娶妻苟慕富貴者，必有降志辱身之憂[一]。嘗見馮氏奸生子晉，既長，娶當塗東管陶氏爲婦。陶之家富有奩具，既娶而淫悍，且在家時已與隣家子通，未嘗覺也①。後生子頑很凶暴②，通乎其同母妹，不齒于人③。而陶後通其隣錢四官者④。晉死，又通于僕小葛者，惡醜太甚，不可言也⑤。

【箋注】

[一] 降志辱身：《論語·微子》：「柳下惠、少連，降志辱身矣。」漢王充《論衡·定賢》：「以清節自守，不降志

① 覺：葉藏本、日藏本作「察」。
② 很：日藏本、葉藏本作「狠」。
③ 通乎其同母妹，不齒于人：葉藏本作「不齒人類，通其同母妹」。
④ 後：葉藏本、日藏本作「復」；錢四官者：葉藏本作「錢四」，日藏本作「錢四官」。
⑤ 言也：葉藏本作「名言」。

辱身爲賢乎？是則避世離俗，長沮、桀溺之類也。」

又

又，五叔遜道①，寓杭州，喪妻厲氏。後議再娶，墮于媒妁之言②，而與湖州市牛家寡婦濮氏成姻，意其田産資裝之盛，弗恥其失節也。既入其家，問其田③，則質于僧寺，問其奩具，則假于他人者，惟空屋數間，大失所望。且濮與陳富一通，凡數墮胎，皆隣媪臧氏濟其奸事。五叔雖知之，不能去者，亦因濮能諛媚曲從，侍奉百至所惑耳。凡其己帑，皆爲濮所有④，反受其制，莫敢誰何。自是濮暴悍姦淫，與陳通無間。及赴□溪縣尹任⑤，濮、陳受賂，幾爲所傾，致仕而歸。浙西風俗之薄者，莫甚于以女質于人〔二〕，年滿歸，又質而之他，或至再三，然後嫁。其俗之弊，

---

① 五叔：葉藏本作「予五叔」。
② 墮：葉藏本作「隨」。
③ 既入其家，問其田：原本作「既入其家門，其田」，今據下文文脉及葉藏本、日藏本改。
④ 所有：毛藏本作「能所有」，衍「能」字。
⑤ □溪：闕字葉藏本、日藏本作「續」。

以爲不若是，則衆誚之曰：「無人要者。」蓋多質則得物多也。蘇、杭尤盛①。予嘗與遂從子希定論及此②，爲之嘆息③。竊謂買妾亦當先察其性行④，否則卜之而後納之⑤，使得以終其身，死則陪葬，勿使受污，勿更適人⑥，此亦仁人之用心也⑦。或有惡行，則當逐之，是自取之，非在我者也。惟婢亦然，幸之而能謹愿無過，忠事其主者，待之與妾同⑧。或有忠勤奉侍，而爲正室妒忌者，當詳察之，慎勿令無過而受枉⑨。

---

① 浙西風俗之薄者……蘇、杭尤盛：葉藏本置於本則後，另爲一節，文字小有不同：「浙西有以女質于人，年滿歸，又質而之他，或至再三，然後嫁。其俗之弊，以爲不若是，則衆誚之曰：『無人要者。』蓋多質則得物多也。風俗之薄以至于此。」

② 遂從子：葉藏本、日藏本無「遂」字。

③ 嘆：日藏本作「太」。

④ 察其性行：原本作「察其姓行」，日藏本脱「其」字，毛藏本董夢蘭校語：「察其姓行，『姓』作『性』。」今據此及葉藏本改。

⑤ 納之：葉藏本無「之」字。

⑥ 勿：葉藏本、日藏本作「而」。

⑦ 仁人：日藏本作「人仁」，倒乙。

⑧ 待之與妾同：葉藏本作「則當待之與妾同」。

⑨ 枉：葉藏本、日藏本作「誑」。

[箋注]

[一] 以女質于人：《元典章·禁典雇·禁典雇有夫婦人》：「南方愚民，公然受價，將妻典與他人數年，如同夫婦，豈不重于一時令妻犯决之罪？有夫之婦，擬合禁治不許典雇。」又同卷《典雇妻妾》：「元貞元年二月，行御史臺准御史臺諮：『山東東西道廉訪司申：膠州同知林承事呈：「去年災傷，百姓饑荒，以致父子兄弟離散，質妻賣子，不能禁止。又有指稱買休，明受其價休棄，將妻嫁賣。……」外，照得至元二十七年奉尚書省劄付：「河道按察司副使王朝列呈：體知兩浙良民，因值缺食，將親生男女得價，雖稱過房乞養，實與貨賣無異。將來腹裏，轉賣爲驅，使父子離散，擬合禁治。送户部議擬得：（除）吴越之風，典妻雇子，成俗久矣，前代未嘗禁止。况遇饑饉之年，骨肉安能相保？實與中原禮教不同。所（擬）[據]乞養過房繼嗣子女，合從人便。轉賣爲驅，擬合禁治。都省准擬。」卑司參詳：江淮被災，典賣過房男女，有司不爲賑濟，以致如今腹裏，亦與中原無異。所有被災缺食，嫁賣妻室男女，官爲收贖相應。』」（《元典章》刑部卷十九典章五十七）

脱歡無嗣

脱歡大夫無嗣時，納一民家女爲妾，頗謹愿。既生子，脱歡加意待之，甚爲其妻所妒，驅迫陷誘，其妾不受污。一日，以冷熱酒相和，命之飲，既醉，使二婢扶其就寢于脱歡之榻，蓋重裀列褥錦繡之鄉。睡未熟，復呼之。其妾勉强起行，已被酒惡所病，遂嘔吐穢物滿床席。脱歡歸，妻趨而前曰：「官人愛此妾，不知其不才也。伺爾出門，即痛飲醉，且與僕廝嬉笑，今壞爾衾褥，當何如？」脱歡素好潔浄，視之，不覺大怒。此妾欲明主母之計，不敢言也。于是出之。脱歡昏愚之流，其妻淫妒之甚，莫能制御，幾被殺子絶嗣[一]，幸而免耳。

[箋注]

[一] 幾被殺子絶嗣：參見卷一《脱歡報應》。

婢妾察情

婢妾有無故而事主弗謹者①，必有嫁心。察其情實，頗資以遣之，聽其適人[一]，不可畱；畱則生事，恐貽後患。

[箋注]

[一] 適人：謂出嫁。《儀禮·喪服》：「（小功）大夫之妾爲庶子適人者。」鄭玄注：「君之庶子，女子子也。庶

① 弗：葉藏本、日藏本作「不」。

女子子在室大功，其嫁于大夫亦大功。」《文選・潘岳〈寡婦賦〉》：「少喪父母，適人而所天又殞。」李善注：「《家語》曰：『女年十五，有適人之道。』適，謂往嫁也。」

屠劊報應

鎮江一民，以屠劊致温飽，嘗淫人之妻者，不可悉數。其妻有美色而淫，每坐肆中賣猪肉。鄰人潘二者，以木梳爲業，善歌，每歌淫詞以挑之①，遂與私通。一夕，其夫出外買猪，行未十里許，忽忘取他物②，急還家，呼妻不應，啟關視之③，則與奸夫潘二者正酣睡。其夫遂斬潘二首而去④，其妻不知也，既覺而驚異，亦不聲言，乃以奸夫肢體碎之以食猪⑤，拭去血痕，略不彰露。逾月，其夫復歸，因醉而問曰：「向日你與奸夫同睡，被吾殺之⑥，汝知之乎？」妻曰：

---

① 詞：葉藏本、日藏本作「辭」。
② 他物：日藏本脱「他」字。
③ 關：葉藏本作「門」。
④ 首：毛藏本作「者」，誤。
⑤ 肢：葉藏本誤作「股」；「碎」，日藏本作「辟」。
⑥ 吾：葉藏本、日藏本作「我」。

「我不知也①，豈有此事，勿亂言也。」夜半，亦殺其夫以飼猪②，以燈籠置于門側，呼其婢曰：「你主人出外，何不關門③？」婢曰：「不知。」出門視之，遺燈尚在，意謂主人出也。明日，此婦坐鋪自若。更一月，隣人咸疑夫之不歸，且潘二之無踪跡。衆來詢其婦，婦以他辭答之，倉皇失措，遂聞之官，其婦伏誅。此亦報應之一端也。

又，溧陽奉安湯子剛，淫佃客之妻，凡租米及逋負[二]，皆置之不問。過數年，佃婦色衰，且諸子長大，子剛索其積年舊逋，佃客無從而出④。諸子怒，思與母雪恥。一日，伺子剛出門⑤，持長柄斧追而殺之。後雖聞之官，以正其首謀者之罪，亦何補于事矣⑥。此豈非報應也！夫以婦人之淫亂，固自關于其家前人之作惡，所以報之耳。或以勢利威脅⑦，無故引誘而淫污人之婦，則其夫家百世祖宗，皆受恥辱，冥冥之中，安得無報應乎？或以勢强人之女爲妾，雖若比淫人之

---

① 我：葉藏本作「吾」。
② 飼：葉藏本、日藏本作「食」。
③ 關：原本作「開」，不合文意。今據葉藏本、日藏本改。
④ 客：葉藏本誤爲「田」。
⑤ 出門：日藏本作「過」，葉藏本作「過門」。
⑥ 矣：葉藏本、日藏本作「乎」。
⑦ 利：日藏本作「力」。

婦稍輕，然非情愿，終亦不免得罪于造物矣。

[箋注]

［一］逋負：拖欠賦税、債務。《史記·汲鄭列傳》：「莊任人賓客爲大農僦人，多逋負。」《南史·蔡廓傳》：「又以王公妃主多立邸舍，子息滋長，督責無窮，啟罷省之，並陳原諸逋負，解遣雜役。」

希元報應

天台林希元［一］，嘗館于其鄉張大本家①，私通其女。游宦于京師，又通館人之婦，就娶爲妻。後爲上虞縣尹，妻妾淫奔，希元防閑太甚，獨官三年②，卒于縣。其妻通于希元姊之子徐生，復以女妻之。張大本者，乃攜女出更適人，一時狼籍，人人皆恥之。此報應之速也。雖居官能廉，交友能信，且能文章，甚爲士大夫之所惜耳。

① 其鄉：日藏本脱「其」字。

② 獨官：毛藏本作「官獨」，葉藏本、日藏本作「官滿」。

【箋注】

［一］林希元（約1296—1355）：一作林希原。字希元，號長林子。元天台（今屬浙江）人，一説「福建人，游寓天台」（《（康熙）上虞縣志》卷十一）。「登至正壬辰（1352）進士，由翰林出尹虞尹，廉幹有聲，歷官四年，終始如一」（《（康熙）上虞縣志》卷十一），「博學能文章」（《兩浙名賢録》卷三二），「卒官，貧不能葬，義士趙汝能營棺槨，劉坦之捐山葬之」（《（雍正）浙江通志》卷二三八）。《新元史·藝文四》、錢大昕《元史藝文志》著録有《長林稿》，未見傳本。《全元詩》收其詩三首，《全元文》收其文三篇。

金陵二屠

金陵二屠者，嘗以同出買猪，情好甚密①［一］，遂爲結義弟兄，往來無忌憚。一日，弟與兄妻曰：「吾無妻，凡寒暑衣服，皆得藉嫂氏，破爲補綴，垢爲洗濯。他日得娶，當報吾兄。但今冷守空房而不能耳②，若得嫂全吾一宿之願，吾妻異日亦當侍兄。」婦乃以是言備陳其夫。夫令其妻與之通，意必弟娶不負信也。後弟娶，兄亦求奸，不從，遂持尖刀往刺殺之；復自刎，不死，乃爲

① 情好甚密：葉藏本、日藏本作「情密」，無「好」「甚」二字。
② 冷守空房：毛藏本作「冷空守房」。

地方所獲。聞之官，審供其情，各證其罪，悔無及矣。

[箋注]

[一] 情好：感情；交情。《三國志·蜀志·諸葛亮傳》：「先主曰：『善！』於是與亮情好日密。」陸游《陸孺人墓誌銘》：「故時兩家已繼爲婚姻，情好甚篤。」

鄞縣侏儒

鄞縣大松場濱海民某者，侏儒之甚，且戇騃[一]。娶妻有姿色，不樂與夫婦同處，遂私通于某。既不稱其淫慾，又通于某。一日，此婦語之曰：「某者來，不能拒絕之①，不若殺之可也。」後奸者即伺前奸者閒行②，撲殺于海。未幾，此婦復語之曰：「尚有親夫在，或能知之，奈何？當復殺之。」後奸者于是殺其親夫于海，然後請于里之大姓潘氏，遂爲夫婦。聞者莫不以爲大

---

① 拒絕之：葉藏本作「拒之」。

② 後：日藏本作「復」，形誤；「閒」，葉藏本、日藏本作「間」。

恨。予寓東湖，有葉氏子備言其詳，因記于此①，以俟賢宰縣者至，當白之，以正其罪，戒後之爲惡者云②。

［箋注］

［一］戇騃：癡呆。宋司馬光《資治通鑒·晉惠帝元康九年》：「帝爲人戇騃，嘗在華林園聞蝦蟆，謂左右曰：『此鳴者，爲官乎，爲私乎？』」

不葬父母

不葬父母者，大獲陰罪［一］，前代已有明鑒，姑以所見者言之。荆溪芳村吴義安，以父母燼骨，置祖祠梁上，終身不葬［二］。後生子不肖，亦如之。吴子文不葬母者七年③，吾嘗力諭之，更

① 因：葉藏本、日藏本作「姑」。
② 戒：葉藏本、日藏本作「俾戒」。
③ 母：日藏本作「父母」。

助以錢，始克葬①，後以不善終。弟應東、長子本中皆爲盗所殺。

【箋注】

〔一〕陰罪：不爲人知的罪惡。《史記・酷吏列傳》：「見文法輒取，亦不覆案，求官屬陰罪。」《新唐書・韋保衡傳》：「俄爲怨家白發陰罪。」

〔二〕「以父母燼骨」以下三句：《元典章・喪禮・禁約焚屍》：「及據禮部呈：隨路廟院寄頓骸骨，合無明立條教，以革火焚之弊，俾民以時喪葬。若貧民無地葬者，聽於官荒地内埋了。若無人收葬者，官爲埋瘞。」又同卷《禁治停喪不葬》：「《經》曰：『喪，與其易也，寧戚。』苟能盡其哀痛之情，稱家有無，貧而薄葬，曷害於禮？且紙衣瓦棺，猶可全其孝愛，況留停於家者，已具有棺衣耶？」（《元典章》禮部卷三典章三十）

妻死不葬

溧陽張允天②，妻死不葬，至正丙申，死于非命。鄞縣袁日華③，不葬其妻，及身死四年，庶母

---

① 始：日藏本作「姑」。

② 天：葉藏本、日藏本作「張允元」。

③ 鄞：毛藏本作「勤」，誤。

老而子幼，弟父不義①，至今亦不克葬。五叔遜道同知喪妻厲氏，既從異端[一]，燼骨寄僧舍中，又無故終身不葬，後爲晚婦淫悍所辱，甚至見逐于外②[二]，困餓而死。庶子克一，亦從異端，焚化復寄僧舍中，與其母骨相並。至正己亥冬，西寇犯杭城，僧舍皆燬，遺骨亦爲之狼籍③。近世有如此者，亦多矣。報應顯然，兹不盡録。

【箋注】

[一] 異端：古代儒家稱其他學説、學派爲異端。《論語·爲政》：「子曰：『攻乎異端，斯害也已。』」朱熹集注：「異端，非聖人之道，而别爲一端，如楊墨是也。」此指佛教。《元典章·喪禮·禁治停喪不葬》：「而下貧之户，不即營葬，輒作佛事，欲爲死者安徼冥福。先賢有言：『天堂無則已，有則君子登；地獄無則已，有則小人入。』今不以君子之道待其所親，而以小人目之，豈得爲孝愛乎？移飯僧所費爲營葬之資，固不患不勝喪也。矧有附廓僧寺，係焚修之地，公然頓寄靈柩，尤爲非宜。」（《元典章》禮部卷三典章三十）

[二] 後爲晚婦淫悍所辱，甚至見逐于外：參見本卷《娶妻苟慕》。

---

① 父：葉藏本、日藏本作「又」。
② 逐：日藏本誤爲「遂」。
③ 爲之：日藏本脱「之」字。

畫蘭法

予記至正辛巳秋過洮湖上，忽隣人郎玄隱來訪①。玄隱幼爲黄冠于三茅山[一]，善畫蘭，得明雪牕筆法[二]，因授于予曰：「畫蘭畫花易，畫葉難。必得錢唐黄于文小雞距樣筆②[三]，方可作蘭。用食指擒定筆③，以中指、無名托起，乃以小拇指劃紙，襯托筆法揮之。起筆稍重，中用輕，末用重，結筆稍輕，則葉反側斜正如生。有三過筆，有四過筆，葉有大乘釣竿、小乘釣竿，皆葉勢也。花或上或下，葉自下而上，花幹自上而下，蓋取筆勢之便也。毫須破水墨④，則葉中色淺而兩旁稍濃也。忌似雞籠，忌似井字，忌向背不分。花有大小驢耳、判官頭、平沙落雁、平沙落雁勢，畫薄花也⑤。大翹

① 郎：日藏本作「即」，誤。

② 黄于文：葉藏本、日藏本作「黄子文」，葉藏本校語「此黄子文是筆工，非善畫之子文也」；「雞」，日藏本、毛藏本俱作「難」，誤，毛藏本董夢蘭校語：「小難距，『難』作『雞』。」

③ 食指擒定：毛藏本作「食擒指定」，誤。董夢蘭校語：「用食指擒定。」

④ 破：日藏本作「頗」，形誤。

⑤ 畫薄花：日藏本作「蓋薄花」，葉藏本作「蓋薏花」。

楚、小翹楚諸形。茅有其穎、發箭諸體①。」蓋蘭譜也。壬辰燬于寇，今畧記此彷佛于上云[四]。

［箋注］

［一］黃冠：道士之冠，此借指道士。唐唐求《題青城山範賢觀》詩：「數里緣山不厭難，爲尋真訣問黃冠。」

［二］明雪牕：釋普明（約 1286—1351 年），號雪窗，世稱明雪窗，俗姓曹。元松江（今上海）人。嘗住蘇州承天寺、嘉定菩提寺等。能詩文，善繪梅蘭竹石，尤工墨蘭。元張渥《題明雪窗蘭》：「援琴誰嘆生空穀，結佩應憐感逐臣。九畹斷魂招不得，墨花夜泣楚江春。」（《草堂雅集》卷十）元柯九思《題明雪窗畫蘭》：「清事相過日應酬，山僧信筆動新秋。王孫遺法風流在，解使平臺石點頭。」（丹邱生集卷三）

［三］雞距：雄雞的後爪，借指短鋒的毛筆。唐白居易《雞距筆賦》：「故不得兔毫，無以成起草之用；不名雞距，無以表入木之功。」宋梅堯臣《九華隱士居陳生寄松管筆》：「雞距初含潤，龍鱗不自韜。」

［四］彷佛：或作「仿佛」，梗概、大略。《後漢書·班固傳下》：「至令遷正黜色賓監之事煥揚宇內，而禮官儒林屯朋篤論之士而不傳祖宗之仿佛，雖云優慎，無乃葸歟！」李賢注：「仿佛，猶梗概也。」

---

① 其：葉藏本、日藏本作「穎」；「發箭」，日藏本作「發發箭」，衍「發」字。

學書法

凡學書字，必用好墨、好硯、好紙、好筆①。筆墨尤爲要緊。筆不好則壞手法，久而習定，則書法手勢俱廢，不如前日矣。墨不好則滯筆毫，不能運動，亦壞手法。此吾親受此患。向者在家，有荆溪墨、錢唐筆，作字臨帖，間有可取處②。及避地鄞縣③，吴、越阻隔，凡有以錢唐信物至，則邏者必奪之〔一〕，更鍛煉以獄〔二〕，或有至死者④，所以就本處買羊毫𥻆麻絲所造襍用筆⑤〔三〕，井市賣具膠墨⑥，所以作字法皆廢。僅存得舊墨少許，以自備用，不敢縱研磨也。吴中則不然，凡越、明、温、台之物至者，置之不問，其相去也遠矣⑦。嗚呼！悲哉。

---

① 好墨、好硯、好紙、好筆：日藏本作「好硯、好墨、好筆、好紙」。
② 間有可取處：毛藏本作「蘭可有取處」，誤。
③ 避：日藏本作「辟」。
④ 至：日藏本作「主」。
⑤ 羊：毛藏本作「年」，誤。
⑥ 具：日藏本作「臭」，葉藏本作「其」。
⑦ 去：日藏本作「者」，誤。

【箋注】

［一］邏者：邏卒；巡察者。《魏書·袁翻傳》：「廣開戍邏，多置帥領。」《新唐書·李密傳》：「密羸行入關，爲邏所獲，與支黨護送帝所。」

［二］鍛煉：羅織罪名，陷人於罪。《後漢書·韋彪傳》：「鍛煉之吏，持心近薄。」李賢注：「言深文之吏，入人之罪，猶工冶陶鑄鍛煉，使之成孰也。」蘇轍《亡兄子瞻端明墓志銘》：「既付獄吏，必欲寘之死，鍛煉久之不決。」

［三］檾麻：即苘麻。宋羅願《爾雅翼·釋草八》：「檾，枲屬，高四五尺，或六七尺，葉似苧而薄，實如大麻子，今人績以爲布及造繩索。」明陸深《春雨堂隨筆》：「製筆之法，桀者居前，毳者居後，强者爲刃，要者爲輔，參之以檾，束之以管，固以漆液。」

鮮于困學書法

鮮于困學公善書懸筆［一］，以馬鞊三片置于座之左右及座頂①［二］，醉則提筆隨意書之，以熟手勢，此良法也。懸筆最好可提筆，則到底亦不礙手②。惟鮮公能之，趙松雪稍不及也。

---

① 鞊：日藏本作「鞍」。
② 則：葉藏本、日藏本作「直」。

［箋注］

［一］鮮于困學：鮮于樞（1246—1302），字伯機，號困學民，又號西溪子、直寄老人、虎林隱吏。元大都（今北京）人，一説漁陽（今天津薊州區）人。書法家、文學家。至元間以材選爲浙東宣慰司經歷，後改江浙行省都事，官至太常典簿。善行草書，又精於書畫、器物鑒定，亦善詞賦，工曲。著有《困學齋集》《困學齋雜録》等。《新元史》卷二三七有傳。懸筆：懸肘運筆。元陳繹曾《翰林要訣》：「今代唯鮮于郎中善懸腕書，余問之，瞑目伸臂曰：『膽、膽、膽。』」

［二］鞊：《説文》：「鞍飾。」《廣韻》：「鞍帖。」

松雪家傳書法

趙松雪教子弟寫字，自有家傳口訣①，或如作斜字草書，以斗直下筆②，用筆側鋒轉向左而下，且作屋漏紋［一］，今仲光傳之③［二］。又試仲穆幼時把筆［三］，潛立于後，掣其管，若隨手而起，

---

① 訣：葉藏本作「談」，誤。

② 下：毛藏本作「不」，形誤。

③ 仲光：諸本均爲「仲先」，誤。今據《元史》等改。按：仲光，趙奕（趙孟頫三子）字。

不放筆管①，則笑而止。或掣其手墨污三指②，則撻而訓之。蓋欲執管之堅，用力如百鈞石也。嘗聞先人如此説，顧利賓、董仲誠亦談及之。

【箋注】

［一］屋漏紋：即屋漏痕，草書的一種筆法，行筆須藏鋒。唐陸羽《懷素别傳》：「顔公曰：『師暨牽古釵脚，何如屋漏痕？』」宋姜夔《續書譜・用筆》：「屋漏痕，欲其横直匀而藏鋒。」

［二］仲光：趙奕，生卒年不詳。字仲光，號西齋。元湖州（今屬浙江）人。趙孟頫三子。曾舉茂才，不樂仕進。博聞强記，詩文翰墨皆有家法。《草堂雅集》録其詩四首，《元詩選初集》録其詩七首。生平事迹見《元史》卷一七二、《元詩選初集》小傳、《元史類編》卷三五、《元史新編》卷四七等。元楊載《大元故翰林學士承旨榮禄大夫知制誥兼修國史趙公行狀》：「子男三人：長亮，早卒；次雍；次奕。」《元史・趙孟頫傳》：「子雍、奕並以書畫知名。」

［三］仲穆：趙雍，生卒年不詳。字仲穆。元湖州（今屬浙江）人。趙孟頫次子。泰定四年（1327）以父蔭授昌國州知州，又改任海寧知州。元順帝至正年間被召入朝，爲宫廷作畫，至正十四年（1354）累遷集賢待制，兩年以後以湖州路同知致仕。卒於至正二十年（1360）後。《元詩選初集》丙集「趙待制雍」：「雍，字仲穆，孟頫仲子。夙慧有父風，以蔭守昌國、海寧二州，歷官翰林院待制。」所著今存《趙待制遺稿》一卷，有《四庫全書》本、《知不足齋叢書》本。

---

① 放：毛藏本、日藏本作「故」，誤。董夢蘭校語：「不故筆管，『故』字爲『放』之訛。」

② 其：葉藏本、日藏本作「在」。

魚鱿作簡

前輩以魚鱿作簡牌〔一〕，方廣八寸，狀如舊家紅漆木簡板①，蓋惜字省紙②，又便于臨摹古法帖③。又見舊府第有象牙簡板，尤好，但不可隱寫法書耳〔二〕，且富貴氣也④。

〔箋注〕

〔一〕魚鱿：魚頭骨，魚枕骨，可製器或做窗飾，亦可飾冠。《爾雅·釋魚》：「魚枕謂之丁。」郭璞注：「枕在魚頭骨中，形似篆書『丁』字，可作印。」宋彭乘《續墨客揮犀》卷八《魚鱿》：「南海魚有石首者，蓋魚鱿也。取其石，治以爲器，可載飲食，如遇蠱毒，器必暴裂，其效甚著。福唐人製作尤精，明瑩如琥珀，人但知愛玩其色，而鮮能識其用。」簡牌：亦作「簡板」「簡版」「簡槧」，把字寫在木板或金屬板上的簡帖。宋陸游《老學庵筆記》卷三：「元豐中，王荆公居半山，好觀佛書。每以故金漆版書藏經名，遣人就蔣山寺取之。……南人謂之簡版，北人謂之牌子，其後又通謂

---

① 家：日藏本作「宋」。
② 字：葉藏本、日藏本作「筆」。
③ 摹：日藏本作「摸」，誤。
④ 且：葉藏本、日藏本作「亦且」。

之簡版或簡牌。」宋周必大《題六一先生九帖》：「宣和後簡板盛行，日趨簡便，親舊往來之帖遂少。」宋周密《癸辛雜識前集・簡槧》：「簡槧，古無有也，陸務觀謂始於王荆公，其後盛行。」

〔二〕法書：名家的書法範本。北齊顔之推《顔氏家訓・雜藝》：「吾幼承門業，加性愛重，所見法書亦多，而翫習功夫頗至，遂不能佳者，良由無分故也。」唐張彦遠《〈法書要録〉序》：「彦遠家傳法書名畫，自高祖河東公收藏珍秘。」

冀國公論書法畫法

宋冀國公趙南仲葵在溧陽時，嘗與館客論畫，有云：「畫無今古①，眼有高低。」予謂書法亦然。當今趙松雪公畫與書，皆能造古人之閫，又何必苦求古人耶②！

① 畫：毛藏本作「函」，誤。
② 苦：毛藏本誤作「若」。

裁翦石刻

石刻不可裁翦①。宋趙德父收金石刻二千卷②[一]，皆裱成長軸，甚妙，蓋存古製，想見遺風也。予嘗論亦不必裝潢太整齊③，但以韌紙托褙定，上下畧用厚紙，以紙繩綴之。可以懸掛而展玩；否，摺疊收之，庶幾不繁重而易卷藏也④。或有不得已裁翦作册子褙者，凡有闕處，聽其自闕，磨滅處白紙切不可裁去了，須是一一褙在册子内，畧存遺製。今攷洪氏《隸釋》[二]，有云闕幾字者，正謂此也。若打磨唐古刻，須用紙幅寬過于碑石，則無闕遺字製也，好古者宜畱心焉。

【箋注】

[一] 趙德父：趙明誠（1081—1129），字德父（亦作德夫、德甫）。宋密州諸城（今屬山東）人。著名詞人李清照

---

① 石：毛藏本、葉藏本、日藏本「古」。
② 父：毛氏藏本作「文」，誤。
③ 潢：日藏本作「演」，誤。
④ 繁：葉藏本作「潔」。

之夫，金石學家。年二十一爲太學生，後以蔭入仕，崇寧四年(1105)任鴻臚少卿。宣和中，出守萊州(今山東掖縣)。靖康元年(1126)改守淄州，同年十二月特除直秘閣。建炎元年(1127)八月，以朝散大夫、秘閣修撰起復知江寧府事，仍兼江南東路經制使。建炎三年(1129)五月，移知湖州。未赴，卒于建康，年四十九。與妻李清照同好金石圖書，著録所藏金石拓本，上起三代下及隋唐五代，凡二千種。仿歐陽修《集古録》體例，著有《金石録》三十卷及《古器物銘碑》十五卷。

［二］《隸釋》：字書，南宋洪适撰，成書于孝宗乾道二年(1166)。凡二十七卷，前十九卷摹録漢魏碑碣一百八十九種，分釋、纘、圖、續四部分；後八卷輯録《水經注》《集古録》等書中的漢魏碑目及隸書石刻文字。爲現存最早的集録漢魏隸書石刻文字的著作。《四庫全書總目》：「自有碑刻以來，推是書最爲精博。」

收貯古刻

予甚愛古刻，嘗欲廣收貯而不能如意。壬辰以前，先君因宦游江、浙間①，多拓得碑刻墨本。及予續收，本踰數百，紅巾盜起，皆散失不存矣。觀趙德父之妻李易安居士所論，最善［二］，今不敢多置，抑且無買書之資耳。惟存古刻數本，皆世之罕有者。若古鐘鼎欵識，古《黄庭》《蘭

① 宦：毛藏本作「官」，形誤。

亭》《楚相》舊碑及石經遺字、《急就章》之類是也[二]。若唐名刻①，則歐陽率更《化度寺銘》②[三]，近得一本，雖舊而未盡善。虞永興《廟堂記》、褚河南《孟法師》、薛河東《鄭縣令》三刻③[四]，久失而求之未得者④，當俟他日。其餘雖滿千數⑤，亦徒堆几案耳，又何以多爲貴耶！然物之廢興，自古及今有不可免者，至于人亦然。存亡之數，尤繫前定⑥，亦不足論也⑦。物之微固可寓意，豈可留意而反爲吾累哉？此予之鄙論也。

［箋注］

［一］李易安：李清照（1084—1155？），號易安居士。宋濟南章丘（今屬山東）人。幼有才藻，善屬文，於詩、詞尤工。與丈夫趙明誠以考證校勘金石碑銘爲樂事，共作《金石録》。晁公武《郡齋讀書志》卷四下著録《李易安集》十

---

① 名：日藏本作「明」，誤。
② 化度寺銘：當爲「化度寺塔銘」，詳下注。
③ 廟堂記：當爲「廟堂碑」，詳下注；「孟法師」，毛藏本作「並法主」，日藏本作「孟法主」，皆誤。
④ 得：葉藏本、日藏本作「獲」。
⑤ 雖滿千數：日藏本脱「滿」字。
⑥ 繫：葉藏本誤作「條」。
⑦ 亦：毛藏本作「亦亦」，衍一「亦」字。

二卷，《宋史・藝文志》著録《易安居士文集》七卷，俱不傳。詞集《漱玉集》，爲後人所輯。李清照《金石録後序》：「豈人之性之所著，生死不能忘歟！或者，天意以余菲薄，不足以享此尤物耶！抑亦死者有知，猶斤斤愛惜，不肯留在人間耶！何得之難而失之易也！嗚呼！余自少陸機作賦之二年，至過蘧瑗知非之兩歲，三十四年之間，憂患得失，何其多也！然有有必有無，有聚必有散，乃理之常；人亡弓，人得之，又胡足道。所以區區記其始終者，亦欲爲後世好古博雅者之戒云。」

［二］《黄庭》：即《黄庭經》，道教經典《上清黄庭内景經》《上清黄庭外景經》的統稱。《外景》成書早於《内景》，《抱朴子・遐覽》已有著録。唐李白《送賀賓客歸越》：「山陰道士如相見，應寫《黄庭》换白鵝。」此處之《黄庭》，應指王羲之的書法作品。

《蘭亭》：當指《蘭亭集序》，王羲之撰、書。傳世臨寫本有定武本、張金界奴本、神龍本等。

《楚相》：指《楚相孫叔敖碑》。宋洪适《隸釋》卷三《楚相孫叔敖碑》：「舊碑缺五十餘字，此用續刻者，故其文全。……右楚相孫君之碑，隸額，今在光州，延熹三年固始令叚光爲叔敖作廟所立。」元陶宗儀《書史會要》卷七：「吴志淳，字主一，曹南人。古隸學孫叔敖碑。」

石經：刊刻在大石上的儒家經書。漢末有「熹平石經」，三國魏有「正始石經」，唐有「開成石經」等。參閲清顧炎武《石經考》、清萬斯同《石經考》、清杭世駿撰《石經考異》等。

《急就章》：單刻帖，傳爲三國吴皇象書，章草。原迹已佚，有石刻拓本傳世。《急就章》又稱《急就篇》，漢元帝時黄門令史游所撰蒙童識字課本，首句有「急就」二字，因以名篇。後有唐顔師古注，宋王應麟補注。

［三］歐陽率更：歐陽詢（557—641），字信本。唐潭州臨湘（今湖南長沙）人。唐初學者、書法家，曾任率更令。

《化度寺銘》：指《化度寺塔銘》，全稱《化度寺故僧邕禪師舍利塔銘》。唐貞觀五年（631）刻。李百藥撰，歐陽詢楷書，被尊爲歐書第一。原石佚失，傳世諸本中普遍認爲敦煌本爲唐代拓本，最接近原作。

［四］虞永興《廟堂記》：指虞世南撰並書《孔子廟堂碑》，楷書三十五行，行六十字，唐武德九年（626）立。原在長安國子學孔子廟，晚唐以後毀失。原石拓本在北宋時已極罕見，今存北宋王彥超摹刻本，稱「陝本」；元山東城武摹刻本，稱「城武本」。清李宗瀚又得舊拓，號稱係唐原石殘拓而用陝本、城武本補配者，有影印本流傳。虞世南（558—638），字伯施。唐越州余姚（今屬浙江）人。在隋爲秘書郎，入唐爲秦王府記室參軍，遷太子中舍人。太宗時，歷任弘文館學士、秘書監。賜爵永興縣子，世稱「虞永興」。詩文與書法俱工，工行草，晚年善正楷，與歐陽詢齊名，並稱「歐虞」。

褚河南《孟法師》：指岑文本撰、褚遂良楷書《孟法師碑》，全稱《唐京師至德觀法主孟法師碑》，亦稱《至德觀法主孟靜素碑》。唐貞觀十六年（642）刻。碑原存長安興道坊至德觀，北宋時，移入京兆府學，金、元時毀失。傳世有清李宗瀚藏宋拓殘本，已流入日本，有影印本傳世。褚遂良（596—658），字登善。唐錢塘（今浙江杭州）人，一作陽翟（今河南禹州）人。大業末年（618）爲薛舉通事舍人，後歸秦王李世民，授秦王府鎧曹參軍。貞觀年間，自秘書郎遷起居郎，後遷諫議大夫，兼知起居事，授太子賓客，拜黄門侍郎、中書令。唐高宗即位，封河南郡公，任尚書右僕射，世稱「褚河南」。因反對武則天爲后，左遷潭州都督，轉桂州、愛州。博通經史，工隸、楷兩書，初學虞世南，後師王羲之，得其神韻。傳世碑刻有《伊闕佛龕記》《孟法師碑》《聖教序》。

薛河東《鄭縣令》：指薛稷《洛陽令鄭敞碑》。宋趙明誠《金石録》卷五：「（僞）周洛陽縣令鄭敞碑，薛稷撰並正書，久視元年六月。」薛河東，即薛稷（649—713），字嗣通。唐蒲州汾陰（今山西萬榮）人。傑出書畫家。官至太子少保、禮部尚書，封晉國公，世稱「薛少保」。精勤臨仿，以擅書名於時。《全唐詩》收其詩十四首，《全唐文》載文六篇，《唐文拾遺》載文一篇。傳附新、舊唐書《薛收傳》。

江西學館

江西學館讀書，皆有成式。《四書集注》作一册釘[一]，《經傳》作一册釘，《少微通鑑詳節》横馳作一册釘①[二]，《詩苑叢珠》作一册釘[三]，《禮部韻畧》增注本作一册釘[四]。廬陵婁奎所性游學溧上[五]，其子弟皆如此，云易于懷挾②，免致脱落也。此法甚便，吾甚效之。至如僻地③，尤宜此法。

【箋注】

[一]《四書集注》：全稱《四書章句集注》，南宋朱熹編注，十九卷。包括《大學章句》一卷、《中庸章句》一卷、

---

① 少微通鑑詳節：據《四庫全書》等當作「少微通鑑節要」，詳下注。

② 于，毛氏藏本誤作「子」。

③ 僻：葉藏本、日藏本作「辟」。

《論語集注》十卷、《孟子集注》七卷。

［二］《少微通鑑詳節》：應為《少微通鑑節要》。五十卷，宋江贄撰。江贄，生卒年不詳。字叔直。崇安（今屬福建）人。政和中，有司以贄應詔，贄辭不赴，賜號「少微先生」。是書取司馬光《資治通鑑》，删存大要，有元人德朱氏尊德書堂印行本、明嘉靖三十二年（1553）詹長卿就正齋刊本、明司禮監本、清《四庫全書》本。横馳：横向貫穿。

［三］《詩苑叢珠》：又稱《新編增廣事聯詩苑叢珠》，元仇舜臣編，曹彦文增輯，三十卷。《天禄琳琅書目》卷六：「《詩苑叢珠》一函三册，元仇舜臣編，曹彦文增輯，三十卷。前曹輗序。輗序作於大德己亥，按己亥爲元成宗大德三年。序後有至正甲辰菊節西園精舍新刊木記，按至正甲辰爲元順帝至正二十四年，距輗作序之時已逾六十六載。書分三十六門，皆采摘成語，取其二三字，集成對偶，並附詩聯，以備初學撏撦之用，系餖飣之書，故不顯於當世。歷年既久，書賈得之，始爲開雕，宜其刊印草草也。舜臣、彦文、輗俱無考。」《藏園群書經眼録》卷十：「《新編增廣事聯詩苑叢珠三十卷》，元刊本，十二行，注雙行三十二字，黑口，左右雙闌。目録標題爲「類增吟料詩苑叢珠」。前大德己亥顧軒曹輗序。每類首叙事，次故事，次散對，次起（即詩之起二句也），次聯（即詩之對偶句也）。此亦陋儒所爲，如詩法大成、圓機活法之屬（日本内閣文庫藏書，己巳十一月十九日觀）。」

［四］《禮部韻畧》：韻書。宋景祐四年（1037）丁度等修訂《韻略》（宋景德四年丘雍、戚綸編撰，五卷，不存）而成，因專備禮部貢舉之用，故書名增「禮部」二字。凡五卷，共收九千五百九十字。紹興三十二年（1162），毛晃表進所撰《增修互注禮部韻略》五卷，較丁度重修的《禮部韻略》增收二千六百五十五字，現存《禮部韻略》，即毛晃的增修本。

［五］婁奎：卷四《溧陽富民》：「先是館客廬陵婁奎謂其兄汝楫云：『何苦效欺誑以累辱前人乎？』」

文章設問

近聞或者有云：「古之文章，即今之文章；便今之虚妄①，古亦由是②。」即數問于宣城貢相之有成③。有成對曰：「何以設此問耶？」或者曰：「吾見今之鄉里人驟富者，非好禮之家，家或不正。且富從不義而得，爵從非禮而受，往往托名公爲文，稱好善樂義，有功立勳，及節婦貞烈之門者。吾嘗疑之，使文章爲虚誕之具邪④？爲後世之美事邪？」有成曰⑤：「必有其實事半而飾以文耳。」或者曰：「若經畧使贈某氏節婦及某叟高年耆德者〔二〕，吾世知之⑥，某人淫亂，某人不義，而富豈能掩蔽耶？」有成無以答，但唯唯而已⑦。或者曰：「吾今亦不能盡信古之文

① 便：葉藏本作「使」。
② 古亦由是：葉藏本作「古亦由是耶」；古，毛藏本作「吉」，形訛。
③ 即數：葉藏本作「設」。
④ 具邪：日藏本作「其祁」，誤。
⑤ 曰：日藏本誤作「田」。
⑥ 知：葉藏本、日藏本作「如」。
⑦ 但：葉藏本、日藏本作「皆」。

章也①。」予聞其言，深切嘆之。賢如韓子，猶不免諛墓金之誚[二]。蔡伯喈尚云[三]：「唯郭有道碑無愧近世②[四]。」如京城淫風太甚，雖達官猶不免。蓋風俗習慣，皆婦人出來行禮，目必醉而後歸，或通于隸廝，或通于惡少年，或通于江南人求仕者，比比皆然，其節婦不可勝數，此近禮部而易得也。若南洲遐域，果有貞烈而貧者，至死亦無聞焉。此文人才士虛誕言辭之不可信也。必若近地有貞烈之可攷而里人爲之記者，或可信③。其翰林諸公所爲，皆不足取，徒以其名之增價爲鄉里譏誚耳④。今虞、黃、張、貢皆妄誕不實，當代有誠篤君子，必以吾言爲然也。又知宋季事實皆不足信。若袁韶之父，前史云爲郡小隸[五]，蓋杖直也[六]。果有陰德，或擊罪者，多用猪血貫于杖中⑤，往往多受其輕刑免死之德，是以有後。近因其養子之孫伯長公爲史官時[七]，改作小「隸」爲「吏」字⑥，已過于實矣。其諸生輩猶恥之⑦，又欲隱然誇誕，訛言「小吏」

---

① 亦不能：日藏本脱「不」字。
② 郭有道碑無愧近世：《後漢書》作「郭有道無愧色耳」，詳下注。
③ 可：葉藏本作「有」。
④ 徒以其名：日藏本脱「其」字。
⑤ 猪血：原本作「猪肉」，毛藏本作「猪用」，今據葉藏本、日藏本改。
⑥ 吏：葉藏本作「史」，誤。
⑦ 生：葉藏本、日藏本作「孫」。

爲「小官」，愈失其實矣。若是者豈勝數哉①！豈勝嘆哉！袁升，字德遠，爲郡小吏，而有陰德，後生子貴，追贈衛國公，妻楊氏齊國夫人。

【箋注】

［一］經畧使：官名。唐太宗貞觀二年（628）始置於邊州，掌管軍務。後多由節度使兼領，有副使、判官。宋真宗咸平五年（1002）再置，漸成陝西、河東、嶺南諸路長官，常兼安撫使，稱經略安撫使。西夏置有東、西經略司，亦置爲長官。金末置。元朝沿置，職掌略同。見《新唐書·百官志四下·節度使》《宋史·職官志七·經略安撫司》《文獻通考·職官十六》《續通志·明官制上·經略使》等。

［二］韓子：指韓愈（768—825），字退之。唐河内河陽（今河南孟州）人。著名文人。李商隱《齊魯二生·劉叉》：「（劉叉）聞韓愈善接天下士，步行歸之。既至，賦《冰柱》《雪車》二詩，一旦居盧仝、孟郊之上；樊宗師以文自任，見叉拜之。後以争語不能下諸公，因持愈金數斤去，曰：『此諛墓中人所得耳，不若與劉君爲壽。』愈不能止，復歸齊魯。」《唐才子傳》卷五：「（劉叉）聞韓吏部接天下貧士，步而歸之，出入門館無間。時韓碑銘獨唱，潤筆之貨盈缶，因持案上金數斤而去，曰：『此諛墓中人所得耳，不若與劉君爲壽。』不能止。其曠達如此。」

［三］蔡伯喈：蔡邕（132—192），字伯喈。漢陳留圉（今河南杞縣）人，東漢著名文學家。

---

① 是：葉藏本、日藏本作「此」。

［四］唯郭有道碑無愧近世：《後漢書》卷六八《郭太傳》：「明年春，（郭太）卒于家，時年四十二。四方之士千餘人，皆來會葬。同志者乃共刻石立碑，蔡邕爲其文，既而謂涿郡盧植曰：『吾爲碑銘多矣，皆有慚德，唯郭有道無愧色耳。』」郭有道，即郭太（128—169），字林宗，漢太原界休（今山西介休）人。東漢名士。貧賤早孤，博通墳典，被舉爲有道（東漢選舉科目之一），時人稱爲「郭有道」。晚年於故里講學，弟子多至數千。卒於家，四方士人會葬者千餘人，蔡邕爲撰《郭有道碑》。

［五］若袁韶之父，前史云爲郡小隸：《宋史》卷四一五《袁韶傳》：「韶之父爲郡小吏，給事通判廳，勤謹無失，歲滿當代，不聽去。後通判至，復留用之，因致豐饒。」袁韶，生年不詳，端平初卒，年七十七。字彦淳。宋慶元府（今浙江寧波）人。元代著名文人袁桷曾祖，南宋名臣。淳熙進士，歷知桐廬縣、太常寺主簿。紹定元年（1228），拜參知政事。以言罷。端平初，奉祠，卒。贈少傅，累贈太師、越國公。《宋史》卷四一五、《延祐四明志》卷五、《鄞志稿》列傳三有傳。袁韶父袁昇，因子袁韶貴，追贈衛國公，妻楊氏贈齊國夫人。

［六］杖直：監獄内執行拷訊和管理囚犯的吏役。《續資治通鑒長編》卷三七二「哲宗元祐元年」：「及六曹寺監各置杖直、醫人、獄子一名。」卷四七七「哲宗元祐七年」：「今欲乞假日輪本部官一員午前入省，輪推司、杖直各二人直日，杖以下罪事非追究者聽決。」

［七］伯長公：袁桷，字伯長。

學文讀孟①

愚謂學作文不必求奇，但熟讀《孟子》足矣。以韓、柳、歐、曾間架活套爲常式②［一］，以《孟子》之言辭句意行之于體式之中，無不妙也。蓋《孟子》之言有理有法，雖太史公亦不能及，徒誇豔于美觀耳，吾不取也。此吾近日讀《孟子》忽有所悟。

【箋注】

［一］活套：習用的格式。明劉若愚《酌中志·内板經書紀略》：「皇城中内相學問讀『四書』、《書經》《詩經》；看性理、《通鑒》節要、《千家詩》、唐賢三體詩；習書柬活套，習作對聯；再加以古文真寶，古文精粹盡之矣。」

---

① 題「學文讀孟」：毛藏本作「學文讀並孟」。
② 間：毛藏本作「聞」，誤。董夢蘭校語：「聞架活套，『聞』字是『間』字之訛。」葉藏本作「開」，亦誤。

梁棟題峯

宋末士人梁棟隆吉先生有詩名[一]，以其弟中砥爲黄冠，受業三茅山，嘗往還，或終歲焉。一日，登大茅峯題壁賦長句，有云①：「大君上天寶劍化，小龍入海明珠沉」「安得長松撐日月，華陽世界收層陰」[二]。隆吉先生每恃己才②，藐忽衆人，衆人多憾之③，且好多言。一黄冠者與隆吉有隙，訴此詩于句容縣，以爲謗訕朝廷，有思宋之心。縣上于郡，郡達于行省，行省聞之都省④，直毁屋壁，函致京師，捄梁公繫于獄⑤。不伏，但云：「吾自賦詩耳，非謗訕也。」久而不釋。

---

① 云：日藏本誤作「示」。
② 恃己才：日藏本作「詩己十」，誤。
③ 衆：毛藏本作「多家」，衍誤。
④ 都：原本作「郡」，莊校：「原作『行省聞之郡省』，據《宋詩紀事》卷七五梁棟《登大茅峯》引《至正直記遺編》改。」按：《宋詩紀事》卷七五梁棟《登大茅峯》下注：「《至正直記遺編》：『宋末士人梁隆吉有詩名，以其弟中砥柱爲黄冠，師三茅山，嘗往還。一日登大茅峯題壁賦長句，有黄冠訴于句容縣，以爲訕謗朝廷，行省聞之都省，收梁于獄。禮部免罪放還，嘗觀其詩集』云云，其意亦可悲矣。」「郡」，係「都」之形誤，今據日藏本、《宋詩紀事》、莊校改。
⑤ 捄：葉藏本、日藏本作「收」。

及禮部官擬云：「詩人吟詠情性，不可誣以謗訕。倘使是謗訕，亦非堂堂天朝所不能容者。」于是免罪，放還江南。嘗觀其子才所編詩集一帙散失之復存者，賦《雪中見山茶一株》云①：「千株守紅死，一點反魂歸②。」賦《暴雨》云：「癡兒嬌勿啼，不久須晴霽③。」賦《蔬》云：「家貧忽暴富，菜種二十七④。癡兒不解事，問我何從得⑤？于義苟有違，吾甯飢不食。」其詩中之意，亦足悲矣。惜乎見義不能勇爲，以致托乎言辭，而招辱身之禍⑥，志有餘而才不足，非吾疊山公所謂拚得做得之人也⑦[三]。然大事已去矣，力既不能挽回，所以鬱鬱于不得志，猶托之空言，亦厭見衣冠制度之改有不容自己者耳⑧。嗚呼！若梁公者，其殷之頑民歟[四]？于兹可見宋之維持

---

① 株：葉藏本、日藏本作「枝」。
② 千株守紅死，一點反魂歸：日藏本作「手株守紅死，一點及魂歸」，手，乃「千」之形誤；及，乃「反」之形誤；《宋詩紀事》卷七五引《至正直記遺編》作「千枝守紅死，一點反魂啼」。
③ 「須晴霽」：《宋詩紀事》卷七五引《至正直記遺編》作「當澄霽」；葉藏本作「須晴霧」。
④ 二：日藏本作「一」。
⑤ 何從得：葉藏本、日藏本作「從何得」。
⑥ 禍：原本作「過」，今據諸本改。
⑦ 所謂：原本作「所出」，今據諸本改；拚得：日藏本作「拚待」。
⑧ 有不容：日藏本無「有」字。

人材也至矣①。我朝八十餘年，深仁厚德，非不及于士民也。今天下擾攘十載②，求之若梁公者，亦豈易得也哉③！亦豈易得也哉！初本已失，其孫實子真爲江西憲使時，重刻板于家④。後金陵陷，子真辟地錢唐，此集又不知存亡也。後世之托于空言者，視此爲戒。

【箋注】

［一］梁棟隆吉：梁棟（1242—1305），字隆吉。其先湘州（今湖南長沙）人，自父起居鎮江（今屬江蘇）。宋元間詩人。度宗咸淳四年（1268）進士，選寶應簿，調仁和尉。宋亡，歸武林，後卜居建康。有《隆吉詩鈔》一卷傳世。生平事迹見《至正金陵新志》卷一四、《至順鎮江志》卷一九、明程敏政《宋遺民録》、清萬斯同《宋季忠義録》卷一五等。

［二］「大君上天寶劍化」以下四句：元蔣正子《山房隨筆》：「梁棟隆吉《題茅峯》云：『杖藜絶頂窮追尋，青山世□開嶇嵚。碧雲遮斷天外眼，春風吹老人間心。大君升天寶劍化，小龍入海明珠沉。何人更守元帝鼎，有客欲問秦王金。顛崖誰念受辛苦，古洞未易尋幽深。神光不破黑暗惱，山鬼空作《離騷》吟。安得長松撐日月，華陽世界收層陰。長笑一聲下山去，草木爲我留清音。』隆吉以戊辰登科，任仁和尉，老依元符宮宗師許道杞。許甚禮之，且賙

① 可：日藏本作「兄」，誤；「材」，毛氏藏本作「極」。
② 擾：葉藏本作「接」，誤。
③ 亦豈易得也哉：此句日藏本脱。
④ 板：葉藏本作「校」。

其家。梁好嘲罵，衆道士惡之，遂箋此詩告官，以譏時逮捕金陵，備嘗笞楚。卒得免，亦終不偶而殂。」《宋詩紀事》卷七五據《至正金陵新志》録梁棟《登大茅峯》詩，文字小有不同，詩曰：「杖藜絶頂窮追尋，青山世路争嶇嶔。碧雲遮斷天外眼，春風吹老人間心。大君上天寶劍化，小龍入海明珠沉。無人更守元帝鼎，有客欲問秦皇金。巔崖誰念受辛苦，古洞未易潛幽深。神光不破幽暗惱，山鬼空作《離騷》吟。我來俯仰一慷慨，山川良昔人民今。安得長松撐日月，華陽世界收層陰。長嘯一聲下山去，草木爲我留清音。」

［三］疊山公：謝枋得（1226—1289），字君直，號疊山。宋信州弋陽（今屬江西）人。南宋詩人。寶祐四年（1256）進士，除撫州司户參軍，即棄去。吴潛宣撫江東、西，辟差幹辦公事，召聚民衆萬餘人守衛信州，抵抗元軍。任建康府考官，出題暗譏賈似道擅政誤國，故謫居興國軍。咸淳三年（1267）赦歸。以江東提刑、江西招諭使知信州。信州陷，變易姓名，賣卜謀生。至元二十三年（1286），程文海舉薦爲官，辭不應徵。魏天佑强制其北行，至大都，絶食而死。門人私謚文節，世稱疊山先生，著述有《詩傳注》《易説》《十三卦取象》《批點陸宣公奏議》《文章軌範》《注解選唐詩》等，詩文后人輯爲《疊山集》十六卷。生平事迹見元周應極《疊山先生行實》、元李源道《文節先生謝公神道碑》、《宋季三朝政要》卷三、《宋史》卷四二五等。謝枋得《上丞相留忠齋書》：「某自丙子以後，一解兵權，棄官遠遁，即不曾降附。」（《疊山集》卷四）《宋史·謝枋得傳》：「至元二十三年，集賢學士程文海薦宋臣二十二人，以枋得爲首，辭不起。又明年，行省丞相忙兀台將旨召之，執手相勉勞。枋得曰：『上有堯、舜，下有巢、由，枋得名姓不祥，不敢赴詔。』丞相義之，不强也。……枋得即日食菜果。二十六年四月，至京師，問謝太后欑所及瀛國所在，再拜慟哭。已而病，遷憫忠寺，見壁間《曹娥碑》，泣曰：『小女子猶爾，吾豈不汝若哉！』留夢炎使醫持藥雜米飲進之，枋得怒曰：『吾欲死，汝乃欲生我邪？』棄之於地，終不食而死。」

〔四〕殷之頑民：本指殷代遺民中堅決不服從周朝統治的人。《書·畢命》：「毖殷頑民，遷于洛邑，密邇王室，式化厥訓。」孔傳：「惟殷頑民，恐其叛亂，故徙于洛邑，密近王室，用化其教。」宋趙與時《賓退録》卷十：「『武王克商，遷九鼎于洛邑，義士猶或非之。』義士即《多士》所謂『遷殷頑民』者也。由周而言，則爲頑民；由商而論，則爲義士矣。」此指改朝换代後仍效忠前朝的人。

鸚鵡詩

前輩嘗論詩云：「莫謂宋人不能詩者①，且以蔡確一絶句云〔一〕：『鸚鵡言猶在②，枇杷事已非③。傷心瘴江水，同渡不同歸〔二〕。』亦自好詩法。」確遭貶，寵養一鸚鵡④，每以妾枇杷調之作人語。後放還，復渡江，而妾死矣⑤，故作是詩也。

① 莫：葉藏本作「其」。
② 言猶在：日藏本脱「言」。
③ 枇杷：《侯鯖録》卷二、《艇齋詩話》、陳思《兩宋名賢小集》卷一〇八、胡仔《苕溪漁隱叢話》前集卷六十等作「琵琶」。
④ 籠：毛藏本作「寵」。
⑤ 而妾死矣：葉藏本、毛藏本、日藏本皆無「妾」字。

【箋注】

［一］蔡確（1037—1093）：字持正。宋泉州晉江（今屬福建）人。仁宗嘉祐四年（1059）進士。歷官知制誥、御史中丞、參知政事。神宗元豐五年（1082），拜尚書右僕射兼中書侍郎，掌理朝政。哲宗即位，擢左僕射。爲御史劉摯、王巖叟所劾，元祐元年（1086），罷爲觀文殿學士，知陳州。四年（1089），游車蓋亭，賦詩十章，被劾譏訕宣仁太后，貶英州别駕，新州安置，卒於貶所。《宋史》卷四七一有傳。

［二］「鸚鵡言猶在」以下四句：宋趙令畤《侯鯖録》卷二《蔡持正鸚鵡詩》：「蔡持正謫新州，侍兒從焉，名琵琶。嘗養一鸚鵡，甚慧，丞相呼琵琶，即扣一響板，鸚鵡傳呼之。琵琶逝後，誤扣響板，鸚鵡猶傳言，丞相大慟，感疾不起，嘗爲詩云：『鸚鵡言猶在，琵琶事已非。傷心瘴江水，同渡不同歸。』」宋曾季貍《艇齋詩話》：「蔡持正丞相貶安州時，攜一鸚鵡及侍兒名琵琶者同行。及其歸，則侍兒已死而鸚鵡存焉。蔡有詩云：『鸚鵡言猶在，琵琶事已非。悠悠漢江水，同渡不同歸。』亦極有思致，得絶句詩體。」宋陳思《兩宋名賢小集》卷一〇八《玩鷗檻詩稿・有感》：「鸚鵡言猶在，琵琶事已非。傷心瘴江水，同渡不同歸。」下注：「蔡謫新州，侍兒琵琶從焉。嘗養一鸚鵡，持正每呼琵琶，即一扣響板，鸚鵡傳言呼之。琵琶逝後，悞觸響板，猶傳呼之。持正感傷賦此，不久遂終。」

鸚鵡曲

馮海粟《題鸚鵡曲序》云[一]：「白無咎有《鸚鵡曲》云[二]：『儂家鸚鵡洲邊住，是個不識字漁父①。浪花中一葉扁舟，睡煞江南烟雨②，覺來滿眼青山③，抖擻綠蓑歸去。算從前錯怨天公，甚也有安排我處。』余壬寅畱上京④，有北京伶婦御園秀之屬，相從風雪中，恨此曲無續之者。且謂前後多親炙士大夫[三]，拘于韻度，如第一『父』字⑤，便難下語⑥。又『甚也有安排我處』，『甚』字必須去聲字，『我』字必須上聲字，音律始諧⑦。不然，不可歌，此一節又難下語也⑧。

---

① 父：毛藏本作「夫」。
② 睡煞：原本作「睡熟」，莊校：「隋樹森《全元散曲》馮子振（海粟）《正宮·鸚鵡曲》作『睡煞』。」今據此及葉藏本改。日藏本作「睡然」，誤。
③ 覺來：莊校：「同上書作『覺來時』。」
④ 壬寅：原本作「士寅」，莊校：「原作『士寅』，據同上書改。」按：馮海粟《居庸賦》自跋：「大德壬寅，予至自上京，與客談居庸之勝絶，疲于應答，遂作此賦。今十六年矣，支離老倦，無復脚色，呵凍爲吾静春書之。海粟道人馮子振。」（卞永譽《式古堂書畫彙考》卷十七）元楊朝英輯《朝野新聲太平樂府》卷一載馮海粟《鸚鵡曲序》：「余壬寅歲留上京。」今據上及葉藏本、日藏本改。
⑤ 父：葉藏本誤作「文」。
⑥ 便：毛藏本作「使」。
⑦ 諧：毛藏本作「諧」，誤。
⑧ 又難下語也：葉藏本、日藏本無「也」字。

諸公舉酒，索余和之，以『汴、吴、上都、天京風景試續之』云云①。」

【箋注】

〔一〕馮海粟：馮子振（1257—1314），號海粟（一作字海粟），又號怪怪道人、瀛洲客。元攸州（今湖南攸縣）人。散曲作家。曾官承事郎、集賢待制等，有《海粟集》，已佚。《元詩選三集》丙集輯存其詩七十二首，散曲作品今存小令四十四首。生平事迹見《元史》卷一九〇、光緒二十七年百詠堂刊《山田馮氏續修族譜》等。

〔二〕白無咎：即白賁，生卒年不詳。字無咎，號素軒。祖籍太原文水（今山西文水），徙居錢塘（今浙江杭州）。白珽子，元代散曲作家。延祐中，爲忻州知州，忤監郡，去職。至治三年（1323）任温州路平陽州教授，歷常州路知事，官終文林郎、南安路總管府經歷。散曲今存小令二首，套數三套，殘曲套數一。

〔三〕親炙：謂親受教育薰陶。《孟子·盡心下》：「非聖人而能若是乎？而况於親炙之者乎？」朱熹集注：「親近而熏炙之也。」

---

① 上都：原本作「正都」；毛藏本、日藏本作「止都」，誤；莊校：「原作『正都』，據同上書改。」按：元楊朝英輯《朝野新聲太平樂府》卷一載馮海粟《鸚鵡曲序》亦曰：「以汴、吴、上都、天京風景試續之。」據上及葉藏本改。

廣德鄉司

廣德小民錢鄉司者〔一〕，專與鄉里大家理田畝丈尺税賦等，則出入謂之鄉司，至賤之職也。能存心于正直，無私曲。生子用士登進士第①，爲國史編修官。他鄉司者，或以多作寡，以實作虛，子孫死絶者，比比然也②。

〔箋注〕

〔一〕鄉司：一鄉中管理雜事的人，略同于社長、里正等。元孛羅御史《一枝花·辭官》套曲：「王大户相邀請，趙鄉司扶下馬。」

---

① 士：日藏本作「仁」。

② 比比然也：葉藏本脱此句。

不惜衣食

人云①：「不惜衣裳，獲凍死報②；不惜飲食，獲餓死報；尋常過分，獲貧窮報。」諺云：「惜衣得衣，惜食得食。」此言雖鄙，最是實論。以古今之好奢侈暴殄天物者驗之，多不善終。或過于衣服，必貧而無衣；或過于飲食，必貧而無食。至于遺剩飯食飯粒于地以飼雞犬者，往往皆餓死③；尋常虛費翦布帛者[一]，多凍死。吾見亦多矣。

[箋注]

[一] 虛費：猶糜費，白白地消耗。《後漢書・耿秉傳》：「以父任爲郎，數上言兵事。常以中國虛費，邊陲不寧，其患專在匈奴。」宋范成大《懷歸寄題小艇》：「日出塵生萬劫忙，可憐虛費隙駒光。」

① 人：葉藏本、日藏本作「又」。
② 獲：原作「得」，據葉藏本、日藏本改。
③ 皆餓死：毛藏本無「皆」字。

結交勝己

諺云①：「結交須勝己，似我不如無[一]。」朱子②云：「親近師友，莫與不勝己者往來，薰染習熟，壞了人也[二]。」此言深有補于世道。吾嘗謂取友相觀以善，有以全德而交之者，有以一行而交之者，又有一善則思齊③[三]，有一不善則當自反④[四]，非謂好其善而不知其惡也⑤。今有人焉，能以忠孝存心，輕財仗義，行人之所難行，處人之所難處，雖無學問無才藝，吾取其本而棄其末⑥，故交之，乃心交也。或多學問而鮮仁義，或有才藝而無德行，吾取其長而棄其短，汎交之，非真交也。人之于己者亦然。使己有善，人當效之；有一不善，人當責之。如此，然後可見

---

① 諺：毛藏本作「詩」。
② 朱子：葉藏本、日藏本作「子朱子」。
③ 又：葉藏本作「人」。
④ 反：毛藏本作「有」，葉藏本、日藏本作「省」。
⑤ 其惡：日藏本脱「其」。
⑥ 本：日藏本作「木」，誤。

責善爲朋友之道焉[五]。古人云：「日久與之俱化①。」此之謂也。

[箋注]

[一]「結交須勝己，似我不如無」兩句：《殺狗記》第四出《妻妾共議》：「〔旦〕迎春。結交須勝己。似我不如無。〔貼〕院君爲何説此兩句。〔旦〕迎春。你兀自不知。近日兒夫心改變。作事大猖狂。每日與柳龍卿鬍子傳打伴。朝歡暮樂。醉酒狂歌。見了嫡親兄弟。就如陌路之人。你道如何。」（明毛晉《六十種曲》）明徐元《八義記》第三十六出《公孫赴義》：「〔海棠春〕〔外上〕每思世上英雄。少。不得身歸荒隴。結交須勝己。似我不如無。兄弟程嬰一時許了他。他抱孩兒與我受死。今日屠賊必引兵來拿我。拚死一命。萬古留名。」（明毛晉《六十種曲》）

[二]「親近師友」以下四句：宋羅大經《鶴林玉露》卷三「乙編」《朱文公帖》：「廬陵士友藏朱文公一小簡真迹云：『便中承書，知比日侍奉安佳。吾子讀書，比復如何，只是專一勤苦，無不成就。第一更切檢束操守，不可放逸。親近師友，莫與不勝己者往來，薰染習熟，壞了人也。』」

[三]思齊：思與之齊。《論語・里仁》：「見賢思齊，見不賢而内自省也。」朱熹集注：「冀己亦有是善。」《三國志・魏志・楊阜傳》：「誠宜思齊往古聖賢之善治，總觀季世放蕩之惡政。」

[四]自反：反躬自問；自己反省。猶自改、自止。《禮記・學記》：「知不足，然後能自反也；知困，然後能自强也。」《孟子・公孫丑上》：「自反而縮，雖千萬人，吾往矣。」趙岐注：「縮，義也……自省有義，雖敵家千萬人，我直

① 俱化：毛藏本作「化懼」。

往突之。」

［五］責善：勸勉從善。《孟子・離婁下》：「夫章子，子父責善而不相遇也。責善，朋友之道也；父子責善，賊恩之大者。」宋王安石《答韓求仁書》：「責難於君者，吾聞之矣；責善於友者，吾聞之矣。」

成人在勤

諺云：「成人不自在，自在不成人。」子朱子云：「此言雖淺，然實切至之論，千萬勉之[一]。」先人每以此二句苦口教人，雖拳拳服膺[二]，尚未行到此地步之極處，因書以自警。

【箋注】

［一］「此言雖淺」以下三句：宋羅大經《鶴林玉露》卷三「乙編」《朱文公帖》：「廬陵士友藏朱文公一小簡真迹云：『……景陽想已赴省，季章當只在家，凡百必能盡心苦口，切須承稟，不可有違。諺云：成人不自在，自在不成人。此言雖淺，然實切至之論，千萬勉之。』」

［二］拳拳服膺：《禮記・中庸》：「回之爲人也，擇乎中庸，得一善，則拳拳服膺而弗失之矣。」朱熹《四書集注》：「拳拳，奉持之貌。服，猶著也；膺，胸也。奉持而著之心胸之間，言能守也。」

家法興廢

嘗謂有家法則興，無家法則廢，此係人家興廢之樞機也。至于國亦然。吾自十八九歲時，先人年已老，不理家事，悉以朱氏姊主之①〔一〕，遺法漸廢。及在外家，又皆處置不以禮②。因觀《袁氏世範》〔二〕，有感于心，且念先人之遺法，作《家範》以自警。若姊若兄弟終不諭者③，至于今未嘗不嘆息痛恨也。至正戊戌春，獲睹浦江義門《鄭氏家規》于上虞王生處④〔三〕，于是重有感焉。嘗記溧陽孔汝楫字濟川者，本細民〔四〕，以友愛于兄而致富，頗有忠于家法。其妻陳氏，雖小吏之女，相助其夫⑤。無後嗣⑥，養蔣氏子惟和爲後。一日，爲娶蔡氏女。蔡亦細民而富者，至其家，見弟姪或坐于叔兄之上，恬不爲恠。汝楫歸語其妻曰：「蔡家無禮，今雖勝吾家，後

①　悉：毛藏本作「忠」，誤。
②　皆：葉藏本、日藏本作「見」。
③　若兄弟終不諭者：葉藏本、日藏本作「若兄弟者終不諭」。
④　睹：日藏本作「觀」。
⑤　相助其夫：葉藏本、日藏本作「能相助其夫」。
⑥　無後嗣：毛藏本作「能嗣」，誤。葉藏本、日藏本作「無嗣」。

不若也。」不數年，蔡果蕩廢，子孫狼籍之甚。汝楫死，庶子惟懋漸習華靡，養子亦如之。母陳不能制，漸致凋謝。後遇寇，家業一空①。朱氏姊既廢先人之法，且習奢，亦爲寇所廢，至今貧窘不可言。吾雖避地，賴先人之靈，亦以不敢違背家法見祐，庶幾小安于客旅云。

〔箋注〕

〔一〕朱氏姊：參見卷三《朱氏所短》《朱氏所長》。

〔二〕《袁氏世範》：見卷一《年老蓄婢妾》注。

〔三〕《鄭氏家規》：即《鄭氏規範》，又稱《浦江鄭氏家範》，見卷二《鄭氏義門》注。

〔四〕細民：猶平民。《晏子春秋・諫下二十》：「遂欲滿求，不顧細民，非存之道。」

秤斗不平

秤斗不平，大獲天譴，往往見雷擊天火之報，皆此等人家。或隣火而獨免，或里疫而獨安，

---

① 一：日藏本作「亦」。

皆孝義之家，能以不欺心獲此報耳。如此者甚多①，不欲舉其名字也。吾家秤斗只如一，至吾用事，又較平之。長兄又減斛以收田租②，比前差小五合[一]，佃户欣然。避地小安，此亦報之一也。

［箋注］

［一］合：計量單位，一升的十分之一。《孫子算經》卷上：「十抄爲一勺，十勺爲一合，十合爲一升。」《説苑·辨物》：「千二百黍爲一龠，十龠爲一合，十合爲一升。」蘇軾《書〈東皋子傳〉後》：「予飲酒終日，不過五合。」

浙西風俗

浙西風俗太薄者，有婦女自理生計，直欲與夫相抗，謂之私房③。乃各設掌事之人④，不相

---

① 甚：日藏本作「其」，誤。

② 減：原本作「或」，今據葉藏本、日藏本改；「田」葉藏本、日藏本作「佃」。

③ 私房：原本脱「房」字，今據葉藏本、日藏本補。

④ 乃各設：葉藏本、日藏本無「乃」字。

統屬，以致升堂入室，漸爲不美之事。或其夫與親戚鄉隣往復餽之①，而妻亦如之②，謂之梯己問信[一]，以致出游赴宴，漸爲淫蕩之風③，至如母子亦然。浙東間或若是者，蓋有之矣。夫婦人，伏于人者也，無專制之義，有三從之道。今浙間婦女雖有夫在，亦如無夫，有子亦如無子，非理處事，習以成風，往往陷于不義。使子弟視之，長其凶惡，皆由此耳。或因夫之酖酗縱博④，子之不肖者，固是婦人之不幸⑤，亦當苦諫其夫，嚴教其子⑥，使改過爲善可也；亦不當自擬爲男子之事，此乃人家之大不祥也。

【箋注】

[一] 梯己：家庭成員中個人私存的財物，亦泛指私人的積蓄。《通俗編·貨財》引宋鄭思肖《心史》：「元人謂自己物，則曰梯己物。」清俞樾《茶香室續鈔·梯己》：「汴人語，如藏物於内，不爲外用，或人不知之者，皆曰梯己。」

---

① 鄉隣：葉藏本、日藏本作「鄉隣里」；之：葉藏本、日藏本作「遺」。
② 妻：葉藏本誤作「其」。
③ 淫：葉藏本誤作「漂」。
④ 因：葉藏本作「曰」。
⑤ 人：日藏本作「婦」。
⑥ 嚴：葉藏本、日藏本作「痛」。

婦人不嫁爲節

表兄沈教授圭常言：「婦人以不嫁爲節，不若嫁之以全其節；兄弟以不分爲義，不若分之以全其義[一]。」此論若淺近，然實痛切，蓋因不得已而立是言也。世有仗大義立大節者，則不然。吾嘗問此二句出何典故①，表兄云：「聞諸傳記者，亦未暇考其詳，但是好言語耳。」今大家巨族，往往有此患，守志之不能終，陰爲不美；同居之不能久，心懷不平，未若此言之爲愈也。

［箋注］

［一］「婦人以不嫁爲節」以下四句：清錢大昕《十駕齋養新録》卷十八《沈圭説》：「『婦人以不嫁爲節，不若嫁之以全其節；兄弟以不分爲義，不若分之以全其義。』此《至正直記》所述沈教授圭之言也。沈云：聞諸傳記，未暇考其詳。雖爲下等人説，然卻是救時名論。」

① 問：葉藏本作「聞」；二：日藏本作「一」。

尋常侍奉

尋常侍奉父母，固是子婦之職，然至切近之處①，非婢妾則不可，年老之人尤要緊②。凡早晚寒温之事，惟婢妾爲能相安。諺云③：「男子侍奉，不如女子相便。」然有婢妾，無法以制之，不免外患，《袁氏世范》《應氏訓俗編》言之詳矣④[一]，當謹戒之。戒之之要，在乎謹内外⑤，時防閑。防閑之法，在乎主母及長子家婦。世之蓄婢妾者，不可不鑒⑥。

[箋注]

[一]《袁氏世范》《應氏訓俗編》言之詳矣：《袁氏世範》卷一《婢僕之言多間鬭》：「婦女之易生言語者，又多出

① 近：日藏本作「切迫」。
② 尤要緊：葉藏本作「尤宜緊要」。
③ 諺云：日藏本脱「云」。
④ 訓：毛藏本作「謝」，葉藏本、日藏本作「諭」。
⑤ 乎：日藏本作「呼」，誤。
⑥ 不可不鑒：毛藏本作「可不鑒」，葉藏本「可不鑒茲」，日藏本作「可不鑒滋」。

於婢妾之閒鬭。婢妾愚賤，尤無見識，以言他人之短失爲忠於主母。若婦女有見識，能一切勿聽，則虚佞之言，不復敢進。若聽之、信之，從而愛之，則必再言之、又言之，使主母與人遂成深讎，爲婢妾者方洋洋得志。」卷三《婢妾常宜防閑》：「婢妾與主翁親近，或多挾此私通僕輩，有子，則以主翁藉口，畜愚賤之裔，至破家者多矣。凡有婢妾，不可不謹其始，亦不可不防其終。」又卷三《侍婢不可不謹出入》：「人有婢妾不禁出入，至與外人私通有姙，不正其罪而遽逐去者，往往有于主翁身故之後自言是主翁遺腹子，以求歸宗，旋致興訟。世俗所宜警此，免累後人。」《應氏訓俗編》，不詳。

楮帛僞物

宋孫朝奉偉云〔一〕：「近世焚楮帛及下里僞物①〔二〕，唐以前無之，蓋出于玄宗時王璵輩牽合寓馬之義②〔三〕。數百年間，俚俗相師③，習以爲常。至于祀上帝亦有用之者，皆浮屠、老子之

① 帛：《孫氏薦饗儀範》作「泉」，形誤。
② 玄宗時：原本作「元宗時」，係避清康熙帝「玄燁」諱，據日藏本等改，《孫氏薦饗儀範》無此三字；王璵：原本作「王嶼」，據《新唐書・王璵傳》及《孫氏薦饗儀範》改。
③ 相：日藏本作「祖」，誤。

徒，欺惑愚衆。天固不可欺①，乃自欺耳②。士大夫從而欺其先，是以祖考爲無知也。顔魯公嘗不用矣[四]，惜乎不以文字導愚民焉。偉今一切斥去之，有違此訓，非孫氏子孫也。」斯言蓋欲使後人知其無用而諄諄告戒乎③？吾家自先人不祭非族，然猶未免隨俗，以楮帛祀先，且用俗禮。及吾祭祀時，一遵家禮④，凡冥錢寓馬皆斥去⑤，嘗作《楮錢説》以明之⑥。若神主匱祭器，皆從吾始。今在患難之中⑦，不能備禮，故從苟簡，然亦不敢闕也。

［箋注］

［一］孫朝奉偉：孫偉，生卒年及履里不詳。宋末人。撰有《孫氏薦饗儀範》。下引句見《孫氏薦饗儀範》「行事第六」，載元佚名《居家必用事類全集》乙集，明刻本。

---

① 不可欺：葉藏本作「不可欺之」。
② 乃自欺：葉藏本無「乃」字。
③ 乎：葉藏本作「矣」。
④ 遵：日藏本作「尊」，誤。
⑤ 冥錢寓馬：毛藏本作「家前竊馬」，董夢蘭校語「凡寓錢寓馬皆斥去」；葉藏本、日藏本作「象錢寓馬」。
⑥ 楮錢説：日藏本脱「説」。
⑦ 患難之中：葉藏本、日藏本脱「之」字。

〔二〕楮帛：指喪葬、祭祀中用紙與布帛仿製之錢幣、彩樓等。《水滸傳》第一二〇回：「濟州奉敕，於梁山泊起造廟宇，但見……紙爐巧匠砌樓臺，四季焚燒楮帛。」清潘榮陛《帝京歲時紀勝・元旦》：「士民之家，新衣冠，肅佩帶，祀神祀祖；焚楮帛畢，昧爽合家團拜。」

〔三〕王璵：王璵（？—768），唐雍州咸陽（今屬陝西）人。少習禮學。玄宗時，以上疏請築壇祀青帝於東郊，爲帝所納，因遷太常博士、侍御史、祠祭使。祠禱時，多焚紙錢，是爲紙錢見於記載之始。肅宗時官至中書侍郎、同中書門下平章事。罷相後仍兼祠祭使。《新唐書》卷一〇九有傳。寓馬：隨葬之木偶馬。《漢書・郊祀志上》：「詔有司增雍五畤路車各一乘，駕被具，西畤、畦畤寓車各一乘，寓馬四匹，駕被具。」《新唐書・李績傳》：「明器惟作五六寓馬，下帳施幔，爲皂頂白紗裙。」

〔四〕顔魯公：顔真卿（709—785），字清臣，小名羡門子，別號應方。唐京兆萬年（今陝西西安）人。唐代名臣，傑出書法家。開元進士，官至殿中侍御史。肅宗時，授憲部尚書，遷御史大夫，出爲馮翊太守，後爲御史唐旻誣陷，貶爲饒州刺史，不久徵爲刑部尚書。代宗時，遷户部侍郎，封魯郡公，世稱「顔魯公」。代宗死後，楊炎爲相，惡之，改任太子少傅。德宗時被權相盧杞所忌，改太子太師，奉命往許州宣慰淮寧軍節度使李希烈。興元元年（784）八月，爲李希烈縊殺。生平事迹見新舊《唐書》本傳、令狐峘《光禄大夫太子太師上柱國魯郡開國公顔真卿墓誌銘》、殷亮《顔真卿行狀》等。

外戚之患

外戚之患，深入骨髓，爲國亦然，此又人家之不可不知也①。外舅吴丹徒歿後二年②〔一〕，爲至元己卯歲③，外姑潘氏主家〔二〕，三子德遠、子道、德芳，各治其己事而不輔其母④。癸未歲，有幸婢鄒淫奔。一日，私與傭工掌事潘大關者通，潘氏姪也。事覺，將出之。大關乞憐于德芳，欲强娶，潘氏不許。大關以德芳沉酗無酒德，即飲之，使醉歸，以刀脅其母⑤，母扃户不納。德芳以刀刺户⑥，幾傷母臂。明日，欲訟于官，族黨引德芳請罪，乃免。即遣此婢嫁鄉佃華亞寄⑦，逐大關出外。逾年，大關復至，潘氏溺于私戚，亦不問也。數私盗家財及離間其母子。吴氏之

---

① 此又：葉藏本無「又」字。

② 吴：毛藏本作「矣」，誤；董夢蘭校語「外舅吴丹徒」。

③ 己卯歲：葉藏本無「歲」字。

④ 其己事：葉藏本、日藏本無「其」字。

⑤ 刀：葉藏本、日藏本作「刃」。

⑥ 刀：葉藏本、日藏本作「刃」。

⑦ 鄉：葉藏本、日藏本作「鄰」。

族咸惡之，敢怒不敢言。至正甲申秋七月後，德芳卒，無嗣，惟妻尹氏寡居。逾四年後①，不能守，意欲更適。大關者乞憐于潘氏，將許之。其孫吴溥者，力諫于父子道曰：「昔者，使吾叔有犯母之惡，皆大關所陷。且犯祖之幸婢，此吾家之大恨，今奈何又欲辱吾門乎？」族黨咸攻之，遂寢其議。尹亦不敢有他志②，而大關復執隷役。夫世之愚者，莫甚于婦人，所以易于受侮。雖有聰明如武后，猶不免殺親子、立外族，自欲絶于宗祀③，况其他者乎？若潘氏之溺于外戚者，始由丹徒公之無剛腸遠慮，終亦諸子之不學無術也④。吾自贅居時⑤，嘗見外戚之黨濫其盈門⑥，又從而招致他族，其元惡則大關也[三]。眇一目而生逆毛，吾深惡之，已知其爲他日之患。既而小醜微露，吾力言之，潘氏唯唯然不能除患，亦無一人能以利害决之者⑦。直至

① 後：葉藏本誤作「復」，形誤。
② 不敢：日藏本脱「敢」。
③ 自欲絶于：葉藏本作「欲自絶于」。
④ 諸子之不學：日藏本無「之」字。
⑤ 贅居時：日藏本無「時」字。
⑥ 濫：原本作「爛」，今據葉藏本、日藏本改。
⑦ 能以利害决之：日藏本無「能」字；原本闕「决」字，今據葉藏本、日藏本補，毛藏本作「次」。

攘竊幸婢①，凶暴日張，幾不能免乎殞身非命，禍及家門，猶且隱忍姑息②，以至禍亂大作，乃欲汚其寡婦，利其家財。潘氏頓忘夫子之大恥③，略不爲恨，哀哉！向非溥之力諫，則丹徒父子之大恥，何日而雪？潘氏亦何面目見吳家之祖先乎？事既往矣④，言之痛心。有志于家法者，尚鑒于兹。

［箋注］

［一］外舅：岳父。《爾雅·釋親》：「妻之父爲外舅。」

［二］外姑：岳母。《爾雅·釋親》：「妻之母爲外姑。」《釋名·釋親屬》：「妻之父曰外舅，母曰外姑。言妻從外來，謂至己家爲歸，故反以此義稱之。」

［三］元惡：大惡之人；首惡。《書·康誥》：「元惡大憝，矧惟不孝不友！」孔傳：「大惡之人猶爲人所大惡，況不善父母、不友兄弟者乎！」

---

① 至：日藏本作「是」。
② 姑息：葉藏本作「始息」，誤。
③ 頓：毛藏本作「頑」；夫：葉藏本作「失」。
④ 既往矣：毛藏本作「既往之矣」，葉藏本作「已往矣」。

古之賢母

古之賢母，載之方册①，不爲少矣。且以目所見者一二言之。金陵王勳，字成之，世爲儒學門族僕②，其母甚賢。先祖約授時③，勳尚幼，母令其侍奉讀書，每訓之曰：「汝親近官人，學做好人，我當紡績供汝衣食耳。買書與汝讀④，他日識得幾個字，免做賤隸，我含笑入地下矣。」先祖聞之，遂令勳受讀，日侍先人于學舍⑤。既長，試吏，後至府架閣[一]。爲母求墓銘，翰林趙子昂書字。勳生壁，字長文，今爲州案牘官。溧陽徐生，本刀鑷者[二]，其妻昔爲故家之妾⑥，既娶而改業。及有娠，乃屬其夫遷居鄉先生李仲舉之隣⑦，且曰：「令子在腹中，日聞讀書聲，必能若

---

① 之：葉藏本、日藏本作「諸」。
② 族僕：葉藏本、日藏本無「族」字。
③ 約：葉藏本作「教」。
④ 供汝衣食耳。買書：葉藏本、日藏本作「供汝衣食。且買書」。
⑤ 侍：毛藏本作「恃」，形誤。
⑥ 昔爲故家：原本作「爲故家」，今據葉藏本、日藏本補。
⑦ 仲：葉藏本作「侍」。

是也。」後生子朝顯，字公達，自五六歲時即能記誦千餘言，長而習舉子業，此母之所訓也①。又嚴儒珍，隸卒子也。幼孤，母訓其讀書，從湯景賢學。至正辛卯中進士第，授分宜縣丞②[三]。今辟江浙行省掾史③[四]。上虞謝生，世爲隸卒之役④。鄉有故家葉氏女，貧而孤，下嫁于謝之祖。既娶而家道日興，生子變其習，後諸孫皆知讀書學儒者事，此亦母之遺訓也。又宣江漢，景明父也⑤，幼失母，從父寓居溧陽，依繼母養。及九歲，父卒。母訓之曰：「汝母早亡，吾養之無異心；今汝父又死，汝勿以吾繼母有外心。吾固甘心守節而待之。」漢拜而受訓。其母后擇賢師而教，躬紡績助其薪水⑥。子亦不違母意，日則勤誦讀之功⑦，夜則盡温凊之禮[五]，遂成儒業。鄉人無不讚歎。母再無他志，爲終身焉。

---

① 此：日藏本作「世」，誤。
② 丞：毛藏本作「巫」，形誤。
③ 掾史：日藏本作「椽吏」。
④ 役：日藏本作「後」，誤。
⑤ 父：葉藏本作「文」，誤。
⑥ 紡績：葉藏本作「續紡」。
⑦ 誦讀：葉藏本作「讀誦」。

【箋注】

[一] 架閣：官府貯存文牘案卷的木架。宋代設架閣庫官，掌管儲藏帳籍文案以備查閱。金、元兩代都設有架閣庫官。《元史·百官志》「中書省掾屬」：「架閣庫管勾二員，正八品。掌庋藏省府籍帳案牘，凡備稽考之文，即掌故之任。至元三年，始置三員，其後增置員數不一。至順初，定爲二員。典吏十人。蒙古架閣庫兼管勾一員，典吏二人。回回架閣庫管勾一員，典吏二人。」

[二] 刀鑷：此借指理髮。

[三] 分宜：縣名。北宋雍熙元年(984)析宜春縣置，屬袁州。治所在鈐陽(今江西分宜)。《輿地紀勝》卷二八：「《宜春志》云，以其地分自宜春，故曰分宜。」元屬袁州路，明、清屬宜春府。

[四] 掾史：官名。掾與史的合稱。古代指分曹治事之屬官，多由長官自行辟舉。元代樞密院以下諸官府置掾史，掌文書事務，與漢制有所不同。見《元史·百官志》。《元史》卷八一《選舉志三》：「矧夫儒有歲貢之名，吏有補用之法。曰掾史、令史，曰書寫、銓寫，曰書吏、典吏，所設之名，未易枚舉。」

[五] 温清：借指侍奉尊親。《禮記·曲禮上》：「凡爲人子之禮，冬温而夏清，昏定而晨省。」

蔣氏嫡賢

溧陽辛豐墟蔣氏，相傳善興負村之裔①，家雖貧窘，讀書尚禮，不怠其志。後生子文秀富，且母賢訓，習舉子業[一]，累科不第，至正間納粟補官②。雖爲鄉人之誚，因才後擢憲職[二]。厥族有居湖墅者，漸成消廢，惟荆溪州中樓下一族，頗師事書業③。又宣城王德輝，其父無子④，納姚爲妾，正室薛争妬不已。越三年，夫喪，薛議出其妾。妾曰：「且勿嫁，有娠。」後果生德輝。薛加撫育，過于養母。既大，擇師肄業⑤，至正戊子登第⑥，此則嫡母之賢訓也。

---

① 善：葉藏本、日藏本作「義」。
② 至正間：毛藏本作「至止間」，誤。
③ 師事：毛藏本作「頻師事」；「業」，葉藏本作「案」。
④ 無子：「子」字原本闕，今據葉藏本、毛藏本、日藏本補。
⑤ 肄：原本作「欸」，今據葉藏本、日藏本改。
⑥ 至正：毛藏本誤爲「正至」，倒乙。

【箋注】

〔一〕舉子業：即「舉業」，科舉時代按規定程序用以應試的詩文課業。《朱子語類》卷三四：「小兒子教他做詩對，大來便習舉子業。」

〔二〕憲職：負責彈劾糾察的都御史、御史一類官職。元稱御史臺爲憲臺，《元史・刑法志・職制律》：「飭官箴，稽吏課，内秩郡祀，外察行人，與聞軍國奏儀，理達民庶冤辭，凡有司刑名，賦役、銓選、會計、調度、徵收、營繕、鞫勘、審讞、勾稽及庶官廉貪，厲緊張弛，編民煢獨流移，强暴兼併，悉糾舉之。」

十六字銘

先公嘗言以十六字作座右銘，凡鑄鏡背及几杖硯匣上①，皆書之。云：「甯人負我，毋我負人②。甯存書種〔一〕，無苟富貴。」

---

① 硯：原本作「銘」，今據葉藏本、日藏本改。

② 毋：葉藏本、日藏本作「無」。

［箋注］

［一］書種：猶言讀書種子，世代相承的讀書人。宋楊萬里《送李待制季允擢第皈蜀》：「高文大册傳書種，怨句愁吟惱化工。」

和睦宗族

和睦宗族，置義莊廣宅，最是第一件好事，亦是最難之事。使其皆得如今浦江鄭氏，有家規以制之，則無愚不肖之患。賢者既守詩禮，愚者又能修教①，志氣相若，家法歸一，長幼之中，循規守矩，焉有不同居、不和睦者乎②？或有愚者愈愚，不肖者愈不肖，日習下流，自暴自棄，一家之中，賢愚相别，則難睦矣③。且如兄弟之氣稟［一］，猶自不同。有尚志氣者，所爲皆上等之事④，日篤行父師之訓，唯恐不及。有狗貪鄙者，則反是。至于交友婚姻⑤，亦下等之人，非無嚴

①修：葉藏本作「循」。
②和睦：毛藏本作「知睦」，日藏本作「和陸」，皆誤。
③睦：日藏本誤作「陸」。
④上等之事：日藏本無「事」字。
⑤至：毛藏本作「主」。

父師之教也。又有一等，氣質雖美而不學無術，聞父師之教爲不足行，論才行之士爲不足法①，甘心庸碌而不知，熏染污俗而不恥。使其交友姻戚，一旦與之往復，非惟污降志氣，抑且壞亂家規，爲子弟害；若遽然絶之，又失親情之道。若此等事，最是難處。人家不幸而遇此，則當竭力以救其源，俾知禮法相尚，過失相規可也。或不能救，則當以家法自處，切不可與之往來，熏染習俗，壞了人也。諺云：「要做好人者，自做好人；不要做好人者，自不做好人。」此言雖鄙②，然實不得已而自警也。近世士大夫家猶多此患③，至于吾家亦然。吾亦處得自好。他日子孫長成，必效浦江義門家法也。然亦無難之，行事在吾一人④，有志者行之，恐甚易也。至正庚子冬十月癸巳，燈下有感，書此以誌之⑤。時寓鄞之東湖上水居。

〔箋注〕

〔一〕氣稟：生而具備的氣質。《禮記·中庸》「天命之謂性」，宋朱熹集注：「性道雖同，而氣稟或異，故不能無

---

① 士：毛藏本作「壬」，誤。
② 此：葉藏本誤作「也」。
③ 士大夫家：葉藏本作「士人之家」。
④ 無難之，行事在吾一人：葉藏本、日藏本作「無難行之事，在吾一人」。
⑤ 書此以誌之：日藏本作「書以志之」，葉藏本作「書以識之」。

過不及之差。」《韓非子·解老》：「稽萬物之理，故不得不化；不得不化，故無常操；無常操，是以死生氣稟焉，萬智斟酌焉，萬事廢興焉。」

遺山奇虎

遺山元先生金末遭亂〔一〕，避兵行至一窮僻之所，有古廟焉，因假宿，意謂明日將他之也。忽更餘，若有人聲自梁屋間出，熟聽之，聲愈親切①，問元先生曰：「先生博學强記②，吾嘗聞之矣。試與學士一一問答之，何如？」先生曰：「某也學淺才疎，然世之經史③，亦嘗涉獵，願子問之。」於是，先問《易》，次及《詩》《春秋》《書》《四書》及漢、唐史之異同④，皆前輩所未著者⑤。先生以己意所見詳辨之。其聲稱善曰：「先生真大才也，惜乎不遇時也！」如此問答，稍間⑥，復

① 親：葉藏本、日藏本作「清」。
② 博：毛藏本作「傅」，誤。
③ 世之經史：毛藏本作「世之于經史」，葉藏本、日藏本作「于世之經史」。
④《詩》《春秋》《書》：葉藏本、日藏本作「《書》《春秋》《詩》」。
⑤ 著：葉藏本、日藏本作「考」。
⑥ 稍：原本作「稱」，今據葉藏本、日藏本改。

曰：「先生得毋饑乎①？」先生曰：「雖饑亦無奈何。」其聲曰：「學生當與先生備之，并裀褥進，先生慎無疑而勿受也②。」先生曰：「某雖不與子相識，若神若鬼，既蒙問答，亦何疑焉？」其聲曰：「願先生少出户外，當自備至③。」于是，先生出。復進，則皮毯飯羹畢具。先生始甚愧之④，因自思曰：「受此亦豈有所害耶？」食既而寢。明日將行，其聲又曰：「先生未可行，學生自先往覘之⑤。」須臾至曰：「兵事方熾，不若就此爲善也。」居數日，先生欲去，其聲又曰：「先生可行矣，然向某方則善。」先生曰：「某與子既若是情好，猶故人也。今日告别，或可使某知子之爲何人？姓氏爲誰？他日必思以報。」其聲曰：「學生非人也，因見先生遭難，故來相護耳。既欲相見，而必待送數程⑥，擇一半壁隐處，月明後夜相見就别⑦。」自此行數日，無日不見報前途虛

① 毋：葉藏本、日藏本作「無」；毛氏藏本作「母」，誤。
② 無疑而勿受：日藏本作「毋疑而忽受」，葉藏本作「毋疑焉勿受」。
③ 自：日藏本作「日」。
④ 愧：葉藏本、日藏本作「怪」。
⑤ 自：葉藏本作「當」；「覘」，毛藏本作「視」。
⑥ 而：葉藏本、日藏本作「面」，毛藏本董夢蘭校語：「而必待送數程，『而』，疑是『則』字。」送：日藏本誤作「遠」。
⑦ 月明後夜：葉藏本、日藏本作「月明夜」。

實者，先生深以爲幸。一日告①：「前途可無慮矣，學生當與先生別。」夜半月明，其聲漸近，先生倚牕立，但見一虎特大，斑文可觀②，拜舞而去。先生嘗載此事于文集。後至正庚子夏③，宗叔可道思言因備道其詳云。

［箋注］

［一］遺山元先生：元好問（1190—1257），字裕之，號遺山。金太原秀容（今山西忻州）人。金代著名文學家、史學家。興定五年（1221）進士，哀宗正大元年（1224）中博學鴻詞科，授儒林郎，充國史院編修。正大八年（1231），受詔入汴京，任尚書省掾，左司都事。金亡不仕。著有《壬辰雜編》《南冠録》《金源君臣言行録》等，均佚。今存《中州集》《唐詩鼓吹》等，其詩、文、詞、曲收入《遺山先生文集》。《金史》卷一二六有傳。

烹雞法

雞之爲畜，身有風，人食之能動風氣④。鎮江顧利賓姊丈與余言［一］：「凡治此具，俟燖毛

---

① 告：葉藏本作「告曰」。
② 斑：原本作「班」，據葉藏本等改。
③ 庚子夏：毛藏本作「序子夏」，誤；日藏本作「庚子後夏」，衍「後」字。
④ 風氣：毛藏本作「風江氣」，董夢蘭校語：「風江氣，當衍一『江』字」。

後[二]，必以少鹽擦其遍體，如澡浴狀，加以香油少許，復以湯洗浄，然後烹而食之可也。」

［箋注］

［一］顧利賓：顧觀，生卒年不詳。字利賓。金壇（今屬江蘇）人。元末明初詩人，元時曾爲星子縣尉。少攻詩，從趙文敏游。至正年間兵興，危素欲推薦其爲館閣，道阻不果。《御選元詩》選録其詩四首，清錢熙彦《元詩選補遺》録其詩十八首，且云顧觀有《容齋集》兩卷。生平事迹見《御選元詩》卷首《姓名爵里》、《元詩選補遺》小傳、《（正德）丹徒縣志》卷三等。

［二］燖：用熱水燙以去毛。酈道元《水經注・若水》：「又有温水，冬夏常熱，其源可燖雞豚。」宋蘇軾《詠湯泉》：「安能長魚鱉，僅可燖狐兔。」

見物賦形

前輩嘗言見物賦形，理之或可驗者。妊娠者食兔，必産兒缺唇。聞某處海濵一婦，嘗食螺甲之屬，所觀皆此類，忽産一物，似螺而大，且無骨。若此者，往往有之。故經傳云：「不食邪味，不聽淫聲，不視惡色[一]。」蓋亦有深意焉。是以故家俟有妊娠，則懸嬰孩像于壁，加以綵色作繪，亦使之觀感，且寓宜男之義云[二]。

［箋注］

［一］「不食邪味」以下三句：《大戴禮記》卷三《保傅第四十八》：「周后妃任成王於身，立而不跂，坐而不差，獨處而不倨，雖怒而不詈，胎教之謂也。」盧辯注：「大任孕文王，目不視惡色，耳不聽淫聲，口不起惡言，故君子謂大任爲能胎教也。古者婦人孕子之禮，寢不側，坐不邊，立不蹕，不食邪味，割不正不食，席不正不坐，目不視邪色，耳不聽淫聲，誦詩，道正事，如此則生子形容端，心平正，才過人矣。任子之時必慎所感，感於善則善，感於惡則惡也。」

［二］宜男：謂多子。《北史·崔㥄傳》：「婁太后爲博陵王納㥄妹爲妃……婚夕，文宣帝舉酒祝曰：『新婦宜男，孝順富貴。』」

生果菜①

凡生菓菜，必净洗而後食。先師趙德輝老先生在至順辛未年館于宅前莊，嘗言：上埠一婦人，就山林中采筍歸，覺粘如飴涎②，既剥筍，則筍殼以齒嚙開③，一時不暇洗盥，由是成孕，後産

---

① 題「生果菜」，原本目録作「生菓菜」。按：菓，同「果」。

② 粘如飴涎：葉藏本、日藏本作「手粘如飴涎」；毛藏本作「粘如飴延」。

③ 既剥筍，則筍殼以齒嚙開：葉藏本、日藏本作「既剥筍殼，以齒齧開」。

蛇妖而死。

祖宗之法

吾嘗論祖宗之法不可失，祖宗之財或可失，使其遇盜遭亂離，則田宅財貨皆不保矣①，惟家法不可一日紊也[一]。雖處患難，家法猶存②，惡可廢乎？

【箋注】

[一] 紊：亂。《書・盤庚上》：「若網在綱，有條而不紊。」孔傳：「紊，亂也。」孔穎達疏：「紊是絲亂，故爲亂也。」

宋末豪民

溧陽宋末豪民潘賢二者，害衆成家，造樓于東橋東側，于庚申年某月某日卯時立柱，未幾而

---

① 田：葉藏本誤作「日」。

② 存：葉藏本、日藏本作「在」。

敗，凡田産房舍，皆籍入官。北兵至，有襄陽王經歷者〔一〕，爲本州幕官〔二〕，國初此地爲府也，見此樓偉然，又出於市橋之間，官價所得，爲主三十有餘年，轉貨于市民周信臣〔三〕。至正壬辰①，寇火燬之。王經歷正是年造樓之日卯時始生，造物之有數也，豈偶然哉②！

【箋注】

〔一〕襄陽：今屬湖北。《元史》卷五九《地理志二》：「襄陽路，唐初爲襄州，後改襄陽郡。宋爲襄陽府。元至元十年，兵破樊城，襄陽守臣吕文焕降，罷宋京西安撫司，立河南等路行中書省，更襄陽府爲散府，未幾罷省。十一年，改襄陽府爲總管府，又立荆湖等路行樞密院。十二年，立荆湖行中書省，後復罷。」

〔二〕幕官：即幕职官。宋何薳《春渚紀聞・司馬才仲遇蘇小》：「及才仲以東坡先生薦，應制舉中等，遂爲錢塘幕官。」元陶宗儀《輟耕録・越民考》：「君即自署諸參謀爲幕官，曰經歷，曰都事者，不可枚舉。」

〔三〕周信臣：卷四《江南富户》：「至正乙酉間，江南富户多納粟補官，倍于往歲，由是楊希茂父子、周信臣、蔣文秀、吕養浩等一時炫耀于鄉里。未幾，信臣以他贓罪黜，文秀以倨傲被訐，希茂父子自劾免罪，養浩以他事見拘。」

---

① 至正：日藏本作「至至」，誤。

② 豈偶然哉：葉藏本、日藏本作「如此，豈偶然哉」。

宋末叛臣

宋末叛臣范殿帥文虎〔二〕，行兵擅殺，不可言①。國初及宋末，所得湖州南潯及慶元慈溪等處田土，皆以勢豪奪之者。至正壬辰，紅巾寇杭城②，其孫范静善爲錢唐縣尹者，從逆，劫官庫，克復後伏誅，田地房舍皆没入官③。妻子以慶元袁日嚴所謀，幸免其禍。范之妻，日嚴異母姊也。日嚴以同父之故，痛其犯刑，乃以重賂贖之，其義亦可尚矣。世之叛主不忠，擅殺不仁，豪奪不義者，盍以是觀之④！諺云：「善惡有報，只争遲早⑤。」斯言吾信之也⑥。

---

① 不可言：葉藏本、日藏本作「不言可知」。
② 寇杭城：葉藏本、日藏本作「寇犯杭城」。
③ 皆没入官：毛藏本作「皆皆没入官」，衍「皆」字。
④ 觀之：葉藏本、日藏本作「觀之哉」。
⑤ 只争遲早：日藏本作「則争遲早」，葉藏本脱此句。
⑥ 斯言：葉藏本作「則斯言」。

【箋注】

［一］范殿帥文虎：范文虎（？—1301），南宋降元將領。曾任南宋殿前副指揮使、安慶知府。至元十二年（1275）以安慶城降元，授兩浙大都督。宋亡，拜行省參知政事。十五年（1278），進行省左丞。十七年（1280），從阿剌罕統兵攻日本，中途遇颶風，敗歸。後官至尚書右丞、商議樞密院事。

浙東辟地

鄉人有浙東辟地慶元，後爲憲司書吏①［一］，適他所。將行，因忿此邦人情太薄②，嘗時未嘗受相識之惠③，乃戲言于其故人曰：「此去甚好，免使他日欲報人恩耳。」蓋反言以騷世也④。予曰不然。真是確論。使其或受人之惠，則長己之貪，必至于無厭之賤，他日能施報，或庶幾焉。使其不能報，則有負于心，何面目立于天地間耶⑤？不若無所求于人，亦無所報于人，彼此各淡

---

① 書：原本作「畜」，今據葉藏本、日藏本改。
② 忿：葉藏本誤作「念」。
③ 嘗：日藏本作「常」。
④ 反言以騷世也：葉藏本、日藏本作「反騷也」。
⑤ 目：毛藏本作「日」，形誤。

薄，實爲幸事。使吾輩處鄉里從容之時[二]，却不可以效此。偶遇隣族之貧弱①，賢士之困窮，過往之無聊者，則當量力以周給之，盡其在我，亦不妄思求報于彼也②。向在家，若此者不知其幾，今日遇諸途，若未相識，吾亦無所憾③，亦未嘗受吾惠也。先祖嘗言曰：「甯人負我，無我負人。」此之謂歟！

【箋注】

[一] 憲司：指地方监察機構。

[二] 從容：盤桓逗留。《楚辭·九章·悲回風》：「寤從容以周流兮，聊逍遥以自恃。」元孫叔順《粉蝶兒》套曲：「停立在曲檻邊，從容在芳徑裏。」

---

① 偶：葉藏本、日藏本作「倘」。

② 妄：毛藏本作「忘」，誤。

③ 若此者不知其幾，今日遇諸途，若未相識，吾亦無所：原本脱，今據葉藏本。日藏本補。

饒州御土

饒州御土[一]，其色白如粉堊①[二]。每歲差官監造器皿以貢②，謂之御土窑，燒罷即封土③，不敢私也。或有貢餘土[三]，作盤盂、碗碟、壺注、杯盞之類④，白而瑩，色可愛。底色未着油藥處[四]，猶如白粉。甚雅⑤，薄難愛護，世亦難得佳者⑥。今貨者皆别土也，雖白而堊等耳⑦。

【箋注】

[一] 饒州：《元史》卷六二《地理志五》：「饒州路，上。唐改鄱陽郡，仍改饒州，宋因之。元至元十四年，升饒州

---

① 堊：葉藏本作「粉壁」。
② 皿：日藏本作「血」，誤。
③ 土：日藏本作「工」。
④ 作：葉藏本、日藏本作「造」；杯盞之類：毛藏本作「杯盞之之類」，衍「之」字。
⑤ 甚：日藏本作「其」。
⑥ 佳：毛藏本作「住」，形誤。
⑦ 堊等：「等」字原本闕，今據葉藏本、日藏本補；毛藏本作「堊得」。

路總管府。」治所在鄱陽縣（今屬江西）。《輿地紀勝》卷二三《饒州・風俗形勝》下引徐湛《鄱陽記》：「饒州北有堯山，嘗以堯爲號，又以地饒衍遂加食爲饒。」御土：御用瓷器原料，因專門用於燒造皇家御用器皿，故稱。

［二］堊：白土。《莊子・徐無鬼》：「郢人堊慢其鼻端，若蠅翼，使匠石斲之。匠石運斤成風，聽而斲之，盡堊而鼻不傷。」明宋應星《天工開物・白瓷》：「凡白土曰堊，爲陶家精美器用。」

［三］餘土：江西餘干出産的製瓷原料。

［四］油：通「釉」。

吃素看經①

諺云：「窮吃素，老看經［一］。」言人强爲也。吾以爲不然。若窮時，安分不妄想，亦是好事，免致干人取厭②［二］。老而行善，絶已往非僻之心，亦可爲好人。蓋做得一時好事，即做一時好人。臨死之日③，雖惡人悔過，言辭頗善，可爲世法者④，亦當取之。吃素看經，雖是世俗鄙見，

---

① 題「吃素看經」，原本作「喫素看經」。按：喫，同「吃」。
② 干：葉藏本作「于」，形誤。
③ 之日：日藏本脱「日」。
④ 世：日藏本作「也」，誤。

推此以往于下等人之中①，亦可免爲惡、好殺、好貪之患，何所不可耶②？吾故以是説解之。

［箋注］

［一］窮吃素，老看經：元楊景賢《馬丹陽度脱劉行首》第二折：「你不知道閑官清，醜婦貞，窮吃素，老看經？我如今青春之際，我怎生出的家？」

［二］干人：宋「干當人」之省稱，由「勾當人」演變而來，意爲吏人。後亦引申爲窮人。宋袁采《袁氏世範》卷三《淳謹干人可付託》：「干人有管庫者，須常謹其簿書，審其見存。干人有管穀米者，須嚴其簿書，謹其管鑰，兼擇謹畏之人使之看守。干人有貸財本興販者，須擇其淳厚愛惜家業，方可付託。」

① 推：葉藏本作「惟」。
② 不可耶：毛藏本作「不可殺耶」，衍「殺」字。

至正直記卷三

景明好事

溧陽承平時，好事者多。如江景明家，專設賓館，欵留名士。建平縣尹王勉起宗[一]，號東巖，以事罷，來館于江，賦詩作畫，飲饌無虚日，或終歲焉。卞仲祥欵延前御史周馳景遠亦如之[二]。石莊史道原欵接鄭禾子實于家[三]，賦詩作畫，以習文采。白湛淵一日嘗賦六言四季詩意[四]，道原愛之，求子實爲作圖①，以雙幅好細絹，用大着色，逾年而成，湛淵復題詩于上。蓋湛淵，翁也；子實，壻也。一時好事者争相訪玩，車馬盈門，筵宴無虚日，且品饌製度器用清玩皆不俗。是習于浙西故家之遺風，又溧陽宋季趙、俞二府所傳也②。其詩有云[五]：「紅杏綠楊永晝，野服柴門散仙。莫道無人知處，東風都在吟箋。」又云：「蓮葉吹香澹澹，扁舟撐影

---

① 爲作：葉藏本、日藏本作「作爲」，倒乙。

② 俞：葉藏本、日藏本作「余」。

斜斜①。驚散一行白鷺，東風捲起梨花②。」後二首忘之，備見白氏集中。此畫後質之于余外家，又歸之于余③，壬辰燬于寇。東巖所畫《景明南山圖》大幅，屬之予表兄沈子高，壬辰亦燬之④，短卷今在予行囊中。此畫蓋王氏生平妙筆，其嘗自謂：「如此去當追配古人⑤，不可忽吾所作也。」景明廢之也。

【箋注】

〔一〕王勉：生卒年不詳。字起宗，號東巖。元泰安人（今屬山東）。著名畫家。大德間任建平縣尹。《元詩選癸集》乙集存其詩二首。《元詩選癸集》：「勉字起宗，號東巖，□□人。大德間任建平縣尹，以事罷。館于溧陽江景明家，賦詩作畫飲饌無虛日，或終歲焉。」

〔二〕卞仲祥：生卒年、爵里不詳。清孫岳頒《佩文齋書畫譜》卷三七《書家傳十六・元一》引狄斯彬《野志續

---

① 影：清張豫章《四朝詩》、《四庫全書》本《湛淵集》作「港」。

② 東：《四朝詩》、《四庫全書》本《湛淵集》作「西」。葉藏本此詩作：「蓮葉吹香澹澹，扁舟驚散一行白鷺，風捲起梨花。」抄誤。

③ 余：葉藏本、日藏本作「予」。

④ 燬：日藏本作「煆」，誤。

⑤ 去：葉藏本、日藏本作「云」。

編》：「卞仲祥能詩詞，善書法，結交名勝。與周景遠馳、劉時中致友愛。」元仇遠《金淵集》有《和卞仲祥》兩首、《再和卞仲祥》詩。周馳：生卒年不詳。字景遠，號如是翁。元聊城（今屬山東）人。詩人，書法家。至元二十年（1285）任秘書監校書郎，遷翰林應奉，至大三年（1310）累遷南臺御史，官終燕南憲僉。生平見《至正金陵新志》卷六、《書史會要》卷七、《元詩選》三集、《如是翁集》《元史類編》卷三十六等。元陶宗儀《書史會要》卷七：「周馳，字景遠，聊城人。官至僉燕南廉訪司事。經術贍逸，憲度著明，行草宗二王，婉約豐妍。」清王梓材《宋元學案補遺·別附卷三》據《輟耕録》：「周馳，號景遠先生。名能文。爲南臺御史時，分治過浙省。每日與朋友往復。其書吏不樂，似有舉刺之意。大書壁上曰：御史某日訪某人。某日某人來訪。御史忽呼吏謂曰，我嘗又訪某人，汝乃失記，何也？第補書之。因復謂曰，人之所以讀書爲士君子者，正欲爲五常主張也。使我今日謝絶故舊，是爲御史而無一常，寧不爲御史，不可絶人理。吏赧然而退。」

〔三〕鄭禾子實：鄭子實，生卒年、爵里不詳。元代書畫家。元陸文圭《題鄭子實秋溪釣雨圖》：「水墨淡淡，烟雨濛濛。溪抱前山，人倚孤篷。我懷季鷹，感慨秋風。身覊洛下，興寄吴淞。」題下小序云：「江晚漁歸，鄭谷能詩，未能畫也；今子實乃能之耶。四言八句，聊啓一笑。」（《牆東類稿》卷十五）元龔璛《題鄭子實著色溪山漁樂圖》：「東風忽來吹緑雨，閑雲更學苕花舞。山中之人歸未歸，溪上漁舟泛春渚。」（《元詩選二集》）

〔四〕白湛淵：白珽（1248—1328），字廷玉，號湛淵，晚號棲霞山人。元杭州錢塘（今浙江杭州）人。今存《湛淵遺稿》三卷，清人沈景梁輯。《新元史》卷二三七有傳。元方回《送白廷玉如當塗詩序》：「余友白廷玉爲當塗學官，常所往來者，咸以詩祖其行。余讀之，詩用意各不同，爲廷玉屈者非也，以其小伸喜之亦非也。……今諸人之詩，訟廷玉之屈歟？雖終身布衣，非屈。賛廷玉之伸歟？雖驟爲卿相，不足言伸。顧胸中所存如何耳。廷玉過寓公陳威仲，亦今之處者也，試相與論之。至元辛卯九月十一日，紫陽後學方回序。」（《桐江集》卷一）明宋濂《元故湛淵先生白公墓銘》：「……先生諱珽，字廷玉，白，其姓也。出於宋丞相時中之裔，世居文水。……五歲能屬對，八歲能賦詩，十三受經太學，習爲科舉業，轟然有聲場屋間，一時貴人争欲出其門下。甫及壯，元丞相伯顔平江南，聞先生賢，檄爲安豐丞，辭不赴，乃客於藏書之家，晝繙夜誦，燈墜花穴帽，不知也。如是者一十七年。程文憲公鉅夫、劉中丞伯宣前後交薦之，復以疾辭。……自幼至老，無一日廢問學，故能長於詩文。紫陽方公回，稱其『冠絶古今，有英雄大丈夫氣』。剡源戴公表元，謂其『注波《五經》之淵，披條百氏之畹』。廬陵劉公辰翁，又言其『不爲雕刻苛碎，蒼然者，不惟極塵外之趣，兼有雲山《韶》《濩》之音』。皆確論也。翰墨雖其餘事，亦有晉魏風。酒酣，命二童持紙，懸筆一揮，疾如雨風，聲光翕然四達。而先生素志丘壑，以退爲進，故位不逮名，君子惜之。……先生所著書，曰《詩》，曰《文》，曰《經子類訓》，曰《集翠裘》，曰《静語》，皆二十卷。嘗鋟諸梓，四方多傳誦。」（《宋濂全集》卷六十五）

〔五〕其詩有云：以下所引白珽兩詩《湛淵遺稿》卷中題爲《題鄭子真畫四季詩意》。按：「鄭子真」乃「鄭子實」之訛。

學宫香鼎

學宫香鼎將燼①〔一〕，而忽焰如燭光者，謂之香笑，主吉慶，其地必産英賢或出進士。鄞學掌

① 宫：原本作「官」，形誤。今據葉藏本、日藏本改。

儀臧某爲予言如此[二]①。

【箋注】

[一] 學宮：古代學舍，後泛指官學。元、明、清三代各府、州、縣孔廟亦稱爲「學宮」，因地方各級儒學與孔廟同設一處，故名。《漢書・何武傳》：「行部必先即學宮見諸生，試其誦論，問以得失。」《三國志・魏志・杜畿傳》：「（畿）於是冬月修戎講武，又開學宮，親自執經教授，郡中化之。」《元史・韓鏞傳》：「鏞知民可教，俾俊秀入學宮，求宿儒學行俱尊者，列爲五經師，旦望必幅巾深衣以謁先聖，月必考訂課試，以示勸勵。」

[二] 掌儀：官名。宋太學、武學、州縣學常置一員，掌升堂釋奠禮儀。元王沂《送劉掌儀序》：「今也俾民得以見先王之禮者，學校釋奠而已。而國者又天下之所觀也，非習之有素、閑之有具，而欲其周旋中節也難矣哉！此掌儀所以設也。」（《全元文》卷一八二六）

張昱論解

江西張昱光弼嘗與予言[一]，其鄉先生論解管氏反坫之説②[二]，便如今日親王貴卿飲酒，

---

① 鄞：原本作「勤」，莊校：「疑爲『鄞學』之誤。」今據葉藏本改。

② 坫：毛藏本、日藏本、葉藏本皆作「玷」，形誤。

必令執事者唱一聲，謂之喝盞，飲畢，則别盞斟酌①，以飲衆賓者②。浙江行省駙馬丞相相遇賀正旦及常宴[三]，必用此禮，蓋出于至尊以及乎王爵也③。

[箋注]

[一]張昱：字光弼（1289？—1371？），號一笑居士。元廬陵（今江西吉安）人。擅歌詩。仕元，任江浙行省左、右司員外郎，行樞密院判官。明太祖徵至京，憫其老，遣還。自號「可閑老人」。卒年八十三。有《張光弼詩集》兩卷（别本作七卷），又題爲《可閑老人集》（《四庫全書》）或《廬陵集》（《元詩選》）。《新元史》卷二三八有傳。元劉仁本《一笑居士傳》：「居士姓張氏，名昱，光弼其字也。世爲江右廬陵人。性直亮，胸襟坦夷，豐度出人表。涉獵經傳子史，爲文章詩歌，綽有古風。嗜酒愛賓客，尊俎笑談，終日無厭。應事酬酢，决機敏捷。故當亂世，王侯將相争羅致之。……居士乃欲志於道德以立身，忘人之勢固，不縱詭隨，不諂流俗，特立獨行，全身保節，則宜寓形宇宙，寄傲一笑間也。一笑之頃，至樂存焉。傳曰：『樂然後笑，人不厭其笑。』居士之謂乎？」（《羽庭集》卷六）《元詩選初集下》辛集「可閑老人張昱」小傳：「……其生平所作，散亡已多，楊文貞公士奇搜得其遺稿，爲之序曰：……先生之

---

①酌：葉藏本作「酒」。
②飲：葉藏本作「酌」；者：葉藏本、日藏本作「若」。
③出于：毛氏藏本作「于出」，董夢蘭校語：「蓋出於至尊，『於』『出』，乃倒轉」；「以及乎」，葉藏本、日藏本作「以及于」。

詩，氣宇閎壯，節制老成，而從容雅則，稱其所傳。」

〔二〕管氏：指管仲。反坫：又稱「反爵之坫」，周代諸侯間的一種宴禮。坫，放置爵等器皿的禮具。《論語·八佾》：「邦君樹塞門，管氏亦樹塞門；邦君爲兩君之好有反坫，管氏亦有反坫；管氏而知禮，孰不知禮。」鄭玄注：「反坫，反爵之坫，在兩楹之間。人君别内外，於門樹屏以蔽之。若與鄰國爲好會，其獻酢之禮，更酌，酌畢，則各反爵於坫上。」《禮記·郊特牲》：「臺門而旅樹，反坫，繡黼丹朱中衣，大夫之僭禮也。」鄭玄注：「反坫，反爵之坫也。蓋在尊南。兩君相見，主君既獻，於反爵焉。」

〔三〕正旦：正月初一。《列子·説符》：「邯鄲之民，以正月之旦，獻鳩于簡子，簡子大悦，厚賞之。客問其故，簡子曰：『正旦放生，示有恩也。』」《明史·彭韶傳》：「正旦者，歲事之始。」

老儒遺文

先人于延祐戊午時，在嘉興幕府聞宋末一老儒，以某郡知府而致仕歸①，無子，養子承其業。年幾七十，妾始生子。老儒病，以所居之田宅析爲二，俾各受其半②。未幾，復召其妾，語

① 而致仕：葉藏本、日藏本無「而」字。
② 半：日藏本作「子」。

之曰：「吾歿後，養子必利其財以害親子。」乃作一絶句付其妾，俾以蠟紙裹封納小瓶中①，慎勿令人知。紿曰[一]：「祭糧罌當隨椁埋于墓左[二]，他日有患，以此驗于官。」居數年，養子果以親子非父所出，併母逐之。後妾引其子告于官。有知府者，昔與老儒同學②，詰其妾曰：「老先生爲人有學識，性縝密，此事關係甚大，何獨無遺文耶？」妾曰：「屏去左右，當請具之。」遂遣吏卒同此妾啓視之，果得一罌，有詩云：「七十餘年一點真，此真之外更無親。雖然不得供温凊，也是墳前拜掃人。」知府驗之，果老儒之親筆也。養子遂伏誣。

[箋注]

[一] 紿：通「遺」，留。

[二] 糧罌：盛糧的陶器，大肚小口，古代墓葬用爲明器（即冥器）。《顔氏家訓·終制》：「吾當松棺二寸，衣帽已外，一不得自隨，床上唯施七星板；至如蠟弩牙、玉豚、錫人之屬，並須停省，糧罌明器，故不得營，碑誌旒旐，彌在言外。」宋高承《事物紀原·吉凶典制·糧罌》：「今喪家棺斂，柩中必置糧罌者……《禮·檀弓》曰：重，生道也。《三禮圖》曰：重起于商代，以飯含餘粥以鬲盛之，名曰重。設之於庭，恐神依之以食。今之糧罌，即古重之遺意也。」

---

① 納：原本作「細」，董夢蘭校語「細小瓶中，『細』是『納』」。今據葉藏本、日藏本改。

② 儒：原本作「人」，今據葉藏本、日藏本改。

恕可蘭亭

陳如心恕可先生閒居會稽時①[一]，教子弟寫字，以右軍《蘭亭帖》刻于木，陽文用朱色印，令作字式，久而能書。程敬叔先生亦以智永《千文真字本》刻板②[二]，用蘇木濃煎紅水印紙，令諸生習書尤好。若歸鄉日③，必用此法也④。

[箋注]

[一] 陳如心：陳恕可(1258—1339)，字行之，一字如心，自號宛委居士。宋固始(今屬河南)人，居山陰(今浙江紹興)。宋末中銓試，授虹縣主簿。入元，居錢塘，至元二十七年(1290)，起爲西湖書院山長，歷崇德州、廬州路教授。至大四年(1311)，遷江山主簿，轉寶慶路知事。除上海縣丞。泰定二年(1325)，以吴縣尹致仕。《樂府補題》載

---

① 閒居：葉藏本作「聞名」。
② 智永千文真字本刻板：葉藏本作「智未永文真字木刻」，抄誤。
③ 若：毛藏本作「音」，董夢蘭校語「『音』字當是『意』字」；葉藏本、日藏本作「吾」。
④ 用：葉藏本、日藏本作「效」。

其詞四首，《全宋詞》據以録入。會稽：今浙江紹興。《元史》卷六二《地理志五》：「紹興路，上。唐初爲越州，又改會稽郡，又仍爲越州。宋爲紹興府。元至元十三年，改紹興路。」

［二］程敬叔：程端禮（1271—1345），字敬叔，號畏齋。元鄞縣（今浙江寧波）人。學者、詩文家。從史蒙卿游，治朱子之學。被舉薦爲建平、建德兩縣儒學教諭。歷任信州稼軒書院及建康江東書院山長。授鉛山州儒學教授，秩滿，以台州路儒學教授致仕。有《畏齋文集》，不存，《四庫全書》自《永樂大典》中輯出《畏齋集》六卷，欒貴明《四庫輯本别集拾遺》自《永樂大典》殘帙補輯出佚作三篇。另撰有《讀書分年日程》三卷、《綱領》一卷，《集慶路江東書院講義》一卷，今存。生平事迹見黄溍撰墓誌銘、《元史》卷一九〇、《兩浙名賢録》卷四、《甬上先賢傳》卷一一、《宋元學案》卷八七等。元黄溍《將仕佐郎台州路儒學教授致仕程先生墓誌銘》：「先生所著有《進學規程》若干卷，國子監以頒於郡縣學，使以爲學法。有《畏齋文集》若干卷，藏於家。……」（《金華黄先生文集》卷三三）《四庫全書總目》卷一六六《畏齋集》「提要」：「其學以朱子爲宗。……必以晦庵一集律天下萬世，而詩如李杜，文如韓歐，均斥之以衰且壞，此一家之私言，非千古之通論也。然端禮所作，尚皆明白淳實，不骫於正。而其持論，亦足以矯淫哇豔冶之弊，于文章尚不爲無功。」智永：生卒年不詳。俗姓王，名法極，永欣寺僧，俗號「永禪師」。會稽（今浙江紹興）人。陳隋間書法家。晉王羲之七世孫，王羲之第五子王徽之之後。有《真草千字文》書迹傳世。

不食糟辣

先人平日不食糟薑、胡椒及炙煿之味［一］，以其動痔血也。不食蒜，以其葷心損目且穢氣也。不食鹽物①，以其傷肺動咳嗽也。日惟猪肉、腎、肚臟、蹄膊等②，肉必爛熟而進，或鯽、鯿、白鱖以爲常饌，羊、牛、雞、鵝則間進之，然止于一味而已。冬月則麃、野凫和蘿蔔及蒸鴨子和鱘鮓常進。天寒飲雞子和葱絲酒三杯。野味惟鹿、獐、玉面狸、山雞之雄者、鵪鶉、斑鳩之類，餘不多食，及未成物者亦不食。年及五十，齒皆蛀脱③，肉食必細剉，常時喜食糖蜜及時果，剩貯小奩，置之左右，日不可闕。暮夜必以炒芝蔴和乾餅擂作糊茗以進，蓋欲潤腸肺也。

［箋注］

［一］炙煿：熏烤。

喜啖山獐

先妣喜啖山獐及鯽魚、斑鳩、燒猪肋骨④，餘不多食。平生唯忌牛肉，遺命子孫勿食。先人深憎

① 鹽：葉藏本、日藏本作「鹹」。
② 腎：毛藏本作「賢」，形誤。
③ 皆蛀脱：原本作「及炷脱」，毛藏本董夢蘭校語「齒牙蛀脱，『牙』訛『及』」，今據葉藏本、日藏本改。
④ 妣：毛藏本作「如」，誤；「山獐及鯽魚」：葉藏本、日藏本無「及」字；斑：原本作「班」，據葉藏本等改。

惡家鼍，非但不食，若聞其聲亦怒，蓋賤其情狀之可厭也。至于隣近亦不敢畜之①，止進其子耳②。

不嫁異俗

先人居家，誓不以女嫁異俗之類[一]。嘗曰：「娶他之女尚不可，豈可以己女往事，以辱百世之祖宗乎③？」蓋異類非人性所能度之，彼貴盛則薄此，必别娶本類，以凌辱吾輩之女；貧賤則來相依，有乞覔無厭之患。金陵王起岩最無遠識[二]，以女事録事司達魯花赤之子某者[三]，政受此患，猶有不忍言者。世上若此類者頗多，不能盡載，則我趙子威先生如此顯仕，有力量遠識，一時爲所悮，尚使其女懷終身之恨。世俗所謂「非我同類，其心必異[四]」，果信然也，可不謹哉！

［箋注］

［一］誓不以女嫁異俗之類：元王結《善俗要義》：「又聞府中人家，亦有苟貪財賄，甘與異類爲婚者。此乃風

①「隣近」，毛藏本作「迫」，董夢蘭校語「『隣近』訛爲『隣迫』」。

② 止：毛藏本作「正」，形誤。

③ 百：毛藏本作「日」，誤。

俗薄惡，家法污穢之極，可羞可賤，而他處所無有也，然皆父母兄長之過。聞吾言而思之，豈無愧耻之心哉？嗚呼！良家子女安忍配偶異類之身乎？今後凡議婚姻，欽依元定聘財，選擇氣類相同良善之家，又遵用吾説，謹其始而以親愛信實終之，則人倫漸明，風俗漸厚矣。」（《文忠集》卷六）

［二］王起岩：清王梓材、馮雲濠《宋元學案補遺》卷八七《縣尹王起巖先生起宗》據元無名氏《東園友聞》：「王起宗，號起巖，乃吴草廬門人。江東名士也。常招程敬叔（程端禮，字敬叔）教其子弟，建江東書院以處之。學徒如雲，衣食或不充，咸資于先生。」此所記王起宗即王勉，見前《景明好事》注。《直記》本則所記「王起岩」或即王勉，姑存之，以俟識者。

［三］録事司：官署名。金、元兩代置。掌平理獄訟及民政事務。《金史·百官志三》：「諸府節鎮録事司：録事一員，正八品；判官一員，正九品。掌同警巡使。」《元史·百官志七》：「録事司，秩正八品。凡路府所治，置一司，以掌城中户民之事。中統二年詔驗民户，定爲員數。二千户以上，設録事、司候、判官各一員；二千户以下，省判官不置。至元二十年置達魯花赤一員，省司候，以判官兼捕盗之事，典吏一員。若城市民少，則不置司，歸之倚郭縣。在兩京，則爲警巡院。獨杭州置四司，後省爲左、右兩司。」達魯花赤：蒙古語，即鎮守者之意。蒙古和元朝的官名，爲所在地方、軍隊和官衙的最大監治長官。

［四］非我同類，其心必異：《左傳·成公四年》：「史佚之志有之，曰：『非我族類，其心必異。』楚雖大，非吾族也，其肯字我乎？」

婢不配僕

先人誓不以婢配僕廝。或有僕役忠勤可任者，則别娶婦女以配之，婢則别配佃客鄰人之謹愿者[一]。嘗謂婢僕一番配了①，後來者必私相自議，意必謂後日當配也，漸致奸盜之患。或配矣，又添内外私盜，甚費關防②。

【箋注】

[一]「或有僕役忠勤可任者」以下三句：《沈刻元典章》十八《户部四·驅良婚·奴婢不嫁良人》：「奴婢嫁娶良人，除已前年分婚聘並經官斷者，止依已斷，不在此限，依舊住坐。擬自至元六年正月初一日已後，諸奴婢不得嫁娶招召良人。如委有自願者，各立婚書，許聽爲婚。」

---

① 番：原本作「書」，形誤，今據葉藏本、日藏本改。
② 關：毛藏本作「開」，形誤。

僕厮端謹

先人取僕厮，未嘗要有市井浮浪之態及時衣澆服者[一]，惟求其端謹頗愚癡者畜之。至于婢妾亦然，甯于里鄰擇田舍女子頗能女工者①，不求其顏色也。衣服裝飾並與里巷相同②，無使異也。

［箋注］

［一］澆：薄，不厚，亦謂浮薄。《後漢書·朱穆傳》：「常感時澆薄，慕尚敦篤。」宋陸游《太古》：「不須追咎爲書契，初結繩時俗已澆。」

友畏江西

先人交友惟畏江西與台人，蓋謂其無情。或有妻子矣，又游他方，見富貴可依者便云未

① 里：葉藏本作「田」，誤。
② 裝：日藏本作「妝」。

娶①，若設計爲壻②；既娶矣，外家貧，又往而之他方，亦云未娶，則前日之妻皆不顧，亦無所記念矣。台人亦然。至于父母亦棄而不養，况朋友之交情乎？所以懼之也。平生之友江西及台者僅一二人而已，蓋于有鄉德異于其鄉俗者也③。

深惡游惰

先人嘗見游惰之民及懶惰不習生理者④〔一〕，深患惡之，終身未嘗輕與之一交也。子弟或有語言不務實、衣服異于衆者，必嚴訶禁之。比與人約⑤，必信，或有故亦必報其所以然者⑥，至

---

① 便：日藏本誤作「使」。
② 若：葉藏本、日藏本作「必」。
③ 于有鄉德：葉藏本、日藏本作「有德」。
④ 嘗見游惰：葉藏本、日藏本作「凡見游説」。
⑤ 比：葉藏本、日藏本作「凡」，毛藏本董夢蘭校語：「凡與人約，『凡』是『比』字，觀下文可知。」
⑥ 所以然者：葉藏本、日藏本無「者」字。

于僕細皆如此[二]。凡與人期①，必曰某日。若曰三五日，則叱之曰：「三日則云三日②，五日則云五日。三五却是十五日也。」嚴毅至于一言一笑之間，亦未嘗輕易也。居家未嘗閒坐，或看書，或監治襍務，或理歲計，甚至婢僕之役冗者，亦間提調之[三]。片石、碎瓦、木屑、斷釘之類③，時使人收貯一庫，用則取之。所以先妣效習頗熟④，終身勤苦，皆相如此。至于今日，子孫雖在患難之中不致飢凍者，皆父母不暴殄天物之報也。嗚呼痛哉！

【箋注】

〔一〕游惰：游蕩懶惰。《宋書·孔季恭傳》：「季恭到任，務存治實，敕止浮華，翦罰游惰，由是寇盜衰止，境内肅清。」唐白居易《息游墮策》：「當今游墮者逸而利，農桑者勞而傷。」元孛术魯翀《大都鄉試策問》：「游惰萃於都城，况其遠者乎！」

〔二〕僕細：泛指僕從。細，此指地位低微之人。《南史·薛安都傳》：「卿從弟服章言論，與寒細不異。」宋曾鞏《太子賓客致仕陳公神道碑銘》：「知撫州，恩信行部曲，奸强擾服，貧細得其職。」

---

① 與：日藏本作「其」，誤。
② 日：毛藏本作「月」，形誤。
③ 片：原本作「井」，今據葉藏本、日藏本改。
④ 妣：毛藏本作「如」；「效」，葉藏本作「故」。

〔三〕提調：管領；調度。元楊暹《西游記·江流認親》：「是以名曰玄奘。今年十八歲，提調滿寺大衆。」清李漁《比目魚·奏捷》：「蒙上臺批下詳文，把各路兵馬錢糧，都屬我一人提調。」

衣服尚儉

先人衣服，惟尚紬絹、木棉，若毳衣、紵絲、綾羅不過各一二件而已〔一〕。白紬襖一着三十年①，舊而不污。平生惜物如此。至于片紙亦謹藏之，一文亦未嘗施于無用處②。布衣、素履、磁器、木筯與常人同。或譏之太簡，先人曰：「吾昔者甚貧，今日頗富，始終皆是吾也。豈可以此爲憂樂而有異哉！」蓋隨遇而安，無預于己，故無適而不自得也，知者鮮矣③。

【箋注】

〔一〕毳衣：毛皮所製衣。北齊劉晝《新論·適才》：「紫貂，白狐，製以爲裘，郁若慶雲，皎如荆玉，此毳衣之美

① 白紬襖一着：葉藏本作「一白紬襖着」。
② 無用處：日藏本闕「用」字。
③ 知：葉藏本作「如」。

也。」唐李敬方《太和公主還宮》：「金殿更戎幄，青祛换毳衣。」

月蝕大雨詞

江西一士人某至京師久，見月蝕、大雨，作二小詞①，偶忘某調，云：「前年蝕了，去年蝕了，今年又盞作平聲。來了。姮娥傳語這妖蟇[二]，逞胡四切。臉則管不了。鑼篩破了，鼓擂破了，謝天地早是明了。若還到底不明時，黑洞洞、幾時是了？」「城中黑潦，村中黄潦，人都道天瓢翻了。出門濺吾一身泥②，這污穢、如何可掃。東家壁倒，西家壁倒，窺見室家之好。問天工還有幾時晴③？天也道、陰晴難保。」此二詞雖近俚俗，然非深于今樂府者不能作也。詠其詞旨④，蓋亦有深意焉。豈非《三百篇》之後，其諷刺之遺風耶？此聞諸亡友楊大同云。

① 二：日藏本作「一」。
② 門：原本作「吾」，今據葉藏本、日藏本改；「吾」，葉藏本、日藏本作「我」。
③ 天工：葉藏本作「大王」。
④ 詠其詞旨：毛藏本董夢蘭校語：「味其詞旨，『味』字誤寫作『詠』。」

［箋注］

［一］蟇：同「蟆」。傳説月中有蟾蜍，故云。

平江讖語

「平江」二字，讖者云「淫」字也。是以平江人多淫，男女淫奔，恬不爲愧①。張九四陷平江②，僭改隆平府[一]。讖者云：「隆平」二字，遠觀似「降卒」，不久當歸正。果然。吴善卿守紹興③，集民兵號曰「果毅」，以篆書二字懸于兵卒之背，讖者云是「果殺」二字④，不久當敗。果然。「姑蘇」二字，讖云「一女養十口」。是以風俗與温州同⑤，「温」字遠觀似「淫」字⑥。

---

① 愧：葉藏本、日藏本作「怪」。
② 平：日藏本作「江」，誤。
③ 吴：葉藏本誤作「其」。
④ 果：日藏本作「呆」，葉藏本作「呆」，誤。
⑤ 與温州同：葉藏本作「與温州同也」。
⑥ 似：葉藏本、日藏本作「如」。

[箋注]

[一] 張九四陷平江，僭改隆平府：《元史紀事本末》卷二六：「（至正）十六年……二月，張士誠陷平江路，據之，改爲隆平府，遂陷湖州、松江、常州諸路。」張士誠（1321—1367），小字九四，元泰州白駒場（今江蘇鹽城）人，元末農民起義軍首領。至正十三年（1353）起兵反元，次年稱誠王，建國大周。翌年降元，受封爲太尉。二十三年（1363）襲殺紅巾軍領袖劉福通，自稱吴王。二十七年（1367）朱元璋破平江城，張士誠被俘至應天（南京），自縊死。

窗扇開向

人家窗扇開向内甚便，若向外恐爲盗者所啟；亦須堅實者佳，不可務于巧妙以美觀也。蓋向内者開在内①，啟閉皆由内也，直欞爲上[一]，格眼者次之。

[箋注]

[一] 直欞：窗的一種。爲窗框内用直欞條（方形斷面的木條）豎向排列有如柵欄的窗。欞，窗户或欄杆上雕

① 開：葉藏本、日藏本作「關」。

有花紋的格子。宋葉適《柯君振相别三十餘年爲言親喪不能舉請賦此詩庶幾有哀之者》：「無人爲買南山麓，月户風欞作好鄰。」金董解元《西廂記諸宫調》卷三：「早是夢魂成不得，濕風吹雨入疎欞。」

議肉味

予嘗議肉味，唯羊、猪、鵝、鴨可食，餘皆不可食。蓋四者非人不能畜，苟放之，則必害禾稼，重爲民患，故食之無傷也。牛、馬之爲畜，最有大功于世，非奉祭祀先聖及有故謂天子聖節之宴。則不食。雞亦有小功，非奉薦待賓客亦不常食①。犬之功與牛馬同，且知向主人之意②，尤不忍無故烹之，非疾病則不食。至于野味，非害稼菽者不可食，若以時臘者[一]，或買食之。螺蝦細物得已則止，尤不可恣以口腹而損衆物命也。牛肉予以先妣命不食，戊子年悮食之因一武官相招③。致患腫毒于左股内，乃夢先妣責之。丁酉年在上虞，以病，因猪肉價高，牛肉價平，予因禱

---

① 賓客：葉藏本、日藏本無「客」字；亦：毛藏本作「赤」，形誤。
② 且：日藏本作「其」；向：毛藏本作「句」，誤。
③ 因：日藏本作「目」，誤。

而食之，使我疾平體氣復則不食此味。己亥年在鄞東湖①，復夢如初②，因誤食之③，乃患腫毒于老足④，今始決定不食此味。又思之，若買善殺者則違國典[二]，若食自死者則致惡疾；違國典非臣也⑤，致惡疾非孝也，不奉遺命非子也。以三者時省之⑥，何乃以口腹之微末尚不能力行乎？則他日之大節猶未可保，書以爲戒。

[箋注]

[一] 臘：曬干；製成干肉。《莊子·外物》：「任公子得若魚，離而臘之。」《韓非子·難言》：「翼侯炙，鬼侯臘，比干剖心，梅伯醢。」

[二] 若買善殺者則違國典：《元典章·倒死牛肉不須税》：「至元七年八月，司農司：據冠州申：『社長工偉

---

① 鄞：毛藏本、日藏本作「節」，誤。

② 復：葉藏本作「後」；初：毛藏本作「物」。

③ 誤：原本作「悟」，毛藏本董夢蘭校語「復夢如初，因誤食味之，『初』訛『物』，『誤』訛『悟』」。今據此及葉藏本、日藏本改。

④ 老：日藏本作「左」。

⑤ 臣：毛藏本作「日」，誤。

⑥ 者：毛藏本作「戴」，日藏本作「載」，皆誤。

等告：「社户内有倒死牛只，除牛皮官爲拘收外，牛肉俵散社衆人，卻令補助。今有務官須要赴務投税。」乞明降』事。本司得此，備呈奉到尚書省劄付該：『省府相度，既是俵散社衆食用，卻令補助，不係買賣，不須納税，合下，仰照驗施行。』」

朱氏所短

予家因先人晚年不主事①，先妣主城南新居②。長兄一房亦在城南。予又贅居外家，惟二幼弟隨生母侍奉③。然平生所蓄資財及一切什物④，皆在舊居也。朱氏姊主之，漸變先人之法，且自結姻黨潛布左右⑤，而向者舊僕與婢等惟知有朱夫人，待吾輩甚落落也。獨門下士英君佐感先人之恩[二]，始終如一，亦嘗爲吾輩不平也⑥。

---

① 予：葉藏本、日藏本作「吾」。
② 妣：毛藏本作「如」；主：葉藏本作「住」。
③ 弟：葉藏本誤作「家」。
④ 蓄：毛藏本作「畜」，俗用；什：毛藏本作「付」，形誤。
⑤ 自：原本作「有」，今據葉藏本、日藏本改。
⑥ 嘗：葉藏本作「常」。

朱氏姊惟生一女①，時尚未適人②，忽有女僧至，自稱俗姓朱，安吉人〔二〕，幼嘗受業杭州某寺，遂稱朱氏姊爲嫂，曰：「我是汝夫朱元禮三從姊也③。」朱氏姊以私親之故，延入内室，受其欺誘，與之同飲食起居，莫敢言其非者。此僧深奸大猾④，居一月，即以錢買石修路、施茶湯，及遍游諸寺⑤，咸施錢。又一月而去，竟不知所之。朱氏姊隱然餽贐甚厚⑥，人皆不知也，惟有侍婢沈添粧知之耳。明年又至，□遺果核及土物餽送⑦，各房皆有之，謂之會親。乃駕一畫舫，侍從皆異類之人，人咸疑之⑧。長兄與表兄沈子高爲之憂，潛使人扣其梢人，據云：「我是松江萬户府家人，以了師姑連年來説有一親姪女寄居溧陽⑨，富有金帛田産，别無兄弟管顧，舅家又各

① 姊：毛藏本、日藏本作「子」，誤。
② 尚未：日藏本脱「尚」字。
③ 姊：葉藏本作「妹」。
④ 猾：日藏本作「滑」。
⑤ 諸：毛藏本「詩」，誤。
⑥ 甚厚：毛藏本作「耳厚」，誤；葉藏本、日藏本作「且厚」。
⑦ □遺果核：闕字日藏本作「剩」，葉藏本作「則」。
⑧ 人咸疑之：葉藏本、日藏本無「咸」字。
⑨ 陽：葉藏本作「水」。

自分析了，由是萬户多以錢勞此師姑，托其主婚。今有舍人在後，船不久當至。」長兄怒甚①，即選門下能言者以大義折之②，此僧忽發不遜曰③：「我朱家女既受孔家財産，孔氏不可管也。」既而欲訴之官以欺騙事④，衆皆知其誣妄，此僧乃爲萬户家人所逐，餘稍稍引去，遂杜其患。朱氏姊反以吾輩明言其非⑤，至于啣怨。吁，此婦人之所以至患而家不可使幹蠱者⑥，信不誣矣！向非長兄顧大節義拒絶此輩，必致于陷身異類，受辱受害不淺也。朱氏姊不以爲功，而反以爲怨，惜哉！言之至此，可爲深嘆。先人五十餘年辛勤所致者，晚年關防不及于前時，抑且人情咸變於機巧輕薄⑦，是以既失之于外，又失之于内，吾輩歸省猶如客也。先人雖覺此意，豈能遽反其正耶⑧？臨終至于一案一器皆無存者，獨遺白金之類，已失過半矣。此無他，先人姑息于初年，

---

① 怒甚：葉藏本、日藏本無「甚」字。

② 選：日藏本作「邊」，誤；門下能言者：葉藏本作「門下之能言者」。

③ 僧：毛藏本作「偕」。

④ 騙：葉藏本誤作「謫」。

⑤ 反以：葉藏本、日藏本作「反以爲」。

⑥ 患：日藏本作「愚」；使：毛藏本作「便」。

⑦ 咸：葉藏本作「減」。

⑧ 反其正：葉藏本無「反」字。

蓋爲沈氏止生一女①，不忍遠嫁，所以奩具及田産是沈氏者咸與之，諸子皆不授也。既各有所授矣，明立家券，以爲異日執照，而財物一切大小事件尚托之朱氏姊。後至庶子長大，親女當聘，漸有富貴氣，未免侵竊公堂之資。先人不能察者，爲朱氏姊侍奉極至，不露圭角[三]，以父愛女之心既至②，但知其能孝③，不知其爲財也。先人殁後，此情漸發露，乃有不平不了之語，反以爲父不念女之恨④，惜哉！惜哉！不了者，似嫁非嫁，似贅非贅；不平者，田之少也。朱氏所得孔氏金物鈔貫，兼于諸子之數[四]，房金什物、髹磁几凳盡數有之⑤。惟田止于沈氏者，較之他女及鄉中所嫁已過百倍，猶以爲不足，見人情之日薄也。有女者勿蹈往轍⑥，當視吾家之患，有不可言者矣。思之痛哉！思之痛哉！

及七年戊戌，避地在安吉之大山⑦，遇寇，資物皆失，而沈添粧被榜掠幾死。又盛添壽者，

① 止：日藏本作「且」。
② 既至：葉藏本、日藏本作「不移」。
③ 知：毛氏藏本作「如」。
④ 反：日藏本作「友」，誤。
⑤ 金：葉藏本、日藏本作「舍」。
⑥ 勿：葉藏本誤作「幼」。
⑦ 避：葉藏本、日藏本作「辟」。

亦遭此苦，其壻吴唐輔墜石折足①，庶子婦等奔竄，極其顛沛，向之所得，今日盡矣，一時報應分明，猶未甚也。當年歸荆溪之芳村，依吴而居，寇再至，不勝艱苦顛沛，衣服首飾蕩然一空，唐輔死于亂兵。先是庶子自大山已與母長别而去②，長子雖有侍奉之心，頗欲盡孝，而母則待之落落③，惟親女及壻之是戀，溺于偏私以至如此。爲壻者亦恐物之遺于子④，往往間其母子。殊不知一身尚不能保，遑及其他乎？自壻入門，竟有相疑之漸，非惟孔氏如客，其朱氏子亦猶客也。其盛添壽者，先人之侍婢，嘗與朱氏姊竊吾家物之人也。先人殁，此婢從朱氏姊，甘心侍奉其婦女及壻⑤，見者莫不歎之⑥。所以亦受禍者，天理之昭然也⑦。此雖一事，作戒數端。

女僧名了堅。

---

① 石：毛藏本作「名」，誤。
② 是：原本作「自」，今據葉藏本、日藏本改。
③ 母則待之：毛藏本作「母則詩之」，形誤；葉藏本、日藏本作「母亦侍之」。
④ 遺于子：毛藏本作「道于子」，葉藏本作「遺于手」，皆誤。
⑤ 侍奉：葉藏本、日藏本作「奉侍」。
⑥ 見：日藏本作「兄」，誤。
⑦ 昭：日藏本作「照」。

［箋注］

［一］門下士：猶門生。宋蘇軾《送曾子固倅越得燕字》詩：「醉翁門下士，雜遝難爲賢。」元劉祁《歸潛志》卷十：「李屏山晚年多疑畏，見後進中異常者，必摩撫之。雷公希顔本其門下士，後見其鋒鋩氣勢，恐其害己，甚憚之。」

［二］安吉：縣名，今屬浙江。《元史》卷六二《地理志五》：「湖州路，上。……縣五：烏程，上。歸安，上。與烏程皆爲倚郭。安吉，中。德清，中。武康。中。」

［三］圭角：圭的棱角，泛指棱角，比喻鋒芒。《禮記・儒行》「毁方而瓦合」，漢鄭玄注：「去己之大圭角，下與衆人小合也。」孔穎達疏：「圭角謂圭之鋒鋩有楞角，言儒者身恒方正，若物有圭角。」宋歐陽修《張子野墓誌銘》：「（子野）遇人渾渾不見圭角，而守志端直，臨事敢决。」

［四］兼：兩倍或兩倍以上。

朱氏所長

朱氏姊平日處事，可法者亦多。初年待夫之前妻吴氏之長子隆祖猶如己子，二庶子祖道、崇祖亦如之，今世之罕比者。及長子受蔭爲温州監支納官，去家千里，嘗以無音訊爲憂①，至于

① 音：毛藏本作「昔」。

忘寢食。受夫之遺命養庶子祖道居溧陽，凡飲食、衣服、教訓甚于己生者，及長爲娶婦亦厚①。過數年，親女當聘，而庶子漸相疑朱氏姊未免以奩具之物頗豐于庶子②，亦人之常情，無足愧者③。庶子陰懷不平。及壻入門，朱氏姊以家事付之，壻及庶子稍有彼此防閑之意④，則庶子不得縱費所資矣⑤。先是庶子以正母之私帑、歲收租米、一切什物，莫不爲主而恣其所欲，尤有甚焉者，至是始有怨言。而正母知之，亦以忘恩不知分限是怒。據其始末，則庶子之罪多矣。亂後，正母自與壻居，不得已也，庶子之心不能挽回矣。

隆祖之祖心齋縣尹歿時，隆祖在温州，惟其仲父元之在侍⑥。朱氏姊不遠數百里，涉太湖，跋山路，往承大事，可謂孝矣。一切不及者，悉以父家之資辦之。及其子欲信浮屠教〔一〕，焚其父屍，朱氏姊曰：「凡作佛事者，吾願從之。至于焚化，則不敢許也。其長子死時，具棺火葬⑦，

---

① 爲：毛藏本作「女」，葉藏本、日藏本作「大」。
② 相：原本作「祖」，今據葉藏本改。
③ 愧：葉藏本、日藏本作「怪」。
④ 此：葉藏本作「各」。
⑤ 縱：日藏本作「繼」，形誤。
⑥ 元：葉藏本作「先」。
⑦ 具棺火葬：「火」字原本闕，今據葉藏本、日藏本補；毛藏本作「臭棺□葬」，董夢蘭校語「臭棺當是具棺」。

未嘗如此，今反以其父不若其子哉①！且儒家無焚屍之說，斷不可從也。」由是心齋公免于焚屍之禍。族長樗友與鄉人耆老咸歎曰②：「人家不必要好兒孫③，但願得好新婦足矣！」遠近稱之。蓋元之吝于出己財以葬父也，可謂鄙矣。先是，隆祖之父卒時，有年少之妾包氏及其母在安吉，朱氏姊往見之，待之頗安。或譖之曰：「隆祖之父因許作黄冠事，未幾而包產，不能畢備，以致觸忤，是以死耳。」內外咸憾之，隆祖亦以眾怒將逐此婦。朱氏姊大怒曰：「人之生死自有命，包氏之產亦有是天地間之常事④，爾輩何歸罪于包耶？且爾父死未卒哭，便逐其妾⑤，人謂我何如者⑥？」留之三月，葬其夫。將歸溧陽，召包而語曰⑦：「我欲攜汝往溧陽，則父母之家不可也；留汝置此，則寡婦且年少無主，又不可也。」包乃泣謝。遂厚資嫁之，鄉邦人又稱善不已⑧。時年

① 其子：日藏本無「其」字。
② 與：原本作「興」，今據葉藏本、日藏本改。
③ 要：毛藏本作「安」，誤。
④ 是：葉藏本、日藏本作「事」。
⑤ 妾：原本作「妻」，今據葉藏本、日藏本改。
⑥ 何：毛藏本作「可」。
⑦ 召包：毛藏本作「包召」，倒乙；語：葉藏本作「詰」。
⑧ 鄉邦人：葉藏本、日藏本無「人」字。

四十有七歲，以其長子及季子侍奉乃祖，主安吉家事①，擕仲子歸，遵夫之命也。常時在家，每安吉有人至②，必歡欣問候鄉族安否③，厚待其僕。至于隣人作小商至此，亦善待之，其懷來之宛曲如此④。

待婢未嘗加以呵叱，有小過則不與之語，婢知所懼⑤，則使令如常；有大過則逐之⑥。蓋蓄僕皆鄉里之淳謹者⑦。鄉里之貧且極者，病則時以粥米果核惠之，鄉人仰之若母⑧。凡姻戚急難必竭力救助⑨，未嘗憚勞苦。姻戚或忘其恩者亦多矣，此無他，施之有不當者，則人不以爲惠也。至于奉父母及繼母，能曲盡其情。待妹與弟誠可謂友愛，而吾兄弟亦奉朱氏姊情若母也，

---

① 安吉：毛氏藏本作「吉安」，倒乙。
② 每：葉藏本作「母」，誤。
③ 安否：毛藏本作「安吉否」。
④ 懷來之宛曲：日藏本作「懷失之口曲」，葉藏本作「懷夫之鄉曲」。
⑤ 知：日藏本作「之」。
⑥ 逐：日藏本作「遂」，誤。
⑦ 僕：葉藏本、日藏本作「婢」。
⑧ 鄉人：毛藏本作「鄉里人」。
⑨ 急難必：原本作「急難次」，日藏本作「急難必」，今據葉藏本改。

終始無一言之間①。惜乎晚年漸廢先人之遺法及有不多得田之語，且終身不得主朱氏之祭祀，及晚年不惜朱氏之遺孤，是以不能無議者矣。雖然，朱氏姊之過亦勢之使然，使當時既重割奩資，則出嫁以禮，必能守朱氏之業，而無晚年之怨②，兩得其道，不失父女之情、子母之義③，可謂盡矣。何其狥于世俗而制之于似嫁非嫁、似分不分，所以易恩爲怨，彼各有辭，深可嘆也。有女者蓋以是而觀之哉。嗚呼④！若朱氏姊者，亦不失爲大家之婦式也。

【箋注】

〔一〕浮屠教：即佛教。浮屠，梵語 Buddha 的音譯，意為佛陀，佛。《後漢書·西域傳·天竺》：「其人弱於月氏，修浮圖道，不殺伐，遂以成俗。」李賢注：「浮圖，即佛也。」晉袁宏《後漢紀·明帝紀上》：「浮屠者，佛也。西域天竺有佛道焉。佛者，漢言覺。將悟群生也。」

① 間：日藏本作「問」。
② 怨：葉藏本作「恕」，誤。
③ 子：葉藏本作「于」。
④ 「嗚呼」，葉藏本作「吁」。

首飾用翠

首飾用翠，最爲無補之物。買時以價十倍，及無用時不值一文。珍珠雖貴①，亦是無用。蓋予避地，將所在囊中者徧求易米②，不可即得③，且價不及于前者已十倍之上④。惟金銀爲急，絹帛次之。民有謠曰：「活銀病金死珠子⑤。」猶不言翠也。蓋言銀爲諸家所尚，金遇主漸少，珠子則無有問及者，猶死物也。世之承平時，人人皆自以百世無慮，以致窮奢極侈，以金銀珠玉之外，又置翠毛⑥，殊不知人生不可保，一旦異於昔，則無用之物皆成委棄〔二〕。倘遇再承平時，切不可用無補之物。

① 貴：葉藏本誤作「遺」。
② 將所：毛藏本、日藏本作「所將」，葉藏本作「所持」。
③ 不可：毛藏本作「可不」，倒乙。
④ 前：日藏本作「有」，誤。
⑤ 活：毛藏本作「話」，誤。
⑥ 又：葉藏本誤作「人」。

【箋注】

［一］委棄：棄置，捨棄。《漢書·谷永傳》：「書陳于前，陛下委棄不納。」《後漢書·荀彧傳》：「復若南征劉表，委棄兖、豫。」

虞邵庵論

虞翰林邵庵嘗論［一］：「一代之興，必有一代之絶藝足稱于後世者。漢之文章，唐之律詩，宋之道學，國朝之今樂府，亦開于氣數音律之盛①。其所謂裸劇者，雖曰本于梨園之戲②，中間多以古史編成，包含諷諫，無中生有，有深意焉③。是亦不失爲美刺之一端也。」

【箋注】

［一］虞翰林邵庵：虞集，號邵庵。虞集《道園學古録》卷三二《易南甫詩序》：「《詩》三百篇之後，《楚辭》出焉。

---

① 開：葉藏本、日藏本作「關」；毛氏藏本董夢蘭校語：「『開』作『關』字。」
② 戲：日藏本作「劇」。
③ 深：毛藏本作「生深」，衍「生」字。

西都之言賦者盛矣，自魏以降，作者代出，製作之體愈變而愈新。因唐之詩賦有聲律對偶之巧，推其前而別之曰古賦。古賦詩有樂歌，可以被之樂府。其後也，轉爲新聲。豪於才者，放爲歌行之肆；長於情者，變爲傷淫之極。則又推其前者，而別之曰古樂府。時非一時，人非一人，古近之體不一。」虞集《中原音韻序》：「方今天下治平，朝廷將必有大製作，興樂府以協律，如漢武、宣之世，然則頌清廟，歌郊祀，攄和平正大之音，以揄揚今日之盛者，其不在於諸君子乎？」（《中原音韻》卷首）王國維《宋元戲曲史·自序》：「凡一代有一代之文學：楚之騷，漢之賦，六代之駢語，唐之詩，宋之詞，元之曲，皆所謂一代之文學，而後世莫能繼焉者也。獨元人之曲，爲時既近，托體稍卑，故兩朝史志與《四庫》集部，均不著於録；後世儒碩，皆鄙棄不復道。」清張佩綸《蘭駢館日記》「此論出於邵庵恐未必確。即以文論，元之今樂府可與漢文、唐詩、宋道學並乎？直是謬説。此何關於一代之氣運哉？余謂一代之興，必有一代之絶勝。獨至處不在文章之末也。漢之興，以法律；唐之興，以致典；宋之興，以禮教；元之振古鑠今，實以武功。……若元之曲，則有何關係乎？疑孔行素之私撰，托之邵庵耳。」

新人舊馬

諺云：「使新人騎舊馬。」此言良有以焉。蓋謂人生於世間，一動一止，喜怒勤怠，或有不常，不皆可測①。僕奴之久相處者，必察主之情性好惡，乘其隙而侮弄之，則至慢忽，不能盡心奉

---

① 不：葉藏本、日藏本作「亦」。

事者多。凡新至之僕①，不知主之情性，縱能奸詐，亦未敢施，朞月漸而彰露耳。馬之爲畜，有善有惡，有能負遠者②，有不能負遠者③，有驚疑而暗疾者[一]，有能備乘坐而無失者。新至者豈能察其美惡耶？必逾年然後知其可否，或逾月亦不能盡知久遠之美惡也。雖然，僕、馬皆有相法可觀可察，則其深奸大詐必須久而能知之耳。

［箋注］

[一] 暗疾：隱於體内不易發覺或治療的疾病。清袁枚《隨園詩話》卷二：「女曰：『周先生富貴中人，何以身帶暗疾？我爲君除之，作潤筆資。』解裙帶授藥一丸。周幼時誤吞鐵針著腸胃間，時作隱痛，服後霍然。」

勢不可倚

夫勢之不可倚也，自古及今④，歷歷可鑒。遠者故未暇悉論，且以近者大者言之：伯顔弄

---

① 奉事者多。凡：葉藏本作「奉事者凡。多」，倒乙。
② 遠者：葉藏本、日藏本無「者」字。
③ 遠者：葉藏本、日藏本無「者」字。
④ 古：毛藏本作「可」，誤。

權〔一〕，奸臣也，附其勢者多取富貴，死之日皆受禍。至于脱脱〔二〕，雖不弄權，而權自盛，門客亦衆，勢去之後，禍亦如之。至于哈麻、雪雪〔三〕，兩奸臣也，既貶之後亦不免①。苗僚楊完者之凶暴〔四〕，又非伯顔、哈麻之所比也②。承國家多事、皇綱解紐之時③〔五〕，恣遐邦化外之常性，怒則死，喜則生，視生民人類如草芥，雖天子之命亦若罔聞者④。附其勢者，一旦至于極貴，盜受天子名爵，皆能生殺人。及其惡貫滿盈，假手而死⑤，黨與皆伏誅，漏網者固多，豈能避于他日邪⑥？又以其小者言之：國初溧陽之民⑦，有以田土妄獻于朱、張二豪者，遂爲户計〔六〕，一切科役無所預焉。是時朱、張首以海運爲貢道〔七〕，至于極品。天子又以特旨諭其户計，彼無敢撓之者⑧，權豪奢侈可謂窮于天下。或兩争之田，或吏胥之虐者，皆往充户計，則争者可息，虐者可免，由是民

① 後：葉藏本、日藏本作「日」。
② 又：葉藏本作「人」，誤；哈：日藏本作「吟」，誤。
③ 綱：葉藏本、日藏本作「王」。
④ 罔：葉藏本、日藏本作「無」。
⑤ 假手：「假」字原本闕，今據葉藏本、日藏本補；毛藏本作「傍手」。
⑥ 避：葉藏本、日藏本作「逃」。
⑦ 民：毛藏本作「氏」。
⑧ 彼：葉藏本、日藏本作「俾」。

皆樂而從之也。不數年，朱、張皆搆禍，籍其户口財産以數百萬計；後立朱、張提舉司以掌之，向者附勢之人皆受禍，而投户計者隸爲佃籍①，增租重賦②，倍于常民，受害不淺，雖悔無及矣。

［箋注］

［一］伯顔：伯顔（？—1340），蒙古蔑里乞氏，鎮海之孫。元大臣。初侍武宗于藩邸。武宗繼位後，歷任吏部尚書、御史中丞、平章政事，領右衛阿速親軍都指揮使司達魯花赤。仁宗時，歷任江南行省御史中丞、御史大夫，江浙行省平章政事，陝西行臺御史大夫。泰定帝時，任江西行省平章政事，河南行省平章政事。泰定帝卒，從燕鐵木兒擁立文宗。以功歷任御史大夫、中書左丞相、知樞密院事等職，進封浚寧王。順帝即位，歷中書右丞相，總領蒙古、欽察、斡羅思諸衛親軍都指揮使，進封太師、秦王，領太史院。其後專權跋扈，肆無忌憚，羅織罪名，打擊異己，任意出納府庫錢帛。深爲順帝所忌。伯顔之侄脱脱等人，密謀黜伯顔爲河南行省右丞相，後病死于龍興路（治今江西南昌）驛舍。《元史》卷一三八有傳。

［二］脱脱：脱脱（1314—1355），字大用，蒙古蔑里乞氏。元順帝朝大臣。元統二年（1334），任同知宣政院事，遷中政使，再遷同知樞密院事。至元四年（1338），進御史大夫，六年（1340），與順帝近臣謀除伯顔。至正元年（1341），任中書右丞相，改伯顔舊政，復科舉取士，開馬禁，減鹽額，免舊欠賦税，史稱「脱脱更化」。三年（1343），主

① 投户計者：毛藏本脱「户」字；隸：毛藏本作「肄」。
② 「增租」，毛藏本、日藏本作「增祖」，形誤。

持修遼、金、宋三史，任都總裁官。十年(1350)，主持變鈔，發行「至正交鈔」。十二年(1352)九月，率兵剿徐州芝麻李紅巾軍，屠城，因功封太師，爲右丞相。十四年(1354)，總制諸王諸省軍討伐高郵(今屬江蘇)張士誠起義軍。高郵未下將下之際，右丞哈麻等進讒言，順帝忌脱脱權過重，削其官爵。次年春，被流徙雲南，十二月，被哈麻矯詔遣使毒死。《元史》卷一三八有傳。

[三] 哈麻：字士廉(?—1356)，元康里人。初爲殿中侍御史，至正初，趨附脱脱兄弟，十三年(1353)爲中書右丞，十四年(1354)，爲中書平章政事。指使别人奏劾脱脱兄弟罪惡，旋即脱脱貶逐以死。十五年(1355)拜中書左丞相，獨掌國權。後被御史大夫搠思監劾奏，被貶於惠州安置，中途被杖殺。《元史》卷二〇五有傳。雪雪：哈麻之弟，事履見《元史》卷二〇五《哈麻傳》。

[四] 苗僚：此指苗人。僚，古族名。《晉書·李勢載記》：「初，蜀土無僚，至此，始從山而出，北至犍爲、梓潼，布在山谷，十餘萬落。」《周書·異域傳上》：「僚者，蓋南蠻之别種，自漢中達於邛笮，川洞之間，在所皆有之。」宋周去非《嶺外代答·蠻俗·僚俗》：「僚在右江溪峒之外，俗謂之山僚，依山林而居，無酋長、版籍。」楊完者(?—1358)：字彦英。元武岡路綏寧(今屬湖南)人。苗族。元末農民戰争爆發，受元廷招納，初爲千户，累官至元帥。率部衆抵揚州，肆意擄掠，遭當地人民反抗，敗走江南。至正十六年(1356)秋，應元江浙行省丞相達識帖睦邇邀，赴杭州。以行省參政，升任添設左丞(一作右丞)。部下據松江，焚蕩抄掠。次年，守嘉興，屢敗張士誠兵。勸達識帖睦邇受張士誠降，又强娶元江浙行省平章慶童女。十八年(1358)八月，駐營杭州城北，遭張士誠與達識帖睦邇兵夾攻，兵敗自殺。追贈潭國忠湣公。

[五] 解紐：國家綱紀廢弛。《文選·干寶〈晉紀總論〉》：「名實反錯，天綱解紐。」吕延濟注：「綱，維也；紐，

束也；解束，謂失綱紀也。」明顧大典《青衫記·元白揣摩》：「藩鎮縱横，朝綱解紐。」

〔六〕户計：元代人户的總稱。元代居民按職業、民族、宗教和社會地位等劃分爲若干種户，常見的有民、軍、站、匠、鹽、儒、僧、道等十種左右，統稱爲「諸色户計」。《元典章·聖政二·均賦役》：「應管軍民人匠諸色户計官吏人等，今後毋得將所管户計私自役使影占。」

〔七〕是時朱、張首以海運爲貢道：明葉子奇《草木子》卷四上：「國朝初，朱張二萬户以通海運功，上寵之，詔賜鈔印，令自造行用，自是富倍王室。及事敗，死於京。」

豪僧誘衆

又，湖州豪僧沈宗攝〔一〕，承禓總統之遺風①，設教誘衆，自稱白雲宗②〔二〕，受其教者可免傜役③。諸寺僧以續置田每畝妄獻三升④，號爲「贍衆糧」。其愚民亦有習其教者⑤，皆冠烏角桶

① 禓：葉藏本、日藏本作「楊」，當作「楊」。
② 白：毛藏本作「曰」。
③ 其：毛藏本、日藏本作「可」。
④ 妄：毛藏本作「忘」。
⑤ 愚：毛藏本作「患」。

子巾，號曰「道人」。朔望羣會[三]，動以百五①。及沈敗，糧籍皆没入官②，後撥入壽安山寺，官復爲經理③。所獻之籍，則有額無田，追徵不已，至于鬻妻賣子者有之，自殺其身者有之。僧田以常賦外，又增所獻之數，遺患至今，延及里中同役者。

［箋注］

［一］沈宗攝：沈明仁，生卒年不詳。元白雲宗總攝，號「白雲宗主」。延祐二年（1315），授榮禄大夫、司空。六年（1319），被劾强奪民田、誑誘愚俗、私賂近侍、妄受名爵，治罪。《元史》卷二六《仁宗紀三》：「（延祐六年十月甲寅）中書省臣言：『白雲宗總攝沈明仁，强奪民田二萬頃，誑誘愚俗十萬人，私賂近侍，妄受名爵，已奉旨追奪。請汰其徒，還所奪民田。其諸不法事，宜令核問。』有旨：『朕知沈明仁奸惡，其嚴鞫之。』」「（延祐七年春正月）辛卯，江浙行省丞相黑驢言：『白雲僧沈明仁，擅度僧四千八百餘人，獲鈔四萬餘錠，既已辭伏，今遣其徒沈崇勝潛赴京師行賄求援，請逮赴江浙並治其罪。』從之。」

［二］白雲宗：自稱爲中國佛教華嚴宗一系的民間宗教。宋徽宗大觀年間（1107—1110），西京（今河南洛陽）寶應寺僧孔清覺（1043—1121）創立，因其居杭州白雲庵，故名。清覺著《證宗論》《三教編》《十地歌》《初學記》《正行

---

① 五：葉藏本、日藏本作「十」。
② 没：毛藏本作「設」，誤。
③ 復爲：葉藏本、日藏本作「爲復」。

集》等，立四果十地論，分修行果位爲十等，主張不事葷酒，不娶妻，躬耕自活。入教者稱爲「道民」。南宋時流行於浙西，但戒律廢弛，屢遭官方禁止。元代得到發展，徒衆數以萬計，獲免徭役。元設江南白雲宗都僧録司加以統攝。大德十年(1306)，罷白雲宗都僧録司，汰其民歸州縣，僧歸各寺，田悉輸租。至大元年(1308)，復立白雲宗攝所於杭州，次年又罷。延祐二年(1315)，授白雲宗主、總攝沈明仁榮禄大夫、司空。六年(1319)，治沈明仁不法罪，汰其徒衆。至治三年(1323)，括白雲宗田。至順年間，白雲宗勢力又有所恢復。

[三] 朔望：朔日和望日。舊曆每月初一日和十五日。《漢書·蕭望之傳》：「其賜望之爵關内侯，食邑六百户，給事中，朝朔望。」《漢書·外戚傳下·孝成許皇后》：「其孝東宫，毋闕朔望。」

富户避籍

又荆溪、句容、金壇等處富户[一]，有避良民之籍而妄投河南王卜鄰吉耳養老户計者①[二]。及其有勢之時，可附可倚，頗稱所欲。未幾勢去，復隸常調徭役，而養老錢仍舊不免。或有不免②，

① 卜鄰吉耳：莊校：「《新元史》卷一二二作卜鄰吉歹。」
② 或有不免：原本無此句，今據葉藏本、日藏本、毛藏本補。

或有貧者，則位下之人追求不已[三]，苦楚尤甚，一歲之間襍役無有窮已①。最所恥者，受辱于位下之人，如驅奴隸。然此三者之患雖同，而其輕重則有別者，朱、張、白雲宗以田者也，河南户計以身者也。以田者患可絶②，以身者隸其位下之籍③，雖子子孫孫不能免也，其患過于二者遠矣④。原其所自，皆由苛政不能聊生，又非有才智者，苟徒逞一時之欲⑤，是以陷于終身也。夫陷溺其民者⑥，罪莫大于土吏，土吏之罪不容于誅。凡教猱升木⑦[四]，吹毛求疵，爲害百端，敗壞風俗，吏之所爲也。今天下擾攘，城池殘破，舞文弄法，助虐濟奸，吏之所爲也。吏之爲害深矣哉！

〔箋注〕

〔一〕金壇：今江蘇常州。元屬鎮江路。《太平寰宇記》卷八九《金壇縣》：「又以東陽郡已有金山縣，故改名金

① 役：原本作「使」，今據葉藏本、日藏本改。
② 可絶：葉藏本、日藏本作「或可絶」。
③ 位：日藏本作「仁」，誤。
④ 患過于：葉藏本作「愚遇于」，日藏本作「愚過于」。
⑤ 徒：葉藏本、日藏本作「圖」。
⑥ 夫：日藏本作「大」，誤。
⑦ 猱：日藏本作「孫」，誤。

壇，取邑界句曲之山、金壇之陵以爲號。」

〔二〕卜鄰吉耳：《新元史》作卜鄰吉歹，又譯作卜憐吉帶（台）、不憐吉歹（帶、台）等。蒙古兀良合氏，元將阿术之子。至元二十年（1283），領兵鎮壓建寧路（治今福建建甌）黄華起義。二十六年（1289），任江浙行省平章政事，鎮壓婺州（今浙江金華）葉萬五起義。後改任同知江淮行樞密院事。成宗時，歷任湖廣、河南行省平章政事。大德十一年（1307）成宗死，擁仁宗自懷州（今河南沁陽）入京奪取帝位，升河南行省左丞相。延祐元年（1314），奉召至京，封河南王。

〔三〕位下：元代對皇室后妃、諸王、公主等貴戚的稱謂。《元典章·聖政二·均賦役》：「諸位下、諸衙門及權豪勢要人家，敢有似前影蔽占悋省，以違制論罪。」《元史》卷八五《百官志一》：「斷事官，秩〔正〕三品，掌刑政之屬。國初，嘗以相臣任之，其名甚重，其員數增損不常，其人則皆御位下及中宫、東宫、諸王各投下怯薛丹等人爲之。」

〔四〕教猱升木：《詩經·小雅·角弓》：「毋教猱升木，如塗塗附；君子有徽猷，小人與屬。」鄭玄箋：「猱之性善登木，若教使，其爲之必也。」朱熹《集傳》：「猱，獼猴也。性善升木，不待教而能也。」後以「教猱升木」比喻教唆壞人爲惡。

世祖一統

世祖能大一統天下者，用真儒也〔一〕。用真儒以得天下，而不用真儒以治天下，八十餘年，一旦禍起，皆由小吏用事。自京師至于遐方，大而省、院、臺、部，小而路、府、州、縣以及百司，莫不皆然。縱使一儒者爲政，焉能格其弊乎？况無真儒之爲治者乎？故吾謂壞天下國家者①，吏人之罪也。

［箋注］

［一］真儒：真正的儒者，猶大儒。《元史》卷十七《世祖紀第十七》：「世祖度量弘廣，知人善任使，信用儒術，用能以夏變夷，立經陳紀，所以爲一代之制者，規模宏遠矣。」《新元史》卷十二：「至世祖獨崇儒向學，召姚樞、許衡、竇默等敷陳仁義道德之説，豈非所謂書生之虚論者哉？」

好食雞

安吉親友朱元之嘗言②，其族人有好食雞者，凡親族隣里，待之必以雞，別不設他物。其人一日過佃客家，將午，佃餉之以雞，知其所好也。其人忽覺體困，就隱几假寐，戒其佃曰：「吾欲睡，慎勿驚覺。雞熟時，置于几上，待我醒後食也。」其人乃熟睡，未醒，雞已至。佃客侍候于傍，

① 故吾：葉藏本、日藏本作「吾故」。
② 安：毛藏本作「要」，誤。

逾時見一物自其人鼻孔中出，延于几，漸至雞上，若蜈蚣而短，多足而黑。佃以蟲置于碗而覆之。須臾，其人醒，見雞于前，揮之令去。且曰：「此雞氣臭穢不可食①。」佃乃告其故。其人見蟲，曰：「遠棄于地②。」令別烹雞③。雞至，復曰：「臭穢不可食④。」自是不好食雞矣，不知何故？意其當初必悮食蟲物，以致此患，患既絶，是以不好也。

戒閹雞

吾嘗戒子弟不可閹雞，蓋畜物之可閹者，惟雞最受苦。剖腹以指刳其背而去其内腎[一]，肺臟皆惕⑤[二]，有仁心者豈忍見之哉！獨猪犬淫狀可愧⑥，不識其母，或閹之亦無損，雞則切不可也。口腹之患，致惡如此。吾雖食雞，獨不喜食閹雞。人皆謂閹者味美，殊不知以爾口腹之奉

---

① 此：原本闕，毛藏本、日藏本作「昆」，今據葉藏本補。
② 遠：葉藏本作「速」。
③ 令：日藏本作「合」，誤。
④ 不可食：葉藏本、日藏本無「可」字。
⑤ 肺：日藏本作「腸」；惕：葉藏本作「傷」。
⑥ 愧：葉藏本、日藏本作「怪」。

而害物耶！且閹雞死者亦多，生者固難得，又何泥于人欲哉！

［箋注］

［一］刳：剖開。《莊子・山木》：「吾願君刳形去皮，灑心去欲，而游于無人之野。」《荀子・議兵》：「紂刳比干，囚箕子，爲炮烙刑，殺戮無時，臣下懔然。」

［二］愓：指驚動。《新唐書・辛替否傳》：「夫事有愓耳目，動心慮，作不師古，以行於今，臣得言之。」

不畜母雞

吾家以先人在日，未嘗畜母雞①，雖有誕子者，則付之隣佃之家，後視雛之多寡平分之。所以厭其求雄之態②，雌伏雄之狀③，未有不動人私欲之情者。近世民家婦人以母雞繩繫其足④，

---

① 畜：日藏本作「蓄」，誤。

② 雄：葉藏本、日藏本作「雌」，誤。

③ 伏：葉藏本作「代」。

④ 近：日藏本誤作「追」。

抱攜至于他處求其雄，甚可憎惡。以致漸習無恥、流于淫奔者，亦此等之微也。避地之所，家人婢嫗咸畜雞母，往往有此風，每欲禁絶之未可。蓋各得雞以市易布帛，所以未深絶之也。歸鄉之後，必以先人之遺訓是戒。

不置牝牡

犬羊之畜，尤不可置牝牡者[一]，惟宫者無害①[二]。若畜牝者②，必求其牡，牡者必求其牝。此蓋生物之性③，至其時有不可得而已者，惟不畜此是幸。蓋畜此等，淫狀可憎，尤甚于雞，未必不壞人之正性，婢僕最宜戒，不可以觀此。至于犬之牡者，或庶幾焉，其牡求牝④，必出他處，則求牡者或鮮矣。又畜牝物生子，子大不識其母，遂亦求牝，甚不美觀，亦傷風敗俗之漸也。先人見他人家畜牝獸，尚怒而叱之，可爲切戒！

---

① 宫：毛藏本作「官」，誤；葉藏本、日藏本作「宦」。
② 牝：日藏本作「牡」，誤。
③ 此：日藏本作「乩」，誤。
④ 其牡求牝：葉藏本無「牡」字。

［箋注］

［一］牝牡：鳥獸的雌性和雄性。《荀子・非相》：「夫禽獸有父子而無父子之親，有牝牡而無男女之別。」《史記・龜策列傳》：「禽獸有牝牡，置之山原；鳥有雌雄，布之林澤；有介之蟲，置之谿谷。」

［二］宫：即破壞生殖機能。

食必先家長

人家飲食，必先家長①。至于一房亦然。則使幼者漸知禮義，家道日興矣。吾家向日飲食，惟先人以無齒別炊爛飯，餘必先奉先妣，然後分與子弟及諸妾與婢，其僕厮則在外廚與農夫同膳也②。至如先生之饌［一］，則先妣之外，即分置一器及羹一器③，備與先生，欲使衆人知所敬在主翁之次也。

① 必：日藏本作「以」，誤。
② 則：日藏本作「借」。
③ 置：葉藏本、日藏本作「盛」。

［箋注］

［一］先生：此指私塾教師。《禮記·玉藻》：「（童子）無事，則立主人之北南面，見先生，從人而入。」孔穎達疏：「先生，師也。」元陶宗儀《輟耕録·端本堂》：「太子授業畢，徐令左右戒之曰：此讀書之所，先生長者在前，汝輩安敢褻狎如此。」

出家人心

出家人心孤忍，不可交。蓋其性習孤潔，自幼離絶親愛之道，惟寡情堅忍是務①，所以交友皆無情也。或疾痛，或急難，豈可責其相扶持乎？

家出硬漢

諺云：「家有萬貫，不如出個硬漢。」硬者非强梁之謂［一］，蓋言操心慮患②，所行堅固，識是

① 忍：日藏本作「思」，誤。
② 操：日藏本作「摻」。

非好惡之正者。若有此等子弟，則貧可富，賤可貴矣。或富貴而子弟不肖，惟習驕惰，至于下流，豈富貴之可保，雖公卿亦不免于敗亡也。

［箋注］

［一］强梁：强勁有力；勇武。《老子》：「强梁者不得其死。」魏源《老子本義》：「焦氏竑曰：『木絶水曰梁，負棟曰梁，皆取其力之强。』」漢桓寬《鹽鐵論·訟賢》：「剛者折，柔者卷，故季由以强梁死，宰我以柔弱殺。」

萬頃良田

諺云：「萬頃良田，不如四兩薄福。」四兩，言其太輕也。福者非世俗能受用，衣食之外①，蓋言祖宗積德以及于後人，雖或太薄至輕②，猶勝于暴富不仁而以力至者也。假力而至者，雖可暴富及貴，不久當敗。惟陰德爲福③，雖未至大富極貴，亦可保全小康，不至流落爲下賤矣。

① 「外」，葉藏本、日藏本作「謂」。
② 太薄至輕：葉藏本作「本薄主輕」，誤。
③ 惟陰德：葉藏本、日藏本無「惟」字。

日進千文

諺云①：「日進千文，不如一藝防身。」蓋言習藝之人可終身得托也。藝之大者，莫如讀書而成才廣識，達則致君澤民，流芳百世；窮則隱學受徒，亦能流芳百世。其次農桑最好②，無榮無辱，惟尚勤力耳。其次工，次商，皆可托以養身，爲子孫計。舍此之外③，惟務假勢力以取富，雖日進千文之錢，亦不免于衰敗零落者，此理之必然也。故曰「讀書萬倍利」，此之謂也。又有一等，小有才，無行止，專尚游説以求食，絶無廉恥，雖曰能取飽于一時，不能免餓死溝壑④。

① 諺：日藏本作「許」，誤。
② 桑：葉藏本、日藏本作「業」。
③ 舍：葉藏本作「合」，日藏本作「今」，皆誤。
④ 不能：葉藏本、毛藏本、日藏本作「能不」，毛藏本董夢蘭校語：「當不能免餓死於溝壑。」

僕主之分

人家或有家生僕子①，雖幼，便當閑之以禮〔二〕，使之知有主僕之分。吾見近日人家有僕子及己子相戲，慢罵喜怒必相敵，父母見之亦不呵禁，則曰：「小兒無知耳！」殊不知習氣不好②，以致長大漸有無主之心，皆由習慣，病根不去也。至如女子幼小時，不可與僕子羣聚③，或至于澆薄市井之態者亦有之。至于長則情狎相習，烏能免于意外之慮耶？又見人家之女幼而命僕廝抱而出游④，久而情熟，亦有非禮而戲弄之者。至于長而嫁人，其僕于外必談及女之疾病、好惡、嬉戲之類，蓋其幼而見之也。若此而致引誘不美者多矣，浙中富家多或有此患焉。

① 人家：毛藏本無「家」字。
② 殊：毛藏本作「珠」，誤。
③ 不可：葉藏本、日藏本作「亦」。
④ 抱而：葉藏本、日藏本作「抱攜」。

［箋注］

［一］閑：糾正；治理。《大戴禮記・千乘》：「開明閉幽，内禄出災，以順天道，近者閑焉，遠者稽焉。」孔廣森《補注》：「閑，正也。」

書留邊欄

抄書當多留邊欄，則免鼠齧之患。書册必穿釘，不可用腦摺也［一］。若《通鑒》大本數多至百者，則腦之以下皆穿釘可也①。腦者久而糊紙無力，必致損脱而零落矣。書帙必厚至一二寸或三寸亦無妨②，但釘近邊緣多空餘處③，不可迫近邊欄間④，且易觀⑤，又免零落也⑥。抄書外

---

① 穿釘：葉藏本、日藏本無「穿」字。
② 書帙：葉藏本、日藏本作「又書帙」。
③ 緣多：毛藏本、葉藏本、日藏本作「多緣」。
④ 邊欄間：毛藏本作「邊欄閼」，葉藏本、日藏本作「邊閼」。
⑤ 且易觀：葉藏本作「且勿觀」，日藏本作「易觀之」。
⑥ 又免零落：日藏本無「又」字。

邊欄畱一寸以上①，如内穿釘處緣邊欄②，亦畱一寸以上方可。

【箋注】

［一］腦：指書的頂端，又稱「書腦」。明王志堅《表異録・藝文》：「天氣晴明，即設几案，側群書其上，以暴其腦。」

丠字聖諱③

丠字④，聖人諱也［二］。子孫讀經史，凡云孔某者⑤，則讀作某者，以丠字朱筆繞圈之⑥。凡有丠字，皆讀作區。至如詩以丠爲韻者，皆讀作休，同義則如字。

---

① 以上：日藏本無「上」字。
② 穿釘處：毛藏本、葉藏本、日藏本作「穿釘處釘處」。
③ 丠字聖諱：丠，原本目録作「𠀉」，乃「丘」的避諱字。
④ 丠：日藏本作「丘」。
⑤ 某：葉藏本、日藏本作「丘」。
⑥ 繞：原本作「遶」，今據葉藏本、日藏本改。

【箋注】

〔二〕丠字，聖人諱也：丠，丘的避諱寫法。孔子（前551—前479），名丘，字仲尼，後世尊爲「聖人」。《孟子·公孫丑上》：「子夏、子游、子張，皆有聖人之一體。」唐陸龜蒙《復友生論文書》：「六籍中獨《詩》《書》《易象》與魯《春秋》經聖人之手耳。」

乞丐不置婢僕

乞丐婦女子弟，皆不可置之爲婢爲僕，蓋以氣象不佳，漸有凋落之態。吾家以後至元乙亥間①，尹氏姊在官莊時，族人凋落，鄰媼蔣家婦，施氏女也，常執役尹氏，喪夫又無近族，孤且貧。尹氏姊引致來，以攜挈幼弟之役。其狀矮小，貧寒可賤。表兄沈子成見之曰：「此媼不可留。」予問其故，曰：「吾連日見其出入于君家之門，氣象不好，如門中出一丐婦也②。吾厭之。」不三載，黄遂男有得爭訟起③，自此不興矣。

---

① 吾：毛藏本、日藏本作「至」，皆誤。
② 如：葉藏本、日藏本作「猶如」。
③ 黄遂男：毛藏本董夢蘭校語：「大約是黄遂得男，然究不少少解。」

又，乙酉年後，北方飢，子女渡江轉賣與人爲奴爲婢，鄉中置者頗多，而吾家亦有一二。子成又言于余曰：「此等之類，皆劫數中物[一]，得不死而來南者，苟免耳。然好者已被娼優有力者先得之，此輩皆餓損且醜陋不類長成者，宜勿留。萬一劫數未盡，必致災病，病必傳染，患及好人矣。不然則此等入門，門景又何美觀！」自是果至于亂離，無好氣象矣。然此自係氣數，亦一漸也。

又，外家吴子道，以至正甲午年①，鄉中多置淮婦作婢，貪其價廉也，子道亦置一二。吾以子成之言喻之，一笑而已。乙未兵亂，流離至于今日，亦是氣象之一變也。

又子道以大門副廳甓穀米、置農具②[二]，楊大同時相依以居，見之曰：「此等氣象不好。公家無限閑屋，偏置于此，豈有官廳前之門景！向之客官所聚③，今置農具，太覺不好。」未幾，喪亂無寧日，此居皆成瓦礫矣。

［箋注］

［一］劫數：佛教語，指極漫長的時間。後亦指厄運，災難，大限。五代齊己《勉送吴國三五新戒歸》詩：「法

① 甲午年：毛藏本作「甲年午」，誤。

② 子：毛氏藏本作「于」，形誤。

③ 之：葉藏本、日藏本作「者」。

王遺制付仁王，難得難持劫數長。」《敦煌變文集·佛説觀彌勒菩薩上生兜率天經講經文》：「個個延經刼數，日日不離寶樹。」

〔二〕礱：磨。《國語·晉語八》：「趙文子爲室，斵其椽而礱之。」韋昭注：「礱，磨也。」北魏賈思勰《齊民要術·種胡荽》：「多種者，以磚瓦蹉之亦得，以木礱礱之亦得。」

蜈蚣毒肉

雞肉與蜈蚣有冤，春、夏、秋三時，切不可過宿，殺人。燒炙之味，夏月不宜置。露宿，當謹蓋藏。嘗有某處孝婦，養老姑甚謹①〔一〕，姑好食燒肉，孝婦每得肉置火上熟，必以竹簽插壁，陰候火氣過，然後奉姑。一夕食肉暴卒。姑之女有訴于官②，曰嫂氏有私通，懼姑覺，故進毒殺其姑。孝婦不勝拷掠〔二〕，誣伏其罪。未幾，審囚官至，讞其情疑之③，再令買肉置故處，夜半視之，惟見蜈蚣毒蟲羣食其肉。官以啗死罪囚，囚食亦死。孝婦由是得免，姑之女反伏誣④。其置

---

① 老姑：葉藏本無「老」字。
② 有訴：葉藏本、日藏本作「歸」。
③ 讞：原本作「識」，今據日藏本改。
④ 反：日藏本作「及」，誤。

肉時，適夏月也。

【箋注】

［一］姑：婆婆。《後漢書·列女傳·鮑宣妻》：「拜姑禮畢，提甕出汲。」宋趙彦衛《云麓漫鈔》卷五：「婦謂夫之父曰舅，夫之母曰姑。」

［二］拷掠：鞭打，多指刑訊。晉干寶《搜神記》卷十一：「其女告官云：『婦殺我母。』官收繫之，拷掠毒治。孝婦不堪苦楚，自誣服之。」《魏書·刑罰志》：「又驗諸證信，事多疑似，猶不首實者，然後加以拷掠。」

姦僧見殺

姦邪之人不可交接。苟不得已，則當敬而遠之，不然輕則招謗，重則貽禍不小。嘗聞一某官，平日自任以闢異端爲事，凡僧道流皆數恥辱之。所居近有一寺，寺僧多富貴者①，一僧尤甚奸俠，某官嘗薄之。一日，某官出外，其僧盛服過其門，惟見某官之妻倚門買魚菜之類，蓋嘗習慣也。適雨霽，僧乃詐跌仆污衣，且佯笑而起。某官之妻偶亦付之一笑，僧遂向前求水洗濯。明

---

①貴：葉藏本、日藏本作「豪」。

日，餽以殺核數品①，相餽某官之妻。初不肯受，以謂未嘗相識，且無故也。僧但曰感謝濯衣之恩，强擲而去。某官歸，餘殽未盡，問其故，惟怒其妻之不謹，亦未以爲疑也②。一日，潛使人以僧鞋置于某官廳次側房，適見之，怒其妻有外事，遂逐去。且僧數有奸計③，某官蓋愈疑之矣。此僧聞之，即捲資囊，一夕避去④，莫知所之⑤。其婦歸母家，依兄而居年餘，不能受清苦。此僧已長髮爲俗商矣，夤緣成姻[一]，其婦初不知也。逾三年，已生二子。一夜月明，夫婦對酌淺斟，其夫問其妻曰：「爾可認得我否？」妻曰：「成親三載⑥，何不認得耶？」夫曰：「我與你今日團圞⑦[二]，豈是易事，費多少心機耳！」其妻問故，夫曰：「我便是向日污衣之僧也。」備述前計。其妻即佯言曰：「因緣却是如此，乃前世之分定也。」遂再飲。大醉後，其妻操刃刺殺其夫并二子，明日自赴有司陳罪。官不决，繫獄者一年。忽朝廷遣官分道决獄[三]，見之，乃壯其事而釋

① 餽以：葉藏本、日藏本作「賺」。
② 未：葉藏本、日藏本作「不」。
③ 僧：葉藏本作「嘗」。
④ 避：葉藏本、日藏本作「逃」。
⑤ 知：毛藏本作「如」。
⑥ 載：葉藏本、日藏本作「年」。
⑦ 圞：葉藏本、日藏本作「欒」。

之。後與前夫某官復相見，其婦曰：「我所以與你報奸人之仇而明此心者也①。今既失節，即不可同處。」乃築室某山，夫婦各異居云。二十餘年前事也。

[箋注]

[一] 夤緣成姻：指拉攏關係，攀附成婚。《宋史·神宗紀一》：「秋七月庚辰，詔察富民與妃嬪家昏因夤緣得官者。」《明史·潘榮傳》：「時萬妃專寵，羣小夤緣進寶玩，官賞冗濫，故榮等懇言之。」

[二] 團圞：團欒，團聚。唐杜荀鶴《亂後山中作》：「兄弟團圞樂，羈孤遠近歸。」明馮夢龍《山歌·比》：「奴願團圞到白頭，不作些時別。」

[三] 決獄：判決獄訟。《管子·小匡》：「決獄折中，不殺不辜，不誣無罪，臣不如賓胥無。」晉葛洪《抱朴子·審舉》：「今在職之人，官無大小，悉不知法令，或有微言難曉，而小吏多頑，而使之決獄，無以死生委之，以輕百姓之命，付無知之人也。」

---

① 奸人之仇：葉藏本無「之」字。

黄華小莊

至正癸巳，鄉里寇平①，吾復到黄華小莊②。忽故幹者史仲珍、王道者來謁[一]，談及世事人情，因發一嘆曰：「向時人中揀賊，今日賊中揀人。」蓋傷好人之絶少也。此言雖淺，乃實論耳。所謂人者，猶半是賊心也。

［箋注］

[一]「幹者」：即幹人，吏人。宋袁采《袁氏世範》卷三《淳謹幹人可付託》：「幹人有管庫者，須常謹其書簿，審其見存。」

山陽之薪

山陽之薪有燄光[一]，能發火力；山陰之木無燄光，然烹之際，不若山陽者佳。吾避地鄞之

① 平：葉藏本、日藏本作「平復」。

② 復到：葉藏本、日藏本無「復」字。

上水①，乃始驗之。又臈月採薪，雖生濕之木亦可然[二]。

【箋注】

[一]陽：山之南或水之北。《書·禹貢》：「岷山之陽，至于衡山。」《公羊傳·僖公二十二年》：「宋公與楚人期戰于泓之陽。」何休注：「泓，水名。水北曰陽。」

[二]然：「燃」的古字，燃燒。《孟子·公孫丑上》：「若火之始然，泉之始達。」韓愈《示爽》詩：「冬夜豈不長？達旦燈燭然。」

宣城木瓜

宣城産木瓜最佳②[一]，其父老相傳③：唐末不生實[二]，至宋初生；靖康中忽不生，至紹興後又生；宋末咸淳末不生，國初始生④。今自甲午年又不生，至今無木瓜，合藥甚難得。何其

---

①避：日藏本作「辟」。
②産：葉藏本作「灌」，誤。
③其父老：葉藏本、日藏本無「其」字。
④國初：葉藏本作「至國初」。

一木擅天地之正氣，猶若是之靈耶？

【箋注】

[一] 宣城産木瓜最佳：《本草綱目》卷三十：「頌曰：木瓜處處有之，而宣城者爲佳。木狀如柰。春末開花，深紅色。其實大者如瓜，小者如拳，上黄似着粉。宣人種蒔尤謹，遍滿山谷。始實成則鏃紙花粘於上，夜露日烘，漸變紅，花（色其）文如生。本州以充土貢，故有宣城花木瓜之稱。」

[二] 實：果實，子實。《詩經・周南・桃夭》：「桃之夭夭，有蕡其實。」《後漢書・馬援傳》：「援在交址，常餌薏苡實。」

蘆把劚石

蘆把束劚石則石裂①[一]，茶汁澆石器久則石如蛀爛②。物性所畏，有不可曉者。

---

① 把：葉藏本作「杞」。

② 蛀：日藏本作「蛙」，誤。

【箋注】

［一］劚：古農具名，鋤屬，即斫劚。此用爲動詞，意爲斫、砍削。魏源《武林紀游十首呈錢伊庵居士》詩之三：「林筍無人劚，迸籜籬間積。」

瑪瑙纏絲

瑪瑙惟纏絲者爲貴，又求其紅絲間五色者爲高品。諺云：「瑪瑙無紅一世窮。」言其不直錢也。又言：「瑪瑙紅多不直錢。」言全紅者反賤，惟取紅絲與黄白青絲紋相間，直透過底面一色者佳。浙西好事者往往競置，以爲美玩。或酒杯，或繫腰，或刀靶，不下數十，定價過于玉。蓋以玉爲禁器不敢置，所以瑪瑙之作也。金陵吕子厚知州，有祖父所遺瑪瑙椀一枚，可容一升，其色淡如漿水，惟三點紅如蒲桃狀極紅①，又一二點黄色如蠟，可謂佳品也。予因與好事者辨之曰：「五金之器莫貴如金［一］，珠之爲物固不足貴也。金愈遠愈堅，珠則有晦壞之時也。諸石之器莫貴于玉②，玉與金並稱。取其温潤質色，玉爲上；堅而不壞，金爲上。若水晶之浮薄，瑪瑙

---

① 「狀」，葉藏本作「扶」。誤。

② 石：葉藏本誤作「玉」；貴：毛藏本作「資」，誤。

之襍絞①，皆不足貴。」此固世俗所尚，一時之競，非古今之公論也。今燕京士夫往往不尚瑪瑙，惟倡優之徒所飾佩，又以爲賤品，與江南不同也。諺云：「良金美玉，自有定價。」[二]其亦信然矣。其次則有古犀，斑文可愛②，誠是士夫美玩③，固無議者矣。

[箋注]

[一] 五金：五種金屬。《周禮》：「職金掌凡金、玉、錫、石、丹、青之戒令。」趙曄《吴越春秋·闔閭内傳》：「臣聞越王元常使歐冶子造劍五枚……一名湛盧，五金之陰，太陽之精。」《漢書·食貨志上》「金、刀、龜、貝」，顔師古注：「金謂五色之金也。黄者曰金，白者曰銀，赤者曰銅，青者曰鉛，黑者曰鐵。」

[二] 良金美玉，自有定價：宋何夢桂《潛齋集》卷五《金玉詩序》：「良金美玉，自有定價。使余亡言，豈能使黄金爲土，白玉爲石哉？」宋蘇軾《答謝民師書》：「歐陽文忠公言：『文章如精金美玉，市有定價，非人所能以口舌定貴賤也。』」(《經進東坡文集事略》卷四六)

---

① 絞：毛藏本、葉藏本、日藏本作「紋」。
② 斑：原本作「班」，據葉藏本等改。文：葉藏本作「又」。
③ 夫：葉藏本作「失」，誤。

經史承襲

經史中往往承襲故宋俗忌避諱者①，字畫皆減省不成字，如匡字、貞字、敬字、恒字、朂字、黄字、殷字、搆字、朗字，皆不成文②。以讓爲遜、玄爲元、慎爲順、桓爲威、匡爲康、弘爲洪、貞爲正、敬爲恭③[一]。又追改前代人名④，甚是紕繆。胡公作《春秋傳》[二]，辨論詳明，豈有古今經典□以私諱改其字哉！是無識之人取媚一時，以爲萬世誚。

國朝翰林院及諸處提舉司儒學教授官，當建言前代之失⑤，合行下書坊訂正所刻本⑥，重新校勘，毋致循習舊弊可也。至如《詩》《書》《易》正文，亦當行下書坊，删去小序及王弼序卦之類，

---

① 宋：葉藏本作「家」，誤。
② 殷：日藏本誤作「般」。
③ 弘：原本作「宏」，係避乾隆帝弘曆名諱改，今據葉藏本、日藏本改；敬爲恭：毛藏本作「又爲恐」，葉藏本、日藏本作「又爲忠」。
④ 追：毛藏本誤作「故」。
⑤ 當建：原本作「嘗建」，今據毛藏本、日藏本改；葉藏本作「當逮」，誤。
⑥ 行：葉藏本作「行」。

毋得仍舊訛誤後人。

【箋注】

［一］「如匡字、貞字、敬字、恒字、朂字、黄字、殷字、搆字、朗字」以下三句：《宋史紀事本末》卷二二《天書封祀》：「王旦等皆再拜稱賀。詔天下避聖祖諱，玄爲元，朗爲明，凡載籍偏犯者，各缺其點畫。尋以玄、元聲相近，改玄爲真，玄武爲真武。」杭世駿《訂訛類編》卷三《歷朝避諱字宜改正》：「慎，宋孝宗諱昚，《四書》朱子注中凡慎字皆用謹字。昚，古慎字也。桓，蘇詢《管仲論》『管仲相威公』，桓改爲威，南渡後避欽宗諱也。」陳垣《史諱舉例》：「避諱常用之法有三：曰改字，曰空字，曰缺筆。」

［二］胡公作《春秋傳》：南宋胡安國撰有《春秋傳》，三十卷。胡氏自謂其著書的目的在於「尊君父，討亂賊，辟邪説，正人心，用夏變夷，大法略具」（胡安國《春秋傳序》），宋高宗時被列爲經筵讀本，元仁宗時行科舉新制，以此書定經文，與《春秋》三傳並行。《朱子語録》：「《胡氏春秋傳》有牽强處，然議論有開合精神。」《四庫全書總目·春秋傳提要》：「其書作于南渡之後，故感激時事，往往藉《春秋》以寓意，不必一一悉合於經旨。」皮錫瑞《經學歷史·經學變古時代》：「平心而論，胡氏《春秋》大義本孟子，一字褒貶本《公》《穀》，皆不得謂其非。而求之過深，務出《公》《穀》兩家之外；鍛煉太刻，多存托諷時事之心。其書奏御經筵，原可藉以納約。但尊王攘夷，雖《春秋》大義，而王非唯諾趨伏之可尊，夷非一身兩臂之可攘。胡《傳》首戒權臣，習藝祖懲艾黄袍之非，啓高宗猜疑諸將之意。王夫之謂岳侯之死，其説先中於庸主之心。此其立言之大失，由解經之不明也。」

美玉金同

美玉與金同，亦有成色可比對。其十成者極品，白潤無纖毫瑕玷也。九成難辨，非高眼不能别。八成則次之。以至七成、六成又次之。古玉惟取古意，或水銀漬血漬之類，不必問成色也，絶難得佳品。

靈璧石

靈璧石最爲美玩〔一〕，或小而奇峯列壑①，可置几玩者尤好②。其大則盈數尺，置之花園庭几之前，又是一段清致。諺云：「看靈璧石之法有三：曰瘦、曰縐、曰透。」瘦者峯之鋭且透也，縐者體有紋也，透者竅達内外也。凡取其色之黑而聲清者，靈璧也。惟取其聲之清遠者，太湖

① 而：日藏本誤作「面」。
② 玩：葉藏本、日藏本作「几」。

石也。亦有臥紗紋彈丸兩點紅①，獨無峯耳。英石之質赤黑，亞於靈璧，特聲韻不及太湖而質過耳。盧疎齋翰林有《太湖石記》[二]。

【箋注】

[一] 靈璧石：石名，又稱「磬石」「罄山石」。産於安徽靈璧縣磬石山。色如漆，間有細白紋如玉，叩之聲音清越。《書·禹貢》：「泗濱浮磬。」宋莊季裕《雞肋編》卷中：「上皇始愛靈璧石，既而嫌其止一面，遂遠取太湖。」詳宋杜綰《雲林石譜·靈璧石》、明文震亨《長物志·靈璧》。

[二] 盧疎齋翰林有《太湖石記》：盧摯《太湖石記》今不存。

曼碩題雁②

豫章揭翰林曼碩《題雁圖》云：「寒向江南暖，飢向江南飽。物物是江南③，不道江南好[一]。」

---

① 兩點紅：葉藏本、日藏本作「雨點斑」。

② 雁：毛藏本作「莊」。

③ 是：葉藏本作「楚」，誤。

蓋譏色目北人來江南者，貧可富，無可有，而猶毀辱駡南方不絶①，自以爲右族身貴[二]，視南方如奴隸。然南人亦視北人加輕一等②，所以往往有此誚。

[箋注]

[一]「寒向江南暖」以下四句：揭傒斯《題蘆雁》四首其四：「寒就江南暖，飢就江南飽。莫道江南惡，須道江南好。」（《揭文安公全集》卷之四）元楊瑀《山居新話》卷二：「揭曼碩學士有《題秋雁》詩云：『寒向江南暖，飢向江南飽。莫道江南惡，須道江南好。』」明蔣一葵《堯山堂外紀》卷七三：「揭曼碩嘗題雁圖云：『寒向江南暖，飢向江南飽。物物是江南，不道江南好。』時色目北人來江南者，貧可富，無可有，而猶辱駡南方不絶口，自以爲右族身貴，視南方如奴隸然，故有此誚。」

[二] 右族：豪門大族。《晉書》卷三三《歐陽建傳》：「建，字堅石，世爲冀方右族。」《周書》卷三九《王子直傳》：「王子直字孝正，京兆杜陵人也，世爲郡右族。」

---

① 不絶：葉藏本、日藏本作「不絶口」。

② 南人亦視北人：葉藏本作「北人亦視南之」；加：葉藏本、日藏本作「如」。

古錢

古錢置之圖書印傍，久而色赤①，亦古氣類使然也②。

沙魚胎生

沙魚胎生[一]。予至鄞食沙魚，腹中有小魚四尾或五六尾者，初意其所食，但見形狀與大者相肖，且有包裹，乃知其爲胎生也。此軟皮沙也。

【箋注】

[一] 沙魚：即鯊魚。又名鮫。《本草綱目·鱗四·鮫魚》集解引蘇頌曰：「(鮫)有二種，皆不類鱉，南人通謂之沙魚。大而長喙如鋸者曰胡沙，性善而肉美；小而皮粗者曰白沙，肉强而有小毒。」清陶元藻《全浙詩話》卷五十

① 赤：葉藏本、日藏本無。

② 亦古：毛藏本作「古亦」。

《孫湘》："《海外異録》：海蟹翠色，沙魚胎生，家元衡《抵澎湖澳詩》：『翠蟹胎魚堪入饌，竹灣花嶼有飛觴。』"

鄣南山石

湖州安吉鄣南山中出一石，色白，巉岏狀類將樂石[一]，可設置几筵爲玩器，不可浸水種菖蒲。惟昆山石宜水浸潤[二]，今亦罕得舊者。

［箋注］

[一] 將樂石：石名，産將樂（今屬福建），故稱。明宋詡《竹嶼山房雜部》卷七："閩有將樂石，光瑩磈砞，惟可點化其景，趣在眾象中也。"

[二] 昆山石：石名，産昆山（今屬江蘇），故稱。宋杜綰《雲林石譜》上卷："平江府昆山縣石産土中，多爲赤土積漬。既出土，倍費挑剔洗滌。其質磊魄，巉岩透空，無聳拔峰巒勢，扣之無聲。土人唯愛其色潔白，或栽植小木，或種溪蓀於奇巧處，或立置器中，互相貴重以求售。"

銅棺山草

義興銅棺山頂有一種似草非草，又類木本，葉似側栢而卷[一]，凌冬不凋，可移菖蒲石上，枯而復青，歲久亦茂可觀。

【箋注】

〔一〕側栢：即扁柏，柏科喬木。宋李昉《太平廣記》卷三五《栢葉仙人》：「側栢服之久而不已，可以長生。」清沈定均《漳州府志》卷三九：「側柏與他柏相類，然葉皆側向而生。」

半兩錢

半兩錢〔一〕，古者煅而酒服，可續折骨，五銖次之。浙東斗尺皆仍故宋遺製①。斗謂之百合足②，比之今官數八升也。謂官數有二十合③。尺謂之百分，比今之官數八寸。吾鄉絕無此樣④，皆用官樣。至宜興，則間有之。杭城人有七升斗、七寸尺者⑤，謂之小百合、小百分也。考其此

① 浙：毛藏本作「漸」，形誤；仍：葉藏本、日藏本作「存」。
② 百：毛藏本、日藏本作「石」，形誤。
③ 有二：葉藏本、日藏本作「百三」。
④ 吾：日藏本誤作「無」。
⑤ 寸：日藏本誤作「斗」。

製，尚存古法，則是今之製差增大耳。鄞俗斛有二樣①：二斗五升者曰料[二]；五斗曰冓[三]。料，音勞，去聲。

【箋注】

[一] 半兩錢：秦、漢銅幣。秦始皇統一中國後，廢刀、布、貝等貨幣，以半兩錢爲全國統一的銅鑄幣，史稱「秦半兩」。《史記・平准書》：「秦錢半兩，徑一寸二分，重十二銖。」漢初仍鑄半兩錢，稱「漢半兩」。漢武帝元狩五年（前118年）鑄行「五銖錢」，半兩錢廢。

[二] 料：容量單位，一料等於一石。宋灌圃耐得翁《都城紀勝・舟船》：「西湖舟船，大小不等，有一千料，約長五十餘丈，中可容百餘客。」宋吴自牧《夢粱録・江海船艦》：「且如海商之艦，大小不等，大者五千料，可載五六百人。」

[三] 冓：古代數名，十秭曰冓。清朱駿聲《説文通訓定聲・需部》：「古《算經》壤生冓，冓生澗，用以紀數。」亦作「溝」。北周甄鸞《五經算術》卷上：「按黃帝爲法，數有十等……謂億、兆、京、垓、秭、壤、溝、澗、正、載也。」

學士帽

今之學士帽遺製類僧家師德帽[一]，不知唐人之製如此否？愚意自立一樣，比今之圓帽差

---

① 斛：原本作「則」，誤，今據葉藏本、日藏本改。

增大①,頂用稍平②,簷用直而漸垂一二分。裏用竹絲,外用皂羅或紗,不必如舊製。頂用小方笠樣,用紫羅帶作項攀③,不必用笠珠頂,却須用玉石之類。夏月林下則以染黑草爲之,或松江細竹絲亦好。歸鄉晚年當如此也。更置野服亦稱之④〔二〕,畧見《鶴林玉露》〔三〕。便如今日鶴氅樣,布爲之。

［箋注］

〔一〕學士帽:《元史》卷七八《輿服志一》:「學士帽,制如唐巾,兩角如匙頭下垂。」《元史》卷八十《輿服志三》:「挈壺郎二人,掌直漏刻。冠學士帽,服紫羅窄袖衫,塗金束帶,烏靴。漏刻直御榻南。」清陳昌圖《南屏山房集》卷十八:「元學士帽,制如唐巾,兩角如匙頭下垂,儀衛之服。」

〔二〕野服:村野平民之衣着,後以之代指平民衣飾。《禮記·郊特牲》:「草笠而至,尊野服也。」《晉書·隱逸傳·張忠傳》:「堅(苻堅)賜以冠衣,辭曰:『年朽髮落,不堪衣冠,請以野服入覲。』從之。」

〔三〕畧見《鶴林玉露》:《鶴林玉露》卷八《野服》:「朱文公晚年,以野服見客。榜客位云:『滎陽吕公,嘗言京

① 圓:原作「國」,今據葉藏本、日藏本改。
② 頂用:日藏本作「頂作」,葉藏本作「預作」。
③ 項:葉藏本作「頂」。
④ 亦:葉藏本、日藏本作「以」。

洛致仕官與人相接，皆以閒居野服爲禮，而嘆外郡之不能然。其旨深矣！某已叨誤恩，許致其事，本未敢遽以老夫自居，而比緣久病，艱於動作，遂不免遵用舊京故俗，輒以野服從事。然上衣下裳，大帶方履，比之涼衫，自不爲簡。其所便者，但取束帶足以爲禮，解帶足以燕居，且使窮鄉下邑，得以復見祖宗盛時京都舊俗如此之美也。』余嘗于趙季仁處見其服，上衣下裳：衣用黄白青皆可，直領，兩帶結之，緣以皂，如道服，長與膝齊；裳必用黄，中及兩旁皆四幅，不相屬。頭帶皆用一色，取黄裳之義也。别以白絹爲大帶，兩旁以青或皂緣之。見儕輩則繫帶，見卑者則否。謂之野服，又謂之便服。」《鶴林玉露》：宋羅大經撰。十八卷，分甲、乙、丙三編，每編各六卷。另有十六卷本，爲後人重編。記朝野典故、名人軼事、歷史事件、詩文品評等，詳於議論而略於考證。

艾蒸餅

試艾以蒸餅，將艾丸炷于餅上然之[一]，若是好艾，則滿餅香透底；不好者，止于餅内一半，香不透。四明王韶卿云。

[箋注]

[一] 炷：燈炷、燈心，此作動詞；然：通「燃」。

先賢之後

先賢之後，理不當絶，然所聞者無幾，且真僞莫辨。周濂溪之裔絶無聞者〔一〕。程子之裔數人者寓居江東〔二〕，不知爲伯爲叔也。近長鎗兵中程某者，謝國璽女兄之夫也〔三〕，咸禮之，以其爲程伊川之後也①〔四〕，寓居磁州。朱子之裔〔五〕，真者三四人而已②，近亦無聞者。若金陵之朱仲明，自是冒姓，其養子垕，字伯厚者，是陳姓之子，雲心道士之姪，福清人也。仲明家世淫亂，垕後淫其妹，不聽適人，人倫已喪。錢唐之朱姓者③，自稱朱通判之後，亦是冒姓④，本朱氏之甥也。張横渠之裔絶無聞者〔六〕。南軒之裔有二人焉〔七〕，今亦不知存亡也。至如顔氏之裔，亂亡之後僅存一人，今在四川⑤，顔真卿孫也，幼孤，與祖母孔氏相處。孔氏，潛夫之姊，世居林外。

---

① 以其爲：葉藏本脱「其」字。
② 三四人：葉藏本作「僅三四人」。
③ 朱姓：葉藏本作「姓朱」。
④ 是：葉藏本作「自」。
⑤ 川：葉藏本、日藏本作「明」。

孟子之裔，今皆無聞，或在北兵中，未可知也。

［箋注］

［一］周濂溪：周敦頤（1017—1073），字茂叔，號濂溪。宋道州營道（今湖南道縣）人。北宋著名哲學家，被推爲宋代理學開山祖師，朱熹尊之爲「先覺」「道學宗主」。主要著作有《太極圖説》《通書》等，後人編有《周子全書》。

［二］程子：對宋代理學家程顥、程頤的尊稱。朱熹《答吕伯恭書》之四：「熹舊讀程子之書有年矣，而不得其要。」

［三］謝國璽：生卒年不詳。元將，長槍元帥，至正間與朱元璋起義軍作戰，敗于徐達、胡海等。

［四］程伊川：程頤（1033—1107），字正叔。宋洛陽（今屬河南）人。北宋理學家，世稱「伊川先生」。嘉祐四年（1059）應試落第，遂不復試。神宗時，屢有舉薦，皆不起。元祐初司馬光等再薦，召爲秘書省校書郎，授崇政殿説書。以洛、蜀黨争，出管勾西京國子監。紹聖中，被列爲奸党謫居涪州。徽宗即位，徙峽州，復舊官。崇寧中，又奪官致仕。大觀元年（1107）卒，謚正公。曾學于周敦頤，與其兄程顥爲宋代理學奠基人，人稱「二程」。著作收入《二程全書》。生平事迹見《東都事略》卷一一四、朱熹《朱文公文集》卷九八《伊川先生年譜》、《宋史》卷四二七本傳等。

［五］朱子：對朱熹的尊稱。明饒信《重刊〈晦庵先生文集〉序》：「宋大儒續孟氏之絶，而朱子會其全。」

［六］張横渠：張載（1020—1077），字子厚。宋鳳翔郿縣（今陝西西安）人。世稱「横渠先生」。北宋哲學家，宋「關學」代表人物，理學開創者之一。嘉祐間進士，熙寧二年（1069）神宗召對，以「法三代」論政，任爲崇文院校書。熙寧十年（1077），召還同知太常禮院，與有司議禮不合，復以疾歸。歲末而卒，謚曰「明」。著有《易説》《西銘》《正蒙》等，編入《張子全書》中。

〔七〕南軒：張栻（1133—1180），字敬夫，又字樂齋，號南軒。宋漢州綿竹（今屬四川）人。著名學者。宰相張浚子。以蔭補官，孝宗朝，歷左司員外郎、除秘閣修撰，歷知江陵府、荆湖北路安撫使，官至吏部侍郎。與朱熹、呂祖謙齊名，時稱「東南三賢」。學者稱「南軒先生」。有《南軒易説》《癸巳論語解》《癸巳孟子説》《伊川粹言》及《南軒集》四十四卷等。

西川道者

西川一道者學長生之法，修煉三十年而内外丹皆成。一日城中兵變，而道者已仙去①，遺下黄芽大丹一爐〔一〕，爲兵官所得，後半歸之賈平章似道，半流落民間。賈事敗，丹大半零落一美妾處。妾後歸錢唐宋氏，丹遂爲宋所有。今又半歸于余，乃一半中之再半也。此丹性和而不烈，人皆可服，服之者可以助元陽，延生命。臨服時，默誦咒七遍，面東南，以棗湯或白湯吞下，先以雪糕裹丹，預于前一夕服青丸子。咒曰：「歸我常，返我鄉，服之千歲朝玉皇②。」表姊宋氏常患久痢③，元氣衰弱，因服此丹三五服，始得復生，每服十粒。

---

① 仙：葉藏本、日藏本作「先」。
② 千：葉藏本作「十」。
③ 宋：葉藏本作「朱」；常患：葉藏本作「常常」。

［箋注］

［一］黄芽：亦作「黄牙」，道教稱從鉛里煉出的精華。《參同契》卷上：「玄含黄芽，五金之主。」俞琰注：「玄含黄芽者，水中産鉛也。鉛爲五金之主，在北方玄冥之内，得土而生黄芽。黄芽，即金華也。」《雲笈七籤》卷六六：「（黄牙）是長生之至藥，牙是萬物之初也，故號牙，緣因白被火變色黄，故名黄牙。」

鄉中大家

鄉中大家皆用刀鑷者入内院，雖婦人女子，咸令其梳剃［一］，甚是不雅。惟吾則不然①。時外家却不用此，頗合禮法，他事則不及也。凡居家者謹之。

［箋注］

［一］梳剃：理髮剃須。元無名氏《永樂宫壁畫題記》：「刀鑷上（工）陳七子夫婦，坐茶肆梳剃。一日有道人携百金來剃鬚髮，纔剃即生，隨生隨剃，如是自旦迨暮，夫婦手幾脱腕，知其異人也。」元陶宗儀《輟耕録·飛雲渡》：「主人怒此婢，遣嫁業梳剃者。」

---

① 惟：葉藏本、日藏本作「獨」。

溧陽父老

嘗聞溧陽父老云：「國初兵革之後，居民荒業。至元間，有一奸民，曾爲北兵掠去。後復歸①，徑來㐌山前豐登莊寄居②，每掠買良人子女，投北轉賣爲奴婢。居三二年，忽遇一虎至村落三日，居民驚惶，幸不爲害，惟啖此奸而去。」豈非造物者報焉！

高昌偰哲

高昌偰哲篤世南以儒業起家〔一〕，在江西時，兄弟五人同登進士第③〔二〕，時人榮之④。且教子有法，爲色目本族之首。世南以僉廣東廉訪司事被劾，寓居溧陽，買田宅，延師教子，後居下橋。

① 後復：原本作「復後」，今據葉藏本、日藏本改。
② 徑：葉藏本、日藏本作「往」。
③ 五：葉藏本作「三」，誤。
④ 人榮之：葉藏本作「人人榮之」。

世南有子九人，皆俊秀明敏。時長子𤴓，本名傲伯遼孫①。年將弱冠；次子十五六，餘者尚幼。每旦，諸子皆立于寢門之外省謁父母，非通報得命則不敢入，至暮亦如之。一日，予造其書館，館賓荆溪儲惟賢希聖主之，見其子弟皆濟濟有序，且資質潔美，若與他人殊者。蓋體既俊秀②，又加以學問所習，氣化使之然也。予深羨慕之。既而欲遣一生通謁于世南③，求跋二小畫卷。希聖曰：「姑少待，有宦者出中門可問之，則主者出矣。不則别托門子轉相通報亦可④。」諸生則不敢妄入也⑤。予初疑之，希聖曰：「世南處家甚有條理，僮僕無故不入中門，子弟亦然。自吾至館中⑥，因知諸生居宿于外者，昏定晨省⑦，皆候于寢門之外，非奉父母命則不敢入。」蓋謂私室中父母處之，或有未謹者，則肢體袒惰，使子弟窺見非所宜，故亦防閑之也。予始服其法之有理，深慕之，嘗爲家人輩言之。因外家處事太無理，雖幹僕亦得入于寢室告報家事[三]，

① 傲伯遼孫：莊校：「《新元史》卷一三六作『偰伯遼孫』。」
② 體既俊秀：葉藏本、日藏本無「既」字。
③ 通：葉藏本作「道」。
④ 不則别托門子轉相通報亦可：日藏本作「否則别北門子」，葉藏本作「否則别托門子轉相通報者可」。
⑤ 入：毛藏本誤作「人」。
⑥ 至：日藏本作「主」。
⑦ 省：葉藏本作「養」，誤。

予深惡之，每以偰氏之法諭之也①。予家以先人遺法亦頗若是，惟防閑外居子弟，未嘗及于諸子也。偰氏之法甚不可忽②，他日歸鄉，當謹謹效之云③。

［箋注］

［一］偰哲篤（約1298—1358）：字世南。高昌畏兀儿人，因世居偰輦河上，便以偰爲姓。元代詩人。登延祐二年（1315）進士第，歷任高郵縣尹、泗州同知，由太常博士出爲西臺御史。天曆二年（1329）遷南臺御史，改廣東肅政廉訪司僉事。被劾，棄官寓居溧陽。買田起宅，請名師教育子弟，爲寓居當地色目人首領。後起爲吏部尚書，轉工部。至正九年（1349）授江浙行省參政，官終江西行省右丞。有詩、文傳世，長於篆書。生平事迹見元歐陽玄《高昌偰氏家傳》、元吴澄《都運尚書高昌侯祠堂記》、《元史》卷一九三《合剌普華傳》等。

［二］兄弟五人同登進士第：元歐陽玄《高昌偰氏家傳》：「（偰文質）子五人：曰偰玉立，登延祐戊午第，今翰林待制、朝請大夫、兼國史院編修官；曰偰直堅，登泰定甲子第，今承務郎、宿松縣達魯花赤；曰偰哲篤，登延祐乙卯第，今中順大夫、僉廣東道肅政廉訪司事；曰偰朝吾，登至治辛酉第，今承務郎、同知濟州事；曰偰列篪，登至治（至順）庚午第，今從仕郎、河南府經歷。」（《圭齋文集》卷十一）

---

① 偰氏：原本作「偰事」，今據及葉藏本、日藏本改。
② 甚：原本作「忍」，今據葉藏本、日藏本改。
③ 謹謹：葉藏本、日藏本作「謹」。

［三］ 幹僕：辦事能干的僕役。清惲敬《與姚秋農》：「今遠離膝下，上無嚴師，中無益友，下無幹僕。且市井之人，引之多事，便于銷算，故至于此耳。」

紫蘇薄荷

凡泡紫蘇、薄荷之類，先貯滚湯，後投以藥而覆之，則香氣濃而色淺①；先投以藥劑，後沃以湯②［一］，則色濃而香氣淺，其味則皆同也。凡欲升上之藥，則泡之如此法，用其氣也；降下則熟煮之，用其味也。近日因訪同避地一友沈思誠，留坐久，忽云：「我以上焦燥熱，喉痛眼赤，乃用黄連解毒湯四味，藥剉碎，先以沸湯，後投以藥而覆之③，半時許服之，其香烈而味清。蓋欲升上也。」質之王韶卿，乃云：「獨不知大黄必候他藥將熟而旋投之④，即傾服，亦取其氣能瀉也。」吾始得其義如此，因記之。

---

① 香：原本作「秀」，據葉藏本等改。
② 沃：日藏本作「投」。
③ 後：日藏本作「復」。
④ 熟：日藏本作「熱」。

【箋注】

［一］沃：澆；灌。《周禮·夏官·小臣》：「大祭祀，朝覲，沃王盥。」賈公彦疏：「大祭祀……先盥手洗爵乃酌獻，故小臣爲王沃水盥手也。」《素問·痹論》：「胞痹者少腹膀胱，按之内痛，若沃以湯。」王冰注：「沃，猶灌也。」

出納財貨

人家出納財貨者，謂之掌事①，蓋傭工受雇之役也。古云：「謹出納，嚴蓋藏。」此掌事者六字銘也②。然計算私籍，其式有四：一曰舊管；二曰新收；三曰開除；四曰見在。蓋每歲、每月、每日各有具報③，事目必依此式然後分曉，然後可校有無多寡之數④，凡爲子弟亦然。幹父之蠱［二］，雖微物錢數，亦必日月具報明白⑤，免致久而迷亂，無可考也。先人嘗云：「人家掌事

① 謂：日藏本作「誚」，誤。
② 六：原本作「大」，毛藏本董夢蘭校語「大字銘，『大』爲『六』字」。今據此及葉藏本、日藏本改。
③ 蓋：毛藏本作「羨」，誤；具：葉藏本作「其」。
④ 然後：葉藏本、日藏本無此二字。
⑤ 具：毛藏本作「其」，形誤。

必記帳目①，蓋懼其有更變，人有死亡，則筆記分明，雖百年猶可考也。」此雖俗事，亦不可不知②。此式私記謂之曰黃簿，又曰帳目。

[箋注]

[一] 幹父之蠱：《易·蠱》：「幹父之蠱，有子，考無咎。」王弼注：「以柔巽之質，幹父之事，能承先軌，堪其任者也。」後以「幹父之蠱」謂子承父志完成未竟之業。獨孤及《唐故虢州弘農縣令天水趙府君墓誌》：「有子若干人，訓以義方，咸能被服文藝，幹父之蠱。」蘇轍《次韻子瞻特來高安相別》：「遲年最長二十六，已能幹父窮愁里。」

鮮于伯機

予嘗見鮮于伯機公親書一幅云：「登公卿之門不見公卿之面，一辱也；見公卿之面不知公卿之心，二辱也；知公卿之心而公卿不知我之心③，三辱也。大丈夫甯當萬死，不可一辱[二]。」

---

① 必記帳目：毛藏本、葉藏本、日藏本作「必記亡帳目」。
② 亦：日藏本作「而」。
③ 我：葉藏本作「吾」。

不知何人所言，而困學喜而書此，凡見數幅①。觀其言雖不深奥，然亦可爲確論②。金陵楊大同嘗與予言：「士大夫不得已，甯受小人辱，莫受君子辱③。」此亦良言。居鄉里時④，亂後，一酷吏權州事，又一奸民掌案牘佐之⑤，嘗會于鄉人家，予頗以禮貌待之。其人亦不問何如人，但畧答片言，即自與濟其奸酷者笑談⑥，既而又忌予在座，不樂。予即起而出。越明日，鄉人對予言：「昨日所會二人，始不知子爲何如人，既而畧聞之，且懼子之直言⑦，恐壞其奸計，是以不樂與語，子出甚好⑧。」大同亦在座，曰：「正所謂甯受小人辱者是也。今之江海中遇寇，窮途中遇惡少年，皆不可與之事者⑨，順其無禮，何有加于我哉！」予曰：「善。」因記于此云。

① 幅：葉藏本誤作「陷」。
② 可爲：葉藏本、日藏本無此二字。
③ 莫：日藏本作「不」。
④ 居：葉藏本作「若」。
⑤ 民：日藏本作「氏」，誤。
⑥ 濟：日藏本作「儕」。
⑦ 且懼：日藏本無「且」字。
⑧ 甚：日藏本作「某」，誤。
⑨ 事：日藏本作「争」。

［箋注］

［一］「登公卿之門不見公卿之面」以下八句：宋張端義《貴耳集》卷下：「古人有言：登公卿之門而不見公卿面目，一辱也；對公卿面目而莫測公卿之心，二辱也；識公卿之心不知我之心，三辱也。大丈夫寧就萬死，不受一辱。」明蔣一葵《堯山堂外紀》卷七十《元》：「鮮于樞，字伯機，中歲刻苦讀書，因號困學。嘗畫幅云：『登公卿之門不見公卿之面，一辱也；見公卿之面不知公卿之心，二辱也；知公卿之心而公卿不知我之心，三辱也。大丈夫寧當萬死，不可一辱。』此不知何人所言，而因學每喜書之。子必仁字去矜。」

至正直記卷四

四民世業

黄山谷曰[一]：「四民當世其業，讀書種子尤不可斷絶，有才氣者出，便可名世矣[二]。」此石刻在荆溪岳氏，後爲顯親寺僧有大方厓所得①[三]。石背刻一詩云：「漁家無鄉縣，滿船載稺乳。鞭捶公私急，醉眠聽秋雨[四]。」皆山谷詩也。至正丙申以後，寺燬兵火，此石不知存亡。

［箋注］

[一] 黄山谷：黄庭堅(1045—1105)，字魯直，號山谷，晚號涪翁。宋洪州分寧(今江西修水)人。著名文人、書法家，「蘇門四學士」之一，「江西詩派」創始人。英宗治平四年(1067)進士，熙寧初，爲國子監教授。哲宗立，召爲秘書省校書郎，遷著作佐郎、起居舍人。紹聖初，出知宣州，改鄂州。坐修《神宗實録》失實，貶涪州别駕，黔州安置，移

---

① 有大方厓：葉藏本無「有」字。

戍州安置。崇寧元年（1102），知太平州。崇寧二年（1103）受謗被除名，羈管宜州，卒於貶所。有《豫章先生内外集》、《宋史》卷四四四有傳。

［二］「四民當世其業」以下四句：黄庭堅《戒讀書》：「四民皆當世業，士大夫家子弟能知忠、信、孝、友，斯可矣，然不可令讀書種子斷絶。有才氣者出，便當名世矣。右有石刻。」（《山谷集》别集卷六）宋周密《齊東野語·書種文種》：「裴度常訓其子云：『凡吾輩但可令文種無絶，然其間有成功，能致身萬乘之相，則天也。』山谷云：『四民皆坐世業，士大夫子弟能知忠、信、孝、友，斯可矣，然不可令讀書種子斷絶。有才氣者出，便當名世矣。』似祖裴語，特易文種爲書種耳。」（《齊東野語》卷二十）四民：舊稱士、農、工、商爲四民。《書·周官》：「司空掌邦土，居四民，時地利。」蔡沈集傳：「冬官，卿，主國邦土，以居士、農、工、商四民。」《穀梁傳·成年》：「古者有四民：有士民，有商民，有農民，有工民。」《漢書·食貨志上》：「士、農、工、商，四民有業：學以居位曰士，辟土殖穀曰農，作巧成器曰工，通財鬻貨曰商。」

［三］顯親寺：元袁桷《延祐四明志》卷十七：「佛隴山積慶顯親寺，縣東六十里。唐咸通十三年建，宋治平元年賜名保安，慶元六年充恭淑皇后宅齊王府功德院。」方厓：生卒年不詳，吴（今江蘇蘇州）人。約活動于至正間。元代畫家，保安寺僧。元末至正年間張士誠據吴中，避居宜興。善畫古木竹石，筆力挺勁，瀟灑清逸。師法文同、蘇軾，與倪瓚過往甚密。明李日華《六研齋三筆·釋方厓》謂：「墨竹淋漓，默坐對之如有聲。」傳世作品有《墨竹圖》軸。

［四］「漁家無鄉縣」以下四句：此黄庭堅之父黄庶（字亞夫）《宿趙屯》詩，《直記》誤爲山谷詩。宋陳思《兩宋名賢小集》卷二五《伐檀集》載黄庶《宿趙屯》詩：「蘆花一股水，弭楫日已暮。山間聞雞犬，無人見烟樹。行逐羊豕迹，始識入市路。菱芡與魚蟹，居人足來去。漁家無鄉縣，滿船載稚乳。鞭笞公私急，醉眠聽秋雨。」下注：「此詩與大

孤山一首，山谷嘗手書刻石于南康府星子灣。有跋，見別集。」劉克莊《後村詩話》「黄庶亞夫，山谷之父，世所誦怪石絶句之外……如《宿趙屯》云：『蘆花一般水，弭棹日已暮。山間聞雞犬，無人見烟樹。行逐羊豕跡，始識入市路。菱芡與魚蟹，居人足來去。漁家無鄉縣，滿船載稚乳。鞭笞公私急，醉眠聽秋雨。』雜之谷集中不能辨。谷嘗手書此二詩，刻於星子灣，跋云：『先君平生刻意於詩。』」(《後村集》卷一七五)宋樓鑰《跋傅夢良所藏山谷書漁父詩》：「『漁家無鄉縣，滿船載稚乳。鞭笞公私急，醉眠聽秋雨。』右山谷之父亞夫詩也。谷之書既刊諸石，此雖僅得三之一，殘圭斷璧，要自可寶。谷嘗有《古漁父》詩云：『四海租庸人草草，太平長在碧波中。』殆此意耶？」(《攻媿集》卷七二)

江古心

宋末江古心丞相之養子某[一]，至元乙酉歲，爲建康路同知總管府事[二]，常時祭祀有闕①。一日，監修南城，惟其妻在家，忽聞中堂喧閧，出視，但見朱衣吏數輩曰②：「丞相在此，當肅拜。」其妻驚仆于地，仰視一紫衣官人中坐曰③：「同知何在？」言未及應答④，聞厲聲曰：「豈有

---

① 常：葉藏本作「當」。
② 朱衣：葉藏本作「衣朱」，倒乙。
③ 曰：葉藏本、日藏本作「問曰」。
④ 言未及應答：葉藏本、日藏本無「言」字。

爲人後而祭祀有闕者乎？」言訖而出。少頃，同知自外歸，呼其妻曰①：「忽若背瘠間疼②，若爲人所擊③，神思昏憒，故今日早回家。」其妻告其故，同知驚懼，即治具享祭。奈明日疽發④，諸醫不能療，半月而卒。其子某與先叔生同庚，乙亥又同學。建康邵齋備言其事。夫人之貴有子者，欲爲祭祀之主也⑤，不幸無嗣而養子如子，惡可不事其父？爲父養子既如是，況親子乎？不孝者以是爲儆。按《宋史》，古心諱萬里，字子遠，都昌人，以蜀人王槱子鎬爲後，父子相繼投沼中[三]。據先叔所言甚詳⑥，意鎬投沼後或不死，亦未可知。或撫養別子⑦，亦未可知也。姑記此以俟知者。

[箋注]

[一] 江古心：江萬里(1198—1275)，字子遠，號古心。宋南康軍都昌(今屬江西)人。南宋著名愛國丞相。太

---

① 呼其妻曰：毛藏本作「呼其曰妻」，倒乙；葉藏本作「呼其妾曰」。

② 若背瘠：葉藏本、日藏本作「覺背脊」；毛藏本董夢蘭校語：「忽若背瘠間疼，『若』乃爲『苦』之誤字。」

③ 所擊：葉藏本、日藏本作「所擊者」。

④ 奈明日：毛藏本董夢蘭校語「奈明日疽發，『奈』爲羨字，當去之」；葉藏本、日藏本作「明日」。

⑤ 主：葉藏本作「生」。

⑥ 言：日藏本作「書」。

⑦ 撫：日藏本誤作「無」。

學出身，累遷著作佐郎、權尚左郎官兼樞密院檢詳文字。知吉州，創白鷺洲書院。升江西轉運判官兼權知隆興府，又建宗濂書院。歷權吏部尚書、同簽書樞密院事兼太子賓客等。度宗即位，遷參知政事，拜左丞相兼樞密使。德祐元年（1275）元軍克饒州（今江西鄱陽），率子鎬等投水殉國。贈太傅、益國公，後加贈太師，謚文忠。《宋史》卷四一八有傳，事迹另見《南宋名臣言行録》《宋史·度宗紀》及《南宋館閣續録》卷八、卷九等。

〔二〕建康路同知總管府事：元張鉉《（至大）金陵新志》卷六上《本朝統屬官制》：「天曆二年，（建康）路以潛邸改名集慶，設達嚕噶齊一員，總管一員，各兼管内勸農事，同知總管府事一員……」

〔三〕以蜀人王槦子鎬爲後，父子相繼投沼中：《宋史》卷四一八《江萬里傳》：「及饒州城破，軍士執萬頃，索金銀不得，支解之。萬里竟赴止水死。左右及子鎬相繼投沼中，積屍如迭。翼日，萬里尸獨浮出水上，從者草斂之。萬里無子，以蜀人王槦子爲後，即鎬也。」

山中茅葉

山中茅葉可蓋園亭〔一〕，既堅且雅，晴則卷，雨則舒，不漏水也，勝如稻草，即開花可止血者①。

① 草，即開花可止血者：葉藏本闕。

〔箋注〕

〔一〕茅葉：《本草綱目》卷十三：「茅有白茅、菅茅、黄茅、香茅、芭茅數種，葉皆相似。」唐杜甫《茅屋爲秋風所破歌》：「八月秋高風怒號，卷我屋上三重茅。」

篛葉鋪襯

篛葉鋪襯土橋①〔一〕，能隔濕氣②，百年亦不朽壞，即箭葉也。稻殼俗呼礱糠③，可築塞溝渠，繼之以土，雖百年再翻起，黄色如新，如篛葉着土護板久不壞④。二物非堅，其性然也。

〔箋注〕

〔一〕篛葉：可供包物、編織等用的篛竹葉片。《南齊書》卷五八：「海邊生大箬葉，長八九尺，編其葉以覆屋。」

---

① 「鋪襯」，葉藏本作「館襯」，誤。
② 「隔濕氣」，日藏本作「陷濕氣」，誤。
③ 殻：原本作「草」，誤。按：礱糠即稻殻。葉藏本作「穀」。今據日藏本改。
④ 如篛葉：日藏本無「如」字。

唐柳宗元《柳州峒氓》：「青箬裹鹽歸峒客，緑荷包飯趁虛人。」

兔無雄

世傳兔無雄者，每歲翫中秋月，即夜成胎①，其夜晴明則育[一]。嘗記二十年前，偶剥一兔，有二外腎[二]，殊不曉其所以然，獨未遍考其衆，果復有腎否也？

[箋注]

[一]「世傳兔無雄者」以下四句：晉張華《博物志》卷二：「兎舐毫望月而孕，口中吐子。舊有此説，余目所見也。」宋何薳《春渚紀聞》卷七《詩詞事略・兔有雄雌》：「東坡先生云，中秋月明，則是秋必多兔。野人或言兔無雄者，望月而孕。信斯言，則《木蘭詩》云『雌兔眼迷離，雄兔脚撲握』，何也？先生《徑山詩》有『暖足惟撲握』，若雄兔在月，則徑山正公又非得而暖足也。」明李時珍《本草綱目》：「或謂兔無雄，而中秋望月中顧兔以孕者，不經之説也。今雄兔有二卵，《古樂府》有『雄兔脚撲速，雌兔眼迷離』，可破其疑矣。」

[二]外腎：中醫指睾丸。

① 即夜：葉藏本、日藏本無「夜」字。

翰林讖語

虞伯生翰林云：「方言讖語皆有應時，固無此理，然有此事。如『天翻地轉』『人化獸，獸爲人』，戲言之事，容或有之。凡人世之有是言，必有是事。又如劫灰冥數之類者①，未可一一論也[一]。」便如今日世傳《五公經》《推背圖》書亦然②[二]。

[箋注]

[一]「方言讖語皆有應時」以下十句：現傳虞集《道園學古録》等無載。

[二]《五公經》：又稱《天台山五公菩薩靈經》《救難五公經》《轉天圖經》《五公末劫真經》等，因有符咒圖，又稱《五公符》，讖書，約成書於唐末五代（參見喻松青《〈轉天圖經〉新探》，載《歷史研究》1988 年 2 期；朱文通《關於明清時期民間秘密宗教的幾個問題》，載《河北學刊》1992 年 6 期等）。借天台山五公菩薩即唐公、郎公、寶公、化公及志公之名造作讖語，宣揚「劫變」思想。《推背圖》：圖讖類書。相傳唐貞觀中李淳風、袁天罡撰。一卷。《宋史・藝文

---

① 冥：日藏本作「宜」，誤。

② 「書」，葉藏本、日藏本作「詩」。

志》著録，無撰人，清潘永因《宋稗類鈔》作李淳風撰。凡六十圖像，以卦分繫之。每像之下有讖語，並附有「頌曰」詩四句，預言興亡變亂之事。有光緒十三年（1887）毛藏本，東海野人題識，共六十七圖。《通制條格》卷二八《禁書》：「照得江南見有白蓮會等名目，五公符、推背圖、血盆，及應合禁斷天文圖書，一切左道亂正之術，擬合禁斷。」《明史》卷九五《刑法志三》：「成化十年，都御史李賓言：『錦衣鎮撫司累獲妖書圖本，皆誕妄不經之言。小民無知，輒被幻惑。乞備録其書名目，榜示天下，使知畏避，免陷刑辟。』報可。」

董栖碧云①

董栖碧云：釋氏有言三世佛[一]：「過去佛、見在佛、未來佛。」其説甚好，但以佛名稱之，語涉異端，儒者所不道，吾今以三世界言之可也。

【箋注】

[一] 三世佛：謂過去、現在、未來三世之佛。過去佛，指迦葉諸佛，寺院塑像中一般特指燃燈佛；現在佛，爲釋迦牟尼佛；未來佛，爲彌勒諸佛。《法華經·方便品》：「三世諸佛，説之儀式。」《敦煌變文集·維摩經押座文》：

① 本則，毛藏本董夢蘭校語：「《董栖碧云》《黟縣老民》《董生遇鬭》三段當爲一段。」觀其意脉，董夢蘭所言當是。

「親見無邊三世佛，故號維摩長者身。」此爲豎三世佛。此外，佛教稱東方浄琉璃世界的藥師佛，娑婆世界的釋迦牟尼佛，西方極樂世界的阿彌陀佛爲横三世佛。

黟縣老民

潘多吉嘗爲黟縣教諭[一]，云縣有深山，可入數百里，中有老民，或過百二三十歲者①，或自言前宋年號者，皆未嘗知有本朝也。其山忽崩陷發洪②，流出大木片長數丈，廣二三丈，狀類海舟，底宛如木釘相連不用鐵者。多吉不曉其意③，一老民云：「此恐是前世物，遇天翻地覆遺下耳。」山民多不食鹽醬④，亦未嘗識⑤，故能栖碧，謂此過去世界也。混沌之物，豈起自盤古⑥，豈世人止如是耶？獨不知盤古以先又幾千萬萬年也。今之世乃見在世界，久而混沌如上世了，又

---

① 三十：毛藏本作「十三」。
② 崩陷：毛藏本、葉藏本、日藏本作「陷崩」。
③ 吉：日藏本誤作「言」。
④ 不食鹽醬：葉藏本無「食」字。
⑤ 識：葉藏本、日藏本作「識」。
⑥ 豈起自：葉藏本、日藏本無「豈」字。

復開闢如盤古時①，此乃未來世界也。吾又嘗聞金陵城中人，有于延祐間掘井，深及數丈，遇巨木阻泉，復廣掘木之兩頭處，不得見，遂鑿斷出之，長二三丈，高廣數尺，磨洗認之，乃香楠也[二]。此地豈非萬餘載耶？乃有是木，意當時必江水也。俗所謂海變桑田，容有是乎？世傳此等事亦多矣，未暇記耳。

［箋注］

［一］潘多吉：潘嘉，生卒年不詳。字多吉。《元詩選癸集》：「嘉字□□，號沃洲樵叟，諸暨人。游于杭，博學能詩文。除黟縣教諭，丁内憂。服闋，仍得是縣。」黟縣：今屬安徽。《元史》卷六二《地理志五》：「徽州路，上。唐歙州。宋改徽州。元至元十四年，升徽州路。……縣五：歙縣，上。倚郭。休寧，中。祁門，中。黟縣，下。績溪。中。」教諭：學官名。宋代在京師設立的小學和武學中始置教諭。元、明、清縣學亦置教諭，掌文廟祭祀，教育所屬生員。

［二］香楠：楠樹。有香氣，因稱。《新增格古要論》「香楠木」：「楠木，出四川、湖廣，色黄而香，故名，好刊牌扁。又有紫黑色者皆貴，白者不佳。」

---

① 古：毛氏藏本作「言」，誤。

董生遇闋

董生名毅，字仲誠，一名純伯，父天台人，寓湖州。潘公名嚞，諸暨人〔一〕，游于杭，博學能詩文①。先曾除黟縣教諭，丁内艱〔二〕，服闋再往〔三〕，又得是縣。蓋浙江省注選②〔四〕，恐吏作弊③，例以兵卒用竹箸拈瓶中紙球，紙球中書合注人名姓，謂之拈鬮。一吏檢文卷對鬮讀之④，惟空人名，讀至是闋，云某處某闋，兵卒探取人名對此闋，吏然後書之也。嚞兩遇是闋，豈非分已定乎⑤？嚞，音哲。

〔箋注〕

〔一〕諸暨：今屬浙江。元屬紹興路，元貞元年（1295）升爲諸暨州。《元史》卷六二《地理志五》：「紹興路，上。

---

① 能詩文：日藏本無「能」字。
② 注：葉藏本誤作「江」。
③ 吏：毛藏本作「史」，形誤。
④ 闋：日藏本作「閱」，形誤。
⑤ 已：葉藏本作「非」，誤。

唐初爲越州，又改會稽郡，又仍爲越州。宋爲紹興府。元至元十三年，改紹興路。……領司一、縣六、州二。……諸暨州，下。宋諸暨縣。元元貞元年，升州。」

[二] 丁内艱：即丁母憂。《新五代史・李琪傳》：「其兄珽，唐末舉進士及第，爲監察御史，丁内艱，貧無以葬，乞食而後葬。」

[三] 服闋：守孝期滿除去喪服。漢應劭《風俗通・十反》：「貧士成家立祀，三年服闋。」漢蔡邕《貞節先生陳留范史雲銘》：「（范丹）以處士舉孝廉，除郎中君，萊蕪長，未出京師，喪母行服。故事，服闋後還郎中君，君遂不從州郡之政。」

[四] 注選：應試獲選，注授官職。《金史・太宗紀》：「比以軍旅未定，嘗命帥府自擇人授官，今並從朝廷選注。」《元典章》吏部卷三《流官》：「今後各部勾當官有缺，合於九品職官内選注相應人員補充。」

莫置玩器

先人嘗勸人莫置玩好之物，莫造華麗之居，每以訓戒子弟。予聞之耳熟，猶未能深省也。義興王仲德老先生，平日誠實喜静，惟好蓄古定官窑、剔紅、舊青、古銅之器[一]，皆不下數千緡[二]，及唐、宋名畫亦如之，獨無書册法帖耳。至正壬辰，紅巾陷城①，定窑青器皆爲寇擊毁。寇

① 巾：日藏本作「中」，形誤。

亦不識，無取者也。此一失也。後乙未復陷①，所存者又無幾，惟附篋隨身之物乃畫之高品②，銅之古器，剔紅之舊製③，寄藏友人。渡江浙時④，苗僚據杭州[三]，因寄託之。主喪，乃取歸西山，不一宿，盡爲苗僚所掠。畫卷轉賣于市，凡剔紅小柈咸以刀砍毀[四]，無完器也。此再失也。時仲德翁已死一載⑤，明年又不能保其餘矣。所見多蓄者皆不能保，非獨亂世，尋常傳子孫者誠空耳⑥。居室亦然，亂離之後，浪蕩無遺⑦。使人人知有此患，惟檢身之不及，何暇玩于物哉！李易安居士序其人之好蓄書卷⑧，戒之甚詳。先人之訓，蓋目見耳聞者多矣⑨。嘗云：「諺曰：『與人不足，攛掇人起屋；與人無義，攛掇人置玩器。』」攛掇者，方言⑩，猶從臾也[五]。蓋

---

① 後乙未復陷：葉藏本、日藏本無「後」字。
② 附：葉藏本誤作「恐」。
③ 剔：日藏本誤作「易」。
④ 江浙：葉藏本、日藏本作「浙江」。
⑤ 一：日藏本作「二」。
⑥ 子：日藏本作「于」，形誤。
⑦ 浪：毛藏本作「恨」，葉藏本、日藏本作「烺」。
⑧ 人：葉藏本作「夫」。
⑨ 目：毛藏本作「日」，形誤。
⑩ 方：葉藏本作「古」。

華屋、玩器皆能致禍。向有一人爲玩器①，因得罪于時官，遂破家喪身。又有一人因華屋招訟不已，直至蕩産。此皆予所目見者耳②，聞者又不知其幾矣，可爲明戒。

【箋注】

〔一〕古定官窑：此指定窑所産瓷器。《新增格古要論》卷七《古定窑》：「古定器，俱出北直隸定州。土脈細，色白而滋潤者貴，質粗而色黄者價低。外有淚痕者是真，劃花者最佳，素者亦好，繡花者次之。宋宣和、政和間窑最好，但難得成隊者。有紫定，色紫；有墨定，色黑如漆。土俱白，其價高於白定。」剔紅：漆器工藝的一種，即雕紅漆。《新增格古要論·剔紅》：「剔紅器皿，無新舊，但看朱厚色鮮紅潤堅重者爲好。」舊青：「故物青氈」之省稱，泛指先代留存之物。杜甫《與任城許主簿游南池》：「晨朝降白露，遥憶舊青氈。」

〔二〕緡：穿錢的繩索。借指成串的銅錢，亦泛指錢。《史記·酷吏列傳》：「於是丞上指，請造白金及五銖錢，籠天下鹽鐵，排富商大賈，出告緡令。」張守節正義：「緡音岷，錢貫也。」

〔三〕苗僚據杭州：《元史類編》卷四二：「至正十六年，以苗帥楊完者爲嘉興參政，統領苗僚、傜獞等衆以禦張士誠。苗軍既既得旁緣入内地，不復可控制，恣肆檢刮，截人耳鼻，杭城房舍焚毁一空。」

〔四〕小柈：小盤。柈，盤子。晉葛洪《抱朴子·應嘲》：「土柈之盈案，無益於腹虚也。」南朝宋鮑照《荅休上

---

① 向：日藏本作「尚」，誤。
② 目：毛藏本作「日」，形誤。

人》：「金蓋覆牙柈，何爲心獨愁？」

［五］從臾：亦作「從諛」「從惥」，意爲慫恿、奉承。從，通「慫」。《史記・汲鄭列傳》：「天子置公卿輔弼之臣，寧令從諛承意，陷主於不義乎？」宋葉紹翁《四朝聞見録・宏而不博博而不宏》：「至文忠（真德秀）立朝時，御史發其廷對日，力從臾恢復事。」

月中影

月中影，世傳玉兔與桂樹。先師徐實庵云：「釋氏説是山河影［一］。」未詳。今年中秋月倍明，因細觀之，果若山影，空缺處乃水也。釋氏不爲無所見。

【箋注】

［一］釋氏説是山河影：唐段成式《酉陽雜俎》卷一《天咫》：「舊言月中有桂，有蟾蜍，故異書言月桂高五百丈，下有一人常斫之，樹創隨合。人姓吴名剛，西河人，學仙有過，謫令伐樹。釋氏書言須彌山南面有閻扶樹，月過，樹影入月中。或言月中蟾桂地影也，空處水影也，此語差近。」

陽起石

世傳陽起石無真者[一]，欲辨之，觀其紋，有若雲頭、雨脚、鷺鷥毫者是也①。

[箋注]

[一] 陽起石：石名，亦稱「陽石」「羊起石」「白石」「石生」等。柱狀或纖維狀結晶，綠色、灰綠色或白色，有光澤。可入藥，或説主治陽病，故稱。《史記・扁鵲倉公列傳》：「扁鵲曰：『陰石以治陰病，陽石以治陽病……中寒，即爲陽石剛齊治之。』」唐段成式《酉陽雜俎・玉格》：「藥草異號：五精金——陽起石。」明李時珍《本草綱目》卷十引《别録》：「陽起石生齊山山谷及琅琊或雲山。」

村館先生

村館先生惟鄉中有德行者爲上，文章次之，不得已則容子弟游學從師，求真實才學者，亦在

① 雨：葉藏本、日藏本作「兩」。

德行爲先也。浙西富豪之家延館賓[一]，皆不以德行，館賓亦不以儒者自任，所以往往刁訐，有玷儒風，至于破館主之家者有之。今日亂世，猶有甚者。往年無錫華氏曾有此患。今年太倉徐氏寓慶元，爲方氏職役[二]，家豪于貲，忽館賓訐其通好張兵①[三]，因此受害，家資一空。蓋當時爲主賓者皆不以禮，主者特欲改换士風，賓者乃是圖口腹貨利耳。初非若古之主待賓以誠敬②，賓報主以學業者比也，惡可謂之賓主哉！然此可爲後來之戒。

[箋注]

[一]館賓：塾師的敬稱。《剪燈新話》卷一：「張員外之饋館賓者也。」明賈仲名《蕭淑蘭》第一折：「蕭公讓有二子，命小生作館賓。」

[二]職役：役名，又稱吏役、徭役。宋基層政權鄉、里、都等頭目及州縣衙門辦事人員，均由民户充當，統稱職役。分鄉役、縣役和州役。北宋前期，職役大都差民户輪充，故又稱差役。後復出現雇役和義役。元明以後稱常役。

[三]訐：揭發、攻擊他人的隱私、過錯或短處。《論語・陽貨》：「惡訐以爲直者。」何晏集解引包咸曰：「訐，謂攻發人之陰私。」張兵：指張士誠之軍。《元史紀事本末》卷二六《東南喪亂》：「（至正）十三年五月，泰州白駒場

---

① 館賓：毛藏本作「館實」，形誤，董夢蘭校語「『館賓』誤書『館實』」；訐：葉藏本、日藏本誤作「許」。

② 古：日藏本、葉藏本作「昔」。

亭民張士誠及其弟士德、士信起兵，陷泰州。」

元章畫梅

會稽王元章嘗謂[一]：「暑月着衣畏汗濕①，則用細生苧布[二]，以薄金漆水刷過，乾而後着，則便且涼也。」元章名冕，善畫梅[三]。

【箋注】

[一] 王元章：王冕(1287—1359)，字符章，號會稽外史、梅花屋主、煮石山農等。元諸暨(今屬浙江)人。著名畫家、詩人。曾從師浙東理學大家韓性。元末大亂，隱九里山，植梅千株，自號「梅花屋主」，善畫梅。明太祖下婺州，授諮議參軍，病卒。有《竹齋詩集》四卷，今存；著有《梅譜》，今存於《永樂大典》殘帙中。

[二] 苧布：用苧麻織成的布。苧，即苧麻，多年生草本植物，蕁麻科，莖皮纖維堅韌有光澤，可作編結、紡織、造紙之原料。明宋應星《天工開物·夏服》：「凡苧麻無土不生。其種植有撒子、分頭兩法，色有青黄兩樣。每歲有兩刈者，有三刈者，績爲當暑衣裳帷帳。」

① 汗：毛藏本作「污」。

〔三〕善畫梅：《明史》卷二八五《王冕傳》：「既歸，每大言天下將亂，携妻孥隱九里山，樹梅千株，桃杏半之，自號梅花屋主，善畫梅，求者踵至，以幅長短爲得米之差。」清王梓材《宋元學案補遺》卷六四《潛庵學案補遺・莊節門人・參軍王先生冕・附録》：「善畫梅，不減楊補之。求者肩背相望，以繒幅短長爲得米之差。人譏之，先生曰：『吾藉是以養口體，豈好爲人家作畫師哉？』」

古今無匹

古今無匹者，美玉也。蓋天地秀氣所結，質色、大小各不同，是以無匹，真可貴惜也。古犀次之①〔一〕。畫卷則今之精者或能近古，亦古之善畫者多，非止一筆也，是以多得而有匹也。至于定器官窰又其多矣〔二〕②，皆未足珍貴也。前輩論者或有及于此，因記之。

【箋注】

〔一〕古犀：此指犀角製成的飾物。《新增格古要論》卷六《犀角》：「犀角，出南蕃、西蕃，雲南亦有。成株肥大花

---

① 次：毛藏本作「久」，誤。

② 于：毛藏本作「千」，形誤。

兒者好，及正透者價高；成株瘦小，分兩輕，花兒者不好，但可入藥用。其紋如魚子相似，謂之粟紋；每粟紋中有眼，謂之粟眼。此謂之山犀。凡器皿要滋潤，粟紋錠花兒者好，其色黑如漆，黃如粟，上下相透，雲頭雨脚分明者爲佳。」

[二] 定器：定窑瓷器，窑址在今河北曲陽縣北南鎮鄉澗磁村、燕山村一帶。清藍濱南《景德鎮陶録》卷六：「定窑，宋時所燒。出直隸定州，有南定器、北定器。」

無錫讖石

相傳無錫有石刻[一]，讖云：「無錫平，天下甯①。」在惠山寺泉之傍。或云天下井舊咸置錫，以滋泉味，蓋茗與錫相便，惟是邑無之。或有云②，有錫則民争兵，故名「無錫」[二]。皆未詳孰是。

[箋注]

[一] 無錫：今屬江蘇。元元貞元年(1295)升爲無錫州，屬常州路。宋樂史《太平寰宇記》卷九二《常州》：「無錫縣，東南九十里。舊四十鄉，今二十七鄉。本漢舊縣，屬會稽郡。王莽改曰有錫。《風土記》：『周武王追崇周章於吴，又封章小子斌於無錫。』昔有讖云『無錫寧，天下平。有錫兵，天下争』。故名之。吴省，屬典農校尉。晉太康

---

① 無錫平，天下甯：《太平寰宇記》卷九二作「無錫寧，天下平」。

② 有：葉藏本、日藏本作「又」。

元年平吴，復爲縣，屬毗陵。元帝初改爲晉陵郡。隋開皇九年改晉陵郡爲常州，廢縣入晉陵；十三年復舊。大業三年改爲毗陵。唐復爲無錫。」清顧祖禹《讀史方輿紀要》卷二五《無錫縣》：「無錫縣，府東九十里。……漢置無錫縣，屬會稽郡，武帝封東粤降將多軍爲侯邑。後漢屬吴郡。三國吴分無錫以西爲典農校尉，省縣屬焉。晉復置縣，屬毗陵郡。東晉以後俱屬晉陵郡。隋屬常州，唐、宋因之。元升爲無錫州，明復爲縣。」

〔二〕「或有云」以下三句：《常州圖經》：「惠山之側，有錫山，其山出錫。古謡云：有錫兵，無錫寧。故縣名無錫。」唐陸羽《游慧山寺記》：「惠山，古華山也。……山東峰當周秦間，大産鉛錫，至漢興，錫方殫，故創無錫縣，屬會稽。後漢有樵客，山下得銘云：『有錫兵，天下争；無錫寧，天下清；有錫沴，天下弊；無錫乂，天下濟。』自光武至孝順之世，錫果竭。順帝更爲無錫縣，屬吴郡，故東山爲之錫山。」（《全唐文》卷四三三）宋祝穆《方輿勝覽》卷四《常州》引《圖經》：「昔有讖述其地云：『無錫寧，天下平；有錫兵，天下争。』故縣名無錫。」元李晦《無錫升州記》：「錫山境土，初有人於山下得古銘云：『有錫兵，天下争；無錫寧，天下清。』因名無錫。」（《全元文》卷一四二〇）

雞卵熟栗

雞卵與熟栗在午前食則佳①，過午後則能閉氣②〔一〕。

---

① 栗：毛藏本作「果」。
② 閉氣：葉藏本作「閉氣無益」。

【箋注】

〔一〕閉氣：指暫時抑止呼吸。

江西羅生

江西羅生賣碑刻者言：「天地初如卵形者〔一〕，指雞卵也①，鵝鴨則不可擬矣。」此説近是。

【箋注】

〔一〕天地初如卵形：《淮南子》卷三《天文訓》錢塘補注引祖暅《天文録》：「古人言天地之形者有三：一曰渾天，二曰蓋天，三曰宣夜。」漢張衡《渾天儀》：「渾天如雞子，天體圓如彈丸，地如雞中黄，孤居於内，天大而地小。」（《全後漢文》卷五五）《隋書》卷十九《天文志（上）》：「前儒舊説，天地之體，狀如鳥卵，天包地外，猶觳之裏黄，周旋無端，其形渾渾然，故曰渾天。」唐邱光庭《論海潮·論渾蓋軒宣諸天得失》：「唯渾天言天地之形如雞卵，北聳而南下，故北極常不没，南極常不見。其轉如車軸，日月星辰皆不回。故先儒皆以渾天爲得也。」（《全唐文》卷八九九）

① 指雞卵：毛藏本作「捐雞卵」，誤。

義興邵億

義興邵億永年，一字惟賢，暑月冠墨漆巾①[一]，蓋取離汗也。以葛爲之，用淡金漆水和以墨水，置葛其中染之，乾而後製甚好。

〔箋注〕

[一] 暑月：即夏月，相當於農曆六月前後小暑、大暑之時。《南齊書·州郡志下》：「漢世交州刺史每暑月輒避處高，今交土調和，越瘴獨甚。」《左傳·襄公二十一年》：「重繭衣裘。」唐孔穎達疏：「暑月多衣，所以示疾。」

蘭艾不同根

古云「蘭艾不同根」[一]，蓋比故家崛起也[二]。艾葉茂而根淺，蘭葉少而根多耳。

---

① 墨：日藏本作「里」，誤；葉藏本作「黑」。

［箋注］

［一］蘭艾不同根：唐張九齡《在郡秋懷》：「蘭艾若不分，安用馨香爲。」元錢選《山居圖卷》：「鷃鵬俱有意，蘭艾不同根。」蘭，香草；艾，即野蒿、臭草。

［二］比故家崛起：清沈叔埏《李母沈太孺人八十壽序》：「古云蘭艾不同根，言舊家之易於振起也。」

江湖術者

江湖術者、説客［一］，不可延至家庭①。蓋起詞訟之端、誘破家之事②，容或有之。先人每言之，嘗親見此曹患也③。

［箋注］

［一］術者：又稱術人、術士，以占卜、星相等爲職業的人。晉葛洪《抱朴子·行品》：「步七曜之盈縮，推興亡

① 庭：毛藏本作「度」。
② 家：葉藏本、日藏本作「財」。
③ 此曹：日藏本作「此遭」，葉藏本作「此之曹」。

之道軌者，術人也。」唐劉餗《隋唐嘉話》卷上：「隋文帝夢洪水没城，意惡之，乃移都大興。術者云：『洪水即唐高祖之名也。』」説客：指游説之士，善於用言語説動對方的人。《史記·酈生陸賈列傳》：「酈生常爲説客，馳使諸侯。」

戴率初破題

先人嘗言，幼在金陵郡庠〔一〕，從戴率初先生游〔二〕，先生每因暇即以方言俗諺作題，令諸生破如經義法。一日命破「樓」字，先君曰：「蓋嘗因其地之不足，而取其天之有餘。」先生大喜。又命以諺云：「甯可死，莫與秀才擔擔子①；肚裏飢，打火又無米。」破曰：「小人無知，不肯竭力以事君子；君子有義，不能求食以養小人。」

［箋注］

〔一〕郡庠：科舉時代稱府學爲郡庠。元王惲《謁武惠魯公林墓》：「清秩銓華省，群英萃郡庠。」

〔二〕戴率初：戴表元（1244—1310），字率初（或作帥初），一字曾伯。宋慶元奉化（今屬浙江）人。宋咸淳七年（1271）進士，任建康府教授。後棄職，歸里讀經史，作詩文。德祐二年（1276）元兵南下，避難天台、鄞縣。大德八年

---

① 莫：毛藏本作「英」，誤。

（1304）授信州路教授，再調婺州，因病辭歸。至元、大德年間，爲東南著名文學家。卒。著有《剡源集》。《元史》卷一九〇本傳：「故其學博而肆，其文清深雅潔，化陳腐爲神奇，蓄而始發，間事摹畫，而隅角不露，施於人者多，尤自祕重，不妄許與。至元、大德間，東南以文章大家名重一時者，唯表元而已。」

宋鍍金器

故宋鍍金器皿，用金鎔化，以銀器漬之，凡數十次，猶如今之擺錫鐵器相類。

宋迎酒盃①

故宋過府官及朝貴，例蒙賜酒，却于官庫支給，以鼓吹迎歸，謂之「迎酒盃」[一]。盃是夾盞，蓋内金外銀，或内銀外金者。予在四明問史善可②，說乃母項氏聞諸其長上先輩言③。因袁伯

---

① 題「宋迎酒盃」，盃，原本作「杯」。按：盃，同「杯」。
② 問：葉藏本、日藏本作「聞」，誤。
③ 言：毛藏本作「之」，葉藏本、日藏本作「云」。

長學士與乃子敬存家書中有謂迎酒盃者〔二〕，故及此。

【箋注】

〔一〕「故宋過府官及朝貴」以下五句：《東京夢華録》卷九《宰執親王宗室百官入内上壽》：「宴退，臣僚皆簪花歸私第，呵引從人皆簪花並破官錢。諸女童隊出右掖門，少年豪俊争以寶貝供送，飲食酒果迎接，各乘駿騎而歸。或花冠，或作男子結束，自御街馳驟，競逞華麗，觀者如堵，省宴亦如此。」

〔二〕敬存：袁桷長子袁瓘，字敬存。元蘇天爵《元故翰林侍講學士知制誥同修國史贈江浙行中書省參知政事袁文清公墓誌銘》：「子男二人：瓘、瑾。」元戴表元《袁氏字箴》：「袁氏子瓘字敬存，請言於剡源。」「袁伯長學士與乃子敬存家書中有謂迎酒杯」事，現存袁桷《清容居士集》不載，未知其詳。

故宋剔紅

故宋堅好剔紅、堆紅等小柈、香盒、箸瓶①〔一〕，或有以金作底而後加漆者②，今世尚存，重者

---

① 柈：葉藏本作「材」，誤；香盒：原本、毛藏本俱作「香金」，毛藏本董夢蘭校語「香金箸瓶，香金之『金』當是『盒』字」，今據此及葉藏本、日藏本改。

② 作：原本作「柈」，今據葉藏本、日藏本改。

是也。或銀、或銅、或錫。

【箋注】

［一］堆紅：漆器工藝名。在器物上用灰泥堆成花紋，再塗朱漆。《新增格古要論·古漆器論》：「假剔紅，用灰團起，外用硃漆漆之，故曰堆紅。但作劍環及香草者多，不甚值錢。又曰罩紅。今雲南大理府多有之。」

齆香吸髓

諺云：「齆俗音聞，鼰也。香、吸髓、倚闌干。」言三險也①。花心有小蟲，鼰之或作鼻痔［一］，惟臘梅最不可齆。諸獸骨髓中擊破有碎屑，吸之恐傷肺。闌干臨水，恐有墜折之患。猶三件險處也。此言雖近，亦可爲戒。

【箋注】

［一］鼰：嗅，用鼻子聞。《漢書·叙傳上》：「不絓聖人之罔，不鼰驕君之餌。」顔師古注：「鼰，古嗅字也。」

① 險：毛藏本作「澰」，董夢蘭校語：「『澰』字當作『險』。」

巴豆黃連

諺云：「巴豆未開花，黃連先結子。」蓋黃連能制伏巴豆毒也。猶「螳螂捕蟬，黃雀在後」同意。嘗觀《宋史》，宣、政之間，女直叛契丹而謀宋①[一]，南侵之日，韃靼亦叛女真而舉兵矣[二]，正此謂也。

[箋注]

[一] 女直：即女真，我國古代少數民族名。居住在烏蘇里江和黑龍江流域等地。周時稱肅慎氏，漢、三國、晉稱挹婁，南北朝時稱勿吉，隋唐時稱黑水靺鞨，五代時始稱女真。後屬遼，因避遼主耶律宗真諱，改稱「女直」。宋宇文懋昭《大金國志·金國初興本末》：「金國本名朱里真，番語舌音訛爲女真，或曰慮真，避契丹興宗名，又曰女直，肅慎氏遺種，渤海之别族也。」

[二] 韃靼：古代部族名。也寫作達靼、達旦、達怛，又稱達達、塔塔兒。本靺鞨别部。唐末始見記載，爲突厥統治下的一個部落，突厥衰亡後，逐漸强大。兩宋、遼、金時代，漠北蒙古部被稱爲黑韃靼，漠南汪古部被稱白韃靼。蒙古興起，韃靼爲蒙古所滅。

---

① 女直：葉藏本、日藏本作「女真」。

山中私議

山中私議，人才列爲九品[一]，以比世爵，蓋賤虚而貴實也。一曰孝，事親竭力，移忠于君；二曰義，盡忠效節，輕財赴難；三曰廉，不苟取受，知恥尚儉；四曰直，真實不欺，内外如一①；五曰謹，持守禮法，行之有常；六曰才，謀辨雄畧，濟時于時②；七曰教，博學于己，推以及人；八曰隱③，不事王侯，高尚其志④；九曰藝，文詞書畫，以材成材⑤。

【箋注】

[一] 九品：《漢書》卷二十《古今人表》第八：「傳曰：譬如堯、舜，禹、稷、卨與之爲善則行，鯀、讙兜欲與爲惡

① 如：日藏本誤作「加」。
② 濟時于時：葉藏本、日藏本作「濟事于時」，毛氏本脱「于時」二字。
③ 八：日藏本作「其八」。
④ 其志：日藏本脱「其」字。
⑤ 以材：葉藏本、日藏本作「以技」。

則誅。可與爲善，不可與爲惡，是謂上智。桀、紂，龍逢、比干欲與之爲善則誅，於莘、崇侯與之爲惡則行。可與爲惡，不可與爲善，是謂下愚。齊桓公，管仲相之則霸，豎貂輔之則亂。可與爲善，可與爲惡，是謂中人。因茲以列九等之序，究極經傳，繼世相次，總備古今之略要云。」《資治通鑒》卷六九《魏紀一》：「尚書陳群，以天朝選用不盡人才，乃立九品官人之法；州郡皆置中正以定其選，擇州郡之賢有識鑒者爲之，區别人物，第其高下。」胡三省注：「九品中正自此始。九品，上上、上中、上下、中上、中中、中下、下上、下中、下下也。」

種竹之法

種竹之法，古語云：「深種、淺種、多種、少種，最是良法。」予治西園，嘗一日成林，彼時人事從容，工力畢具①，甚易爲也。且取竹于隣里佃客之家，皆吾田土上所出者，故不勞而辦也②。深種者，深壅客土也[一]。淺種者，淺開畦穴也。多種者，連鞭三五竿或二三竿，甯少種幾垛也。若獨竿則根少，根少則難活，縱活亦不能茂耳。江西小竹及公孫竹、雲頭頂竹，凡置盆栽者亦用此法③。

---

① 具：毛藏本作「畢」，形誤。
② 辦：毛藏本作「辨」，形誤。
③ 凡：日藏本作「几」。

［箋注］

［一］客土：從他處移來的泥土，亦泛指別處的土壤。《漢書·成帝紀》：「客土疏惡，終不可成。」顏師古注引服虔曰：「取他處土以增高，爲客土也。」

製藥當謹

製藥不可不謹。四明詔卿言①，其鄉今歲有合瘧丹者，用砒霜爲末，搜和蒸餅，盤晒于日，而二小兒不知食之，一死一生②。生者食少，急服解劑也。死者明日焚化，腸已腐矣。又往年鎮明嶺一醫士，嘗合墨錫丹③，母及妻皆慣服之④，一日以他藥丸歸，未曾題名⑤，色類墨錫丹⑥，母及妻亦取服之，一夕而斃。可不謹乎？書此爲製藥之戒。

---

① 詔：日藏本作「詔」。
② 一死一生：日藏本作「一生一死」。
③ 墨：葉藏本、日藏本作「黑」。
④ 慣：毛藏本、葉藏本、日藏本作「貫」。
⑤ 名：葉藏本作「明」。
⑥ 墨錫丹：葉藏本、日藏本作「黑錫」。

草藥療病

村民多採草藥療病，或致殞命者多矣①。蓋草藥多有相似者，似是而非，性味不同②，愚民不能別，一概與人服之，不至于悮者寡矣。嘗觀《本草》云③：「山陽有草，其名曰黄精〔一〕，餌之可長生。山北有草，其名鉤吻〔二〕，入口即死④。」蓋此草絶相類，而性善惡不同如此。又安吉朱氏親友有爲子腹疼，人教以取楝樹東南根煎湯者〔三〕。子初不肯服⑤，其父撻之。既入口，少頃而絶。蓋出土之根能殺人，朱氏不考古之過也⑥。此表兄沈子成在安吉目擊其事，嘗以戒人⑦。

---

① 多矣：葉藏本、日藏本無此二字。
② 味：毛藏本作「性呆」。
③ 觀：毛藏本作「歡」，形誤。
④ 「山陽有草」以下六句：莊校：「《本草綱目》卷十二作：『太陽之草名黄精，食之可以長生。太陰之草名鉤吻，不可食之，入口立死人。』」
⑤ 肯：毛藏本誤作「背」。
⑥ 過：葉藏本、日藏本作「誤」。
⑦ 嘗：葉藏本作「當」。

醫家用桑白皮①,《本草》云,出土者,亦能殺人[四]。可不戒哉!

[箋注]

[一] 黄精:藥名。魏嵇康《與山巨源絶交書》:「又聞道士遺言:餌術黄精,令人多壽,意甚信之。」《文選》李善注引《本草經》:「術,黄精,久服輕身延年。」唐韋應物《餌黄精》:「靈藥出西山,服食采其根。九蒸换凡骨,經著上世言。候火起中夜,馨香滿南軒。齋居感衆靈,藥術啟妙門。」

[二] 鉤吻:藥名。漢桓譚《新論·祛蔽》:「鉤吻不與人相宜,故食則死,非爲殺人生也。」宋沈括《夢溪補筆談·藥議》:「鉤吻,《本草》:一名野葛,主療甚多,注釋者多端,或云可入藥;或云有大毒,食之殺人。」

[三] 楝樹:樹名,皮入藥,療蛔蟲。《管子·地員》:「五位之土,榆桃柳楝。」《淮南子·時則訓》:「七月官庫,其樹楝。」

[四] 「醫家用桑白皮」以下四句:《神農本草經》卷十三:「桑根白皮,味甘,寒,無毒。主傷中,五勞,六極,羸瘦,崩中,脉絶,補虚益氣。去肺中水氣,唾血,熱渴,水腫,腹滿臚脹,利水道。去寸白,可以縫金瘡。出土上者,殺人。」

① 醫家:葉藏本、日藏本作「今醫家」。

季弟患疾

己亥秋，季弟在上虞患痢疾[一]，亦服村民草藥①，後爲所悮，雖更醫已無及矣。蓋此弟不肯讀書，不交好人，不習好行②，惟市井輩是狎，所以致此者③，亦稟氣受胎之賤④，且有不忍言者故耳。

【箋注】

[一] 季弟：最小的弟弟。《左傳・文公十一年》：「衛人獲其季弟簡如。」《新唐書・李勣傳》：「季弟感，年十五，有奇操。」

---

① 民：毛藏本誤作「氏」。
② 好行：日藏本無「行」字。
③ 此者：日藏本作「民」，葉藏本無「者」字。
④ 亦：毛藏本作「赤」，形誤。

墮胎當謹

墮胎不可不謹。妻母潘，嘗在三月之期服墮胎之劑，至四閱月而旋旋下血塊或腐肉塊①〔一〕，蓋受毒爛胎之故也。或懼孕育之繁者，夫婦之道亦自有術，蓋以日計之也。不然，則在三月之間、前兩月之間服爲猶可②，若過此則成形難動③，動必有傷母之患。今人或以村婦法，用牛膝等草帶于産户者〔二〕，深非細事，不致于殞絶者鮮矣。嘗見溧上親友李漢傑，其妻黄氏冒姓孔女者，凡數十孕多男子，憚夫産育之勞苦，服桂姜行血之劑④，過于三月後，胎雖不墮，漏血不止，醫者所親殷國材憂之⑤，但飲以補血之劑，因懼不能止，所以生之也，此亦是一法。及十月而産，乃無胞之兒。蓋因形成而被毒藥所腐胞衣，以致常時漏血也。可不戒哉！

---

① 塊：毛藏本作「瑰」，形誤。
② 爲：葉藏本、日藏本作「藥」。
③ 若過此：葉藏本、日藏本無「若」字。
④ 桂姜：日藏本作「姜桂」，倒乙。
⑤ 憂：葉藏本作「夏」，形誤。

吾近以家人多産，又在客中不便①，常服墮胎之藥②，既過三月不動，則易以安胎順氣之劑，以防護之耳。

[箋注]

[一] 閱月：過了一個月。《舊唐書·馬燧列傳》：「不閱月，河中平。」

[二] 牛膝：亦稱「牛莖」，藥名。北齊劉晝《新論·審名》：「虛信傳説，即似定真，聞……堯漿、禹糧謂之飲食，龍肝、牛膝謂之爲肉。」袁孝政注：「皆是藥草之名也。」《本草綱目》：「治久瘧寒熱，五淋尿血，莖中痛，下痢，喉痹口瘡齒痛，癰腫惡瘡傷折。」

服藥關防

人家服藥須是關防[一]，或被媪妮所傾，別添水煮，則味不能功矣③。或悞墮他物④，及與藥

---

① 便：毛藏本、日藏本作「使」，形誤。

② 常：日藏本作「嘗」。

③ 矣：日藏本作「也」。

④ 他物：原本作「地」，今據葉藏本、日藏本改。

相反①，則傷人命。或襍亂悞投于人②，物之冷熱不同③，悞增病症，若是多矣，不可不戒。嘗見趙希賢云：「趙冀國公府，凡治家事各有局次，如煑藥必在外院，幹者輪日掌之，名籍日計簿，以憑稽考。遇某夫人、某官人④、某直閤、某乳媪及賤妾輩有疾，外院書名懸牌于盞托之上，覆定然後送入内院飲，别間藥次第嘗之⑤。」人家雖不能如此，或倣此防閑亦好。

【箋注】

〔一〕關防：防範。宋司馬光《上聽斷書》：「今國家政事未有不先經兩府相與商議，然後施行。關防秘密，外人莫得而知。」明陸容《菽園雜記》卷三：「壹、貳、叁、肆、伍、陸、柒、捌、玖、拾、阡、陌等字，相傳始于國初刑部尚書開濟，然宋邊實《昆山志》已有之。蓋錢穀之數用本字，則奸人得以盜改，故易此以關防之耳。」

① 及：毛藏本作「反」，葉藏本、日藏本無「及」字。
② 投：葉藏本、日藏本作「授」。
③ 物：葉藏本、日藏本作「服」。
④ 官：葉藏本、日藏本作「宫」。
⑤ 問：葉藏本、日藏本作「問」；嘗：葉藏本作「書」。

五苓散

五苓散隔年者〔一〕，澤瀉必變油〔二〕，服之者殺人。惟見一方云「治項骨倒用來年者①」，餘皆不可不謹也。

【箋注】

〔一〕五苓散：散藥，《傷寒論》方。本方由五味藥組成，以猪苓、茯苓爲主藥，故名。漢張仲景著、金成無已注《傷寒論注釋》第三「五苓散方」：「猪苓、十八銖，味甘平，去皮。澤瀉、一兩六銖半，味酸鹹。茯苓、十八銖，味甘平。桂、半兩，去皮，味辛熱。白朮。十八銖，味甘平。」

〔二〕澤瀉：藥名。漢劉向《九嘆·怨思》：「筐澤瀉以豹鞹兮，破荆和以繼築。」宋寇宗奭《本草衍義》卷七：「澤瀉，其功尤長於行水。張仲景曰，水搐渴煩，小便不利，或吐或瀉，五苓散主之。方用澤瀉，故知其用長於行水。」

① 來年：毛藏本、葉藏本、日藏本作「隔年」。

滾痰丸

吾鄉王中錫製滾痰丸①[一]，療疾甚妙，然亦有害人者。徙常熟，常聞一官甚壯實，每患痰熱即服之，後因患脾瀉脈絶，以致不救，蓋過于此劑也。然此劑正可推利痰熱②，疾平則已，不已則傷元氣，豈可以素壯實而自欺邪③！人非純陽真人[二]，焉能保其無七情之害，害則有損④，非損純陽矣⑤。

[箋注]

[一] 滾痰丸：亦稱「礞石滾痰丸」，丸藥。可驅逐頑痰，若令其滾，故稱。元朱震亨《丹溪先生心法》卷四《滾痰丸》：「大黄半斤，黄芩半斤，青礞石一兩，沉香五錢，右爲末水，丸桐子大。」明張介賓《景岳全書·古方八陣·滾痰

① 錫：葉藏本、日藏本作「陽」。
② 正：日藏本作「止」。
③ 而：毛藏本作「西」，誤。邪：日藏本作「也」；葉藏本作「即」，誤。
④ 損：毛藏本作「捐」，形誤。
⑤ 非損純陽矣：毛藏本作「非捐純陽矣」，日藏本作「非純陽也」。

丸》：「凡服滚痰丸之法，必須臨臥就床，用熱水一口，只送過咽，即便仰臥，令藥徐徐而下。」

〔二〕純陽真人：吕洞賓（約798—？），初名紹先，後名嵒，或作巖，又稱巖客，字洞賓，號純陽子。唐末河中永樂（今山西芮城）人，一作京兆（今陝西西安）人。《全唐詩》卷八五六：「吕巖，字洞賓，一名巖客，禮部侍郎渭之孫。河中府永樂縣（一云蒲阪）人。咸通中舉進士不第，游長安酒肆，遇鐘離權得道，不知所往。」傳説中道教八仙之一。《宋史・陳摶傳》：「關西逸人吕洞賓有劍術，百餘歲而童顔，步履輕疾，頃刻數百里，世以爲神仙。皆數來摶齋中，人咸異之。」元時全真道尊爲純陽帝君，爲北五祖派之第三祖，通稱「吕祖」，傳純陽派。《全唐詩》存其詩四卷。另有《純陽吕真人文集》八卷，輯入《道書全集》。

平陽王叔瑽①

平陽王叔瑽爲嘉興郡照磨〔一〕，丙申年避地，與予同寓上虞。時乃嗣本元纔二十五歲，未娶，因納妾于外，未免過度于酒色，自南臺宣使〔二〕，間亦來上虞。忽患瘧疾半載，且膿疥遍身，因久病脾虚，腹脹足腫，問藥于予。予曰：「當實脾元補腎去濕則可矣②，宜用厚朴、乾山藥、白

---

① 題「平陽王叔瑽」，原本目録作「平陽叔瑽」。

② 脾元：日藏本作「元脾」。

朮、木香之劑①[三]。」未過五日已不喜服，遂信房主者徐生，引至柑醬使與其針腿膝間放水②，少頃即死，悔無及矣。庚子月甲申日也。又吾親友楊文舉③[四]，乃嗣元碩于乙未年夏秋之間，亦患瘧，生疥如王本元，但無虛損下元之證，因服葶藶而愈④[五]，蓋利水道也。嘗書此以記之。

[箋注]

[一] 平陽：今屬浙江。《元史》卷六二《地理志五》：「平陽州，下。唐平陽縣，宋因之。元元貞元年，升州。」照磨：官名。元朝始置，爲首領官。中書省、行中書省、六部均置。正八品，掌各衙門錢穀出納、營繕料理等事。設于路總管府衙者，兼理案牘、刑獄，多由吏員升任。明清亦有設。

[二] 南臺：元「江南諸道行御史臺」之省稱，秩從一品。世祖至元十四年(1277年)，設江南行御史臺於揚州，後遷於杭州、江州等地。二十九年(1292)二月，定臺址於建康(今江蘇南京)。成宗大德元年(1297)，定名爲江南諸道行御史臺，統江南十道監司。宣使：元代官名，衙署中的聽差，掌宣傳長官命令、下官回復之事。《元史·百官志一》：「中書省掾屬：……宣使五十人……」

① 木：毛藏本作「禾」，誤。
② 柑醬：毛藏本董夢蘭校語「柑醬，恐是『甘醫』，或是『柑醫』」；日藏本作「柑醫」；葉藏本則作「材醫」。
③ 又：日藏本誤作「人」。
④ 葶藶而愈：毛藏本作「葶藶而不愈」，衍「不」字；葉藏本、日藏本作「葶藶末而愈」。

［三］厚朴：落葉喬木，中醫以樹皮入藥。《急就篇》卷四：「芎藭厚朴桂栝樓。」顔師古注：「厚朴，一名厚皮，一名赤朴，凡木皮皆謂之朴，此樹皮厚，故以厚朴爲名。」《本草綱目·木二·厚朴》：「其木質朴而皮厚，味辛烈而色紫赤，故有厚朴、烈、赤諸名。」山藥：藥名，《神農本草經》列爲上品。明李時珍《本草綱目》卷二十七：「薯蕷用藥，野生者爲勝，若供饌則家種者爲良。」白朮：藥名。《本草綱目》卷十二下：「按六書本義，朮字篆文，象其根幹枝葉之形。」木香：亦藥名，《神農本草經》卷一：「木香，味辛，主邪氣……生山谷。」

［四］楊文舉：楊翮，生卒年不詳，字文舉。元上元（今江蘇南京）人。楊剛中（通微先生）子。初爲江浙行省掾，至正六年（1346），任休寧主簿。歷仕江浙儒學提舉，遷太常博士。著有《佩玉齋類稿》十卷。生平事迹見《萬姓統譜》卷四一、《四庫全書總目》卷一六八等。《宋元學案》卷八二：「（楊剛中）子翮，世其家學，亦爲江浙提學，有聲。」元楊維楨《楊文舉文集序》：「幸先生有後如文舉，獲見予吴門次舍，示所著碑、銘、敘、志、箴、頌、論、贊凡若干卷，累日讀之，喜其識職而各毗於律，理昚而其言沛如也。予自居吴門，閲今之名能文者無慮數十家，類未有及文舉者，則知文舉之得其本於家，而又丁乎氣運之盛於國家者，非庸衆人之所同也，昭昭矣。」（《全元文》卷一二九九）

［五］葶藶：藥名。宋寇宗奭《本草衍義》卷十一《葶藶》：「用子，子之味有甜苦兩等，其形則一也。《經》既言味辛苦，即甜者不復更入藥也。大槩治體皆以行水走泄爲用，故曰久服令人虚，蓋取若泄之義，其理甚明。」

上虞陳仁壽①

上虞陳仁壽，字景禮，嘗應寫金字經生員〔一〕，爲人有交情。嘗言一日過江西，舟中遇漏雨，醉臥濕蒸之所，遂患骨節疼軟，逾年尤甚。因往杭求醫，醫用針法治之，一針竟不能步，疾倍于前時，怒而舁歸〔二〕，自此不得痊矣。其疾甚恠異②，手足指縫間始患腫毒③，久而潰膿，膿盡微露白塊如骨，以手捻之即出，稍軟，見風堅，白如粉色，若此者不知其幾也。凡肘膝有骨節處皆患遍，筋骨拘攣不能舉動，終身廢疾。每恨無名醫，不治猶可，因治而成廢人。蓋其幼時曾酒色過度④，風濕侵之久矣⑤，亦是冤業所致如此〔三〕。至正戊戌秋，會于會稽後山月餘⑥，因談及之。

---

① 題「上虞陳仁壽」，原本目録作「上虞仁壽」。
② 其疾甚恠異：日藏本無「其疾」二字。
③ 手：葉藏本作「于」。
④ 幼：日藏本作「初」。
⑤ 侵：日藏本作「優」，形誤。
⑥ 會稽：葉藏本、日藏本無此二字。

【箋注】

〔一〕金字經：用金泥寫就的佛典，泛指佛教經文。唐元稹《清都夜境》：「閑開蘂珠殿，暗閱金字經。」唐錢起《猷川雪後送僧粲臨還京時避世臥疾》：「齋到盂空餐雪麥，經傳金字坐雪松。」生員：國學及州、縣學在學學生，後指經本省各級考試取入府、州、縣學學習者，通稱秀才。《北史・儒林傳序》：「魏道武初定中原……便以經術爲先。立太學，置五經博士，生員千有餘人。」

〔二〕舁：抬；扛。《三國志・魏書・鍾繇傳》：「時華歆亦以高年疾病，朝見皆使載輿車，虎賁舁上殿就坐。」宋蘇軾《石氏畫苑記》：「有客于京師而病者，輒舁置其家，親飲食之。」

〔三〕冤業：佛教語，因造惡業而招致的冤報。南朝梁任昉《述異記》：「劉言：『蛇傷虎咬，七世冤業。』」

先君教諭

先君初欲仕時〔一〕，頗厭冷官〔二〕，既授上元縣學教諭〔三〕，不就。江淮行省尚書省又授常州路學正①〔四〕，亦不就。豪氣英邁，必欲即能濟時行道者，遂薦爲歲貢儒人吏書往宣城②。時安吉

---

① 省：原本作「有」，今據葉藏本、日藏本改。

② 貢：原本作「首」，今據葉藏本、日藏本改。

凌時中石巖爲憲幕賓〔五〕，一見甚喜。乃嗣懋翁師德正讀書，侍師作《蘭花》詩〔六〕，石巖暮歸①，即命同賦，有「風流得似謝家郎」之句，石巖稱賞，已，懷建康郡牒而去②。越三日，忽告先君曰：「公又且撥置在此未遲也〔七〕，子宜歸，豈有謁人求仕者乎？」先君聞之不樂，遂飄然以不就此職而去。且對其館賓曰：「吾以凌公長者，故相投耳③，非千里謀謁也。公既不我識，我亦不就此謀矣。人生豈止于是耶？」館賓即白于主者，遣僕追之，先君怒而登舟矣。石巖更大喜曰：「吾所以試之，乃灼見其英氣如此，公文已就，特未與之言④，待其未至溧上⑤，隨令隸卒發牒取補書吏也。」及先君未到家，而江東廉訪已至建康，轉下溧陽敦請矣〔八〕。先輩作成人如此，未嘗輕許，既就亦未嘗有矜色⑥。先君極感之，時至元甲午春也⑦。是年，以入仕獲免沈家襍泛

---

① 暮：毛藏本作「幕」，形誤。
② 郡牒：原本「郡」字闕，今據葉藏本補；毛藏本作「邵牒」，日藏本作「邵牒」。
③ 相：毛藏本作「祖」，誤。
④ 特未與之：日藏本無此四字。
⑤ 溧：日藏本作「溧」，誤。
⑥ 色：毛藏本作「已」。
⑦ 午：毛藏本作「年」。

差役①，舖夫賤隸，本州悉除放之，因先君之功也。

時與貢仲章交，乃翁南漪一見，深喜之至，欲納爲壻，每折行輩，分賓主。如是交游寓秀野堂者二年，後數相見，敬愛如初②。先君每嘆先輩仕人之不可及也③。又憲使盧公疎齋，雅相推重④，一游一燕，未嘗不與先君同處。或賦詩詞，必先書以見示，其前輩氣象如此。一日，廉使容齋徐公云：「書中有女顔如玉。」戲謂先君曰：「試爲我屬一對，以俗語尤好。」先君即應之曰：「路上行人口似碑。」容齋大喜。又一日，有歌妓千金奴者請贈樂府⑤，容齋屬之先君，即席賦《折桂令》一闋。容齋大喜，舉杯度曲⑥，盡興而醉，由是得名，亦由是幾至被劾⑦。而以容齋人品高，且尚文物之時，獨免此患⑧。若是今日，亦無此等人物，亦不敢如此倡和風流也。其曲

①　褋：日藏本誤作「雖」。
②　敬愛：葉藏本作「愛敬」。
③　仕：葉藏本、日藏本作「仁」。
④　雅：日藏本誤作「惟」。
⑤　請：毛藏本作「謂」。
⑥　曲：毛藏本作「度」，誤。
⑦　被：毛藏本作「裓」，誤。
⑧　獨：葉藏本、日藏本作「偶」。

今書坊中已刊行①，見于《陽春白雪》内，題但作徐容齋贈云②［九］。又嘗以律詩呈容齋公，公喜而書于後曰③：「吾退之天資穎異，筆力過人，擅江淮之英，本鄒魯之氣，觀此佳作，未能走和④，甚覺吾老邁矣。吾退之當勉力爲政，以繼前修，則吾深有望也⑤。汶叟徐炎題。」

［箋注］

［一］先君：指孔克齊父孔文昇。孔文昇，生卒年不詳。字退之。孔子第五十四代孫。先世自曲阜移居温州平陽（今屬浙江），孔文昇贅于溧陽（今屬江蘇）沈氏，因家。幼從戴表元游，至元三十一年（1294）補建康路書吏，歷浙西憲司掾。曾受盧摯禮重。致仕居家，卒年八十七。《全元散曲》存其小令一支。《直記》卷一、卷二、卷四，《松雪齋集》卷六《闕里譜系序》等略載其事迹。趙孟頫《闕里譜系序》：「魯國孔君文昇……今孔君自曲阜而温，自温而建康，自建康而溧陽，凡三徙矣。……君字退之，今爲浙西廉訪掾云。」歸有光《静齋類稾引》：「父字退之，曾補建康書吏。」《四庫全書總目》卷一四三《至正直記》「提要」：「其父退之，爲建康書掾。」

① 其：毛藏本作「臭」，形誤。
② 題但：葉藏本作「但題」。
③ 公喜：毛藏本作「公而喜」，衍「而」字。
④ 和：毛藏本作「扣」。
⑤ 望也：毛藏本作「望吾也」，衍「吾」字。

[二] 冷官：地位不重要、事務不繁忙之官職。唐張籍《早春閒游》：「年長身多病，獨宜作冷官。」宋蘇軾《九月二十日微雪懷子由弟》之一：「短日送寒砧杵急，冷官無事屋廬深。」

[三] 上元：舊縣名，唐肅宗上元二年(761)改江寧縣置，治所在今江蘇南京市。元屬集慶路。縣學：舊時供生員讀書之學校。舊制童試録取後准入縣學讀書，以備參加高一級之考試，謂之「進學」「入學」或「入泮」，士子稱「庠生」「生員」，俗稱「秀才」。

[四] 常州路：《元史·地理志》：「常州路。唐初爲常州，又改晉陵郡，又復爲常州，宋因之。元至元十四年升爲路。」學正：地方學校學官。宋始置，元沿宋制，設于路、下州儒學及醫學，由教諭、學録中選充。《元史》卷九一《百官志七》：「儒學教授一員，秩九品。諸路各設一員，及學正一員、學録一員。其散府、上中州，亦設教授一員，下州設學正一員。」

[五] 凌時中(1254—?)：字德庸，號石巖。元安吉(今屬浙江)人。曾入淮東憲司幕府。元趙孟頫《松雪齋文集》卷六《送凌德庸赴淮東憲幕序》：「……凌君德庸與余聚同邦，生同年。……今凌君入淮東憲司幕府，亦粗可以行其志矣。」元吴澄《吴文正集》卷七《凌德庸字説》：「今受知侍御史程公，奏署東淮憲屬。人皆偉公之不失所舉，知君之不負所舉也。君勉乎哉！」明凌迪知《萬姓統譜》卷五六：「凌時中，安吉人，字德庸。始冠，值宋末元將巴延(伯顔)命時中招諭安吉、武康、德清，故三邑之民，賴以保全，授建昌路司獄。有重囚待報將刑，時中察其冤，白于上官，不許，即解印去，又不許。後罪人竟獲于他郡，囚遂得釋。累遷福建廉訪、都水監丞。時河南王堰水轉磨，民患之，愬於朝。命臺省按治，皆畏，不敢言。時中獨命毁之。大長公主南游，乘豪民巨舫，鉦鼓而行。時中以爲非法，請更乘驛，嘆服。官至秘書少監、吴興郡侯。」

〔六〕懋翁師德：凌懋翁，生卒年不詳。字師德。元安吉人（今屬浙江）。凌時中子。泰定進士，授安鄉縣尹，知廉州，至正間累官翰林直學士。元陶宗儀《南村輟耕録》卷二八《凌總管出對》：「嘉興總管凌師德，以文章政事自居，同僚莫敢與抗。然其行實貪污。頗聞人有譏議，因出對云：『竹本無心，外面自生枝節。』有推官對云：『藕因有竅，中間抽出絲毫。』蓋諷之也。」明董斯張《（崇禎）吳興備志》卷十二：「凌懋翁，字師德，安吉人，歷嘉興路總管。」明徐象梅《兩浙名賢録》卷二七《知廉州凌懋翁》：「凌懋翁，歸安人，任秘書郎。出知廉州，實心愛民，即撫峒僚如赤子。廣西蠻入寇，懋翁帥眾禦之。寇望見，曰：『此凌知州也。』額手而去。總帥遂命入他峒招諭，率皆歎服。典試江西，時稱得人。仕至翰林直學士。」

〔七〕撥置：廢置，擱置。晉陶潛《還舊居》：「撥置且莫念，一觴聊可揮。」元汪元亨《雁兒落過得勝令・歸隱》曲之三：「山翁醉如泥，村酒甜如蜜。追思蓴與鱸，撥置名和利。」

〔八〕敦請：熟促，懇請。《後漢書・董卓傳》：「帝亦思舊京，因遣使敦請傕求東歸，十反乃許。」

〔九〕「又一日」以下十八句：隋樹生《全元散曲》據《陽春白雪》前集二、《樂府群珠》三録孔文昇〔雙調〕《折桂令・贈千金奴》：「杏桃腮楊柳纖腰。占斷他風月排場。鸞鳳窩巢。宜笑宜顰。傾國傾城。百媚千嬌。一箇可喜娘身材兒是小。便做天來大福也難消。檀板輕敲。銀燭高燒。萬兩黃金。一刻春宵。」曲後按語曰：「此曲《陽春白雪》注徐容齋作，《樂府群珠》從之。唯據孔齊《静齋至正直記》應是孔文昇作。《静齋至正直記》云……案子敘其父事，且又指明《陽春白雪》誤題，當可信也。」

先師德輝

先師趙德輝先生嘗言：溧陽儒學祭秋丁夜①〔一〕，諸儒執事者皆來，忽一儒驚見黑旗白字大書云「本州城隍監祭」，須臾被擊而死。蓋此儒患痢疾，未滌衣服，媟穢廟殿②〔二〕，故遭譴也。常人欺心，舉事不思報本③，且壞亂學宫者④，其可免耶？

〔箋注〕

〔一〕秋丁：舊時農曆八月第一個丁日是祭祀孔子的日子，稱秋丁。宋吴自牧《夢粱録·八月》：「八月上旬丁日，太宗武府庠縣學俱行秋丁釋奠禮。」元陶宗儀《輟耕録·丁祭》：「(王文康)既達北庭，值秋丁，公奏行釋奠禮，世祖説，即命舉其事。」

---

① 秋丁夜：原本闕，毛藏本作「殺下衣」，今據葉藏本、日藏本補。
② 媟：日藏本作「碟」，誤。
③ 舉：葉藏本、日藏本作「學」。
④ 宫：原本作「官」，今據葉藏本、日藏本改。

［二］媟穢：即「穢媟」，褻瀆；污辱。《舊唐書・楊收傳》：「今又欲重用東晉謬禮，穢媟聖朝大典。」

建康儒學

建康路儒學，至元以後，有一儒人竊學糧①［一］，且壞教範②，日横于學宮。一夕得病③，且狂呼其妻曰：「吾被子路所擊，痛不堪忍也。」言訖而死。先君目睹其事。

［箋注］

［一］學糧：指辦學經費。宋蘇軾《乞賜州學書板狀》：「朝廷尊用儒術，更定貢舉條法，漸復祖宗之舊，人人慕義，學者日衆，若學糧不繼，使至者無歸，稍稍引去，甚非朝廷樂育之意。」宋陸游《老學庵筆記》卷二：「崇寧間初興學校，州郡建學，聚學糧，日不暇給。」元拜柱《通制條格》卷六《教官不稱》：「浙東廉訪副使臧奉政言：『學校教化，朝廷急務，而有司視爲緩慢；宜乎教化不行，風俗不美也。今之爲教授者，半非其人。如龍興路教授閔節夫，本以

---

① 一：原本作「以」，今據葉藏本、日藏本改。

② 且壞教範：葉藏本作「沮懷教導」，日藏本作「沮壞教導」。

③ 夕：毛藏本誤作「多」。

道童善撫琴，見知當路，遂得前缺。到任之後，席捲學糧壹萬餘碩，憲司非不追問，因緣計囑，反與隱庇回護，繼而在逃，竟置不問。乞行分揀，如德行、文學可爲模範者存留，不學無術者汰出。選真儒，俾之典教，庶無負聖天子崇儒重道之美意。』」

衢州學霸

衢州學霸王杞者〔一〕，久佔出納之計，半爲己資，横行積久。會先叔祖平齋府君來教授時，稍防閑之，杞積忿，遂欲誣于憲司。是夜，忽見子路叱之曰：「孔君聖人子孫①，仁人也。汝敢加害耶？」鞭擊其背，即患疽發，七月而死。金陵李懋子才嘗作傳記其事。

【箋注】

〔一〕學霸：謂學界惡棍。《二刻拍案驚奇》卷四：「其時屬下有個學霸廩生，姓張名寅。」

① 子孫：毛藏本作「孫于」，葉藏本、日藏本作「孫子」，皆誤。

太平路學

太平路學一儒人甚貧[一]，或告之曰：「可拜先聖七七四十九夜，即得金。」儒甚癡愚，果如其言，往拜之。或者又僞造錫錠，潛置殿側，儒見甚喜①。或者窺伺其所得②，即求分惠，儒者辭以同貨，或者竟强持去，乃笑曰：「我特戲爾耳。」儒訴于學官，云：「或者奪我白金。」且告所得本末如此③。官詰之曰：「或者不可以假金誑儒，欲免罪，當償真金。」儒者得金，遂奉父母、育妻子。人咸謂儒者貧而誠，所以得金；聖人不能以金與人，故假手于或者。是亦可異可笑之事也。從父諸暨君嘗言及此，蓋目擊其事云。

［箋注］

［一］太平路：元至元十四年（1277）升太平州爲路，屬江浙行省，治當塗縣（今屬安徽）。路學：元地方官學。

---

① 甚：葉藏本、日藏本作「之」。
② 者：毛藏本作「日」。
③ 告所得本末：葉藏本、日藏本作「具所得始末」。

《元史》卷八一《選舉志一》:「世祖中統二年,始命置諸路學校官,凡諸生進修者,嚴加訓誨,務使成材,以備選用。至元十九年夏四月,命雲南諸路皆建學以祀先聖。……二十八年,令江南諸路學及各縣學内,設立小學,選老成之士教之,或自願招師,或自受家學於父兄者,亦從其便。……凡師儒之命於朝廷者,曰教授,路府上中州置之。命於禮部及行省及宣慰司者,曰學正、山長、學録、教諭,路州縣及書院置之。路設教授、學正、學録各一員,散府上中州設教授一員,下州設學正一員,縣設教諭一員,書院設山長一員。」

克誠竊食

義興蹇克誠久竊食于學宮,未免點黨行蠹①。一日,因事逮及,拘于常州,久不能脱,忿而自刎穵出外腎[二],血流滿牀席②,自是召保放歸③。此亦作惡之報,或有作惡未之聞者也④。蹇之祖,宋末蜀人。溧陽楊浚久佔學官出納之計,凡飲食居止皆是學中資也。子能聰明讀書,一夕而死。餘子雖在,作惡無行,可見報應也如此。深甫晚年貧困,鬱鬱而卒。

① 點:葉藏本作「結」,日藏本作「詰」。
② 牀:毛藏本作「杯」。
③ 自:葉藏本、日藏本作「由」。
④ 作:葉藏本、日藏本作「他」。

嘗聞前輩言，學糧不可妄食，必有報應。若果賢而貧無所依，則食于學，此分内事耳。苟無行，强受學糧，必貽神人之怒。且無故而食農夫汗血之勞，豈無報應！吾見如此者亦多矣。至如無功而食官之禄亦然，不及其身①，則在子孫，事之必然也。

【箋注】

［一］ 空出外腎：空，同「挖」；外腎，睾丸。

種蘭之法

種蘭之法，古語云：「喜晴而惡日，喜幽而惡僻，喜叢而惡密，喜陰而惡濕。」蓋欲乾不欲晒烈日，欲隱不欲處穢處，欲長苗至繁則敗②，欲潤不欲多灌水。當以碎瓦屑火煆過伏濕處，出氣後却細和土置于蘭之着根③，可離水而常暖也。又以燖煑雞鵝毛湯積芽而灌之，灌必徐徐使潤，

① 其：葉藏本、日藏本作「于」。
② 敗：日藏本誤作「欺」。
③ 土：葉藏本作「上」。

不宜太濕，太濕則根腐矣。抽芽謂之發箭，至發箭時①，當以隔宿冷茶水灌之，能發其芳也。懼其瘠，則稍加以糞土。糞土之法，用山中黄土槌細糞沃之，晒乾，待其無穢氣後，漸加于盆面，遇灌水則肥自上而入②，不至傷也。又云：「有竹方培蘭。」即喜晴惡日、喜幽惡僻之意。常置疎竹林中，縱遇晴亦無烈日③，遇雨不致太浸，蓋以此也。蘭本出廣地者爲上，葉短而柔，廣而澤，根如大香附狀最香④。閩次之⑤。慶元之昌國州〔一〕，近見一種亦好，土人名曰鉄幹蓀，出小沙寺山上，可與閩本伯仲者也。春開曰蕙，夏開曰芷，秋蘭冬開曰蓀⑥，皆一榦而數花。凡今之諸山所産，葉狹而勁⑦，一花或眾花者，幽草也，非真蘭也。廣、閩、昌國者，或有一榦一花，多在春開，亦好，但香淺耳。象山縣山中及鄞縣育王山中亦出一種。象山與昌國同。

---

① 發：葉藏本誤作「登」。
② 遇：毛藏本、日藏本作「過」。
③ 遇：葉藏本作「異」，誤。
④ 大：毛藏本作「火」。
⑤ 閩：日藏本作「閏」，形誤。
⑥ 秋蘭冬開：毛藏本董夢蘭校語：「詳文義當曰：『秋開曰蘭。』」
⑦ 狹：葉藏本作「挾」，誤。

【箋注】

［一］昌國州：元至元十五年（1278）改昌國縣置，屬慶元路。治所即今浙江舟山市定海區。

邵永年

義興縣邵億永年，一字惟賢，宋熙寧三魁之後也[一]，世稱紅樓邵家。乃祖于嘉定間抄寫《襍記》一帙，中載一詩如讖語，云：「壬辰癸巳這一番，人人災死盡無棺。狗拖屍者心猶顫①，鴉啄烏睛血未乾②。半畝田埋千百塚③，一家人哭兩三般。說與江南卿與相④，任他石佛也心酸[二]。」當時見此皆不爲意⑤，及至正壬辰、癸巳之間，兵事大亂，絶與此詩相驗，猶觸景而作者。溧陽潘毅士宏⑥，幼年在廣德山中亦見此詩，正不知何人所作，是宋之何年時也，却與今日

① 者：葉藏本、日藏本作「首」。
② 睛：葉藏本、日藏本作「精」，誤。
③ 埋：日藏本作「理」。
④ 江南：日藏本作「南方」。
⑤ 當：葉藏本、日藏本作「常」。
⑥ 毅：毛藏本作「穀」，董夢蘭校語：「當曰潘穀士否？或是毅士」；宏：葉藏本作「弘」。

壬辰、癸巳符合，豈偶然哉！

【箋注】

[一] 熙寧三魁：熙寧六年（1073），常州宜興（今江蘇宜興）人余中登癸丑科進士第一，邵剛爲禮部會試第一（會元），邵材試開封第一（解元）。宋周密《齊東野語》卷十六《省狀元同郡》：「熙寧癸丑，省元邵剛、狀元余中，皆毗陵人。」宋史能之《（咸淳）重修毗陵志》卷十四：「熙寧六年，邑人余中魁廷試，邵剛魁南宮，邵材魁開封。」明凌迪知《萬姓統譜》卷一〇三：「邵剛，靈甫之孫，熙寧六年魁南宮，與余中、邵材同時登選，一邑三魁，天下榮之。」

[二] 「壬辰癸巳這一番」以下八句：元韋居安《梅磵詩話》：「嘉熙間，兩淮俶擾不靖，淮民多死於兵。有自浮光過淮安，道中書所見詩云：『浮光迤邐過淮安，舉目淒然不忍觀。數畝地埋千百塚，一家人哭兩三般。犬銜脛脡筋猶軟，鴉啄髑髏血未乾。寄與滿朝朱紫道，鐵人見此也心酸。』味此詩，有以見兵連禍結，當時之民不得以全其生者，可哀也。」（《歷代詩話續編》卷下）明靳顥《廟堂忠告序》載元張養浩詩曰：「西風匹馬過長安，餓殍盈途不忍看。十里路埋千百塚，一家人哭兩三般。犬銜枯骨筋猶在，鴉啄新屍血未乾。寄語廟堂賢宰相，鐵人聞此也心酸。」（清李文藻《（乾隆）曆城縣志》卷二十《藝文考二》）

平江築城

平江始築城時[一]，某處城數丈①，築而陷者三。于是深掘其地，偶得一石，方廣三尺，刻云：「三十六，十八子，寅卯年，至辰巳，合修張掖同音例。國不祥，不在常，不在洋，必須欸欸細思量。耳卜水②，莫愁米，浮屠倒地莫扶起。修古岸，重開河，軍民拍手笑呵呵。日出屋東頭，鯉魚山上游。星從月裏過③，會在午年頭[二]。」末行云「唐癸丑三月三日立」。時至正辛卯秋冬之間，民相傳誦，竟不曉其讖④。至丙申春城陷⑤，張九四據之，明年秋納欵，始有人云：「張起謀時止十八人，若火、周、李、嚴等也⑥[三]。」又測「鯉魚山上游」者，高郵也。「星從月裏過」者，横舟也⑦。

① 丈：毛藏本作「文」。
② 耳：日藏本作「且」，葉藏本作「旦」。
③ 裏：毛藏本、日藏本作「東」。
④ 讖：葉藏本作「識」。
⑤ 春：毛藏本作「眷」。
⑥ 火：葉藏本、日藏本作「史」。
⑦ 舟：葉藏本、日藏本作「丹」。

「三十六」者，四九三十六也。皆未盡詳明其意，亦未知應在何事也①。「開河」之説，却是賈魯平章爲之[四]，天下遂亂。「浮屠倒地」者，自亂後寺觀皆廢，僧徒遁去，以置軍寨。此二事頗相應。常記杜清碧先生在杭城②，時至正癸未歲，忽言天下不久當築城，築城後自此多事，南人多得大官，但恐得官時五更雞叫天將明，無多時光也③，自後皆驗。杜公，臨江人，寓武夷，善陰陽術數之學，長于天文地理，但心術未正④，弄黄白左道，識者鄙之；尤好博古，能篆隸，予嘗從其問地理法。又杭城國初嘗有術者言⑤：「此地當變荆棘，在八十年後。」今果如其術者云。

［箋注］

［一］平江始築城時：《南村輟耕録》卷十四：「至正壬辰春，城平江。」平江，今江蘇蘇州。

［二］「三十六」以下十九句：《南村輟耕録》卷十四：「至正壬辰春，城平江，於古城基内掘得一碑，其文云：『三十六，十八子，寅卯年，至辰巳，合收張翼同爲利。不在常，不在揚，切須款款細思量。且卜水，莫問米，浮圖倒地

---

① 何事也：日藏本脱「也」。
② 常：葉藏本作「當」。
③ 光：葉藏本作「失」，誤。
④ 未：毛藏本作「朱」，誤。
⑤ 杭城國初：日藏本無「杭城」二字。

莫扶起。修古岸，重開河，軍民拍手笑呵呵。日出屋東頭，鯉魚山上游，星從月裏過，會在午年頭。』右不曉所言何事，姑識之。或者以爲，三十六，四九也。張翼，巳午之交也。今張太尉第行九四，而同首亂者適十八人，即十八子也，豈其然與？」

［三］張起謀時止十八人，若火、周、李、嚴等也：《明史》張士誠本傳：「張士誠……常鬻鹽諸富家，富家多陵侮之，或負其直不酬。而弓手丘義尤窘辱士誠甚。士誠忿，即帥諸弟及壯士李伯昇等十八人殺義，並滅諸富家，縱火焚其居。入旁郡場，招少年起兵。」

［四］賈魯：字友恒（1297—1353），元河東高平（今屬山西）人。泰定時任東平路儒學教授、潞城縣尹，升户部主事，因父病辭任。順帝時任宋史局官。累官監察御史。至正四年（1344），河決，命行都水監，循行河道，獻治河二策。十一年（1351）四月，任工部尚書、總治河防使，徵發民工十五萬，戍軍二萬治河。十一月竣工。以功授集賢大學士。十二年（1352）任中書左丞，隨脱脱鎮壓徐州紅巾軍。次年，進圍濠州（今安徽鳳陽），病死軍中。

大興土木

大興土木之工①，必主不祥。蓋土神好静［一］，或動作則必不安，輕則工者僕役見咎②，重

① 土木之工：毛藏本作「之木之土」。

② 則：毛藏本作「側」，誤。

則禍灾及主人。吾嘗見長官好興土木修廟宇者，皆不得美任，雖未究其事理，亦勞民動衆，俾土神不安之所致也①。人家承祖父舊居最好，不得已則修營無妨，然亦看《授時曆》[二]，前所定諸神煞方外處②，合宜避之，此不可不信也。雖云東家之西即西家之東，然亦不可執而忽之，當詳審耳。

【箋注】

[一] 土神：土地神。漢王充《論衡·解除》：「世間繕治宅舍，鑿地掘土，功成作畢，解謝土神，名曰解土。」《宋書·明帝紀》：「宮内禁忌尤甚，移床治壁，必先祭土神。」

[二] 《授時曆》：曆書名。由元郭守敬、王恂、許衡等人參考歷代曆法編訂而成。取《尚書》「敬授民時」之意，訂名爲《授時曆》，至元十八年(1281)開始使用。「自古及今，其推驗之精，蓋未有出於此者也」(《元史》卷五二《曆志一》)，是我國古代最卓越的一部曆法。

---

① 土神：葉藏本作「上人」。

② 所定：葉藏本作「所圖」，日藏本無「定」字；神煞方外：葉藏本、日藏本作「神殺方位」。

錢唐張炎

錢唐張炎〔一〕，字叔夏，自號玉田①，長于詞曲。嘗賦《孤雁》詞，有云：「寫不成行，書難成字，只寄得相思一點②。」人皆稱之曰「張孤雁」。有《山中白雲集》，首論作詞之法，備述其要旨〔二〕。

【箋注】

〔一〕張炎（1248—？）：字叔夏，號玉田，又號樂笑翁。祖籍成紀（今甘肅天水），寓居臨安（今浙江杭州）。宋元之際詞人，詞論家。六世祖張俊，封清河郡王；曾祖張鎡、祖父張濡、父張樞，均曉音律，工詩詞。宋亡時，年二十九，家產「籍没」，遂落拓浪游。至元二十七年（1290），北游大都，失意而歸，漫游江浙等地，生活困頓，曾設卜肆於鄞縣（今浙江寧波）。晚年歸隱西湖，潦倒以死。卒於延祐四年（1317）後，年七十餘。以詠物詞著名于時，音律協洽，雅麗清暢，詞集名《山中白雲詞》；又有論詞專著《詞源》二卷。

〔二〕「有《山中白雲集》」以下三句：「首論作詞之法」者，乃張炎《詞源》，非《山中白雲詞》，《直記》所記有誤。

---

① 玉：毛藏本作「五」，誤。

② 寫不成行，書難成字，只寄得相思一點：莊校「張炎《山中白雲詞》《解連環・孤雁》作『寫不成書，只寄得相思一點』」；難：葉藏本、日藏本作「不」。

《山中白雲》八卷，源出陶宗儀手鈔，明成化二十二年(1486)爲井氏轉録，經朱彝尊校訂，分爲八卷。康熙中錢塘龔翔麟玉玲瓏閣刊行，詞二百九十六首；雍正四年(1726)，上海曹炳曾城書室據龔本重刊，標曰《山中白雲詞》。《詞源》爲張炎晚年著作，分上下二卷。卷上列「五音相生」「陽律陰呂合聲圖」等十四目，詳考律呂，闡述詞樂；卷下列「音譜」「句法」等十五目，論詞之風格、特性及作法等。

茅山水澗

茅山冷水澗[一]，雨過，泉流大急①，則流出一等白石②[二]。土人收而斲成器用，或杯、或帶、或笠珠、或刀靶，瑩然如玉，惟欠温潤耳。間亦有潤而如玉者，必碔砆之異種也[三]，頗難得。蓋堅而難琢，不多出故也。

［箋注］

［一］茅山：古名「句曲山」，又名「三茅山」，在今江蘇句容。《元和志》卷二五《潤州延陵縣》：「茅山在縣西南

---

① 大：葉藏本、日藏本作「太」。
② 流：葉藏本「衡」，日藏本作「衝」。

三十五里。三茅得道之所。」宋《景定建康志》卷十七引《真誥》曰：「漢宣帝時有三茅君得道，掌此山，故謂之茅山。」冷水澗：元劉大彬《茅山志》「括神區」第三篇卷四：「蒼龍溪在良常山西，俗呼冷水澗。」元張鉉《（至大）金陵新志》卷五下：「冷水澗在句容縣玉晨觀北。」

［二］一等白石：曹昭《格古要論》卷六《珍寶論·石類玉》：「句容茆山石，白而有光，有水石，冷，白色。或有水路，或有飯糝，色好者與真玉相似。雖刀刮不動，終有石性。不温潤，宜仔細辨之。」

［三］碔砆：似玉之石。《文選·司馬相如〈子虛賦〉》：「碝石碔砆。」李善注引張揖曰：「碝石、碔砆，皆石之次玉者……碔砆，赤地白采，葱蘢白黑不分。」宋張世南《游宦紀聞》卷九：「忠州樂磧市出玉石，舟至岸，人競持來求售，雖光瑩可觀，然皆碔砆也。」

蒼蠅變黑

諺云：「蒼蠅變黑白［一］。」蓋蠅糞污物，遇白則黑，遇黑則白。世以喻夫君子小人相反也①。

① 喻：毛藏本、日藏本作「諭」。

[箋注]

［一］蒼蠅變黑白：三國魏曹植《贈白馬王彪》：「蒼蠅間白黑，讒巧令親疏。」唐李商隱《太倉箴》：「須防蒼蠅，變白作黑。」

海濱蚶田［一］

海濱有蚶田，乃人爲之。以海底取蚶種置于田，候潮長。育蚶之患，有斑螺①，能以尾磨蚶成竅而食其肉。潮退，種蚶者往視，擇而剔之②。

[箋注]

［一］蚶田：蚶的近海養殖場。《格致鏡原》卷九五引三國吴沈瑩《臨海異物志》：「蚶之大者徑四寸，肉味佳。今浙東以近海田種之，謂之蚶田。」

---

① 斑：日藏本作「班」。

② 擇而剔之：葉藏本、日藏本作「擇剔而去之」。

浙西水旱

四月十六日，浙西卜水旱，云：「月出早則旱，遲則潦①。」嘗記父老云：「己巳年，日方没未久，而月已高，其年大旱。」又卜，是日宜陰，不宜大晴，亦不宜大雨。浙東占四月八日晴及東風②，或南與北風亦好，宜二麥[一]；若雨及西風，則損二麥。每歲六月一日、三日、六日，晴則旱，若雨則潦③，陰則平。每歲朔[二]，喜東風，惟十月朔，宜西風，則夏米平④。

【箋注】

[一] 二麥：大麥、小麥。《宋書・孝武帝紀》：「今二麥未晚，甘澤頻降，可下東境郡，勤課墾殖。」宋范成大《夏日田園雜興》之三：「二麥俱秋斗百錢，田家唤作小豐年。」

① 遲：日藏本作「退」，誤。
② 東風：原本作「眾風」，今據葉藏本、日藏本改。
③ 若雨：葉藏本、日藏本無「若」字。
④ 夏米：毛藏本作「憂未」。

［二］朔：舊曆每月初一。《書·太甲中》：「惟三祀，十有二月朔，伊尹以冕服奉嗣王歸於亳。」唐韓愈《故金紫光禄大夫董公行狀》：「初，公爲宰相時，五月朔會朝，天子在位，公卿百執事在廷。」

磨鏡透閨

磨鏡者以鐵片六七葉，參差啣擊之，行市則搖動，使其聲聞于内院，如雲響板之音［一］，謂之「透閨」。

【箋注】

［一］雲響板：即「雲板」，亦作「雲版」。鐵質（或木質）響器，一種，兩端作雲頭形。舊時官府、富貴人家或寺院用作報事、報時或集衆的信號。元關漢卿《望江亭》第四折：「只道他仗金牌將夫婿誅，恰元來擊雲板請夫人見。」清蒲松齡《聊齋志異·折獄》：「雲板三敲，則聲色並進，難決之詞，不復置念。」

自稱和靖後

國初有人自稱林和靖七世孫［一］，杭人戲贈詩曰：「和靖從來不娶妻，如何七代有孫兒？若非童種與鶴種①，定是瓜皮搭李皮②[二]。」至今傳誦，以爲笑具。蓋譏人妄托遥遥華胄也[三]。

［箋注］

［一］林和靖：林逋(967—1028)，字君復。宋錢塘(今浙江杭州)人。北宋詩人。自幼喪父，家貧，四十歲以前漫游於江、淮一帶，後半生隱居於杭州西湖孤山，賞梅養鶴，終身不仕，也不婚娶，舊時稱其「梅妻鶴子」。卒謚和靖先生。著作散失很多，尚存《林和靖詩集》《補遺》《雜詩卷》等，《宋史》有傳。

［二］「和靖從來不娶妻」以下四句：《宋史·林逋傳》：「逋不娶，無子，教兄子宥，登進士甲科。」宋陳世崇《隨隱漫録》卷三：「林可山稱和靖七世孫，不知和靖不娶，已見梅聖俞序中矣。姜石帚嘲之曰：『和靖當年不娶妻，因何七世有孫兒。若非鶴種並龍種，定是瓜皮搭李皮。』」元韋居安《梅磵詩話》卷中：「泉南林洪，字龍發，號可山，肄業杭泮，粗有詩名。理宗朝上書言事，自稱爲和靖七世孫。冒杭貫，取鄉薦，刊中興以來諸公詩，號《大雅復古集》，亦以己作附於後。時有無名子作詩嘲之曰：『和靖當年不娶妻，只留一鶴一童兒。可山認作孤山種，正是瓜皮搭李皮。』蓋俗云以强認親族者爲瓜皮搭李樹。」(《歷代詩話續編》本)

［三］華胄：指顯貴者的後代。《晉書·石季龍載記上》：「鎮遠王擢表雍秦二州望族，自東徙已來，遂在戍役之例，既衣冠華胄，宜蒙優免。」《舊唐書·后妃傳上·玄宗貞順皇后武氏》：「承戚里之華胄，昇後庭之峻秩，貴而不

---

① 若非：葉藏本、日藏本作「不是」。

② 李：葉藏本、日藏本作「柳」。

恃，謙而益光。」

詩聯對句

又一生作詩喜聯對句①，有云：「舍弟江南死②，家兄塞北亡[一]。」詢其所以，惟一身，實未嘗有兄弟也。時人續之曰：「只求詩對好，不怕兩重喪。」至今以爲妄作詩、求切對者之誚。

[箋注]

[一] 舍弟江南死，家兄塞北亡：宋胡仔《苕溪漁隱叢話》前集卷五五引《遯齋閑覽》：「李廷彥獻百韻詩於一達官，其間有句云：『舍弟江南没，家兄塞北亡。』達官惻然傷之曰：『不意君家凶禍重並如此。』廷彥遽起自解曰：『實無此事。但圖對屬親切。』」宋彭乘《續墨客揮犀》卷八《獻百韻詩》：「魏達可朝奉喜爲謔談，嘗云：李廷彥獻百韻詩于一上官，其間有句云：『舍弟江南没，家兄塞北亡。』上官爽然傷之，曰：「不意君家凶禍重並如此。」廷彥遽起自解，曰：『實無此事，但圖屬對親切耳。』」

① 一生：葉藏本作「士一」，日藏本作「一士」。
② 死：宋胡仔《苕溪漁隱叢話》、宋彭乘《續墨客揮犀》作「没」。

園丁椶絲

園丁以椶絲攀結花枝最爲損物[一]。往年嘗往杭城買蟠桃千葉紅白者數盆①，花謝移植于地，枝榦長茂，高即五尺。忽大風，枝皆折。視之，有椶在骨，被拘束不能長，但長皮耳。遍觀拘縛處，莫不皆然。予即以小刀直割斷其椶絲②，庶幾可以長大骨肉矣。至次年，則無吹折之病。此花木之受害，豈淺淺哉！蓋椶不腐斷，且桃枝膠多易長故也。他木亦然。于是，初買即斷其椶，任其直榦横斜③，栽移于後④，皆成大樹。予性不喜矯揉者⑤[二]，忽見園丁如此，即以理諭之。

[箋注]

[一] 椶絲：棕櫚樹葉鞘的纖維，紅褐色，堅韌而具彈性，爲編結蓑衣、繩索等的原料。

---

① 往杭城買：葉藏本、日藏本作「買杭城」。
② 割斷：葉藏本作「斷」。
③ 斜：日藏本作「針」，形誤。
④ 栽移于後：日藏本脱「移」字。
⑤ 予：日藏本誤作「于」。

〔二〕矯揉：矯正；整飭。矯，使曲的變直；揉，使直的變曲。《易·説卦》：「坎……爲矯輮。」孔穎達疏：「爲矯輮，取其使曲者直爲矯，使直者曲爲輮。」《資治通鑒·周威烈王二十三年》：「雲夢之竹，天下之勁也；然而不矯揉，不羽括，則不能以入堅。」

鄞人虚詐

鄞人多虚詐不實，皆江水長落不常，俗性亦由是習成。予自至鄞凡四載，若親戚隣識①，未嘗見一言之可信，一人之可托者。最是無恥無義，得利于己則與人往還，不得則遽變絶交②。明日得之又復往還，或假借不合意，又有絶交之情。此只是土人待他處客也，使客乞假于土人〔一〕，終歲未之聞也。吾姪壻袁氏子③，無情尤甚，若非世人類者④，其妄誕譎詐，浙西未嘗見之，亦未嘗遇此等親戚也。細民多不務實，好飲啗酒肉，無一日不買魚腥酒食。吾鄉則不然，小

---

① 若：葉藏本作「君」。
② 遽變：葉藏本作「遂受」；絶：毛藏本誤作「純」。
③ 袁：毛藏本作「表」，董夢蘭校語：「表氏子，當云『袁氏子』。」
④ 類：毛藏本作「難」。

民終歲或未嘗知魚肉味者，簡儉勤苦①，又非鄞人所聞見也②。鄞人甯飲啗而至于貧無衣食者有之，其不務實，非類人俗則可知矣③。所以湯伯温薄其風俗，嘗云：「有男未娶甯近于半百④，有女未嫁甯可爲尼姑，必待承平歸浙西、江東然後爲之，未爲晚也⑤。」伯温平日多妄誕⑥，此言最有所見⑦，吾頗然之。

［箋注］

［一］乞假：借貸；請托；請假。《顔氏家訓・文章》：「杜篤乞假無厭，路粹隘狹已甚。」

---

① 苦：葉藏本作「若」，誤。
② 又：葉藏本誤作「人」。
③ 俗：葉藏本作「儉」。
④ 近：葉藏本、日藏本作「過」。
⑤ 未爲：葉藏本、日藏本作「爲足」。
⑥ 平日：葉藏本作「然亦」；妄：毛藏本作「忘」，誤。
⑦ 所見：葉藏本作「先」。

敬仁祭酒

許敬仁祭酒，魯齋子也，學行皆不逮于父①，以門第自高。嘗忽傲人[一]，每説及乃父奉旨之榮，□稱先人者不一。四明袁伯長亦以譏誚爲習，常嘲敬仁，敬仁大薄之。伯長嘲之曰：「祭酒許敬仁，入門韃靼唤②。出門傳聖旨，日日稱先人③[二]。」蓋敬仁頗尚朔氣，習國語[三]，乘怒必先以阿剌、花剌等句叱人④[四]，人咸以爲誚也。鄧文肅亦薄伯長[五]，以謂有海濱滑稽之風耳。

[箋注]

[一] 嘗忽傲人：《南村輟耕録》卷二十《孔掾史》：「孔某者，皇慶癸丑間，爲江浙省掾史。身軀短小，僅與堂上

---

① 逮：毛藏本作「遠」，葉藏本、日藏本作「追」。
② 唤：葉藏本作「嗔」。
③ 日日：原本闕，今據葉藏本補。
④ 必：葉藏本誤作「以」。

公案相等。凡呈署牘文，必用低凳閣足令高。脱歡丞相以其先聖子孫，而且才學優長，甚禮遇之。時有詔許文正公從祀夫子廟庭，公之子參知政事，惡孔風度不雅，因小過，叱之退。丞相曰：『它祖公容得參政父親坐，參政反不容他一個子孫立耶？』許大慚。」

[二]「祭酒許敬仁」以下四句：該詩《全元詩》第二十一册據以録入，題《嘲許敬仁》，作者標爲袁桷。

[三]國語：指蒙古語。

[四]阿剌、花剌：蒙古語。阿剌，意爲殺；花剌，不詳。

[五]鄧文肅：鄧文原，謚文肅。見卷一《國朝文典》注。

乙酉取士

乙酉科取士不公[一]，士人揭文以謗之云「設科取士，深感聖朝之恩；倚公行私，無奈吏胥之弊。豈期江浙之大省，叵耐禹疇之小劉」云云[二]。其間亦言開元王彌叟囑託之過者不一①，雖是不得第者之言，亦因取士不公之誚也。後云②：一樣五千本印行。

---

① 亦言：毛藏本作「言亦」；王：葉藏本作「年」。

② 云：葉藏本誤作「去」。

［箋注］

［一］乙酉科取士：至正五年（1345）乙酉科，爲元代科舉第九科。《元史》卷四一《順帝紀》：「（至正五年）三月辛卯，帝親試進士七十有八人，賜普顏不花、張士堅進士及第，其餘賜出身有差。」《元史》卷九二《百官志・選舉附録》：「（至正）五年三月辛卯，廷試舉人，賜普顏不花、張士堅等進士及第、進士出身、同進士出身有差，如前科之數。國子生員亦如之。」蘇天爵《滋溪文稿》卷三《國子生試貢題名記》：「至正五年春二月，大比進士。知貢舉翰林學士歐陽玄，同知貢舉禮部尚書王沂，考試官崇文太監楊宗端、國子司業王思誠、翰林修撰余闕、太常博士李齊，監試御史實哥、趙時敏。於是國子積分生試者百二十人，中選者十有八人，將登名于石。」

［二］「設科取士」以下六句：《南村輟耕録》卷二八：「各行省鄉試，則有人取發解進士姓名，一如登科記，鋟梓印行，以圖少利。至正四年甲申，江浙揭曉後，乃有四六長篇，題曰《非程文語》，與抄白省牓同時版行，不知何人所造，而路府州縣盛傳之。語曰：『設科取士，深感聖世之恩；倚公挾私，無奈吏胥之弊。豈期江浙之大省，壞于禹疇之小劉。名錫，眉山人，當該掾史。斯文孔艱，衷情痛憤。……何等主司，污濫壞今年之選舉；既生聖世，進修冀異日之公明。此非一口之經陳，實乃衆賢之願告。有人心者，念天理焉。』」叵耐：不能容忍；可惡。宋王讜《唐語林・雅量》：「（李昭德）乃發怒曰：『叵耐殺人田舍漢。』」元無名氏《隔江鬭智》第一折：「叵耐劉備那廝，暗地奪取荆州。」

四明厚齋

四明王厚齋尚書好博學［一］，每以小册納袖中入秘府［二］，凡見書籍異聞則筆録之，復藏袖中而出。晚年成《困學紀聞》[三]，可謂遺訓後學者矣。國初袁伯長、孔明遠、史果齋[四]，嘗登門請教者惟三人焉。明遠諱昭孫，時爲慶元儒學教授；時伯長方十二年，不過隨衆習句讀已耳。

[箋注]

[一] 王厚齋：王應麟(1223—1296)，字伯厚，號深寧居士，一號厚齋。宋浚儀(今河南開封)人，至其祖定居慶元鄞縣(今浙江寧波)。宋代學者，文學家。淳祐元年(1241)中進士，寶祐四年(1256)中博學宏詞科。理宗朝，官至著作佐郎。度宗、恭宗朝，歷官禮部郎官兼直學士院兼崇政殿説書、中書舍人、同修國史、實録院同修撰兼侍讀等，累遷至禮部尚書兼給事中。入元不仕。一生著述頗多，有二十餘種，約六百餘卷。其中，《困學記聞》尤爲後世推重，其他尚有《玉海》《詩考》《玉堂類稿》《漢藝文志考證》等。《宋史》有傳。

[二] 秘府：亦稱「秘室」「秘館」，歷代宮中收藏圖書秘籍之所。《漢書·藝文志》：「(武帝)於是建藏書之策，置寫書之官，下及諸子傳説，皆充秘府。」《隋書·經籍志》：「後魏孝文徙都洛邑，借書于齊，秘府之中，稍以充實。」

[三] 《困學紀聞》：二十卷，南宋王應麟撰。爲劄記考證性質的學術專著，内容涉及到傳統學術的各個方面，其中以論述經學爲重點。内容有説經八卷，《天道》《歷數》《地理》《諸子》二卷，《考史》六卷，《評文》《評詩》三卷，《雜識》一卷。《四庫全書總目》評曰：「學問既深，意氣自平。能知漢唐諸儒本本原原，具有根底，未可妄詆以空言。又能知洛閩諸儒亦非全無心得，未可概視爲弇陋。故能兼收並取，絶無黨同伐異之私。」

[四] 孔明遠：孔昭孫(1263—1324)，字明遠。元三衢(今浙江衢州)人。孔子五十二世孫。大德元年(1135)爲慶元路學正。遷蘄陽教授。皇慶元年(1312)，授慈溪主簿，辟江浙省掾。延祐間，授從仕郎、袁州知事。袁桷《袁

州知事孔君墓志銘》：「大德初元，孔君昭孫明遠甫，爲慶元儒學正。于時，禮部尚書王先生應麟師表後進，門無雜賓。明遠以通家子執疑證訛，桷每連席請益。……是後，爲蘄陽教授。蘄陽舊爲邊障地，君能化其俗，使稍就學，久之丕變爲儒士。皇慶元年，授慈溪縣主簿。郡人咸曰：『是斥故教授者。』飭躬以廉，民莫敢病。未幾，江浙省取爲掾。會歲侵，計富人籍田出粟以賑，吏不能舞文，粟悉入市，其直輒減，宰輔奇之。延祐□年，授從仕郎、袁州知事。秩滿，泰定元年以疾卒，時年六十有二。」（《清容居士集》卷三十）元戴表元《剡源戴先生文集》卷十三《送孔明遠序》：「蓋爲明遠者，居三難而備四有，余於是久而益嘉之。明遠承聖人之宗，欲守其法，一難也；爲人師，二難也；少而孤，三難也。然明遠嚴于自修，有泗侯持躬之願；精强嗜學，有叢子纂言之勤；當公能讓，有嶺南辭禄之潔；見義力争，有寧州誅妖之勇。以此四有而行三難，宜乎誦絃洋洋，冠裳鏘鏘，舒英乎聖林，發名乎儒堂，爲家之祥，爲國之光者矣。」

史果齋：史蒙卿（1247—1306），字景正，號果齋，又自號静清處士。宋鄞縣（今浙江寧波）人。宋元之際學者。咸淳進士，歷任江陰、平江教授。宋亡，不復仕。有《静清集》。袁桷《清容居士集》卷二八《静清處士史君墓志銘》：「先生諱蒙卿，字景正。生而奇頷秀目，七歲善屬文。年十二，入國子學，通《春秋》《周官》經，復兼詞賦。江文忠公萬里，常參政挺，時爲大小司，成器待之。咸淳元年，登進士第，授迪功郎、復州景陵縣主簿。吕少保文德帥鄂，檄入幕……十年，改江陰教授，復改平江，至是不復仕。故其詩文，多感憤自喻。禮部尚書王公應麟嘗勉曰：『思深辭悲，學陶靖節，其得之。』……自號静清，晚歲罹厄窮，講道不輟，從者益衆。天台多名山，心樂之，僑居者八年。大德十年七月某日卒，享年六十。」明淩迪知《萬姓統譜》卷七四《史蒙卿傳》：「咸淳元年進士，調官江陰軍教授。蒙卿爲學淹博，著書立言，一以朱熹爲法。寓居臨海，志高行卓，有《清静集》及《小學緝珠》行於世。」

伯長九字

袁伯長家字號以九字爲則，取相生之義[一]：「水木土日人心示言金石絲竹①。」蓋以「日」字至「竹」字也。

【箋注】

[一] 相生：事物由于矛盾轉化而生生不已。《孫子·勢》：「奇正相生，如循環之無端，孰能窮之。」董仲舒《春秋繁露·五行之義》：「木生火，火生土，土生金，金生水，水生木。此其父子也。」

石蓮

石蓮數百年不腐[一]。嘗見築黄花小莊基時，掘地數尺，得石蓮數枚②，其堅如鐵，置淺

---

① 土日：日藏本誤作「玉日」，葉藏本誤作「玉石」；示：葉藏本誤作「亦」。
② 枚：葉藏本作「枝」。

水中則復生。考其地，乃宋嘉泰辛酉所築①，其初是蓮花水蕩也。所以道家服蓮肉，亦有所因者云②。

［箋注］

［一］石蓮：一年生草本。果爲膏葖，種子細小、平滑，蓮實經秋堅硬如石。明李時珍《本草綱目·果六·蓮藕》：「六七月采嫩者生食，脆美。至秋房枯子黑，其堅如石，謂之石蓮子。」

金陵李恒

金陵李恒，字晉重③，楊通微女兄之子，文舉之表弟也④。進士出身，頗稱廉簡。然以家貧，常以五分取逋息⑤，作文鬻錢，是以賤隸、庸人、富室等皆得易而求之。嘗爲小吏凌立義之父作

---

① 辛酉：日藏本作「辛酉酉」，衍「酉」字。
② 亦有所因者云：日藏本無「者云」二字。
③ 重：葉藏本、日藏本作「仲」。
④ 弟：葉藏本、日藏本作「兄」。
⑤ 常以：葉藏本作「常」，日藏本作「嘗」，皆無「以」字。

墓誌①，時人亦以是薄之。尤善小篆，性執僻而强，隣里鮮與交者②。祖居溧陽③，所以自稱中山李某也。

推人五行

前輩多言推人五行定休咎[一]，今以受胎日時爲準，但以所生時甲子合，得十月數某甲子是也。如甲子則推己丑，甲與己合，子與丑合④。乙丑則庚子之類乙與庚合，子與丑合。也⑤。又云唐宫中如此。未詳。

【箋注】

[一] 休咎：吉凶；善惡。《漢書·劉向傳》：「向見《尚書·洪范》，箕子爲武王陳五行陰陽休咎之應。」唐劉知

① 嘗：葉藏本作「常」。
② 隣：葉藏本、日藏本作「鄉」。
③ 陽：葉藏本、日藏本作「溧」。
④ 子與丑合：毛藏本作「丑與丑合」，葉藏本、日藏本作「丑與子和也」。
⑤ 則庚子：葉藏本、日藏本作「則推庚子」。

幾《史通・書志》：「然而古之國史聞異則書，未必皆審其休咎，詳其美惡也。」

無土不成人

諺云：「無土不成人。」蓋謂有田可耕，誠務本也。所以術者推人五行，亦以無土爲忌。先人嘗戲言「田」字云：「昔爲富字尾，今爲累字頭。」此確論也。人生居鄉里，處田園之樂，可謂足矣。既欲多買田，買田多賦役，由是而日繁挂籍于户役①〔一〕，則小人皂隸之輩，皆得易而侮之，可謂累矣。有志者但守舊田廬，足供衣食。使富于田，亦必擇其中下等者鬻于他姓，嘗食勤力取儉②，可謂福矣。

〔箋注〕

〔一〕户役：以户爲單位差派的徭役。《元典章》卷二六《户部十二》：「今後除邊遠出征軍人並大都、上都其間站户，依着在先已了的言語休當者，其餘軍、站、人匠、打捕鷹房並投下諸王駙馬不揀是誰的户計，和雇和買、雜泛差

---

① 日繁挂籍：日藏本無「挂籍」二字。

② 嘗：葉藏本、日藏本作「常」。

役有呵，都交一體均當者。」

字識

字識容或可驗，雖曰偶然，亦自可笑。先人嘗言：「桑哥拜相〔一〕，術者測其止有四十八月之位。更作『相哥』，術者又曰①，也只是四十八月。」既而果然。又溧陽南門開解庫〔二〕，始議名「胤定」二字②，計十七畫，疑其驗數止十七年，更作「曲阜」，亦是十七畫③，豈偶然耶？自壬子歲開張，頗覺稱意，至戊辰以後④，漸漸不資長，雖不虧廢，隨得隨消，終不及前矣。又允定大圩是趙丞相信庵以水泊之所築堤⑤，遂爲良産三十餘年。而國朝兵至⑥，趙不能有，轉鬻于呂平章。

---

① 又：日藏本作「人」，誤。
② 胤定：諸本俱作「允定」。莊校：「原作『允定』二字，爲十二畫。『胤』字蓋避清雍正諱。」今從之，據改。
③ 曲阜，亦是十七畫：莊校：「按『曲阜』二字爲十四畫。『阜』字疑作『埠』，正合十七畫。」
④ 辰：葉藏本作「戌」，誤。
⑤ 圩：口藏本誤作「大行」。
⑥ 朝：日藏本誤作「難」。

吕至三十餘年，子弟不肖，廢其業，始爲吾家所有，主四十餘年①，今爲盗所陷。一佃幹蔣士龍者偶言及此，未必無定數存乎其間。以此推之，何必枉圖也哉！吾嘗論此家猶國也，周之八百年，仁厚以延之也；秦止于二世，暴虐以促之也。治家者戒之。相哥事載郭宵鳳雲翼《江湖記聞》前集第六卷《藝術門》[三]。

[箋注]

[一] 桑哥（？—1291）：又譯作「桑葛」。畏兀兒人，一説吐蕃人。元初大臣。國師膽巴弟子。通諸族語，曾爲譯史。至元中，擢總制院使。至元二十四年（1287）閏二月復置尚書省，任平章政事。三月，議行至元鈔。十一月，升右丞相。檢核前中書省虧欠庫財。置徵理司，鉤考百司倉庫。二十五年（1288）十月，遣使鉤考諸路錢穀，增課鹽茶酒醋諸税。總制院改宣政院後，兼宣政使。二十八年（1291）春，被劾，七月，處死。《元史》有傳。

[二] 解庫：當鋪。宋吴曾《能改齋漫録》卷二《事始》：「江北人謂以物質錢爲解庫，江南人謂爲質庫，然自南朝已如此。」元鐘嗣成《四福·富》曲：「解庫槽房，碾磨油坊。錦千箱，珠論斗，米盈倉。」

[三] 《江湖紀聞》：全稱《新刊分類江湖紀聞》，元代文言軼事、志怪小説集。元郭霄鳳（字雲翼）編。分前後二集十六門四百四事。高儒《百川書志》謂此書所載「皆奇見新聞，鬼神怪異之事。頗駭人觀聽，未必皆實」。有明弘

---

① 四十餘年：葉藏本、日藏本作「四十年」。

治薛氏思善堂本等。《江湖紀聞》前集卷六《藝術·測字》：「大元相歌（哥）丞相，元名桑哥。拜相後延術者，書『桑』字令測，曰：『今已作相，但欲知在相日月久近。』曰：『木字十八字也，上有三個十字，在相位當有四十八個月。』相哥不滿，遂更名『相哥』，復書『相』字令測。曰：『目字横看又是四字，若是則横直只四十八個月。』至元辛卯正月敗時，其言果驗也。」

天賜歸暘

河南歸暘常爲翰林學士[一]，性廉介，多有陰德。在鄉里因治圃亭鋤地，見白金錠滿窖，錠皆鑄成字，云「天賜歸暘」。暘笑而掩之曰：「焉有是理？吾何德而可受此哉！」竟不復顧。當時廝役咸知之。後遇范孟諸叛①[二]，舉家逃避他所。事定始歸，及見圃亭側若經發掘者，視之惟失十二錠，復笑而掩之。後因宦遊過荆陽湖，舟中聞梢人喧鬨，暘問故，梢人云②：「一竹箱隨舟尾而行，欲撈之，重不能起。」暘曰：「不可。湖海中多盗劫人物，以首級填其空箱往往有

① 孟：原本作「並」，今據葉藏本、日藏本作及《元史》改。
② 云：葉藏本、日藏本作「曰」。

之，切勿撈也。」梢人因以篙推之使走①。越三日，至某處城下，其箱浙流亦至，浮于舟之前，梢人得之，乃白金錠也。與其厮役同見②，亦分二錠，上皆有「天賜歸暘」四字③。梢人或曰：「舟中官人姓歸，恐當受此物乎？」厮役遂走報暘曰：「箱中之物皆白金錠也，錠上皆有爺爺名字。某當分得其二，總計十有二錠。」暘聞之，皆叱其還于梢人，勿有其分。暘因感嘆久之。爲驛吏所知，言于某處官司，遂捕梢人者歸之暘，暘力辭不受。後聞于朝，奉旨别以公帑之金隨其數而賜之云。暘字彦温。

【箋注】

［一］歸暘（1305—1367）：字彦温。元汴梁（今河南開封）人。至順元年（1330）第進士，爲同知潁川事。順帝至元五年（1339），河南行省掾范孟爲亂，命暘北守黄河口，不從，繫於獄。不久，孟事敗，遂名聲大震，積官至翰林直學士、同修國史，兼禮部尚書。其後屢以疾辭命。至正十七年（1357），授集賢學士，兼國子祭酒，尋致仕。卒于夏縣（今屬山西）。生平事迹見《元史》卷一八六本傳，《大明一統志》卷七、卷二〇、卷二七等。元余闕《青陽集》卷二

① 走：毛藏本、葉藏本、日藏本俱作「去」。
② 與：葉藏本、日藏本作「其」。
③ 四字：日藏本作「二字四字」，衍「二字」。

《送歸彥温赴河西廉使序》：「君少擢科目，能古文辭，有大節，由國子博士五轉而遷是官。今爲廉使于夏，必能興學施教，以澤吾夏人。」元危素《危太朴文集》卷八《送歸憲使赴河西詩序》：「賊（范孟）果欲僞授蓬婆萬户府經歷，公抗言曰：『吾起諸生，擢科第，方圖報國恩，憂其弗及，豈肯從汝等爲盗賊耶？』賊怒，械之獄，决以詰旦殺公。是夕事敗，而公得免。」

〔二〕范孟諸叛：順帝至元五年（1339）十一月，河南行省掾范孟「僞傳帝旨，殺河南行省平章政事月禄帖木兒、左丞刼烈、廉訪使完者不花等」（《元史·順帝紀三》），署置官員，以段輔爲左丞，自稱都元帥，拘收大小衙門印，封閉黄河渡船。不久，爲人識破，范孟被殺。范孟（？—1339），一作范孟端，杞縣（今屬河南）人。

蕭𣂏講學

蕭𣂏先生名𣂏〔一〕，字維斗①，講學一本于朱子②。嘗閒居，夜夢一大鳥飛集于屋上〔二〕，晨起戒僕厮：「凡有客至，當報我。」及將暮③，無人。先生步出門外，遥望一人頎然而癯，昂藏如瘦

---

① 斗：葉藏本誤作「耳」。
② 講：毛藏本作「請」。
③ 及：毛藏本誤作「反」。

鶴，荷一高肩擔，至門則弛擔，通謁刺姓名曰孛术魯翀①[三]。先生一見即喜，意謂夢中所驗也。遂進而語，甚聰敏。問：「嘗讀小學書不②？」曰：「未也。」時已年二十餘矣③。先生曰：「我以朱子教人之法而授諸生，必先由小學始，子雖讀他書多，願相從者必當如是。」翀曰：「百里相從，惟先生言是聽。」自講學三年，皆經學務本之道。

有司聞其學行，又出于蕭公之門，遂薦爲南陽縣儒學教諭④[四]，廉介剛毅，爲時所稱，御史臺即就教諭選用，拜監察御史。時與同官劾某官不法，直達于文宗御覽，因問：「兩御史何一人無散官[五]？」近臣曰：「無前資也。」文宗曰：「既無前資，何爲御史？」⑤近臣曰：「有御史之才，剛正不畏强禦，選用人才，難拘此也。」帝乃以御筆填寫將仕佐郎于其銜上[六]，時人以爲榮且稱也。

既又劾元復初先生，先生文章固爲一代之宗，而貪污泛交，爲清德之累。翀嘗師問之，既劾

---

① 孛术魯翀：原作「孛述魯翀」，莊校：「孛述魯翀，《元史》作孛术魯翀。」今據元蘇天爵《元故中奉大夫江浙行中書省參知政事追封南陽郡公謚文靖孛术魯公神道碑銘》、《元史》及毛藏本、日藏本、葉藏本等改。

② 不：葉藏本、日藏本作「否」。

③ 已年：日藏本作「年已」，倒乙。

④ 儒學：葉藏本無「儒」字。

⑤ 「時與同官劾某官不法」至「何爲御史」：原爲文中夾注，諸本同。據上下文意脈，此當爲正文，茲改。文宗曰：葉藏本、日藏本作「又曰」。

而又見復初先生①。先生曰：「何劾我而又來見我乎？」翀曰：「劾者，御史之職也；見者，師生之禮也②。且先生以不美之名非止于此③，某恐先生日墮于掃地，故以輕者言之，使先生退而修晚節也。」復初時爲參知政事矣。翀後爲祭酒，國子監書册無不遍閲。凡某句在某册第幾行，無不博記，諸生皆嘆服之。

官禮部時，却胡僧帝師之禮[七]，時人以爲難。一日，侍文宗言事，俄而虞伯生學士至，帝引伯生入便殿，翀不得入，久立階上④，聞伯生稱道帝曰：「陛下堯、舜之君，神明之主。」翀在外厲聲曰：「這個江西蠻子阿附聖君⑤，未嘗聞以二帝三王之道規諫也，論法當以罪之。」文宗笑曰：「子翬醉也，可退，明日來奏事⑥。」帝雖愛其忠直，又恐中傷于伯生也。文宗愛伯生如手足，然是時伯生竦懼，月餘不敢見子翬也⑦。其嚴恪剛正如此。

---

① 既：原本作「即」，毛藏本董夢蘭校語：「即劾而又見，『即』字是『既』字誤寫。」今據此及葉藏本、日藏本改。
② 生：葉藏本、日藏本作「友」。
③ 美：日藏本作「羡」。
④ 上：葉藏本、日藏本作「下」。
⑤ 阿：毛藏本作「何」，董夢蘭校語：「何附聖君，『阿』字誤寫『何』字。」
⑥ 來：葉藏本誤作「未」。
⑦ 子翬：原本作「子翀」。「子翀」非名非字，《元史》：「孛术魯翀，字子翬。」據此改。

【箋注】

[一] 蕭𣝾(1241—1318)：字維斗，號勤齋。元奉元(陝西西安)人。學者、詩文家。性耿介。初爲府史，與上不合，退至南山讀書三十年，博學高行。元世祖徵召不至，授陝西儒學提舉，未赴。成宗、武宗、仁宗累徵，授集賢直學士、國子司業、集賢侍讀學士，皆不起。大德十一年(1307)召爲太子右諭德，始至京師。明年拜集賢學士、國子祭酒，尋復辭歸。卒，謚貞敏。學宗程朱，《元史》本傳稱：「𣝾制行甚高，真履實踐。其教人，必自小學始。爲文辭，立意精深，言近而指遠。」有《勤齋集》《三禮説》《小學標題駁論》《九州志》等。生平事迹見蘇天爵《元故集賢學士國子祭酒太子左諭德蕭貞敏公墓志銘》及《元史》卷一八九本傳等。

[二] 夜夢一大鳥飛集于屋上：元蘇天爵《孛术魯公神道碑銘》：「公往江西，謁克齋蕭君某。蕭君故宋大家，夜夢大鳥集所居屋，翌覆院外，疾出視之，沖天而去。厘明，公至，蕭君異之。公始名思温，字伯和，爲制今名及字。歸，復走京兆，拜集賢蕭貞敏公。」《元史》孛术魯翀本傳：「(翀)乃自順陽復往江西，從新喻蕭克翁學。克翁，宋參政燧之四世孫也，隱居不仕，學行爲州里所敬。嘗夜夢大鳥止其所居，翼覆軒外，舉家驚異，出視之，沖天而去。明日，翀至。翀始名思温，字伯和，克翁爲易今名字，以夢故。後復從京兆蕭𣝾游，其學益宏以肆。」據此，孛术魯翀所謁乃蕭克翁，非蕭𣝾，《直記》所記誤。蕭克翁，新喻(今屬江西)人。隱居不仕，學行爲鄉里所敬。生平見《大明一統志》卷五五、《宋元學案補遺》卷九五。

[三] 孛术魯翀(1279—1338)，始名思温，字伯和，後易名翀，字子翬。女真族。元屬望廣平（今屬河北）人，後徙鄧州之順陽(今河南内鄉)。大德十一年(1307) 爲襄陽縣儒學教諭，昇汴梁路儒學正。參與編修《世皇實録》。後奉命預修《大元通制》，並作序。又纂修《太常集禮》。元統二年（1334）爲江浙行省參知政事。卒，追封南陽郡

公，謚文靖。有《菊潭集》。生平事迹見蘇天爵《元故中奉大夫江浙行中書省參知政事追封南陽郡公謚文靖孛术魯公神道碑銘》、《元史》卷一八三本傳、《元詩選二集》等。

〔四〕遂薦爲南陽縣儒學教諭：蘇天爵《孛术魯公神道碑銘》「由憲府薦，授襄城學官」，《元史》本傳「大德十一年，用薦者，授襄陽縣儒學教諭」。據此，「南陽縣」當爲「襄陽縣」，《直記》所記有誤。南陽縣：隋開皇初改上宛縣置，屬鄧州。治所即今河南南陽市。大業初屬南陽郡。唐武德三年（620）爲宛州治。貞觀八年（634）屬鄧州。金末爲申州治。元至元八年（1271）爲南陽府治。

〔五〕散官：有官名而無固定職事之官，《隋書·百官志下》：「居曹有職務者爲執事官，無職務者爲散官。」隋始定散官之制，唐、宋、金、元因之。元代有文散官、武散官、司天散官、太醫散官、内侍散官、教坊司散官等，其品秩之高下各有不同。

〔六〕將仕佐郎：元文散官，從八品。

〔七〕却胡僧帝師之禮：《元史》卷三三《文宗紀》：「（天曆二年）十二月甲申，給豳王忽塔忒迷失王傳印。以西僧輦真吃刺思爲帝師。」《元史》本傳：「帝師至京師，有旨朝臣一品以下，皆乘白馬郊迎。大臣俯伏進觴，帝師不爲動，惟翀舉觴立進曰：『帝師，釋迦之徒，天下僧人師也。余，孔子之徒，天下儒人師也。請各不爲禮。』帝師笑而起，舉觴卒飲，衆爲之栗然。」

維揚憲史

維揚舊憲史嘗言〔一〕：「淮東憲司官某某，曾作書寄一某官，向使者拜以授書①，使者拜而受之。使往彼見某官，亦拜而捧書。蓋拜而授之者，如見某人，必面其所居之方以望之也。使拜而奉者，代司官拜也。此必于其稍尊者及平交者也〔二〕。」嘗見北方官長稱，朋友親戚壽日，或遠不能親往，則先寄使者或托親友轉寄，必拜而授手帕一方，或紵絲一端，使及親友②，亦拜而受之③。到其所，則代某人拜獻壽者。此禮亦好，南方反不及也。本朝凡遇生辰及歲旦、冬至朝，咸以手帕奉賀〔三〕，更相交易，云一絲當一歲，祝其長年也。蒙古之地則以皮條相賀，然大者遇小者則不回易。回易之禮，出于平交也。

---

① 向：葉藏本作「召」，日藏本作「吕」。
② 友：日藏本誤爲「有」。
③ 受：毛藏本、葉藏本、日藏本作「授」。

【箋注】

〔一〕維揚：揚州的别稱。《書·禹貢》：「淮海惟揚州。」「惟」通「維」，後因截取二字以爲名。宋費袞《梁溪漫志》卷九：「古今稱揚州爲惟揚，蓋掇取《禹貢》『淮海惟揚州』之語。」

〔二〕平交：平輩交往；平等之交。南朝·陳徐陵《爲梁貞陽侯重與裴之横書》：「衛青故人，多懷彼此，豈可文辭簡略，禮等平交？」宋羅大經《鶴林玉露》卷七：「古人蓋以稱字爲至重，今世唯平交乃稱字，稍尊稍貴者，便不敢以字稱之，與古異矣。」

〔三〕本朝凡遇生辰及歲旦、冬至朝，咸以手帕奉賀：《通制條格》卷八《儀制·公服私賀》：「皇慶二年正月二十六日，本臺官朶兒赤中丞等奏：『殿中司文字裏説有，昨前拜年時分，徽政院裏僉院忽都小名的人，皇帝根底拜了之後，大殿裏穿着公服，月魯帖木兒知院根底跪着與手帕來。』俺商量來，穿公服與人厮跪呵，無體例一般。」

江南富户

至正乙酉間，江南富户多納粟補官，倍于往歲，由是楊希茂父子、周信臣、蔣文秀、吕養誥等一時炫耀于鄉里。未幾，信臣以他贓罪黜，文秀以倨傲被訐①，希茂父子自劾免罪，養誥以他事

① 傲：葉藏本、日藏本作「慢」；被訐：日藏本作「禮許」，葉藏本作「被計」，皆誤。

見拘①。時荆溪士人張載之作詩嘲之曰：「納粟求官作貴翁，誰知世事轉頭空。一朝金瀨周巡檢[一]，三日維揚蔣相公。希茂知幾先首罪，長源陪課不言功。何如林下山間者，紅葉黄花酒一鐘。」長源者，荆溪王德翁子，富而無才識，本故家子弟，足可求入仕之門而不思，反欲速貴，先于希茂等十年前納粟爲本州税使，陪課錢十年[二]，欲退不可，故詩中及之。先是，三寶奴作相日②[三]，富户襍流皆可入官，有至貴受宣命秩高品者③，時人嘲詩有「茶鹽酒醋都提舉，僧道醫工總相公」之句。至乙未、丙申間，國家無才識之人當朝④，而行納粟之詔⑤，許以二萬石者正五品，于附近州縣常選内委付，則詩人亦不暇嘲諷，而天下事可知矣。三十年前承平之日，或有富輸十萬斛，焉得縣佐之職哉⑥？縱使有才德之士，鄉薦于州縣，州縣上于郡，郡上于行省，已有疑難吏詰之淹滯，或達于部猶不肯商量。何前日之太艱，今日之太濫也？噫，可痛也哉！直至流于濫授宣勅于工隸倡賤之人，猶不知其所以貴者，是亦深可痛恨也哉！

---

① 養詰：日藏本無此二字。
② 寶：葉藏本、日藏本作「保」。
③ 秩高品：毛藏本作「秩且品」，日藏本作「秋且品」，葉藏本作「秩五品」。
④ 家：葉藏本作「朝」。
⑤ 而：葉藏本作「爲」。
⑥ 焉：葉藏本誤作「爲」。

［箋注］

［一］金瀨：即溧水，在溧陽西北。宋周應合《景定建康志》卷十九：「溧水，一名瀨水，在溧陽縣西北四十里。……溧水東流爲永陽江，江上有渚，曰瀨渚，即伍子胥乞食投金處，故又曰投金瀨。」《吴越春秋》卷四：「子胥等過溧陽瀨水之上，乃長太息曰：『吾嘗飢於此，乞食於一女子，女子飼我，遂投水而亡。』將欲報以百金而不知其家，乃投金水中而去。」

［二］課錢：税金。《舊唐書·玄宗紀下》：「癸卯，停郡縣差丁白直課錢。」清吴長元《宸垣識餘》：「京師各門課錢，俱有小内使經筦收納。」

［三］三寶奴（？—1311）：元武宗時丞相。大德十一年（1307）遷翰林學士承旨。至大元年（1308），受封渤國公，遥授右丞相。二年（1309），立尚書省，任平章政事。不久升左丞相。賜號答剌罕，受清州（今河北青縣）食邑。改封楚國公，以常州路爲分地。武宗病弱，乃謀改立其子和世㻋爲皇太子。武宗死，被仁宗以變亂舊章罪處死。文宗至順元年（1330），追封爲郢城王，謚榮敏。

溧陽富民

溧陽富民羅貴一婢之子羅中者，幼嘗從學，頗習儒雅；然妄誕不實①，爲鄉中之誚。先是，

① 妄：毛藏本作「忘」，誤。

館客盧陵婁奎謂其兄汝楫云[一]：「何苦效欺誑①，以累辱前人乎？」遂痛哭流涕于汝楫父子之墓，云邦人痛責羅中有罪。

［箋注］

［一］盧陵：今江西吉安。《元史》卷六二《地理志五》：「吉安路，上。唐爲吉州，又爲盧陵郡。宋升爲上州。元至元十四年，升吉州路總管府，置録事司，領一司、八縣。元貞元年，吉水、安福、太和、永新四縣升州，改吉州爲吉安路。」

文益棄母

溧陽王文益，字仲謙，醫人子也，習爲儒名而無儒行。以妻貌陋，遂棄母女而之他，通奸于提舉官王吉父之淫女[一]，飄泊赴都。嘗有達官薦文益于江浙行省，注蘭溪州學正[二]，文益鄙之不受，入國子監，九年無成。母思文益而病卒，文益不即奔喪。寓公偰世南在都，責文益曰：「汝母死逾年，吾家人附信已至四閱月矣②，何不奔喪，以甘事于不孝乎？」文益不得已乃歸。

① 苦：毛藏本、葉藏本、日藏本俱作「若」。
② 信：葉藏本、日藏本作「訊」。

僅一載，凡遊戲褻飲，無不從也。其兄適仲南戒之，文益怒不受戒，亦不與故妻及二女相見，賴仲南供養十年。至正甲申八月，文益不終制而去[三]，亦不葬其母。其兄欲助其費①，文益曰：「待吾得官歸，方可營葬，否則十年亦不可葬也。所助葬資，未若助吾行色[四]。」其兄曰②：「助子葬事當以二十錠，今助行色可半之。」文益遂行。又三年無成，仲南遂葬其母③，事爲繼母也。又五年，仲南爲嫁其二女，其妻以憂死，亦葬于姑之側後。甲午年，文益始充淮南宣使陞掾史[五]，從總兵官至江西④，病死，終身無成，虛名而已。自甲申秋離鄉去至死，並不作訊字寄乃兄及親戚朋友。其不孝不義惡行，不可容于誅，徒以小聰明善逢迎卿相耳，何足取哉！可爲鄉里之戒。繼文益之惡者有一人⑤：嚴瑄。

【箋注】

[一] 提舉：官名，「提舉常平官」之簡稱，宋朝始置，爲差遣名目之一。元爲掌管專門事務的官員，並置都提

---

① 其：毛藏本、葉藏本、日藏本作「吾」。

② 其：毛藏本、葉藏本、日藏本作「吾」。董夢蘭校語：「二『吾兄』恐俱是『其』字之訛。」

③ 遂：日藏本誤作「逐」。

④ 西：毛藏本作「南」。

⑤ 有一人：葉藏本、日藏本無「有」字。

舉、同提舉、副提舉等。見《元史》卷八五《百官志一》。

［二］蘭溪州：元貞元年(1295)改蘭溪縣置，屬婺州路。治所即今浙江蘭溪市。明洪武三年(1370)復改蘭溪縣。

［三］終制：父母去世服滿三年之喪。《北齊書・高乾傳》：「先是信都草創，軍國權輿，乾遭喪不得終制。」唐元稹《南陽郡王贈某官碑文銘》：「遭太夫人喪，號叫請罷，遂克終制。」

［四］行色：猶行旅。宋王禹偁《送柴侍御赴闕序》：「廷尉評王某，從宦屬邑，受恩煦深，收涕揮惲毫，以序行色。」元無名氏《百花亭》第三折：「妾口占小詞一首，調寄《南鄉子》，贈君行色，休得見哂。」

［五］宣使：官名，元代置。衙署中的聽差，掌宣傳長官命令、下官回復之事。《元史》卷八五《百官志一》：「中書省掾屬：……宣使五十人……」掾史：官名，詳卷二《古之賢母》注。

窰器不足珍

嘗議舊定器官窰等物皆不足爲珍玩，蓋予真有所見也。在家時，表兄沈子成自餘干州歸①［一］，攜至舊御土窰器徑尺肉碟二個，云是三十年前所造者，其質與色絕類定器之中等者，博古者往往不能辨。乙未冬在杭州時，市哥哥洞窰器者一香鼎［二］，質細雖新，其色瑩潤如舊

① 干：日藏本作「千」，誤。

造，識者猶疑之。會荆溪王德翁亦云：「近日哥哥窰絶類古官窰，不可不細辨也。」今在慶元見一尋常青器菜盆，質雖粗，其色亦如舊窰，不過街市所貨下等低物，使其質更加以細膩，兼以歲久，則亂真矣。予然後知定器官窰之不足爲珍玩也。所可珍者，真是美玉爲然。記此爲後人玩物之戒。至正癸卯冬記。

［箋注］

［一］餘干州：元元貞元年（1295）升餘干縣置，屬饒州路。治所即今江西餘干縣。《元史》卷六二《地理志五》：「餘干州，中。唐以來爲縣。元元貞元年升州。」

［二］哥哥洞：即哥窑，宋龍泉窑之别稱，爲宋代著名瓷窑之一。窑址在今浙江龍泉市西南小梅鎮大窑村。傳南宋時章氏兄弟二人在龍泉縣燒造瓷器，其兄所造者佳，故世號爲哥窑；弟則仍龍泉之舊號，亦稱弟窑。

鹹物害人①

鹹物能害人。予避地四明久，知地卑濕，民多食鹹，其病患者多疝氣腎癩②，或墜下如斗

---

① 題「鹹物害人」，原本目録作「鹹物患人」。

② 癩：毛藏本、日藏本作「㿗」。

者，或大如瓜者，蓋食鹽腥所致①。嘗會張謙受都事云：「某長于浙西，素無疝疾，自至正戊戌夏來四明，因日食少鹽味，竟患疝，遂戒之，今不甚苦。」又會西域馬元德云[一]：「近苦外腎癩②如瓜，服藥不效。蓋日食鹹故也。」又會昆山豪獲施五者云：「其家從役者數人，皆長自大都③，今至四明五年間咸患腎癩④，亦日食鹹腥故也⑤。」予舊有脈痔疾，無疝氣，自至四明，痔血倍于前時⑥，忽患外腎偏墜，蓋鹹能走血墜腎故也。姪兒輩皆患疝，自至此地，隨俗日食鯗[二]，且鯗價廉，可爲度歲計，由是而致疾也。苦欲戒之爲不能，時助滋味耳。

【箋注】

[一] 馬元德：生卒年不詳。本名吉雅謨丁，以馬爲漢姓，字符德（或原德）。元西域回回，世居燕山。詩人丁鶴年表兄。至正八年（1348）進士（楊鐮《全元詩》），官江南御史臺掾史，授定海縣尹，至正十九年（1359）擢尹鄞郡，

---

① 腥：葉藏本作「鯉」，誤。
② 癩：毛藏本、日藏本作「癩」。
③ 大：日藏本誤作「天」。
④ 癩：毛藏本作「癩」。
⑤ 腥：葉藏本誤作「醒」。
⑥ 時：日藏本無此字。

至正二十二年(1362)攝奉化州事，升浙東僉都元帥，死國事。《元詩選初集》辛集：「元帥吉雅謨丁」小傳：「吉雅謨丁，字符德，鶴年之從兄。至正間進士，官浙東僉都元帥事。」生平事迹見元戴良《九靈山房集》卷二二《題馬元德伯仲詩後》、元劉仁本《羽庭集》卷五《送馬侯元德任奉化州序》等。

[二] 鮝：干魚，醃魚。宋吴自牧《夢粱録・鮝鋪》：「城南渾水閘，有團招客旅，鮝魚聚集於此。」《吴郡志・雜志》引唐陸廣微《吴地記》：「吴王回軍，會群臣，思海中所食魚，問所餘何在，所司奏云：並曝干。吴王索之，其味美，因書美下著魚，是爲鮝字。」

漳州香花

漳州有香花如爛瓜①[一]，臘瓣如蘭，其葉如栗②，可愛玩，土人名之曰「鷹瓜花」，取其似也。

【箋注】

[一] 漳州：《元史》卷六二《地理志五》：「漳州路，下。唐析閩州西南境置，後改漳浦郡，又復爲漳州。宋因之。

---

① 有香花：葉藏本、日藏本作「花香」。

② 如：葉藏本、日藏本作「似」。

元至元十六年，升漳州路。」屬福建行省。治所在龍溪縣（今福建漳州市）。至元二十年（1283）並曾于路置福建行省。二十三年（1286）後屬江浙行省。

溧陽昏鴉

幼時嘗見溧陽東門昏鴉累萬①，夜飛集張巷馬店之村，不幾年，日漸稀少，而此處人家衰之。後集法華庵，又轉集楊巷，未幾又去而之他所，則法華消廢，而楊亦衰矣。故儲德修有言：「寒鴉棲暖地。」嚮時臧村儲月心富時亦然，後去而月廢也②。予自至元丁丑歲初至芳村，見其宅東西竹木鬱然，昏鴉亂集，啼聲徹夜。後三二年，鴉去木凋，直至衰落而後已也。諺云：「山朝不如水朝，水朝不如人朝，人朝不如鳥朝③。」或亦有可信者哉。

---

① 累：毛藏本作「果」。
② 月：葉藏本、日藏本作「日」。
③ 朝：日藏本作「轉」，誤。

減鐵爲佩

近世尚減鐵爲佩帶刀靶之飾[一]，而餘干及錢唐、松江競市之①，非美玩也。此乃女真遺製，惟刀靶及鞍轡或施之可也。若置之佩帶，既重且易生綉衣[二]，非美玩之所刻②，書此以爲戒。重則勞吾體，綉則損吾服，何飾用之有哉！

[箋注]

[一] 減鐵：一種鐵質鏤雕鑲金銀的配飾。《通制條格》卷九：「繫腰，伍品以下許用銀並減鐵。」元置減鐵局，掌制御用諸宫邸繫腰飾物。《元史·百官志六》：「減鐵局，管勾一員，提控二人。掌造御用及諸宫邸繫腰。中統四年置。」

[二] 綉：依文意，疑爲「銹」。下文「綉則損吾服」之「綉」同。

① 干：日藏本誤作「于」。
② 所：葉藏本、日藏本作「列」。

静物致壽

世間静物致壽者固多①，且以文房四寶論之：硯主静，故能壽；筆主動，故不壽。惟人以是觀之，可知宜壽之道。

鐘山王氣

鐘山王氣，昔時在二十餘里之内，自丁亥以後，氣如紫烟，遠接淮西，亦異事也。揚州興廢不常，山水之勝又有時而興也②。唐人有詩云③：「天下三分明月夜，二分無賴是揚州④[一]。」洪容齋《筆記》云[二]。女真之寇亂揚州，百里之間，虚無人烟⑤。至隆興以後復盛[三]，德祐末兵

① 固：日藏本作「故」。
② 山：葉藏本、日藏本作「風」。
③ 有詩：日藏本作「詩有」，葉藏本無「有」字。
④ 是：葉藏本誤作「走」。
⑤ 百里之間，虚無人烟：葉藏本作「百里無人烟」。

亂又廢[四]。父老嘗云：自揚州至中原七百餘里無人烟，至元貞以後復盛。至正甲午以後，今如荒野，不知何時復興也？

[箋注]

[一] 天下三分明月夜，二分無賴是揚州：唐徐凝《憶揚州》：「蕭娘臉下難勝淚，桃葉眉頭易得愁。天下三分明月夜，二分無賴是揚州。」(《全唐詩》卷四七四)

[二] 洪容齋《筆記》云：洪邁《容齋隨筆》卷九《唐揚州之盛》：「唐世鹽鐵轉運使在揚州，盡斡利權，判官多至數十人，商賈如織。故諺稱『揚一益二』，謂天下之盛，揚爲一而蜀次之也。杜牧之有『春風十里珠簾』之句。張祜詩云：『十里長街市井連，月明橋上看神仙。人生只合揚州死，禪智山光好墓田。』王建詩云：『夜市千燈照碧雲，高樓紅袖客紛紛。如今不似時平日，猶自笙歌徹曉聞。』徐凝詩云：『天下三分明月夜，二分無賴是揚州。』其盛可知矣。自畢師鐸、孫儒之亂，蕩爲丘墟。楊行密復葺之，稍成壯藩，又毁於顯德。本朝承平百七十年，尚不能及唐之什一，今日真可酸鼻也。」

[三] 隆興：宋孝宗年號(1163—1164)，凡二年。

[四] 德祐：宋恭帝年號(1275—1276)，凡二年。

吴鐸中丞

吴元人〔一〕，名鐸，中丞，中山人〔二〕，寓吴興①，後卒於福建官舍，肯當平章長子也②。平昔頗事飲食，云：「凡飲酒食肉遇晚膳，必用白湯泡飲③〔三〕，以盪滌腸胃油膩，不致作疾也。」又云：「丈夫居家，必有妻妾之嗜，晨膳必以羊、猪、鵝、雞等味，或一或兼可也。凡魚腥不可食，食恐傷腎氣，氣非所宜。午後食魚則無傷矣。」

【箋注】

〔一〕吴元人：吴鐸，生卒年不詳。字元人。元順帝時，官江南諸道行臺御史中丞。（《（雍正）浙江通志》卷一一六）

〔二〕中山：今河北定州。《元史》卷五八《地理志一》：「中山府，唐定州。宋爲中山郡。金爲中山府。元初因

---

① 寓：毛藏本作「寫」，形誤。

② 當：葉藏本作「常」。

③ 飲：葉藏本、日藏本作「飯」。

之。舊領祁、完二州。太宗十一年，割二州隸順天府，後爲散府，隸真定。領三縣：安喜，中。新樂，下。無極。中。」

〔三〕白湯：煮白肉的湯或不加佐料的菜湯。宋曾慥《高齋漫録》：「一日穆父折簡招坡食皛飯。及至，乃設飯一盂，蘿蔔一碟，白湯一盞而已。蓋以三白爲皛也。」

水向西流

凡城郭水向西流者，主居人多無義寡恩。又水不通江湖者，主不産清奇之物。金陵人多薄情，秦淮河西流也。京口人多不富且濁①〔一〕，水不通流也。湖州多竊盜，水散漫也。蓋山深處則民厚而實，水泛處則民薄而頑。風水之説，信不誣矣。

〔箋注〕

〔一〕濁：貪鄙；卑污。《楚辭·漁父》：「舉世皆濁我獨清，衆人皆醉我獨醒，是以見放。」王逸注：「濁，衆貪鄙也。」晉陸機《弔魏武帝文》序：「豈不以高明之質，而不免卑濁之累。」

① 且：毛藏本作「其」。

附録

附録一：趙孟頫《闕里譜系序》

魯國孔君文昇，以書抵僕，示以《闕里譜系》，求僕爲之序，且自叙其世家曰：文昇之十二世祖，諱檜。唐同光間避亂，自闕里來居温州之平陽。檜生奕，奕生源，源生實，實生麗水縣丞會，會生平，平生達，達生公志，公志生處州司户參軍師古，師古生炳，炳生貴敬，貴敬生潼孫，是爲文昇皇考。始家于杭，宋德祐末，職教建康。當是時，大兵渡江，道梗不可南，因又家焉。至元廿八年，以官事赴大都，道卒臨清，文昇忍死扶柩歸葬建康，而諸孤長者方十歲，小者未離乳抱，家貧累衆，不能復歸温州。既又娶于溧陽，攜諸孤就外氏以居，遂爲溧陽人矣。竊懼久而忘其所自來，故切切然以譜系爲急。僕嘗謂人之得姓，始皆一也，至其末流餘裔，往往不知其所從來者，歷年之多，遷徙之不常，而文獻之不足徵也。今孔君自曲阜而温，自温而建康，自建康而溧陽，凡三徙矣。其視温之族，已若温之視曲阜矣。數世之後，愈遠而愈疏，譜系之作，其可緩乎？子曰：「夏禮吾能言之，杞不足徵也；殷禮吾能言之，宋不足徵也。文獻不足故也。」孔君清修好學，故能繼紹先志，纘述家譜，使後世子孫知本支之傳，愈久而不忘。夫禮者，所以教民不忘其所由生也，君子謂孔君於是乎知禮。謹按：自先聖至平陽府君，凡四十二世；至文昇，凡五十四世。繼自今子子孫孫，修先世之志，勤勤以譜系爲事，雖百世可知也。歷年雖多，遷徙雖不常，尚何久而忘之之懼乎？君字退之，今爲浙西廉訪掾云。（《松雪齋文集》卷六）

附録二：歸有光《静齋類稾引》

昔司馬子長搜羅舊典，摭拾前聞，作《史記》百三十篇，而《滑稽》一傳，不以小説家而遺之耳。其序曰：「譚言微中，亦可解紛。」噫！此其意可知矣。余恬于世味，雅好瀏覽，一日過別業，得是編于鄉塾學究家。按其書蓋至正間舊物，歷世綿遠，已不免有模糊脱漏之患。因攜歸，就而讀之，乃知是公本洙泗苗裔而流寓平陵，家世奕葉簪纓，非編甿白屋之比。顧其時丁勝國末造，兵燹蝟興，人無甯宇，于崎嶇避地之際，備得人情物態之詳，筆諸簡牘，久而成編。雖其文未雅馴，而持己處家之方，貽謀燕翼之訓，亹亹乎有當乎道，誠舉而體諸身心，見諸行事，即進而亟于古人不難。余故喜而手録焉，且爲訂其舛譌，以俟付之剞劂，以廣其傳。嗟乎！鴻謨寶訓，非不足誘人于善，而感悟之速，不若目前近效爲有徵；金科玉條，非不足禁人于惡，而警懼之深，不若世人報應可信。《詩》曰：「楊園之道，猗于畝邱。」兹固余欲梓行之心，蓋亦静齋氏垂示之心也。不揣蕪陋，敬揭其大指于簡端，不識知道者以爲然否？時嘉靖三十八年六月甲子，歸有光跋。

孔齊，字行素，號静齋。曲阜聖裔，隨父居溧陽，後避兵四明。父字退之，曾補建康書掾。（粤雅堂本《静齋至正直記》卷首）

附録三：《静齋至正直記》俞正燮序四則

此書不著姓氏。閲至第三卷，言朱氏姊事云「孔家不可管也」，又云「朱氏所得孔氏金物鈔貫，兼于諸子之數」，第一卷云「齊在芳村」，知此書爲溧陽孔齊所撰。孔君著書之意，專以垂示子孫，所言家難由于婦女愚悍放恣，蓋痛心疾首之言。深識之士，不可不覽。其涉及國家政治者，亦於治家之道可以相比。此書應入於子部儒家《家範》之類。嘉慶癸酉秋日，俞正燮借葉東卿此書，東卿屬爲便加校正，而競未能點勘，但爲考其人物書旨如此。

此書第二卷有云「楷木惟祖陵有之」，則惟爲孔氏無疑。書第一卷有「叾山」二見，第四卷又見「叾山」，當假《鎮江府志》考之。居士蓋深識之士，不愧聖人子孫。貪閲此書，不能釋之。近人好刻叢書而無及此者，可謂不好事矣。正燮又。

《集韻》：叾，於口切，山名。在溧陽。然是怪字。

此書言「浙不可居」「江西人不可與交」，其言所傷者衆，故館中校書者抑之，存目小説家，且謂其「老年納妾」一條播揚家惡，此真仇怨之語，不可用也。孔君本係家訓，父師少師之詞著于《尚書》，孔子又存之，得云三聖人過耶。十月朔日又記。（以上見葉藏本卷首）

附録四：《四庫全書總目·至正直記提要》

《至正直記》四卷，兩淮鹽政採進本。一曰《静齋類稿》，元孔齊撰。齊字行素，號静齋，曲阜人。其父退之爲建康書掾，因家溧陽。元末又避兵居四明。其仕履則未詳也。是書亦陶宗儀《輟耕録》之類，所記頗多猥瑣。中一條記元文宗皇后事，已傷國體。至其稱「年老多蓄婢妾，最爲人之不幸，辱身喪家，陷害子弟，靡不有之。吾家先人，晚年亦坐此患」，則併播家醜矣。所謂「直記」，亦證父攘羊之直歟？別一本題曰《静齋直記》，其文竝同。惟分四卷爲五卷，而削去各條目録。蓋曹溶《學海類編》所改竄也。今附著於此，不更存其目焉。」（《四庫全書總目》卷一百四十三子部五十三）

主要徵引書目

《周易注疏》：三國魏王弼、晉韓康伯注，唐孔穎達疏，《十三經注疏》本，中華書局一九八〇年影印。
《尚書注疏》：漢孔安國傳，唐孔穎達疏，《十三經注疏》本，中華書局一九八〇年影印。
《毛詩正義》：漢毛亨傳，漢鄭玄箋，唐孔穎達疏，《十三經注疏》本，中華書局一九八〇年影印。
《禮記正義》：漢鄭玄注，唐孔穎達正義，《十三經注疏》本，中華書局一九八〇年影印。
《周禮注疏》：漢鄭玄注，唐賈公彦疏，《十三經注疏》本，中華書局一九八〇年影印。
《儀禮注疏》：漢鄭玄注，唐賈公彦疏，《十三經注疏》本，中華書局一九八〇年影印。
《大戴禮記解詁》：清王聘珍撰，王文錦點校，中華書局 1983 年版。
《春秋左傳正義》：晉杜預注，唐孔穎達正義，《十三經注疏》本，中華書局一九八〇年影印。
《春秋公羊傳注疏》：漢何休注，唐徐彦疏，《十三經注疏》本，中華書局一九八〇年影印。
《論語注疏》：三國魏何晏注，宋邢昺疏，《十三經注疏》本，中華書局一九八〇年影印。
《孟子注疏》：漢趙岐注，宋孫奭疏，《十三經注疏》本，中華書局一九八〇年影印。
《爾雅義疏》：晉郭璞注，宋邢昺疏，《十三經注疏》本，中華書局一九八〇年影印。

《爾雅翼》：宋羅願撰，明姚大受校補，明萬曆年間刻本。
《説文解字》：漢許慎撰，中華書局一九六三年版。
《重修廣韻》：宋陳彭年撰，《四部叢刊》景宋本。
《集韻》：宋丁度撰，清文淵閣《四庫全書》本。
《史記》：漢司馬遷撰，南朝宋裴駰集解，唐司馬貞索隱，唐張守節正義，中華書局一九八二年版。
《漢書》：漢班固撰，唐顔師古注，中華書局一九六二年版。
《後漢書》：南朝宋范曄撰，唐李賢注，中華書局一九六五年版。
《三國志》：晉陳壽撰，南朝宋裴松之注，中華書局一九八二年版。
《晉書》：唐房玄齡撰，中華書局一九七四年版。
《宋書》：梁沈約撰，中華書局一九七四年版。
《南齊書》：梁蕭子顯撰，中華書局一九七二年版。
《魏書》：北齊魏收撰，中華書局一九七四年版。
《隋書》：唐長孫無忌撰，中華書局一九七三年版。
《南史》：唐李延壽撰，中華書局一九七五年版。
《舊唐書》：後晉劉昫撰，中華書局一九七五年版。
《新唐書》：宋歐陽修、宋祁撰，中華書局一九七五年版。

《宋史》：元脱脱撰，中華書局一九七七年版。
《金史》：元脱脱撰，中華書局一九七五年版。
《元史》：明宋濂撰，中華書局一九七六年版。
《明史》，清張廷玉撰，中華書局一九七四年版。
《新元史》：柯劭忞等撰，民國九年天津退耕堂刻本。
《後漢紀》：晉袁宏撰，張烈點校，中華書局二〇〇二年版。
《資治通鑒》：宋司馬光撰，元胡三省音注，中華書局一九五六年版。
《元史類編》：清邵遠平《元史類編》，清康熙三十八年刻本。
《御批歷代通鑒輯覽》：清傅恒撰，清文淵閣《四庫全書》本。
《續資治通鑒》：清畢沅撰，中華書局一九五七年版。
《國語集解》：清徐元誥集解，王樹民、沈長雲點校，中華書局二〇〇二年版。
《戰國策校注》：宋鮑彪校注，元吴師道重校，《四部叢刊》景元至正本。
《唐才子傳校箋》：元辛文房撰，傅璇琮主編，中華書局一九八七—一九九五年版。
《兩宋名賢小集》：宋陳思編，清文淵閣《四庫全書》本。
《萬姓統譜》：明淩迪知撰，清文淵閣《四庫全書》本。
《兩浙名賢録》：明徐象梅撰，明天啓刻本。

《宋元學案》：清黄宗羲撰，清全祖望補修，中華書局一九八六年版。
《宋元學案補遺》：清王梓材、清馮雲濠編撰，沈芝盈、梁運華點校，中華書局二〇一二年版。
《大金國志校證》：宋宇文懋昭撰，崔文印校證，中華書局一九八六年版。
《元書》：清曾廉撰，清宣統三年刻本。
《錢塘遺事校箋考原》：元劉一清撰，王瑞來校箋考原，中華書局二〇一六年版。
《元和郡縣圖志》：唐李吉甫撰，賀次君點校，中華書局一九八三年版。
《太平寰宇記》：宋樂史撰，王文楚點校，中華書局二〇〇七年版。
《方輿勝覽》：宋祝穆撰，宋祝洙增訂，施和金點校，中華書局二〇〇三年。
《明一統志》：明李賢撰，清文淵閣《四庫全書》本。
《（景定）建康志》：宋周應合撰，清文淵閣《四庫全書》本。
《（至大）金陵新志》：元張鉉撰，清文淵閣《四庫全書》本。
《（萬曆）湖州府志》：明栗祁撰，明萬曆刻本。
《（嘉靖）山東通志》：明陸釴撰，明嘉靖刻本。
《（嘉靖）廣平府志》：明陳棐撰，明嘉靖刻本。
《（崇禎）吴興備志》：明董斯張撰，清文淵閣《四庫全書》本。
《（康熙）上虞縣誌》：清鄭僑撰，成文出版社一九八三年版。

《（乾隆）歷城縣誌》：清李文藻撰，清乾隆三十六年刻本。
《（雍正）浙江通志》：清嵇曾筠撰，清文淵閣《四庫全書》本。
《讀史方輿紀要》：清顧祖禹撰，賀次君、施和金點校，中華書局二〇〇五年版。
《水經注》：北魏酈道元撰，清武英殿聚珍版叢書本。
《東京夢華録箋注》：宋孟元老撰，伊永文箋注，中華書局二〇〇七年版。
《通制條格校注》：元拜柱撰，方齡貴校注，中華書局二〇〇一年版。
《沈刻元典章》：清沈家本跋，陳垣校補，中國書店二〇一一年版。
《元典章》：陳國華等點校，中華書局、天津古籍出版社二〇一一年版。
《文獻通考》：元馬端臨撰，上海師範大學古籍研究所、華東師範大學古籍研究所點校，中華書局二〇一一年版。
《續文獻通考》：清嵇璜撰，清文淵閣《四庫全書》本。
《元史藝文志》：清錢大昕撰，清潛研堂全書本。
《文淵閣書目》：明楊士奇撰，清文淵閣《四庫全書》本。
《天禄琳琅書目》：清官修，清文淵閣《四庫全書》本。
《四庫全書總目》：清永瑢等撰，中華書局一九六五年版。
《藏園群書經眼録》：傅增湘撰，中華書局二〇〇九年版。

《藏園批註讀書敏求記校證》：清錢曾著，清管庭芬、章鈺校證，傅增湘批註，馮惠民整理，中華書局二〇一二年版。

《隸釋》：宋洪适撰，《四部叢刊》三編景明萬曆刻本。

《廿二史考異》：清錢大昕撰，清乾隆四十五年刻本。

《荀子集解》：清王先謙撰，沈嘯寰、王星賢點校，中華書局一九八八年版。

《鹽鐵論校注》：漢桓寬撰，王利器校注，中華書局一九九二年版。

《袁氏世範》：宋袁采撰，清《知不足齋叢書》本。

《校訂朱子家禮》：宋朱熹撰，清郭嵩燾校訂，岳麓書社二〇一二年版。

《鄭氏規範》：元鄭太和著，《叢書集成初編》本，中華書局一九八五年版。

《北溪字義》：宋陳淳撰，清文淵閣《四庫全書》本。

《闕里文獻考》：清孔繼汾撰，清乾隆刻本。

《武編》：明唐順之撰，明刻本。

《傷寒論注釋》：漢張機撰，晉王叔和編，金成無已注，《四部叢刊》景明嘉靖汪濟明刊本。

《重修政和經史證類備用本草》：宋唐慎微著，《四部叢刊》景金泰和晦明軒本。

《本草衍義》：宋寇宗奭撰，清十萬卷樓叢書本。

《神農本草經疏》：明繆希雍撰，清文淵閣《四庫全書》本。

《本草綱目》：明李時珍撰，清文淵閣《四庫全書》本。
《雲林石譜》：宋杜綰撰，清《知不足齋叢書》本。
《五代名畫補遺》：宋劉道醇撰，宋刻本。
《書史會要》：元陶宗儀撰，清文淵閣《四庫全書》本。
《妮古録》：明陳繼儒撰，印曉峰點校，華東師範大學出版社二〇一五年版。
《佩文齋書畫譜》：清孫岳頒撰，清文淵閣《四庫全書》本。
《淮南子集釋》，漢劉安編，何寧撰，中華書局一九九八年版。
《論衡》：漢王充著，《四部叢刊》景通津草堂本。
《顔氏家訓》：北齊顔之推著，王利器校注，中華書局一九九三年版。
《琴堂諭俗編》：宋鄭至道、彭仲剛著，應俊輯補，清文淵閣《四庫全書》本。
《黑韃事略》：宋彭大雅撰，宋徐霆疏，明嘉靖二十一年抄本。
《草木子》：明葉子奇撰，中華書局一九五九年版。
《鶴林玉露》：宋羅大經撰，王瑞來點校，中華書局一九八三年版。
《齊東野語》：宋周密撰，張茂鵬點校，中華書局一九八三年版。
《春渚紀聞》：宋何薳撰，明津逮秘書本。
《夢溪筆談》，宋沈括撰，《四部叢刊》續編景明本。

《夢溪補筆談》，宋沈括撰，明崇禎馬元調刊本。
《容齋隨筆》：宋洪邁撰，孔凡禮點校，中華書局二〇〇五年版。
《貴耳集》：宋張端義撰，清文淵閣《四庫全書》本。
《堯山堂外紀》：明蔣一葵撰，明刻本。
《新增格古要論》：明曹昭撰，明王佐增，清《惜陰軒叢書》本。
《庚申外史》：明權衡撰，清雍正六年魚元傳抄本。
《竹嶼山房雜部》：明宋詡撰，清文淵閣《四庫全書》本。
《天工開物》：明宋應星著，明崇禎初刻本。
《湧幢小品》：明朱國禎撰，明天啓二年刻本。
《露書》：明姚旅撰，明天啓刻本。
《廣陽雜記》：清劉獻廷撰，清同治四年抄本。
《歸田瑣記》：清梁章鉅撰，清道光二十五年刻本。
《簷曝雜記》：清趙翼撰，李解民點校，中華書局一九八二年版。
《恒言録》：清錢大昕撰，清《文選樓叢書》本。
《十駕齋養新録》：清錢大昕撰，清嘉慶刻本。
《純常子枝語》：清文廷式撰，民國三十二年刻本。

《藝文類聚》：唐歐陽詢撰，清文淵閣《四庫全書》本。
《太平御覽》，宋李昉等撰，清文淵閣《四部叢刊》本。
《博物志》：晉張華撰，清指海本。
《教坊記箋訂》：唐崔令欽撰，任半塘箋訂，中華書局一九六二年版。
《酉陽雜俎》：唐段成式，《四部叢刊》景明本。
《侯鯖録》：宋趙令畤撰，孔凡禮點校，中華書局二〇〇二年版。
《癸辛雜識》：宋周密撰，吴企明點校，中華書局一九八八年版。
《雞肋編》：宋莊綽撰，清文淵閣《四庫全書》本。
《隨隱漫録》：宋陳世崇撰，明稗海本。
《續墨客揮犀》：宋彭乘輯，孔凡禮點校，中華書局二〇〇二年版。
《江湖紀聞》：元郭霄鳳編，《中華再造善本》據中國國家圖書館藏元刻本影印本。
《南村輟耕録》：元陶宗儀撰，《四部叢刊三編》景元本。
《山居新話》：元楊瑀撰，清《知不足齋叢書》本。
《山房隨筆》：元蔣正子撰，清《知不足齋叢書》本。
《補續高僧傳》：明釋明河撰，卍字續藏本。
《老子道德經注校釋》：王弼注，中華書局二〇〇八年版。

《莊子集釋》：清郭慶藩撰，王孝魚點校，中華書局一九六一年版。
《列子集釋》：楊伯峻撰，中華書局一九七九年版。
《李太白全集》：唐李白著，清王琦注，中華書局一九七七年版。
《李商隱文編年校注》：唐李商隱著，劉學鍇、余恕誠校注，中華書局二〇〇二年版。
《樊川集》：唐杜牧撰，《四部叢刊》景明翻宋本。
《温國文正公文集》：宋司馬光著，《四部叢刊》景宋紹興本。
《山谷集》：宋黄庭堅著，清文淵閣《四庫全書》本。
《二程集》：宋程顥、程頤著，王孝魚點校，中華書局二〇〇四年版。
《攻媿集》：宋樓鑰著，清武英殿聚珍版叢書本。
《後村集》：宋劉克莊撰，《四部叢刊》景舊鈔本。
《重輯李清照集》：宋李清照著，黄墨穀輯校，中華書局二〇〇九年版。
《疊山集》：宋謝枋得撰，《四部叢刊》續編景明本。
《山中白雲詞疏證》：宋張炎著，清江昱疏證，民國《彊村叢書》本。
《松雪齋文集》：元趙孟頫撰，《四部叢刊》景元本。
《芳谷集》：元徐明善撰，民國豫章叢書本。
《袁桷集校注》：元袁桷著，楊亮校注，中華書局二〇一二年版。

《草堂雅集》：元顧瑛輯，楊鐮、祁學明、張頤青整理，中華書局二〇〇八年版。
《圭齋文集》：元歐陽玄撰，《四部叢刊》縮印明成化本。
《剡源戴先生文集》：元戴表元撰，《四部叢刊》本。
《危太朴文集》，元危素撰，《元人文集珍本叢刊》第七册，新文豐出版公司一九八五年版。
《牆東類稿》：元陸文圭撰，清文淵閣《四庫全書》本。
《羽庭集》：元劉仁本撰，清文淵閣《四庫全書》本
《桐江集》：元方回撰，清嘉慶宛委别藏本。
《湛淵集》：元白珽撰，清文淵閣《四庫全書》本。
《道園學古録》：元虞集撰，《四部叢刊》本。
《金華黄先生文集》：元黄溍撰，《四部叢刊》縮印元毛藏本。
《夷白齋稿》：元陳基著，《四部叢刊》三編景明鈔本。
《文忠集》：元王結撰，清文淵閣《四庫全書》本。
《芳穀集》：元徐明善撰，《豫章叢書》本。
《揭文安公全集》：元揭傒斯著，《四部叢刊》景舊鈔本。
《吴文正集》，元吴澄著，清文淵閣《四庫全書》本。
《王忠文公集》：明王褘撰，清文淵閣《四庫全書》本。

《青陽集》：元余闕著，清文淵閣《四庫全書》本。
《宋濂全集》：明宋濂著，黃靈庚編輯校點，人民文學出版社二〇一四年版。
《始豐稿》：明徐一夔撰，清文淵閣《四庫全書》本。
《張佩綸日記》：清張佩綸著，謝海林整理，鳳凰出版社二〇一五年版。
《文選》：梁蕭統編，唐李善注，中華書局一九七七年據胡克家刻本影印。
《詠物詩》：元謝宗可撰，明抄本。
《元詩體要》，明宋緒編，清文淵閣《四庫全書》補配清文津閣《四庫全書》本。
《宋元詩會》：清陳焯編，清文淵閣《四庫全書》本。
《明詩綜》：清朱彝尊編，清文淵閣《四庫全書》本。
《江西詩徵》，清曾燠輯，嘉慶九年刻本。
《元詩選初集》《元詩選二集》《元詩選三集》：清顧嗣立編，中華書局一九八七年版。
《元詩選癸集》：清顧嗣立、席世臣編，中華書局二〇〇一年版。
《元詩選補遺》：清錢熙彦編，中華書局二〇〇二年版。
《全唐文》：清董誥等編，中華書局一九八三年版。
《全唐詩》：清彭定康編，中華書局一九六〇年版。
《全上古三代秦漢三國六朝文》：清嚴可均編，中華書局一九五八年版。

《全金元詞》：唐圭璋編，中華書局一九七九年版。
《全元文》：李修生主編，鳳凰出版社一九九八年版。
《全元詩》：楊鐮主編，中華書局二〇一三年版。
《艇齋詩話》：宋曾季狸撰，《歷代詩話續編》本。
《浩然齋雅談》：宋周密撰，孔凡禮點校，中華書局二〇一〇年版。
《苕溪漁隱叢話》：宋胡仔纂集，廖德明校點，人民文學出版社一九六二年版。
《宋詩紀事》：清厲鶚撰，清文淵閣《四庫全書》本。
《元詩紀事》：清陳衍撰，清光緒本。
《歷代詩話續編》：清丁福保輯，中華書局二〇〇六年版。
《朝野新聲太平樂府》：元楊朝英輯，《四部叢刊》景元本。
《六十種曲》：明毛晉編，中華書局二〇〇七年版。
《全元散曲》：隋樹森編，中華書局一九六四年版。
《宋元戲曲史》：王國維撰，上海古籍出版社二〇〇八年版。

圖書在版編目(CIP)數據

至正直記校箋 /（元）孔克齊撰;高林廣,曹慧民,王一格校箋. —上海：上海古籍出版社，2022.7
（歷代筆記叢書）
ISBN 978-7-5732-0285-7

Ⅰ.①至… Ⅱ.①孔… ②高… ③曹… ④王… Ⅲ.①筆記小説-小説集-中國-元代 Ⅳ.①I242.1

中國版本圖書館 CIP 數據核字(2022)第 101672 號

歷代筆記叢書

至正直記校箋

[元] 孔克齊 撰

高林廣 曹慧民 王一格 校箋

上海古籍出版社出版發行

（上海市閔行區號景路 159 弄 1-5 號 A 座 5F 郵政編碼 201101）

（1）網址：www.guji.com.cn

（2）E-mail：guji1@guji.com.cn

（3）易文網網址：www.ewen.co

上海展强印刷有限公司印刷

開本 850×1168 1/32 印張 15.75 插頁 2 字數 302,000

2022 年 7 月第 1 版 2022 年 7 月第 1 次印刷

ISBN 978-7-5732-0285-7

K·3152 定價：68.00 元

如有質量問題,請與承印公司聯繫

電話：021-66366565